长篇小说

赌痰

姚宗瑛 ◎ 著

天津出版传媒集团

天津人民出版社

图书在版编目(CIP)数据

赌跤 / 姚宗瑛著. -- 天津:天津人民出版社,
2018.5
ISBN 978-7-201-13239-6

Ⅰ.①赌… Ⅱ.①姚… Ⅲ.①长篇小说–中国–当代
Ⅳ.①I247.5

中国版本图书馆 CIP 数据核字(2018)第 071159 号

赌跤
DUJIAO

出　　版　天津人民出版社
出 版 人　黄　沛
地　　址　天津市和平区西康路 35 号康岳大厦
邮政编码　300051
邮购电话　(022)23332469
网　　址　http://www.tjrmcbs.com
电子信箱　tjrmcbs@126.com

责任编辑　岳　勇
装帧设计　卢炀炀
插图绘画　卢炀炀

印　　刷　高教社(天津)印务有限公司
经　　销　新华书店
开　　本　787 毫米×1092 毫米　1/16
印　　张　22.75
插　　页　2
字　　数　300 千字
版次印次　2018 年 5 月第 1 版　2018 年 5 月第 1 次印刷
定　　价　58.00 元

华人龙

高地虎

陈默龙

老叫花子

储杨氏

储富贵

储友良

匡正民

樊晓惠

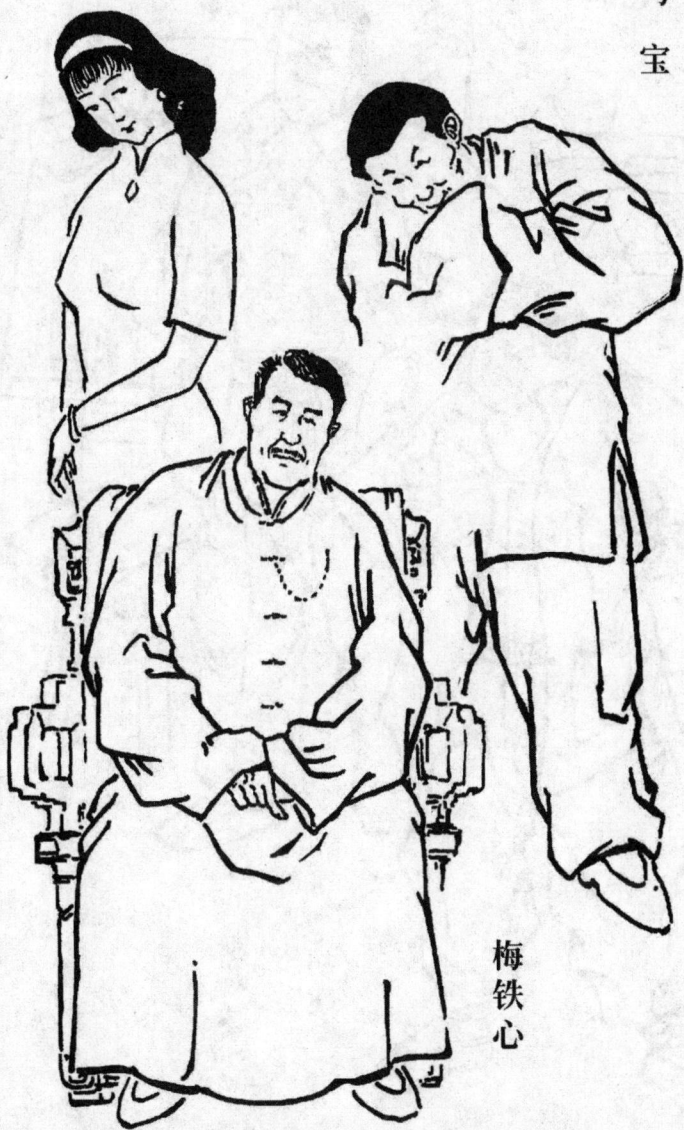

梅洁

马宝

梅铁心

尚武

董江湖

胡飞

山本四郎

竹内豪仁

伊藤苟二

横路玲子

三野村夫

跤手写跤魂

（代序）

宋曙光

　　《赌跤》是姚宗瑛小说创作中的第五部长篇小说，也是他继"跤坛三部曲"之后，又一部以跤坛生活为背景的长篇新著。这部近三十万字的章回体长篇小说，倾注了姚宗瑛近三年的心血，延续着他对塑造跤坛人物的情有独钟，继续保持了一种令人敬慕的创作激情。

　　早在《赌跤》之前，姚宗瑛已经尝试转换题材，创作出了描写农村人物生活命运的第四部长篇小说《天时》，给人的感觉似乎是他的跤坛系列暂告一段落了。谁想间隔时间不长，他又重回跤坛，仍以一部鸿篇巨制《赌跤》，续写他心目中的跤坛豪杰。在小说中，以华人龙为首的跤坛高手纷纷登场，上演属于他们的悲壮生活。作者不仅写出了这些生存在底层的普通人群独具的豪爽与正直，而且也表现出了在民族大义面前，他们令人感奋的正义之心与豪侠之气。《赌跤》不失为跤坛系列作品中的新篇。

　　相对于前三部跤坛题材的长篇小说而言，这部《赌跤》在写作上颇具难度，作者必须在原有基础上出新，否则便会有不及旧作之嫌。面对挑战，难泯跤坛情缘的姚宗瑛迎难而上，在华人龙这一主要人物身上着力用笔，花费了颇多心血，力求使其形象丰满，更加真实可信；其他人物的塑造也力求个性鲜明、生动，力戒脸谱化；突出小说主线，设用一系列的精彩情节，烘托故事、刻画人物……

从《赌跤》开篇第一回，便迅捷展开情节，人物次第出场，将读者快速带入小说之中。场景带出人物，人物演绎情节。在小说第四回"匡翻译直言劝豪杰 华大侠临危敢担当"中，面对日本人用子弹当"礼物"威胁华人龙时，他接过信封，用手一捏，朝信封里看了看，微微一笑，装进怀里，斩钉截铁地说："真正习武练跤的人，把名誉看得比命重要……我就是要和日本跤手比个高低！"这里所说的名誉，不是个人得失，而是摔跤人的名誉！华人龙毅然用"铁板桥"的功夫，赢了日本"柔道之神"竹内。当华人龙被特务一枪击中右腿，他打了个趔趄，一咬牙，使了一招"金鸡独立"，又稳稳地站在场中，这是何等的英雄气概！

小说中的华人龙为人谦恭，最讲礼仪，但是到了擂台上，他更是将摔跤人的艺高胆大、有勇有谋，表现得淋漓尽致。在小说第三十五回"雪国耻人龙抖神威 除恶魔跤侠开杀戒"中，华人龙面对狼狈不堪的伊藤苟二哈哈一笑："堂堂共荣跤馆的馆长，这副德行，也敢在天津卫立擂？"在打擂过程中，他先将冒名顶替的两个小山一郎摔在擂台上不敢站起来，然后一招"三道勒大德赫勒"，将第三个小山一郎，也就是势在必得"天下第一跤"的日本人镇擂王牌高手，摔得"哏喽"一声，死过去了。随后，眼见开枪打中老叫花的又是那个杀人不眨眼的日本特务"大痦子"，华人龙再也不能放过这个畜生，连踢带打，使其毙命。

华人龙恩怨分明，认为好人堆里有坏人，坏人堆里有好人。罪恶多端的汉奸马宝是梅家门的败类，华人龙要高地虎"挑刺不能剜着好肉"，不能因为马宝而影响跤坛前辈梅铁心的声誉。而对于日本柔道第一高手竹内豪仁被他的同门师弟伊藤苟二枪杀，却"两行泪怀念真武士"——竹内为救华人龙，自己中弹差点身亡；在高地虎的婚宴上，竹内"平事端一人退日兵"；为营救被宪兵队抓走的樊晓惠，"讲道义竹内救良医"。为此，华人龙认定竹内豪仁是好人，日本人中少有的好人！

摔跤人应有真骨气，面对歹人、狂徒绝不手软，陈默龙掌门在清理门户时，直面汉奸马宝："如果只是你我个人恩怨，我还可以饶你，而你违背师命，投靠了日本人，你这个汉奸害了多少好人性命？如今，师妹又倒在你的枪口下，我还能饶了你吗？再饶你，我就成了梅家门的罪人。我要按师父遗嘱和江湖道义，清理门户，为被你所害的人讨个公道！"罪恶多端的马宝，终被陈掌门除掉。

《赌跤》还以温情的笔墨，描绘了高地虎和冯素琴的爱情经历，这两个心地善良的苦命人，在经过多灾多难的变故之后，终于结为夫妻。

整部《赌跤》，读起来令人荡气回肠，读者始终被书中人物命运所牵引，小说中的正反两方面人物交锋，自始至终处于针锋相对的状态，正义必定战胜邪恶，这便是小说内含着的一种精神：文以评心，武以观德。不管习文的练武的，都要有中国人的良心，良心是摔跤人的魂！

《赌跤》是姚宗瑛长篇小说创作中的又一亮点，他从 20 世纪 60 年代，就在天津跤坛小有名气，曾在天津市摔跤比赛中，赢过省市级冠亚军，是一位名副其实的跤手。后因"文革"影响，他弃跤从教，又转教而文，在天津文坛大显身手，先后创作出三部跤坛长篇小说，被人称为跤手撰写长篇小说第一人。同时，他也是作家中摔跤成绩最好者。而姚宗瑛却说："以前，摔大跤的大都是蹬三轮、赶大车、扛大个儿的苦大累，会摔跤的写不了摔跤，作家中又极少有人懂摔跤。我是摔跤的出身，我要写出跤场上的苦与乐、情与恨，以跤手之心，写跤坛之魂。"

姚宗瑛的跤坛小说，引起作家和学者的广泛关注，蒋子龙先生曾这样评价："他的文字风格也带着摔跤手的迅捷和硬朗，实打实，硬碰硬。但刻画摔跤和搏击场面，却纯熟而精到。一招一式都可以演练出来，喜欢武术和摔跤的人，完全可以把此书视为趣味教材来读。"

评论家夏康达也说，他挖了自己的一口深井，坚守自己的传统信念，在全国颇具特色，摔跤题材的小说，群众喜闻乐见。

已故作家冯育楠 1997 年 9 月 29 日在《天津日报》发表的《俗中有雅自凌霄》中说："摔跤之技人们耳濡目染、司空见惯，大家过于熟悉的东西难以产生吸引人的魅力，著书立说谈何容易！近日有幸认识了姚宗瑛同志，并得其新著《跤坛风尘》一书，翻卷偶看，很快沉浸于作品那跌宕起伏的故事长河中，我不得不为他笔下的跤坛群英拍案叫绝。"

读者们评论，《赌跤》开创了这种类型小说的新思维、新流派，无论是文字的精练，还是情节安排，都显示了作者深厚的摔跤功底，让读者有一种代入感，情节跌宕起伏，处处有伏笔，让人情不自禁地想看下去，为主人公担心、高兴、哀愁、兴奋。可以说，《赌跤》是近年来小说界中的精品。

文学作品得到读者如此关注和认可，是对写作者的最高奖赏。这部《赌跤》从去年完成初稿，到今年在《天津日报》连载，直至出版时已是数易其稿，可见姚宗瑛对这部作品的重视与关爱。年轻时在跤坛拼搏，进入中年以后，他立志用自己的血性文字，为跤坛著书立传，传承中华体育之脉。谁也不好断定，这位重情重义的侠义著者，他的下一部跤坛作品，又会是一片怎样的天地？让我们翘首以盼！

2017 年 10 月 8 日

赌跤

目录

快跤手戏摔杨二愣
真义士初会董江湖

赌
跤

开春了,九河下梢天津卫的水陆码头日渐繁忙,老龙头火车站地道外的市场也随之火爆起来。你瞧:这边是卖估衣的、卖春药的、卖盆卖碗卖大梨膏的,叫卖声不绝于耳;那边是炸卷圈、打烧饼、烙大饼的,大碗豆腐脑、小碗锅巴菜,热气缭绕,勾人食欲。还有打把式卖艺耍大刀的、说评书演双簧唱小曲的,南来北往倒腾洋货的,背井离乡来津谋生的……人来人往,熙熙攘攘。

每天下午人气最旺的是市场南面高地虎的跤场。两丈方圆的沙土地,边上摆着一张有盖无屉的长方桌和两条长板凳,这是跤场的全部家当。别看设施简陋,来此看摔跤的人却络绎不绝。那些混迹码头卖苦力扛大个的,无活时也来此转悠转悠,站在跤场周围,看着看着就进场子撂跤,凭力气与人较量一二,不图扬名立万儿,只为落个下过场子票过跤,不叫人小看、不受人欺负足矣。

当然,也有闯江湖的英雄好汉来此相访,说是以跤会友,其实是为彰显本门技艺,张扬自己勇武,沙土地上见高下,那叫赌跤。

天津卫有名有姓的摔跤好手经常来这个跤场捧场,使场上的拼杀精彩纷呈,看热闹的外行、看门道的内行时不时地拍掌叫绝。但是每摔三跤要敛钱时,有的观众不是装傻充愣不掏钱,就是扭头走人,等敛钱过后再回来，接着看蹭跤——闹日本闹的，肚皮填不饱，哪有闲钱补笊篱！

撂地摔跤为的是钱，但高地虎敛钱有道：穷人看跤，那是捧场，是站脚助威，给不给钱，他不说二话。富裕主看跤，那是娱乐，是消闲，敛钱时要是无动于衷，他会用话挤对你，甚至指桑骂槐，逼你乖乖地往外掏钱。

高地虎家住市场西面不远处的郭庄子大街，他从小泡在跤场里，两年前成了这个跤场的掌门人。天津卫吃摔跤这行饭的都说他是拢黏儿高手，他姓高但个头不高，顶多一米六〇，身板横宽，长相逗人：淡眉毛，小眼睛，蒜头鼻子蛤蟆嘴，扇风耳卷了边，几乎看不出耳朵眼。走路时低头猫腰两边晃，不撂跤也像走跤架。就这副尊容，却有人送他一个雅号：天下第一美男子，也有人背后叫他三寸丁毂树皮——《水浒传》里的武大郎。

高地虎其貌不扬，但是谁要穿上褡裢跟他玩真的，想占到便宜，不易。想赢跤走，没门儿！他的"手别"加"躺刀"享誉天津卫，即便出类拔萃、一等一的高手，头一次与他过招也得吃他这两下绊子。

这天下午两点刚过，跤场周围就站了半圈观众。高地虎见状，开始安排徒弟老三、老八做上场准备，他自己迈着八字步走到场子中间，操着沙哑的嗓音开始拢黏儿说买卖："有钱的帮钱场，没钱的帮人场，站脚助威的都是朋友。"

老三他们已经穿好褡裢扎束停当，观众以为就要开始摔跤了，却见高地虎作个罗圈儿揖，接着白话："光说不练是假把式，光练不说是傻把式，会说会练才是好把式。嘛是真正摔跤的呢？碰上棒的我能撂，票跤的来了我能掉（让跤），老练儿来了我扶着，谁高谁低我知道……众位爷们，要上场的二位，这个姓周，那个姓围，他俩要是投机取巧不卖力气，你们就开骂，使劲儿骂周围！"

观众一阵哄笑，真损，你徒弟不卖力气，不骂他们却骂周围看眼的！

看看周围站满了观众，高地虎这才言归正传："闲言少叙，现在开摔，小哥俩，卖力气，挣了钱，买烧鸡。"随即双臂展开，腹前一合，说声："开始！"两个跤手晃身形走花步，插招换式战在一处。

老三、老八是熟手跤，蹬手拌绊、换腰换腿都是老套子，一会儿这个躺下，一会儿那个趴下，看着挺热闹，就是敛不上钱来。高地虎抖落抖落敛钱的破草帽，摇摇头说："这点钱别说买烧鸡，吃碗饸饹也不够呀。"

观众里一个青脸汉子，手拿一块钱冲高地虎晃了晃，待高地虎走过来，把钱一丢，扔进他手中的破草帽里。高地虎满脸堆笑，说了三声"谢谢"。

就在此时，一个大嗓门喊道："捧场的来啦！"话音落地，一个人高马大的汉子进了跤场。来者不是别人，正是车站码头赫赫有名的大力士杨二愣。他为人莽撞，却天生神力，扛两包高粱上三节跳板如履平地。他走进跤场，换跤靴穿褡裢，往场中一站，好不威风。

高地虎叫老八下场，让老三陪二愣走几趟、撂几跤。老三答应一声，松开中心带，抻抻褡裢，重新系好，冲着二愣一抱拳，夸张地说："二爷您可赌点劲儿，许摔不许砸，你这么大份儿，要把我砸坏了，我可上你们家吃饭去。"

二愣说："你就赌好吧。"话音落地，伸手抓住老三后腰中心带，两膀一较劲将老三提溜起来，抡了半圈，"撒网"似的扔出老远，引得观众哈哈大笑。

二愣晃晃脑袋，洋洋得意地说："你这身子骨，不如一包高粱沉。"

老三心说，你别得意，今天，我给你来下真的吧。再次交手，眼见二愣伸手来抢小袖，老三顺势捋其胳膊背步拧腰，一招"手别"将二愣摔个空中倒立。没等落地，就听有人高声喝喊："好，好绊子！"

往日，老三在二愣手里从不赢跤，现在把二愣摔个翻白，二愣觉得输面栽跟头，又听有人喝彩，急了，一个鲤鱼打挺，站起来就骂："谁？谁他妈裤裆破了，把你漏出来啦？给二爷喊倒好，有能耐你进来……"

高地虎赶紧劝说："二愣，你这是干嘛？光许你摔人，不许人摔你？喊个好要嘛紧？输赢事小，得罪朋友事大。"

二愣不服："懂规矩吗？懂撂跤的规矩吗？给我喊倒好，是骡子是马进来遛遛呀，二爷我陪他玩玩儿！"

高地虎还想劝解几句，刚才给一块钱的青脸汉子走进了跤场，冲高地虎抱拳而言："对不起，我一时失口，喊了个好字，你劝了半天，识惠的就该住口，可这位朋友满嘴炉灰渣子，要不陪他玩玩儿，今天我就栽在地道外了。"

二愣见青脸汉子比自己矮半头瘦半圈，并没把对方看在眼里，心想，来得好，我不把你屃屃摔出来，算你拉得干净！随即问道："朋友贵姓？"

"咱不是摔跤吗？甭问贵姓。"青脸汉子满脸的不屑。

"那好，"二愣说，"我晴不住劲收不住脚踢折你腿砸折你腰，可别怨我！"

"嘿嘿，好厉害的一张嘴——功夫好坏不在嘴上。今天我就治治你这张嘴！"

"嘛玩儿？治我？吹牛！豺狼虎豹我见得多啦，还没见过花脸狗熊！"二愣嘴里不干不净，歪脖瞪眼，盛气凌人。

青脸汉子点点头说："好好好，今天，我多了不摔摔你三下，东西南一边一下，要让你找着北，算你能耐！"

二愣气得哇哇怪叫，双手一摆冲了上来。

青脸汉子见对方来势凶猛，闪身撤步，避其锋芒，倏然间一手抓小袖，一手摁脖梗儿，借劲使劲，抬腿横扫，说声："趴下吧！"一招"抹脖脚"，把二愣摁在地上。然后低头猫腰，对趴在地上的二愣说："头一跤是东边！"

再看二愣，脑袋冲东，满嘴沙土，酸鼻辣汤儿，涕泪横流，好不狼狈。他一边"噗噗"吐唾沫，一边"妈的妈的"骂个不停。

再次交手，青脸汉子晃身形来到场子东面，伸手抓住二愣小袖，腕子一抖，二愣全身颤了三颤，急忙后挣，青脸汉子顺势而上，手推脚勾，一招"叉打得赫勒"，说声："西边！"把二愣摔了个仰面朝天，脑袋正冲西面。

前趴虎后仰叉，二愣连输两跤没找着大门，锐气顿减。

人高马大的杨二愣，浑身有劲儿，可惜没等用上就躺下了。他硬着头皮站起身来，没等抓上对方裆裈，就见青脸汉子双手一晃，上步抬腿，一下"叉踢"又把二愣摔翻在地。随口说道："这是南边。朋友，认识哪是北吗？"

二愣满脸通红，暗气暗憋，败下阵去。

观众哗然，纷纷把钱扔进高地虎的破草帽里。高地虎看着草帽里的钱很高兴，走过去和青脸汉子套近乎："朋友，尊姓大名？"

"人称快跤董江湖的就是在下。"

一连三天，董江湖来到地道外跤场，看三对跤，给三回钱，然后上场摔跤，一跤不输，一跤不让，然后走人。

隔了一天，董江湖又来到跤场，看了三对跤，给了三回钱，轮到他上场了，他说："高爷，地道外藏龙卧虎，有的是高人，今天给我配个棒练儿，让我也过过跤瘾。"话一出口，场子内外一阵骚动。

"过过跤瘾"的话从董江湖嘴里说出，虽然声音不高，还透着亲近，其用意却不言自明——江湖规矩，外人下场子摞跤，跤场里的人谁也赢不了人家，这个场子就算叫人家踢了，指着这个跤场吃饭的老少爷们就得土豆下山——滚蛋！

高地虎看看董江湖，心说，这个主，我不一定伺候得了。偏偏这几天华爷去了北平。既然董江湖要"过过跤瘾"，我只好跟他拼个鱼死网破了。刚要说："我陪董爷玩两跤"，却见观众堆里走出一个白脸汉子，对董江湖抱拳而言："我来讨教两招。"

高地虎一看，大喜，来了救星！

董江湖打量打量来者：三十几岁年纪，五官端正，鼻直口方，浓眉下一对虎目，闪着寒光。中等偏高的身材，上穿白布长袖褂，下穿黑布灯笼裤，脚蹬薄底抓地虎跤靴。穿衣打扮干净利索，气宇轩昂举止潇洒。遂拱手相问："朋友，怎么称呼？"

高地虎抢先回答，"这位就是……"刚说了四个字，就见白脸汉子摆摆手，朗声说道："地道外跤钉子就是在下。"

"跤钉子？久仰久仰。"董江湖先是一愣，随即嘿嘿一笑，笑里藏刀——敢在我快跤面前妄称跤钉子，好，照面我就让你趴下，看谁还敢在我面前卖狂！

高地虎不愧是拢黏儿高手，马上接茬儿说："跤钉子，对对对，人往跤场一站，脚底生根，扳不倒儿。董爷是快跤，快跤讲究打闪纫针。遇上跤钉子，要想见个输赢分个高下，那得真刀真枪真玩命啊！众位爷们，请把零钱预备好，看到妙处尽管往场子里扔钱——破草帽今天不用了！"随即把草帽扔在场边桌子底下。

说话间白脸汉子脱褂子穿褡裢，露出一身雪白的疙瘩肉。观众见状连声喝彩。

董江湖见白脸汉子不拉架势不走跤步,直挺挺站在场中,不由得心中好笑:还真像颗钉子,随即双肩一晃凑了过去,要把这颗钉子放倒。

快跤董江湖的身法本来就快,今天更快,伸手抢把,转体横腿,一招"别子"倏然而至。白脸汉子不慌不忙,贴住其身,两腿腾空,险些把董江湖空倒地上。

白脸汉子并未乘虚而入,待董江湖稳住身形,遂将两手轻轻搭在董江湖的胳膊上,虎目视青脸,脚步跟着转,随的方的就圆。但是只要董江湖出招,白脸汉子后发先至已然等在前面。

董江湖的每招每式刚一发力就被白脸汉子化解得无影无踪,弄得董江湖一筹莫展。折腾了足有一袋烟的工夫,董江湖鬓角见汗,愣没拔下这颗"跤钉子"。

高地虎喊道:"拆了拆了,二位系系褡裢。"

白脸汉子微微一笑,率先松手,董江湖也后退一步,重新系好褡裢。高地虎来到场中,高声喝喊:"众位爷们,别看没见输赢,两位高手换腰换腿的功夫有目共睹。该不该敛钱?往场子里扔钱吧。"不少观众将零钱丢进场中。

二人再次交手,白脸汉子倏然而上,手法比"快跤"还快,不等董江湖摸上褡裢,已然抢先抓上两把小袖——"尿人杵"。跤坛上功夫不及人者常用此招进行防守,而白脸汉子的"尿人杵"与别人的"尿人杵"截然不同,虽处守势,却不被动,更不随弯就弯,而是董江湖刚一施招他就以实力相抵,硬碰硬给他堵了回去。

董江湖着急上火,玩命蹾手却蹾不开白脸汉子的任何一把手。手是两扇门,全凭腿赢人。蹾不开手进不了门就拌不了绊儿,更摔不倒人。又折腾了半袋烟的工夫,快跤董江湖不但没有了"快",而且连一个绊儿也没施展出来。

董江湖的汗已顺着脸颊流了下来,白脸汉子却神态自若,如同闲庭信步。

高地虎再次喊停,让二人重新扎束一番。他再让观众给钱,响应者几乎为零。

高地虎见状,对刚刚遛了半圈的两位跤手高声喝喊:"二位爷,该见跤了,再不见跤,财神爷们可就都走了。"

高地虎的话音刚落,白脸汉子就停住了脚步,董江湖也立即转身,来到白脸汉子面前,双手空中虚晃,钩腕亮肘,手臂回旋,一招"反夹脖别子"施展开来,就见白脸汉子在董江湖的腿上翻了个跟头,跌倒尘埃。

董江湖看看躺在地上的白脸汉子,舒口大气,微微一笑,不过如此!

白脸汉子先输一跤,不急不躁不动声色,起身上前,以迅不及防之势,左手抓小袖,右手推其肩,借其反弹之力,勾臂横腿,没等董江湖反应过来,已将其摔在地上。躺在地上的董江湖暗自思忖:我刚愣神,他就出招,如法炮制,还我一下"反夹脖别子"。够样儿!不由得赞叹一声:"好、好——"

白脸汉子微微一笑:"哪输哪找嘛!"

高地虎看直了眼,竟然忘了敛钱,嘴里叨咕着:"好跤,好跤,真是好跤!"他赞佩白脸汉子,上场之后略施软硬之功,让董江湖过足了"跤瘾",并警示对方,不要目中无人!然后真假参半先输一跤,随即输嘛绊赢嘛绊,找补回来,扳成平局,既不失身份又捧票跤的,更为了跤场的买卖。一切不露声色,一切都在掌控之中。

起身再战,白脸汉子上身前倾伸手抢把,故露破绽,董江湖眼看机会难得,抬腿发绊儿,绊子刚露头,白脸汉子已然变招,以迅雷不及掩耳之势施出"叉踢",把董江湖踢起一人来高,横落地上。

惭愧!董江湖心里叫了一声。自己的绝活儿就是"叉踢",这下绊子在天津卫的跤场摔人一片,没想到今天竟然输在人家的"叉踢"上,而且是轻而易举。

董江湖慢悠悠站起身来,暗想:不行,就是玩命我也得捞回面子,要不,我在这个跤场的努力就前功尽弃了!想到这里,猛然向前,也是一招"叉踢",把白脸汉子在空中摆平。再看白脸汉子,空中抱头,身似卧鱼,跌落尘埃——真正好跤手,讲究摔人摔得漂漂亮亮,挨摔着地也干净利索,绝不拖泥带水。

高地虎一拍大腿,高声喝喊:"好、真好!"外行人都以为这声好是为董江湖而叫,其实,他是为白脸汉子喝彩。董江湖却自鸣得意:"哪输哪找嘛!"

观众纷纷赞叹,一边往场子里扔钱,一边等着观看后面的厮杀。却见高地虎满脸钦佩地说:"好!真是一对好跤啊。这叫'别子'换'别子','叉

赌
跤

踢'换'叉踢'。约约分量，半斤对半斤，八两对八两，二位都是顶尖高手，一位是快跤董江湖，一位就是咱地道外跤场真正掌门人，大直沽后台的华人龙华爷。"

这个跤场本是华人龙的。华人龙乃大清国大内高手、相扑营二等扑户孟义孟瑞亭的闭门弟子——相扑营的一等扑户必须是旗人，孟爷是汉人，功夫再高也只能屈居二等。得孟爷真传，华人龙的跤技炉火纯青，出道以来从未输过跤。但在大庭广众之下与人过招，绝不赶尽杀绝，即便有人指名道姓与他赌跤，他也总给对方留点面子，赢两跤翻（让）一跤——多个朋友多条道，多个冤家多堵墙。

华人龙为人正直，侠肝义胆、乐于助人，江湖朋友都叫他独步跤坛真义士。又因他身条好看，长相俊美，为人谦恭，谈吐高雅，从不恃强凌弱，更不说横话、浑话，于是有人称他武林雅士美英雄，也有人直接叫他华爷华大侠的。

天津沦陷后，华人龙把这个跤场送给了没有饭门的好友高地虎，不是碰上高地虎伺候不了的高手，他极少出面与人过招。今天他与董江湖交手，是为了跤场的声誉和买卖，故意摔成平局，来个皆大欢喜。

听说白脸汉子就是大直沽的华人龙，董江湖没脱褡裢就走上前去，拉着华人龙的手臂摇晃着说："我来这儿，访的就是你呀！"转脸又对高地虎说："高爷，地道外的人龙地虎，我久仰其名，今日得见，名不虚传。我董江湖能与跤坛泰斗过招，实乃三生有幸。今天我请客，华清池洗澡，'独一处'开桌！"

"好，好！"高地虎高兴地说，"洗澡、喝酒，哼，我就乐意干这活儿。"但他不忘观众："谢谢众位爷们，小白菜——明儿间（见）……"

陷困境人穷志不穷
惩恶徒艺高品更高

　　跤场上与华人龙平分秋色的董江湖,一时间名声大震,人们都说这个董江湖不简单,若非出类拔萃,焉能引得华人龙亲自出手? 能和跤坛泰斗摔成平局,南七北六十三省能有几人?!

　　董江湖的身价陡然间暴涨。走在大街上,好多人见了他老远就打招呼:"董爷,吃了吗?""董爷,您遛遛?"还有人背后指指点点,这就是跟华人龙摔成平手的快跤董江湖。

　　艺高朋友多。一时间,跟董江湖拉关系套近乎的人纷至沓来,有的请他吃饭喝酒下馆子,有的与他磕头换帖拜把子,有的登门拜访让子侄拜他为师,跟他学跤。还有与他年岁相仿的也认他为师,名为学跤,实为找靠山、借横。

　　董江湖被人捧得晕晕乎乎,连自己有多大能耐都不知道了——华人龙都赢不了我,天津卫的跤手谁能跟我比肩?

　　有天早晨,董江湖在地道外市场北面的小吃摊要了大饼、馃子、锅巴菜,刚要付钱,一个脑袋比一般人大一号的汉子,拦住了他:"师父,就凭您这身份,在这一带吃饭还用花钱?"然后对卖早点的说:"掌柜的,记我账上。董爷是我师父。"

　　掌柜的皱着眉头说:"胡爷,我这小本买卖……"

大脑袋眼一瞪："你这买卖不想干了？"

掌柜的知道大脑袋不是好鸟，只好忍气吞声不再要钱。

这个大脑袋，名叫胡飞，外号人称胡大头，原在河东大王庄一带居住，因为人性太差，住不下去了，后来搬到地道外，成为出了名的混星子，专干踹寡妇门挖绝户坟的缺德事，是个无恶不作的地痞流氓杂八地。

自从董江湖在高地虎跤场摔了几场跤，尤其和华人龙过招之后，胡飞就一个劲地往董江湖身上贴，明明岁数比董江湖大一岁，却在燕春楼请客，拜董江湖为师——为了自圆其说，他还跟别人学了个名词：学无先后，达者为师。

拜师之后，胡大头在地道外更加飞扬跋扈，横着身子走道，没人敢惹，好像天是老大，他就是老二。

吃过早点，胡大头陪着董江湖，趾高气扬地从市场北面往南头溜达，胡大头狐假虎威，董江湖洋洋得意，师徒二人不知不觉地来到了跤场附近，一看，跤场周围站了一圈人。董江湖纳闷："哎，跤场都是下午摔跤，今天怎么了？"

二人走到近前，往里一看，竟然是两个年轻女孩在跤场里踢腿打拳练把式，大的十八九岁，小的十五六岁，场边坐着一个病得脱了相的中年男子，这三人，一看就是父女。两个女孩对练了一趟螳螂拳，之后，大女孩对观众抱了抱拳，操着山东口音说道："俺老家连遭人祸天灾，俺娘死了，俺们也没了活路，俺爹带俺姐俩出来逃难，半路病倒了。俺们初来天津，举目无亲，万般无奈，这才卖艺换钱，好给俺爹看病。俺们这趟螳螂拳，乃是祖传，不敢说独步武林，但敢说有独到之处……"

明眼人一听，女孩涉世不深，不懂江湖卖艺的规矩，话说得大了。

胡大头一看两个小女子长得俊俏，顿生歹意，晃着大脑袋走进场子，还没说话就去摸小女孩的脸蛋，吓得小女孩后撤一步，惊叫道："姐，你看这人！"

没等大女孩说话，胡大头淫笑着朝大女孩走来："你们姐俩是卖艺还是卖身？干脆，跟我走，保你们吃香的喝辣的，过好日子。"说着，抬手去捏大女孩下巴，大女孩刚一闪身，他却顺手在她胸前抓了一把。大女孩满脸绯红，没等说话,胡大头的手又向她的屁股伸来。大女孩忍无可忍,侧转身躯,施个扫堂腿,把胡大头扫了个跟头。胡大头没想到女孩竟敢让他当众出丑,骂着街爬起来,挥手就是一拳,直奔大女孩面门。大女孩闪身扬臂,金丝缠腕,往下一撅,胡大头"哎哟"一声,单腿跪在了地上。

董江湖见这个女孩身手不凡,走进场子,抬手抓住大女孩胸前衣襟,厉声问道:"卖艺的,这把手怎么破?"

大女孩刚一愣神,董江湖却不容分说,翻腕横腿,将女孩踢倒尘埃。随即甩了甩手,轻蔑地说:"就这两下子,也敢到这地面耍横,也敢妄称有独到之处?"

大女孩没想到对方乘其不备突然施招,站起身来就要与其拼命。小女孩见姐姐被人暗算,疯了似的直扑董江湖。场边病恹恹的中年男子有气无力地喊了一声:"大妮、二妮,不能动手!"说着,站起身来,刚走了两步,一口鲜血喷涌而出,随即栽倒地上。

两个女孩见父亲口吐鲜血站立不稳,再也顾不上其他,赶紧去扶父亲。大女孩哭着喊道:"爹,爹,你咋了,你这是咋了?"

中年男子摇摇头说:"妮啊,咱们走……"

董江湖走到中年男子面前,说道:"你们在这卖艺,也不问问这是谁的场子,还口出狂言,动手伤人,你得好好教训教训这俩闺女。"

中年男子坐在地上,蜡黄的脸上满是悲愤和无奈,捯着气说:"这个场子空着,俺闺女在此打趟拳挣点饭钱……没想到那人来了就向小女动手动脚……"

胡大头过来了,一边抖喽手腕,一边拿着不是当理说:"占用我们的地盘,也不问价,还踢我个跟头伤我手腕,想走,没那么容易!"说着,乘人不备,突然回手扇了大女孩一个满脸花。

围观的人群一阵喧哗,一个衣着休闲、留着人丹胡的黄脸汉子走到胡大头面前,二话不说,结结实实给了他一记耳光,胡大头被打得转了一圈。刚要还手,就听"人丹胡"一字一顿地说:"你的,欺负女人,大大的混蛋!"

看长相听话音是日本人,胡大头吓得屁滚尿流,扭头就跑。再看董江湖,也溜之乎也。

赌跤

"人丹胡"掏出十块钱，递给中年男子："你的，看病。"说完，走了。

出人意料，中年男子把"人丹胡"给的钱，随手放在地上，看也不看，让两个女孩扶着自己，离开这里。

"慢！"父女三人刚要走，高地虎带着几个徒弟来了，"朋友慢走。刚才有人给我送信儿，说有爷仨占了我的跤场打把式卖艺，我说闲着也是闲着，谁用不是用？没过一会儿，又有人给我捎话，说快跤董江湖带着徒弟跟你们打起来了，我这才赶来。没想到那个日本人把他们吓跑了。我说朋友，你是落难之人，身陷困境用不着这么耿直，穿谁的棉袄不过冬？日本人的钱也能买东西，也能治病，为嘛不要？"高地虎把那十块钱拾起来，递给中年男子，中年男子摇摇头说："不义之财俺不要，日本人能有啥好心？"

高地虎嘬嘬牙花子："朋友，你是冻死迎风站，饿死不弯腰，人穷志不穷，是条汉子。你的骨气，可敬可佩！"回头对徒弟们说："你们谁带着钱了？"

老三、老八几个人赶紧掏口袋，这个一块两块，那个三毛五毛，高地虎把钱凑起来，数了数，十六块零两毛。就对中年男子说："日本人的钱归我们，我不嫌脏。你把我们爷几个凑的钱拿走，看病。等你病好了，你们爷仨愿意这儿卖艺，上午来，挣多挣少都是你们的。愿意和我们搭伙，也行，摔跤打把式交叉表演，谁挣的钱归谁——这个跤场是我的，我说了算。要不，你去南市洋车厂，那儿的张老板是我朋友，提我高地虎，他能不要押金租辆胶皮车给你，你拉胶皮也能糊口。不过，你得先把身子养好。"

高地虎瞟一眼两个女孩，又说："天津卫嘛人都有，等你病好了再让你闺女打把式卖艺，也好有个照应。"

中年男子点点头，感激地说："谢谢你，咱们后会有期。"

高地虎说："看你这身子骨，怎么走？"然后把日本人的十块钱递给老三，"你去找辆胶皮，跟他们去医院——车钱、看病的钱，用咱这十块钱。"高地虎特意把那十块钱说成"咱"的，免得中年男子心里讨厌。

再看那中年男子，已经泪流满面……

夕阳西下，跤场的买卖接近尾声，高地虎看着跤手撂完最后一跤，说了句："众位爷们，明儿见！"刚要收摊儿，有人喊了一声："慢！"一个西装革履戴金丝眼镜、挺文气的人和两个壮汉走了进来。

"金丝眼镜"朝高地虎拱拱手说:"我的朋友要体验体验中国跤的奥妙。"

高地虎见进跤场的三个人与众不同,愣了一下,客气地问:"先生怎么称呼?哪道发财(在哪儿工作)?"

"金丝眼镜"自我介绍:"我叫匡正民,在日本洋行供职,从事翻译工作。"又介绍身旁两人:"这位是竹内豪仁先生,日本当代柔道高手。那位是竹内先生的门人,三野村夫。他们非常喜欢中国跤。"

高地虎看了看坐在板凳上的华人龙,见华爷微微摇头,就对"金丝眼镜"说:"翻译官,对不起,已经散场了,改日再玩儿吧。"

匡正民回头和日本人嘀里嘟噜一阵鸟语,然后仰头看了看天,转过身来又对高地虎说:"天色尚早,还能摔几对跤。竹内先生再三说明,他没别的意思,只是切磋技艺,以跤会友。"

高地虎跟华爷小声商量了一阵,转身对匡正民说:"翻译官,不瞒你说,我们不敢和日本人过招。现在的天津卫,成了日本人天下,谁敢招惹日本人?在六号门摔的那场跤,就因为韩大力摔败了日本人,叫日本人打了个半死,差点喂了狼狗。你是个文人,江湖上的事你不懂。摔跤人穿上褡裢,哪个不想赢?当然,谁输谁赢凭的是本事,可再有本事也不行啊——光棍不跟势力斗。如果我们赢了这俩日本人,说不定我们吃饭的家伙就得搬家。成心输给他们,不光跟头栽不起,还有辱师门,看眼的观众弄不好还得骂我们是汉奸卖国贼。翻译官,我们这些撂地卖艺的粗人,只想养家糊口混碗粥喝。你让他们到别处以跤会友吧。"

匡正民笑了:"你们不用担心,我了解这俩日本人。虽说三野长得凶悍,有把子力气,可他性格直爽,没歪的斜的。竹内先生在日本国号称柔道第一高手,是个真正的武士,他崇拜中国跤,他说功夫没有国界,他愿意和中国摔跤高手交朋友。他在这个跤场外边看了多日,觉得这儿尽是高手,愿意和你们切磋。别多虑,摔吧。我用人格保证。"

高地虎冷笑一声,心里骂道:你用人格保证?给日本人当翻译还有人格?

树林子大了嘛鸟都有。观众里有人挑事："摔呀,摔大跤的还怕摔跤?"

有人带头,有人跟着起哄："摔吧摔吧,让他们瞧瞧,中国人不都是孬种!"

有人看热闹,就盼着事越大越好："摔跤的都是汉子,还怕小日本?"

坐在华人龙身旁的董江湖,一看竹内豪仁,眼熟,再看他的人丹胡,心里激灵一下,这不是那天打了胡大头的那个日本人吗?扭头小声说:"华爷,摔吧,这年头日本人说了算,借此机会跟他们拉上关系挂上钩,有日本人戳着谁还敢惹咱们? 摔吧,没亏吃。"

华人龙疑惑地看了看董江湖,又看了看里三层外三层的观众,他把高地虎招呼到跟前,耳语一阵,高地虎点点头,然后拱手对观众说:"诸位爷们,应大家要求,我们就和日本人比画两下。我给大家提个醒儿,只看跤,别说闲白儿,别给我们惹麻烦。我们都拉家带口,指着跤场混饭吃。诸位爷们可别不管不顾逮嘛说嘛,说完了你们拍屁股走了,我们的鸟食罐说砸就砸。我给众位鞠个躬,谢谢啦!"然后转脸对匡正民说:"匡先生,我们只好奉陪了,你们谁先上?"

三野闻言,穿褡裢换跤靴,抻筋拔骨活动几下腰腿,走进了场子。

高地虎走到老三身边,小声说:"你上吧,别真摔,能翻就翻,别伤着自己。"

老三点点头,上一眼下一眼打量三野村夫,见他中等身材,浓眉大眼,两鬓刚刚刮过,泛着青色。浑身上下都是腱子肉,最扎眼的是胸口上的护心毛爹散着,向下延伸钻进裤裆,够野的!

二人相距三米,老三侧脸抱拳,说声:"请!"三野赶紧对着老三猫腰撅腚鞠了一躬。然后各晃身形,往前一凑,战在一处。

三野力大,抓上褡裢立腿挑勾,老三就势翻身,倒在地上。老三夸张地摇摇头,站起身来,没等绕场转圈,三野拦腰抱住老三,一个"过顶摔"将老三扔到身后……

老三慢慢腾腾爬了起来,三野刚要继续施招,高地虎赶紧将其拦住,手臂划圈,示意他围着场子转转,然后冲着观众喝喊:"三跤两胜一敛钱,众位爷们,给钱吧!"观众无动于衷,有人小声咕哝:"叫人家摔成这样还有脸要钱？"

三野不费吹灰之力，连赢两跤，就对匡正民咕噜了几句。匡正民就对高地虎说："换个人吧，这小伙子不敢用劲儿。"观众中有人跟着起哄："换个棒练儿，来个能摔人的！"

也有人喊："让快跤董江湖上，要不请华人龙上，不能叫他们踢了场子！"

老三上脸了，他对高地虎说："师父，我再来一场。"

高地虎也觉得光挨摔无法向观众交代，就说："别罗别砸，别伤着对方。"

再次交手，老三判若两人，不等三野进招，右手已抓上小袖，左手逼住对方手臂，三野往前一扑，老三顺势转腰，一下"手别"将三野摔了个空中倒立，就在观众喊好的当口，三野身子一拧，从老三后背滑到眼前，一腿刚刚着地，另一腿已然反勾老三底桩，旋身转体，一招"跪腿得赫勒"，败中取胜，把老三摔个仰面朝天。

观众的叫好声还没落地，又发出了惊叹，眼睁睁看着老三倒在地上。

观战的华人龙点了点头，又摇了摇头。点头是因为三野受过高人调教，身手矫健，套路在行；摇头是因为老三不该发出绊子半途而废，自以为对方必倒，没料到人家能败中取胜。轻敌和心软乃摔跤大忌——（心）善不赢人，这跤输得冤。

"你来两跤？"高地虎问董江湖，"老三的实力不如这个日本人。"

董江湖说："我今天不好受，浑身没劲。"

高地虎见董江湖不敢和日本人过招，轻蔑地哼了一声，心中暗想，尿了，不是汉子。又一想，反正不能让日本人在这个跤场这么张狂呀，请华爷上，不好意思，别人又赢不了他，只好自己登场。

高地虎让老三下去，他脱光了上衣，双手提着褡裢，里子冲外，绕场一周，然后弓身猫腰，将褡裢一抡，穿在身上。

三野冲着高地虎鞠了一躬，立个门户，准备厮杀。

高地虎抱拳还礼，晃身形来到三野面前，照面就是一下"手别"。这下"手别"和老三的"手别"一模一样，但老三的"手别"用了一半就觉得赢了，结果让对手反败为胜;而高地虎的"手别"是快中加狠,将三野摔个空中倒立,继而绷腿拧腰,变脸观天,把三野狠狠地压在身下,根本不给三野翻盘的机会。

输了跤的三野,看着高地虎的五短身材,很不服气,心里着急,站起身形猛然进招。高地虎看得真切,三野身子刚一冒高,他抬腿就踢,把三野踢出五步开外,横躺地上。

三野村夫连输两跤,急了,凭一股蛮力,一会儿展臂抱腰,一会儿低头抱腿,恨不得将对方狠狠摔在地上。

三野的章法乱了,这下正中高地虎下怀,用不着"手别",只用冲踢叉踢架梁脚,趴拿捆腿支别子,就把三野摔得一塌糊涂,连续六跤没让三野开张。

高地虎每赢一跤,观众就欢呼一阵,随之将钱扔进场中。

三野的跤技欠佳,武士道精神十足,砸不垮,摔不烂,倒了起来,起来倒下,像一头发疯的野熊,嗷嗷叫着一个劲地横冲直撞。

乐坏了观众,看着过瘾,舒一口闷气;美坏了高地虎,场子里的钱拾过一茬又一茬,一个月的饭食有了着落;气坏了竹内,他虽面无表情,心中却大骂三野是个笨蛋,没脑子的浑人!急坏了华人龙,再摔下去能不出事?

华人龙悄悄走到高地虎身后,说了一句:"别光看钱!"高地虎一愣,回头一看,见华人龙沉着脸又说了一句:"给三野翻一跤,收场。"

高地虎答应一声:"好嘞!"眼看三野抬腿横踢,自己趴在三野腿上打了个滚儿,躺在了地上。

竹内豪仁笑了,笑得很勉强。他走进跤场,拦住了准备下场的高地虎:"我的,和你比试比试。"

华人龙唯恐高地虎体力不支,再与强手过招怕有闪失,就把匡正民招呼到跟前:"翻译官先生,日头已经落山,告诉竹内,今天到此为止。"

匡正民摘下金丝眼镜,看看天空,瞥一眼竹内豪仁,见他两眼盯着高地虎,就说:"我看再摔一场没什么问题。竹内先生很想和高手切磋。"

高地虎翻呲了:"翻译官,你是财神爷逗叫花子——拿穷人开心呀!响午我就吃了俩三合面窝头,折腾了多半天早就饿得前心贴后心了。日本人吃的嘛?精米白面加牛肉,再摔,你们不是拿'乏龙'吗?哼,饱汉子不知饿汉子饥!"

翻译官又看了看竹内,没等说话,高地虎又揶揄道:"你这翻译官,察言观色比我这拢黏儿的还有一套——拢黏儿的拿眼一溜,知道看跤的哪位有水(钱)哪位没水。你拿眼一溜,就知道竹内心里想嘛。翻译官,你不是说竹内愿意和我们交朋友吗?他徒弟输了,他立马出来拔闯,就这样交朋友?真想跟我们切磋,咱定个日子,一对一的分个高低论个上下。"

匡正民被高地虎连损带挖苦弄得很尴尬,苦笑一声,只好再和竹内商量。

谁都没想到,竹内豪仁爽快地答应了:三天之后,他来以跤会友。

日本柔道第一高手要与"中国跤"一赌输赢的消息不胫而走。

这天下午还没到开场时间,观众已把跤场围了个严严实实。

竹内豪仁带着翻译匡正民和门人三野,提前来到跤场。到了开摔时间,除了高地虎和他的徒弟们,总爱在人前显示自己的董江湖却还没到,连华人龙也没见踪影。高地虎纳闷,说好的事,华爷从不失约,今天怎么啦?

一般情况,华人龙总是中午小憩一觉,两点出门,安步当车,半个钟头就到了跤场。今天他想赶在日本人前面,出家门就坐上了胶皮,到了离跤场不远的地道口,下了车付了钱没走多远,就听后边有人操着山东口音喊道:"二爷,给了车钱再走啊!"

华爷一愣,怎么还要钱?回头一看,是另外一个车夫找一个戴着遮阳帽的汉子要钱。那汉子穿一身皂青裤褂,袄袖高卷,胳膊上露着红蓝两色的四不像刺绣图案。尽管车夫在后面紧喊,这人却优哉游哉地向北走去。车夫拉着胶皮一阵疾跑,跑到了遮阳帽前面:"二爷,还没给俺车钱了。"

坐车不给钱的不是别人,正是胡飞胡大头。他晃了晃戴着遮阳帽的大脑袋,冷冷地问:"车钱?"随即右手插进怀里摸了摸,抽出手来,说声:"给你!"一个耳光扇在车夫脸上。然后双手叉腰,脚尖不停地点地,瞪着三角眼,满嘴的荤油渣子,"你小子买二两棉花纺纺(访访),老龙头火车站一带,哪个不认得我胡飞胡大爷?大爷我在地道外吃馆子逛窑子从来不花钱,你要车钱？嘿嘿，耗子舔猫鼻梁骨——找死！"

挨了打的车夫，先是两眼冒火，后是运了运气，眼中的怒火被泪花淹没，愣在那里，说不出话来。

华人龙看在眼里，怒在心头，遮阳帽欺人太甚！反身走到胡飞面前，说道："朋友，坐车给钱，天经地义，这年头，欺负老实人有罪！"

胡大头一斜三角眼，心中一惊，怎么遇上了华人龙！他认识华人龙，但华人龙不认识他，他不敢答话，扭头走人。华爷身形一晃，拦住了胡大头的去路，胡飞竟然出其不意一个通天炮直奔华人龙面门。华爷看得真切，上身稍微一斜，举臂翻腕攥住胡飞的手臂，脚尖轻轻一拨，再看胡大头，趴在了华人龙脚下。

"哎呀，您是华爷？"从地上爬起来的胡大头，好像刚刚看清了来人，刚才的穷凶极恶一扫而光，油腔滑调地说，"我是忙着去跤场看摔跤呀……"

"看跤可以白看，胶皮不能白坐。"华人龙揪着胡飞来到车夫跟前，"给钱！"

胡大头装模作样摸了摸全身，嘻嘻一笑："华爷，我没带钱。"说着，把几个口袋掏给华人龙看，空空如洗。

华人龙冷笑一声："把你这身皮扒下来，当车钱！"

闻听此言，胡大头慌了，猫腰撅腚低三下四地说："别，别介华爷，扒我这身皮，你不能看着我光屁股走马路吧？要不，你替我把车钱垫上，过后我还你。"

胡大头不要脸的言语让华人龙哭笑不得："这次我给你垫上，下次你再这样，我要打你个二罪归一。滚吧！"

胡大头直起腰来，扭头就跑，刚一拐弯，回头就骂："下次再说下次的，玩去吧，咸吃萝卜——淡操心！"

华爷掏出一块钱，放在了胶皮车上。车夫擦了擦眼泪，对华爷说了声"谢谢"。

天津卫好事者多。有的骂胡飞："这小子，头顶长疮，脚底流脓——坏透膛了！"有的数落车夫："看你又高又大、挺壮的汉子，叫人打了还有脸掉泪？""可惜你爹娘给你这身好骨架！""你长手是干嘛的？窝窝囊囊能在天津卫混饭吃吗？"

车夫被众人数落的火烧火燎，突然举起双手，喊道："俺，俺这是两只废手呀，两只废手！"他捡起路边的半块砖头，食指在砖头上一戳一转，砖末纷纷而下，再看砖头，被钻出一个眼儿。接连戳转几下，砖头成了蜂窝，双手一合，砖头没了，成了齑粉。

被胡飞打了耳光的耻辱，被路人嘲讽的委屈，车夫的双眼突然闪出两道寒光，抖抖双手，并拢五指，弯腰屈腿，两只手掌噌噌噌轮番插进千车轧万人踩的路面里，直没到手腕处！

一通发泄之后，车夫的眼光暗淡下来，晃着双手带着哭腔说："俺不该练呀，不该练，练成这种手，挨了打也不能还手啊……"

围观者被车夫的功夫惊呆了！

华人龙见车夫有一身好本领却甘受欺辱，知道他是一位很有品德的武林高手，就把身上的钱全拿出来放到胶皮车上，问道："壮士，家住哪里，尊姓大名？"

车夫叹口气说："俺叫林再忍，山东济南府林家庄人。本来俺一家三代六口人，种几亩薄田还能凑合着活着，没想到日本鬼子的飞机把俺们那个村子炸平了，俺爹、俺娘、俺媳妇都被炸死了……俺只好带着两个闺女逃难来到天津。经人介绍，租辆胶皮，唉……"

这个拉胶皮的林再忍就是在跤场打把式卖艺俩女孩的父亲，那个曾经病得脱了相的山东大汉，幸亏得到高地虎的救助，之后，拉上了胶皮车。只是他和华人龙没有碰面，互不相识。

"敢问您老怎么称呼？"拉胶皮的山东大汉恭敬地问。

"我叫华人龙，往后有事，你就去前面跤场找我……"没说完，有人插言道："这位就是天津卫鼎鼎有名的独步跤坛真义士，华人龙华大侠！"

"啊，您老也是跤场的？跤场的高地虎高爷是俺恩人。"

"那就更没说的了。"华人龙稍加客气，因为惦记与日本人摔跤的事，匆匆告别林再忍，快步向跤场走去。

望着华人龙的背影，林再忍默默自语：摔跤堆里尽是好人！从此，林再忍得空就去跤场，躲在人群中，偷偷看看华人龙和高地虎，聊慰敬慕之情。

第三回 拜竹内不义人叛师
剃光头三寸丁搅局

华人龙来到地道外跤场，摔跤已经开始了，高地虎正在大战竹内豪仁！

今天的观众，里三层外三层人挨人人挤人几乎风雨不透。但与往日不同的是，没有观众天南海北的神聊，没有对跤手评头论足说长道短，也没有看到妙处拍手叫好之声——都在屏气凝神地观看两位跤手激烈厮杀。

华人龙走进人群，首先看到今天充当拢黏儿兼裁判的老三在场子里面，随着跤手的闪展腾挪、忽东忽西，张着嘴却不说话，瞪大眼睛盯着跤手的举手投足，没有了往日的左顾右盼，也没有了插科打诨、变着法儿找观众要钱的诙谐与幽默。那模样比场上的两位跤手还要紧张。

场上二人你来我往地拼搏，磁铁似的黏住了华人龙的眼球，他顾不上到长板凳上就座，站在人群里目不转睛地盯着场上二人的每招每式，但不露声色。

竹内腿长胳膊长，身材上颇占优势。好在高地虎手法精到，对方只要抢先抓上他的褡裢，他就紧随其后顺势抢上底手，有了底手，竹内就占不了太大的便宜。可惜裁判老三缺少奸门，双方抓在一起，蹬手拌绊换腰换腿几个回合之后，褡裢稍有歪斜，他就让他们拆了遛遛，重系褡裢——本意怕师父体力不支，却帮了倒忙，失去底手，重新抢把，高地虎特别被动。尽管高地虎遛圈时拿话点拨："你小子想要我好看，老喊停，怎么见跤呀！"老三看不出眉眼高低,以为高地虎成心说笑,在大庭广众面前幽他一默。他嘿嘿一笑,照旧。

当老三随着跤手转到华人龙跟前,就听华人龙小声说道:"重新抢把,谁胳膊长谁占便宜,胳膊短的吃亏。"老三恍然大悟,哪怕褡裢开了他也不再喊停。

竹内豪仁本打算和跤场的高手挨个过招,先赢高地虎,再摔其他人——既彰显本派武功,又显示日本武士的风度。他没把第一个上场的高地虎看在眼里,然而,交上手他才知道,其貌不扬的高地虎并非等闲之辈,一身功夫刚柔相济,能搪绊能化绊还能绊中套绊给竹内带来麻烦。面对比他矮小得多的高地虎,竹内要想三招两式把高地虎放躺在地,难!

十几个回合之后,高地虎已然看出竹内求胜心切,蹬手时重心前移,躯体稍有冒高之势,立刻借手施绊用"手别"。竹内豪仁见招拆招,缩腹滑胯倏然到了高地虎的面前,拧身勾腿,一招"回马勺"差点把高地虎摔个仰面朝天。被动之中使出"回马勺",没有上乘功夫绝难做到。

高地虎第一招没能见效,立刻连珠炮般地展开强攻:"拿腕手别""锁肘手别""上步手别""撤步手别""圈胳膊手别""反关节手别"……这一串"手别",忙活得竹内豪仁只有招架之功,难有还手之力。然而竹内豪仁矮身形稳住重心,屡屡化险为夷,高地虎的连环手别愣没奏效。

高地虎突然松开底手,挺了挺腰,喘了口大气。竹内豪仁见对手黔驴技穷,心中说声"该看我的了",刚要发招,高地虎突然左脚高抬,过右膝脚掌落地,没等落实,右腿又起,脚落左边,竹内豪仁还没明白高地虎双腿插花是何用意,却见高地虎突然左手抱住竹内胳膊,旋身转体,一招你不倒我倒的舍本招数"盖步手别"已使竹内豪仁脚上头下,倒悬空中!

谁能料到,倒悬空中的竹内,竟然随势绞腿,拧身落地,伸腿回勾,又是一招"回马勺"……

好,正好!高地虎要的就是对方的"回马勺"!他拧腰挺胸,后背贴紧竹内前胸,左腿内缠竹内左腿,右脚使劲蹬地,一叫丹田真气,大喝一声:"起!""索命躺刀"施展开来,二人悬空,相互缠绕,向后飞去……

高地虎的连环"手别"都是往前用力,"躺刀"却是借劲使劲往后用力,这下"躺刀"赢过的高手不计其数,可谓一摔一片!

华人龙暗暗点赞:"好,真好,这下'躺刀',入谱了!""入谱"就是绊子入了清宫大内相扑营的跤谱——不是登峰造极的绊子,焉能入谱?

整个跤场响起一片叫好之声!

眼看这跤输赢已定,却见高地虎身下的竹内豪仁,单脚刚一触地,晃动身躯,拧腰翻臀,竟将身上的高地虎翻到了下面……高地虎急忙抽身,为时已晚,肩头着地,"咔嚓"一响,锁骨折了。

高地虎把吃奶的力气和看家的绝活都使出来了,没想到竹内豪仁的"寝技"已达化境,就在他的身躯还有半尺就要横躺地上的刹那,愣能翻身而上,败中取胜,令人匪夷所思!

老三看出高地虎受了重创,赶紧喊停:"拆了!拆了!"

华人龙分开众人走到高地虎跟前,帮他解开中心带,脱下褡裢,一看锁骨,高起一块,轻轻一摁,咯吱咯吱直响。

"不要紧,再来一跤,怎么也得摔满三跤。"高地虎明知再摔下去,绝不会占到一点儿便宜,但豪气不减。

"不行,锁骨折了,不能再摔。"华爷悄悄说,"别声张,赶紧去我家找你嫂子,让她给你贴药。"华人龙的妻子乃正骨世家,素有"跤坛医隐"之称,对外不开诊,只为自己人疗伤。

竹内见高地虎受了伤还要按江湖规矩摔满三跤,心内暗暗佩服:是个好跤手。随即向高地虎鞠了一躬,表示歉意。

高地虎点点头,没有说话,在板凳上坐了一会儿,悄悄走出跤场,没走两步,却见一辆胶皮车来到眼前:"恩人,请上车。"

高地虎一看,竟是林再忍。他没客气,坐上车直奔华人龙的家。

人们这才顾上打量竹内豪仁,并非"小日本"形象:一米八的个头,弯眉朗目,通天鼻梁,嘴角微翘,唇上一撮人丹胡,隐含着傲慢。袒露的胸腹,胸肌发达,腹肌鲜明,雄壮中透着健美。

竹内豪仁看着高地虎走出跤场,解开中心带,敞开褡裢,一个人在场中缓慢地溜达——等待下一个对手上场。

站在人群里的华人龙，刚要进去与竹内过招，又觉得人家已经摔了一场，这时与之相拼，有拿"乏龙"之嫌，胜之不武。犹豫间，坐在板凳上的董江湖站了起来，脱上衣换褡裢，气宇轩昂地走到竹内豪仁近前，双手抱拳，高声喝喊："请！"

眼见董江湖和竹内豪仁插招换式战在一处，华人龙暗暗点头，虽说董江湖为人做事哗众取宠，但面对日本强敌，毫无惧色，也算得上一条好汉。

二人交上手，足有三分钟没见输赢。

拢黏儿兼裁判的老三说："二位，蹭手拌绊儿呀！"老三的意思是，竹内已经摔了一场，你董江湖正好拿"乏龙"，还不进招等待何时！话音还没落地，竹内豪仁抓上董江湖的大领，腕子一揿，拉着就走，董江湖不敢犟劲儿，如影随形，紧随其后。看看来到场边，董江湖刚一愣神，竹内突然背步撩腿，一下"散手钩子"将董江湖挑翻在观众脚下。观众情不自禁地发出惊叹。

董江湖站起身来，不住地摇头。再一照面，突然抢手，却见竹内借其前倾之势，捋胳膊一下"借手踢"，把董江湖踢起五尺多高，一丈开外！

观众发出唏嘘之声，华人龙也大为惊异：要说头一跤，董江湖输了情有可原，这第二跤不该输呀，鼻涕似的，轻而易举就被人家踢飞了？

站在场边的二愣，气不忿儿，骂了一句："妈的，摔我的能耐呢？"

再看董江湖，在地上躺了足足二十秒钟，突然一个鲤鱼打挺站起身形，两个跳跃蹿到竹内眼前，众目睽睽之下，跪倒尘埃："竹内先生，我访了八年高人，今天总算遇上了您，我要拜您为师，跟您学艺……"

竹内惊得后退一步，两手护胸，封住门户，不知董江湖要耍什么花活儿。

董江湖估计竹内不懂他的意思，扭头对坐在板凳上的金丝眼镜匡正民说："翻译官，你告诉竹内先生，我要拜他为师！"

匡正民惊异地瞪大眼睛，眼里闪过一丝鄙夷的光，坐在那儿一动没动。

竹内走近匡正民，问道："他的，什么的干活？"

匡正民面无表情地说："他要拜你为师。"

竹内哈哈一笑："我的，怎能收他为徒？"

"呸！"一口浓痰，从二愣的嘴里喷向董江湖。

刚才还鸦雀无声的跤场内外，一片哗然，骂声四起：

"丢人，摔大跤的也有这种孬种，真他妈丢人！"

"光屁股烧香——这算哪一道？"

"看他人模狗样的像条汉子，闹半天是窑姐的肚子——尿包一个！"

"叛师倒戈，辱没祖宗……"

观众骂声不绝，董江湖却充耳不闻，还是跪在竹内面前，显得很是虔诚。

匡正民又和竹内说了些什么，嘀里嘟噜谁也听不懂。只见竹内点点头，脱了褡裢，换好衣服，和三野一起走出了跤场。再看董江湖，不顾一切地追了出去……

半月之后，董江湖满面春风地走进地道外跤场。进了跤场就对华人龙说："华爷，真不容易，竹内先生终于收我为徒了。刚刚拜在竹内门下，日本洋行董事长山本四郎先生就在洋行给我挂了个名，去不去的，到月头给我关饷。"董江湖浑身上下散发着"茶壶"当老板，一步登天的得意劲儿。

华人龙漠然一笑："恭喜你发洋财。"

"华爷，山本董事长说，天津卫摔跤最有名的是你华爷，他知道你是大清国大内高手的弟子，是天津卫响当当的人物。他让我给你带信儿，让你到洋行挂个名，能有一份不小的进项。"

"我没那福分。"华人龙的话不冷不热。

不冷不热还算好的，跤场里除了华爷有一搭没一搭地应付他，其他人都用白眼珠看他，没人搭理他。

董江湖有些尴尬，自找台阶，换上褡裢准备摔跤："老三，咱俩撂两下。"

老三摇摇头："我恶心，要吐，没法撂。"

再问二愣："咱俩活动着撂几下。""活动着撂"就是有意让着二愣，我赢你一下，输你一下，撂几下活跤，忽悠观众，给跤场敛钱。

二愣直来直去，说了句荤话："没工夫，有工夫我还拿那玩意儿磨大腿呢！"

董江湖再问其他人，个个都摇头晃脑，说出一个理由，甚至不是理由的理由，就是不跟董江湖撂跤。

董江湖虽然恼火，但也只好强作笑脸对华人龙说："华爷，这个跤场，我董江湖可是尽心维护。在这儿看跤，我一分不少给，进场摔跤，我一分也不拿。大热天弄一身臭汗，洗澡我自己去洗，吃饭我自己去吃，没花过跤场一分钱。观众爱看我摔跤，我摔跤敛的钱多，可以说给哥几个、爷几个帮了不少忙。怎么今天谁都不陪我摔两下？这跤场的人是不是太不讲义气了？"

"董先生，"华人龙既不按天津卫的习惯称他董爷，也不按江湖道与他称兄道弟，而是叫他先生，暗含着讥讽，"这个跤场的人，嘛都不讲，就是讲义气。义气是骨气的一种，摔跤人没有骨气还谈什么义气？"

"是不是看我拜了竹内先生，你们嫉妒？"

"嘿嘿！"华人龙一阵冷笑，"嫉妒？中国跤不如日本跤？叛师倒戈，辱没祖宗，竹内功夫再好，也是日本人！"

华人龙语调不高，语速不快，说的话却像利刃直刺董江湖的心窝。

众人没见过华人龙骂街，今天却拐弯抹角骂了董江湖。

董江湖再也待不下去了，脱下褡裢扔在地上，说声："走着瞧！"愤然而去。

高地虎的跤场对面不远处，一个挺气派的跤场突然出现了：五丈见方的跤场，沙土铺地，上罩天棚，迎面耸立碗口粗细的一根旗杆，旗杆上面悬挂着一面锦旗，旗上绣着四个隶书大字："尚武跤场"。

高地虎的跤场聚集了不少人，议论对面的尚武跤场：有唱对台戏的，还没见过摔对台跤的。

杨二愣指着尚武跤场破口大骂："不是东西，真不是东西！都是董江湖那王八蛋搞的鬼，我亲眼所见，他领着日本人在这儿转悠了好几天，圈了这块地。开始我以为日本人要建临时货场，这里的苇席、油毡都是我们给拉来的。天棚搭起来，我们光等着拉垫木垫石了，董江湖却雇了两辆大车拉来了沙土。等把旗杆立起来我才知道，这是个跤场。这不是借日本人的势力欺负咱这个跤场吗？"

锁骨已经痊愈的高地虎，听了杨二愣的话，更是有气："二愣，你不是有劲儿吗？等他们开张那天，你去跟董江湖赌一场，把他场子踢了才算摔跤汉子,光在这儿放干气顶个屁用!"

打人别打脸,说话别揭短。在场的人都知道,董江湖在这个跤场一露面就把二愣摔了个不亦乐乎。高地虎的话让二愣憋了个大红脸:"我杨二愣赌跤赌不过他,我跟他赌命! 你高爷有能耐,你去踢场子呀! 你要把他场子给踢了,我佩服你!"说完,气哼哼走了。

看着杨二愣的背影,高地虎冷笑了两声,仰脸冲着"尚武跤场"那面旗子,骂道:"我要不把这个场子搅乎黄了我就不姓高!"

华人龙警告高地虎:"别乱来呀,咱不能穿着新鞋往臭狗屎上踩。"

正在这时,一个人来到了众人面前:"各位爷,我送帖子来了。"来者不是别人,正是董江湖的徒弟胡飞胡大头。这小子瞥一眼华人龙,佯装没看见,他怕华人龙找他要垫付的胶皮车钱。他冲着高地虎从手提包里掏出一沓请柬:"后天下午三点,尚武跤场正式开张,请你们去贺场子。完事我们董爷在登瀛楼大摆筵宴,宴请天津卫摔跤的各路好汉。你们几位,务必到哇!"

高地虎接过请柬,看也不看,随手一扬,如天女散花一般,厉声说道:"玩去玩儿去,你们这帮人还有脸请我们贺场子?"

"哟,不给面子?"胡飞一把抓住高地虎胸前衣襟,往上一抬,顶住高地虎的下巴,厉声而言:"三寸丁毂树皮,扔了请柬就是打了董爷的脸,董爷可是大日本帝国的红人……"

话没说完,高地虎双手扣住胡飞的手腕,背步拧腰,缩腹翻臀,一招"揣花"把胡飞揣过头顶,像车把式甩出的鞭子,"啪"的一声,抽在地上。紧跟着踏上一只脚,断喝一声:"胡大头,你们依仗日本人的势力吓唬爷爷? 回去告诉董江湖那个王八蛋,别人都不去我也去给他贺场子!"随即踢他一脚,"滚!"

一通鞭炮之声吸引了行人,尚武跤场热热闹闹地开张了。

胡飞晃着大脑袋充当拢黏儿的,喋喋不休瞎白话:"都来看都来瞧,看新鲜瞧热闹。在这儿看摔跤,跟戏园子看大戏一样,太阳晒不着,下雨淋不着。跤场上面搭天棚,天津卫咱这儿头一份儿。哪个跤场有名有号? 咱这个跤场有名有号,你们看看旗子,尚武跤场,多响亮的字号! 不光字号响亮,掌穴的、镇擂的也都是天下闻名人物。快跤董江湖董爷掌穴,那年和华人龙一赌输赢,照面就是一下'别子',摔得华人龙不认识北了。如今董爷带艺投师,投到大日本帝国柔道第一高手竹内先生门下,竹内先生天下无敌,与对面跤场的瓢把子高地虎过招,不到三个回合,就把他锁骨摔折了。竹内先生在此镇擂,为的是结交天下好汉,共建大东亚共荣圈……"

胡飞白话得正起劲,却被坐在竹内旁边的匡正民拦住了:"胡飞,竹内先生让你只说摔跤,谁让你说共荣圈啦?"

胡飞愣了一下,本想讨好日本人,却见嘉宾席上的竹内露出了不满的眼神,立刻"是是是"地答应着,把话归到摔跤上来:"自从董爷拜了竹内先生,那撂法、那能耐、那功夫,更加炉火纯青、登峰造极。尚武跤场,只为发扬日本跤,以跤会友,会会自以为了不起的中国跤,看看是中国跤棒还是日本跤棒……"

大脑袋胡飞胡编乱造瞎白话,忽听有人咳嗽一声,一口浓痰啐在他脚下。胡飞扭头一看,一个身材不高、剃着光头的汉子走了进来。这人上穿褡裢腰扎蓝色中心带,下着黑布灯笼裤,脚蹬薄底跤靴,浑身上下干净利索,冲着他说:"爷们,说话留点神,别闪了舌头。"啊,高地虎!胡飞激灵一下,想起高地虎的"揣花",不由得倒吸一口凉气。

靠近竹内而坐的董江湖,正在暗暗着急,撒出去百十张请柬,没见一个跤坛名人前来。这时看见高地虎,立刻站了起来,高兴地说:"美男子大驾光临,欢迎欢迎。"往其身后看了又看,没有别人,惊问道:"就你自己来的?"

"就我自己还不够抬举你吗?"

"华爷没来?"

"华爷是有身份的人,不能往臭狗屎上踩。"

"这是嘛话?你是来贺场子还是来赌气?"

"不赌气,赌跤。"

"跟谁赌?"

"跟你。"

"那好,"董江湖也不含糊,"今天咱俩就见个真章儿。"冲着胡飞一摆手,"我和高地虎先来头一场,你盯着敛钱。"

火车站附近本来就人来人往，再加上胡飞一通白话，拢住了不少喜热闹的看客，更有明眼人知道高地虎是来赌跤，片刻间围上来许多人。

董江湖穿褡裢蹬跤靴，往跤场东边一站，抱拳说："请！"随即走花步晃身形来到高地虎的对面。以快跤著称的董江湖，并不急于抢手发绊，他要在尚武跤场开张之日大加卖弄，施出浑身解数，走出多种花步，取悦于观众，更要在光临现场的日本人面前显摆能耐。再者，他知道高地虎的前"手别"后"躺刀"厉害异常，所以不敢贸然出手，害怕对方"借手"发绊，让他防不胜防。

然而，今天的高地虎，一反常态，既不用"手别"，更不使"躺刀"，伸手抓住董江湖的两把小袖，一不进攻，二不发绊，三天前剃过的光头往董江湖的胸前一顶，完事大吉。

快跤董江湖怎么也没想到高地虎上来就是"尿人杵"。他见高地虎只守不攻，立刻集全身之力于左臂，要把高地虎的底手蹬开。高地虎右臂往上一拱，解去了董江湖的蹬手之力，随即脑袋一晃，顶住董江湖的脖子，刚刚钻出头皮的头发楂儿子，钢丝一般，扎得董江湖又疼又痒。

董江湖换手再蹬，高地虎照方抓药，再次化解了董江湖的蹬手力道。

董江湖使出吃奶的力气，左蹬蹬不开，右蹬蹬不开，双手同时蹬也蹬不开高地虎的任何一把手。蹬不开手，拌不了绊，弄得他一筹莫展。

论跤力董江湖身材高大占着上风，但高地虎把自己的"短处"变成了长处，五短身材正好把"尿人杵"发挥到极致。摔跤得讲究手法，上手、底手两把手，运用得当威力无穷。高地虎攥住小袖的两把手，左右变换既是上手又是底手，而且还有第三把手——光头。董江湖蹬他左手，他脑袋往左用力，蹬他右手，他脑袋往右用力，两边一晃，头发楂儿子铁刷子似的把董江湖的下巴颏儿、脖颈、前胸刷秃了皮，冒着血筋儿，汗水一浸，杀得难受。

跤场上约定俗成的规矩，赌奸不赌赖。高地虎的"尿人杵"是又奸又赖。高地虎说过，跟正道人撂跤，得凭真本事按规矩撂；跟下三烂撂跤，就得用下三烂的歪门邪道。要说高地虎的跤技并不比董江湖弱，但他就是只守不攻，不跟董江湖见跤，不见跤观众就索然无味，没人爱看。

"我说高地虎，你这是嘛撂法？"董江湖问。

高地虎仰脸看看董江湖，晃晃脑袋："高人撂法。"

"这样吧，咱俩活动着撂，你先给我翻一跤，然后我再给你翻。这样都好看。"董江湖有了套近乎的意思。

高地虎嘻嘻一笑："你好看，我不要好看。"

"高爷，我先给你翻一跤，你再给我翻。"

高地虎心里一阵冷笑，改口叫爷了，那好，我就告诉你："你这个跤场搁的不是地界儿。借势力欺压同道，不仗义！从古至今，恶人自有恶人磨，我跟你一样，不是什么好鸟，你不是想在天津卫扬名立万当老大吗？先过我这关！"

董江湖急得两眼冒火，就是破不了高地虎的"尿人杵"！

高地虎看在眼里，乐在心里——你不是快跤吗？我叫你快不起来；你不是靠日本人耀武扬威吗？我叫你在日本人面前栽个大跟头！我就是杵着你，我不用绊儿，你也用不了绊儿，咱就这么耗着，急死你，气死你！

有的观众说话了："这是摔跤吗？顶牛，走走走，去对面那个跤场，人家那叫摞跤，有看头。"这个走那个跟着，呼啦啦走了一大片。

眼见观众陆续离去，董江湖急得猴蹦，低三下四地央求高地虎："高爷，我的好高爷，你就成全成全我，以前我对你的跤场可不错呀。"

"以前你还算个人，现在还算人吗？我成全人，不是人我不成全。"

"爷，你是我爷，我服了，你松手，我自己躺下还不行吗？"

"自己躺下？不行。刚才胡大头说你一个'别子'就让华爷在地上打滚，我想领教领教你的'别子'。顺便看看你这个快跤到底有多快。"高地虎边说边把光头在董江湖胸前蹭来蹭去，蹭得董江湖火烧火燎。

竹内豪仁身旁的三野急了："八格牙鲁！"站起来要进场子，却被竹内拦住了："中国人，窝里斗大大的。他们不斗，我们哪会高高在上坐在这里。可惜，跤坛武林也是如此。"

足有半个多钟头，两个大活人在场子里就这么杵着，谁愿意看？余下的观众也没了耐心，你走他走，走了个一干二净。

高地虎见观众走光了，这才松手，一阵冷笑："是人不是人就要立场子，也不尿泡尿照照……"边说边走出跤场，扬长而去。

董江湖被气得七窍生烟，破口大骂："高地虎，三寸丁，我日你祖宗！"

第四回

匡翻译直言劝豪杰
华大侠临危敢担当

赌跤

高地虎把尚武跤场搅乎黄了，回到自己跤场，该说说，该笑笑，该拢黏儿接着拢黏儿说买卖，好像什么事也没发生过。

华人龙听说高地虎刚从尚武跤场搅局回来，有些生气："去那儿干嘛？成心找病？尚武跤场有日本人掺和，光棍不跟势力斗，你不懂?！"

高地虎比华人龙小六岁，一直视华人龙为师长，但今天却顶撞了华人龙："尚武跤场卡咱跤场脖子，欺人太甚！我再不去，显得咱太软、太怕事啦！"

华人龙的心咯噔一下：偌大的中国都被小日本占了，你高地虎何必逞能！

接连几天，华人龙天天在跤场开摔之前就来到跤场，往板凳上一坐，嘴里不声不响，眼睛却不住地四处撒摸。他一直担心，董江湖不会善罢甘休，日本人也不会袖手旁观。

华人龙心不在焉观看摔跤，突然觉得背后有人轻轻拍他一下："华爷，您坐着别动，我给您通个信儿。"说话人佯装看跤，没引起他人注意。

华爷回眸一瞥，是日本翻译官匡正民。匡正民好像自言自语："高地虎搅闹尚武跤场，日本洋行的山本四郎火了，说董江湖给日本人丢了脸。他要竹内摔败你们，说跤场争锋就是两个民族的较量——山本明着是洋行的董事长兼总经理，秘密身份却是大特务头子。一旦竹内不是你们对手，山本就要对你们大开杀戒……"

匡正民直了直腰，用眼扫了扫四周，又凑近华爷的耳边继续说："华爷，您要防备点，我得到了消息，最近两天，他们要来你们跤场赌跤，我劝你们不要和他们交手，免遭暗算。最好先避避风头，暂时把这个跤场停了。"

"停了？多少年的跤场，凭你三言两语说停就停了？"华人龙冷冷问道，"谁派你来的？"华人龙对给日本人办事的人本来就没有好印象，听了匡正民这番话，更加警觉起来。

"华爷，千万别逞一时之勇，以卵击石。"说完，匡正民走了。

转天，老三和二愣正在场上撂跤，董江湖和胡飞头前开路，匡正民陪着竹内豪仁和三野村夫，还有三名日本武士紧随其后，一行八人雄赳赳走进了跤场。

高地虎见状，喊了一声"停！"让老三和二愣靠边休息，然后对着董江湖尖酸刻薄地说："老哥怎么称呼？是快跤董江湖还是大日本帝国的过继武士？"高地虎真损，儿子有过继的，"武士"有过继的吗？这是变着法儿辱骂董江湖。

不等董江湖答话，胡大头愣充大尾巴鹰，一晃大脑袋，狗仗人势地说："都是大日本帝国的臣民，竹内先生来了，赶紧让座！"

高地虎嘻嘻一笑，抬脚踩住胡大头的脚面，突然"阿嚏"一声，鼻涕涎水喷在胡大头的脸上。胡大头赶紧后撤，身子动了脚却动弹不得，仰面躺在了地上。

高地虎一个喷嚏喷倒了胡大头，引得观众哄然大笑，连日本武士都忍俊不禁。

竹内豪仁走到华人龙面前，鞠了一躬，用不大纯熟的中国话说："你的，天津摔跤界，人称独步跤坛真义士，咱俩，切磋切磋，你的同意？"

没等华人龙回答，董江湖走过来，从怀里掏出一个信封，递给华人龙："华爷，我们山本董事长知道竹内先生要和你赌跤，特意让我送你一份礼物。"

华人龙接过信封，用手一捏，朝信封里看了看，微微一笑，装进怀里。

董江湖转身走开，匡正民又走上前来，小声说："华爷，就说你身体不适，说嘛也别摔，你看，场外有日本兵。"

赌跤

华人龙用眼四处一扫，一改往日的谦恭文雅，起身对竹内抱拳而言："我本来不想和日本人过招，既然你们来者不善，我华人龙只好奉陪。不过，冤有头，债有主，先叫董江湖上来，然后再是你竹内豪仁。"

好，在场的跤手拍手叫好，暗暗称赞华人龙，平日里温文尔雅，今天却要仗义惩恶！

华人龙点名先与董江湖过招，董江湖有些心虚，转脸对高地虎高声喝喊："我想在这儿再领教领教天下第一美男子的'尿人杵'！"

高地虎笑了，是坏笑："嘿嘿，这儿是正经八百的跤场，'尿人杵'用不上。你想跟我撂跤，今天我可没空哄你玩儿——我先跟竹内来一场。"

华人龙明白高地虎的用意，他想先抵挡一阵，给华人龙创造拿"乏龙"的机会。但他还是把高地虎拉到一旁，声音不高却很严厉："日本人可恶，叛师倒戈投靠日本人的汉奸更可恶！"

"高地虎，我先跟你的！"董江湖三下五除二换上褡裢，往场中一站，指名道姓，趾高气扬。

华人龙推开高地虎，麻利地穿好褡裢，对着董江湖说："我不怕你们拿'乏龙'，只要你有劲儿，咱俩可以摔到天黑，等你说不摔了，我再跟竹内的。"

董江湖犹豫了一下，觉得自己曾和华人龙摔成平手，今天虽然没有赢他的把握，可对方要想赢他，也不容易。他见竹内并没拦他，认为竹内有意让他先行消耗华人龙的体力，立刻拉架子晃身形，走近华人龙。

跤场内外，中日跤手，谁都没想到，场上二人一照面，董江湖就耍了鞭！

华人龙手法极快，不等董江湖近身，抓住董江湖手腕往上一撅，董江湖不由自主抬头提气身子冒高，华人龙趁势一下"弹拧子"，就见董江湖的身躯在空中画了一道弧线，鞭子一样落在地上。

起身再战，不等董江湖抢手，华人龙挥手一推董江湖肩头，董江湖身子一晃，没等站稳，华人龙飞腿扫桩，一招"飞嗗子"把个董江湖踢了个倒栽葱。

观众轰然叫好，高地虎跟着怪叫："华爷仗义，上回与你过招，把你当人，让你两跤。现在你成了狗，华爷只能让狗趴着！"

听见高地虎的叫嚷，董江湖想起了高地虎的"尿人杵"，他来到华爷面前，拼命抓住了两把小袖，屁股一撅，心中暗说，看你怎么破这招！

赌跤

华人龙微微一笑，右手扶其肩，左手往上掏，缩腹进腰，一招"拢臂切别"，"嗨"的一声，连摔带砸把董江湖"切"翻在地。

华爷的"拢臂切别"，得高人真传，专破"尿人杵"，你不躺下胳膊就得折，董江湖焉有不躺之理——不是恶人，华爷绝不用此招。

外行看热闹，一人站着一人躺着就有人叫好；内行看门道，赢在哪儿输在哪儿看的是诀窍。然而，连大行家高地虎都没看清华人龙怎么破的"尿人杵"。别管董江湖人品如何，毕竟摔跤不是庸手，怎么就"杵"不住华爷呢？

再看董江湖，躺在地上，口吐白沫，死了过去。

跤场内外一片哗然！

匡正民瞥瞥身旁日本人，没等他们有所反应就走到场中，佯装探看董江湖，眼睛却瞟着华人龙，低声疾言："华爷，还不快走！"

华人龙并不理睬匡正民，看了看躺在地上的董江湖，扭头冲着竹内招手："来、来、来，咱俩接着。"

华人龙不愧是跤坛大侠，他的大义凛然，让高地虎的双眼含满了泪水。思量思量前几天对华爷的顶撞，他感到内疚——华爷是为了这个跤场，为了指着跤场养家糊口的哥几个爷几个，能不惹事就不惹事，但他绝不是怕事！今天，明知日本兵就在跤场外面，竟然先将董江湖狠摔一顿，又指名道姓要与竹内见个真章儿，这种气魄，他自愧弗如。

匡正民见华人龙并不理会他的好意，就回到竹内跟前，嘀里嘟噜几句日本话，就见竹内让两个日本武士把董江湖搭走了，然后看了看场外的日本兵，走到华爷面前，不无敬佩地说："你的，勇士大大的，好！三天后，咱俩再切磋。"说完，躬身施礼，转身而去。

当天傍晚，高地虎把华人龙及跤场的六个人都请到跤场附近的顺民饭店会餐。刚上了两个菜，他就端起了酒杯："老少爷们儿，虽说酒没好酒，菜没好菜，但有两件事值得庆贺。第一件，华爷把董江湖摔了个半死，让这个势利小人名声扫地。来，大伙儿干一杯！"

众人喝了酒，桌上的两个菜随之一扫而光。可等了老半天，高地虎却不再提第二件事。老三问："师父，第二件事呢？您不说我们怎么喝第二杯酒？"

华人龙笑了："老三，你师父想说的第二件事，是把尚武跤场搅乎散了，但我在这儿了，他不好意思说了。我不同意他去搅局，搅了局我们的麻烦跟着就来了。"说到这里，华人龙严肃起来，"当今社会，我们这些摔跤人，惹不起日本人。从今往后，日本人来咱跤场摔跤，我在，我跟他们摔，我不在，不许任何人和他们过招——包括高地虎在内。谁不听我的，从此咱们就情断义绝，不再来往！"

众人立刻安静下来。每个人心里明镜似的，华人龙是为大家好——有福大家享，有难他一人当。

跑堂的又端来四个菜，高地虎乘机而言："华爷的好意，我们大家心领了。可我们也是摔跤汉子，你华人龙大仁大义，我们也不是见利忘义董江湖那样的势利小人！董江湖白叫董江湖了，江湖义气他任嘛不懂！当初华爷就不该手下留情，捧他成了气候，现在成了祸害。那时要一跤把他摔回去，也不至于这样。"

华人龙说："当初不知道他会投靠日本人。"提到日本人，高地虎突然问："华爷，山本让董江湖捎给你的礼物是嘛？我们看看。"

"给我的，你们看嘛？喝酒喝酒。"华人龙岔开了话题。

"给华爷的礼物是一粒子弹。"随着话音，匡正民走了进来，"真巧，想找你们，在这儿就碰上了。各位好汉，我来讨杯酒喝行吗？"不等众人回答，匡正民拉把椅子坐在了华人龙的对面。

华人龙有些不悦，心中暗道，你可真不把自己当外人。我们的酒，你也不怕呛嗓子！但他终究是有身份的人，只是心想，没说出来。

高地虎并不友好地说："翻译官，你能掐会算，知道我们在这儿？"

匡正民说："我是蒙着来的。"然后找跑堂的要了个酒杯，自己给自己斟了半杯酒，端起酒杯，冲着华人龙晃了晃，"我先干为敬。"一饮而尽。

华人龙并没举杯，问道："找我们有事？"

匡正民点点头，单刀直入："华爷的正气，匡某佩服。请恕我直言，明知不可为而为之，称得上大勇，但也得看看有没有意义。"

"请指教。"华人龙说。

"一介书生，在跤坛好汉面前岂敢指教？"匡正民笑了笑，"我只是想说，古往今来，通权达变才能避祸免灾。"

华人龙问："嘛意思？我们都是粗人，匡先生的话，我们不明白。"

匡正民说："首先声明，我不是当说客来的。竹内豪仁要和华爷切磋跤技，就是想验证他自己的功夫，这本无可非议。但日本洋行董事长山本四郎另有图谋，他要让日本跤手征服中国跤手，这是除了军事和经济之外，又在文化、体育上对中国进行侵略。今天竹内没跟华爷过招，是他看见了日本兵在场外不怀好意，回去就和山本急了，说军人的出现搅乱了他和中国跤手的切磋、交流。竹内在日本国是名人，日本天皇接见过他，并亲自授给他一枚勋章，山本不好和他当面闹翻。但据我所知，山本表面答应不再干涉竹内的事，暗地里却派便衣盯着跤场，一旦有人摔败竹内损害了日本国的声誉，他们就会暗下杀手！他让董江湖捎给华爷的子弹，就是对华爷的威胁。世界上，好人不知道坏人有多坏，日本人什么坏事都做得出来！"

华人龙觉得匡正民说的不无道理，但他还是不卑不亢地说："真正习武练跤的人，把名誉看得比命重要。有人找你赌跤，你不敢赌，就是认栽。"

"唉，"匡正民叹了口气，"看来这场跤华爷是非摔不可？"

华人龙斩钉截铁地说："我要和日本跤手比个高低！"

高地虎问："匡先生，你嘛意思？"

"我的意思……就是不逞一时之勇。"

华人龙微微冷笑："匡先生是来劝我，不战而退，甘拜下风？"

"我不是这意思。我知道，跤坛好汉都有一股豪气。我劝皮劝不了瓤儿。你非要跟他赌跤，也得想个万全之策。"匡正民退了一步。

"嘛叫万全之策？"高地虎问。

"这场跤，表面看，是华爷和竹内两个人的事，实际涉及两国的荣誉。华爷要是输给竹内，日本方面就会大肆宣扬，中国跤不如日本跤，中国人不如日本人。华爷要是赢了竹内，就有麻烦，还不是小麻烦。据我观察，华爷绵里藏针，柔中有刚，不会轻易认输。这就要事先做好安排，赢了跤还能走得脱，这样最好。"

"你有嘛高招？"高地虎追问一句。

匡正民想了想说："你们尽量磨蹭到擦黑再和竹内交手，这样便于……撤走。"他很注意措辞，把"逃走"改成"撤走"。

赌跤

"你为嘛这么关心我？"华人龙表示疑惑。

"很简单。"匡正民说，"我是中国人。竹内豪仁想把中国跤的精华学走，我曾帮过他，这是弘扬中国跤，扩大中国跤的影响，提高中国人在国际上的地位，有百利而无一害。现在性质变了，日本人要加害中国跤手，我不能袖手旁观，但我又没能力说服华爷，只能尽微薄之力，传递信息。"说完，他又斟了半杯酒，把酒杯对着众人晃了一圈，说声："我祝各位好汉平安无事。"说完，又是一饮而尽，然后到柜台前打了一晃，跑堂的又给端来四个好菜，他却不辞而别。

匡正民走了。高地虎说："我听他的话有点道理。"

华人龙说："人心隔肚皮，他的话不能不信，也不能全信。"

高地虎说："我总觉得竹内和别的日本人不一样。我看他像个真正的练武之人，不像别的日本人那么野蛮，那么欺辱中国人。"

"他是有点儒将风度。"华人龙说，"但他终究是日本人。"

匡正民的到来，使这顿酒喝得不大畅快，不但不畅快，还感到压抑。

众人草草吃了饭，散伙。

高地虎到柜台结账，掌柜的说，那个眼镜已经结完了。

高地虎问华人龙："华爷，你说这个翻译官是好人还是坏人？"

"难说。挣日本人的钱，给日本人办事，吃谁向谁，这是常理。"

转眼之间就到了华人龙与竹内豪仁赌跤的日子。

下午三点，老三才领着人泼水焖土搂场子，比往常晚了一个多钟头。

竹内豪仁在门人三野和翻译官匡正民的陪同下走进了跤场。老三按照事先的安排，请他们坐在板凳上，让他们喝着茶水等候华爷的到来。

过了好一会儿，高地虎到了。

匡正民对高地虎明知故问："华爷还没到？"

高地虎说："有点急事，华爷过一会儿就到。"

竹内不时地向外张望，虽不露声色，但华人龙迟迟不到，他心里有些着急。

眼看着夕阳西下，华人龙这才匆匆走进跤场，来到竹内面前，说："对不起,让竹内先生久等了。"

竹内立刻学着中国跤手的样子,拱手抱拳:"你的,有事?还能摔吗?"

没等华人龙答话,场外观众里有人嚷道:"快摔吧,竹内先生等你俩钟头了,是不是要爬椳呀?"这分明是董江湖的声音。

董江湖本想和竹内一同到跤场会战华人龙,被竹内拒绝了,只好和胡飞胡大头站在人群里起哄架秧子,给华人龙添堵。

华人龙脱去上衣穿上褡裢,活动一下筋骨,看着竹内扎束停当,与竹内同时走进了场子。

高地虎走到场子中间,明着裁判暗中侦探,两眼不住地四处撒摸,看看有没有可疑动静。他一改往日的诙谐,掩饰不住内心的紧张,虽然东拉西扯说了好多话,却失去了往常拢黏儿说买卖的风采。看看时间差不多了,这才说:"众位爷们,看跤就是看跤,别鼓捣闲白儿。现在,开摔!"

董江湖带着胡飞成心捣乱,这个说:"发昏当不了死,快摔吧。"那个说:"哪这么多屁里加尿,我们还等着给你们赏钱呢!"

临战的二人都很潇洒,一个抱拳,一个鞠躬,先礼后兵。

华爷晃晃身腰,伸伸胳膊抻抻腿,不拉架势不立门户,往场边一站,以逸待劳。竹内豪仁走跤架迈花步,一亮相就是"燕青式"。

行家一出手,就知有没有。竹内虽是日本武士、柔道高手,举手投足却透着中国功夫。他来到华人龙近前,双手一晃,单刀直入,以雷霆万钧之势,"拨云见日大撺管"率先攻了过来。华爷暗说:"来得好!"倏然转身,见招拆招,回首就"切"。竹内不敢怠慢,矮身撤步,躲过"切别",顺势抢手,抬腿就踢……

场上二人,好一场厮杀:这个挥臂抢手似蟒蛇吐芯,那个出腿下绊如古树盘根;这个飞脚像流星破空,那个封手若闭门推月。好一场大战,可遇而不可求的旷世之争!

转眼之间,两人插招换式摔了十几个回合没见输赢。

跤场内外,无不为二人的精湛技艺击掌喝彩!

二十个回合过去,竹内看准时机,一招"叉打得赫勒"攻来,手、腰、腿,上、中、下三路严谨无隙,势在必得。这下绊子,他下过三年苦功,摔倒过无

赌跤

037

数顶尖高手。不过，华人龙得师门真传，不仅能破此绊，还能打闪、纫针、崴桩、绷腿，致其腿折腰伤、一败涂地。然而，对方的每招每式都干净利索，如行云流水一般，这让华人龙对其高看一眼，难得遇上如此高手，岂能伤他？见其攻来，仅仅脚勾其腿，手推其腰，没有"盘腿"，更没崴桩，点到为止，飘腿而过。

竹内一招没赢，马上改招，底桩变换，横腿拦门，就见华人龙空中来个鹞子翻身，双脚落地有惊无险。

"嗷，嗷——"董江湖带头叫嚷，"应该算华人龙输，算中国跤败！"

"高，竹内先生的功夫就是高，不愧是日本国柔道高手！"胡飞跟着捧臭脚。

然而，观众对叫嚷的二人除了侧目，都暗骂他们是汉奸、走狗、卖国贼！

高地虎见华爷没伤对方还险些大意失荆州，立刻让二人拆了，重系褡裢，转圈小憩。他佯装自言自语，却口吐心声："跟日本人摔跤，怎么也不能输呀，老祖宗在天上看着呢！"

华爷心领神会，点点头，不慌不忙，又与竹内战在一处。

竹内心中疑惑，他用"叉打得赫勒"时，对方先是点到为止，后是飘腿而过，是手下留情还是有意相让？是华人龙不敢赢我还是我绊中藏绊、略高一筹？为探究竟，竹内的"叉打得赫勒"再次施展，却见华人龙脚勾手推旋身一转，一招"仙人盘腿"后发先至，再看竹内豪仁，来得急去得快，整个身子悬在半空疾转半圈，跌落尘埃——但没受伤。

漂亮，太漂亮啦！观众们欢声雷动。

竹内起身之后，不亮门户，躬身迈步，开门见山，上手一晃推肩，底手直取"委中"大穴，双手相错，一招"抠腿"迅疾攻向华人龙，力争挽回败局。

华人龙闪身撤步，躲过"抠腿"。竹内"抠腿"走空，招数未老，拧身跨步，抬腿"冲踢"。华人龙左臂与其缠绕，右手海底捞月，单手抱住了竹内左腿……

"抱腿把腰，外行篱笆头摔跤。"站在人群中的董江湖高声吆喝，成心让华人龙走心分神。谁都知道华人龙的勾、别、踢三大绊子威震跤坛，用抱腿这种低级绊子赢人，有失身份。董江湖的吆喝，帮了竹内大忙，要不，华爷扬手就会把竹内掀个跟头。

竹内不是庸手，就在华爷愣神之际，挺腰绷腿，一个"千斤坠"，左腿脱逃，顺势将前胸压住了华爷腰背，迫使华人龙的后脑顶在竹内的小腹上。

竹内是柔道高手，趴在华爷背上，双手抠着华爷两腿，利用"千斤坠"的功夫，施展"泰山压顶"，欲把华爷压趴地上。

观众都为华人龙担心，高地虎也在场上为华爷使劲。华人龙顾忌身份不想抱腿赢人，导致被动。日本人不管绊子丑俊，只要赢跤就是好绊——他们只看结果。

竹内在上，华爷在下，二人相持，拼跤力，拼意志，各不相让。

态势对竹内大大有利，他在上面，用力用力再用力，压得华人龙双腿弯曲弯曲再弯曲，眼看臀部离地还有半尺，华人龙晃晃身子，二人又僵持住了。

竹内觉得机不可失时不再来，这跤赢不了，再无翻盘机会。随即集全身之力于两腿，吆喝一声，挺胸腆肚，往前拥去……

赌跤

　　跤场内外，不管是摔跤的内行还是看热闹的外行，都认定被竹内豪仁压在身下的华人龙这一跤必输无疑。

　　然而，华人龙就是华人龙，处于劣势丝毫不慌，施展功力与其对抗，伺机而动。相持之中，忽然觉得竹内下压之力改变了方向，身躯前移重心前倾，华人龙立马借劲使劲，顺势发招，一叫丹田真气，大喝一声："起！"双脚蹬地，挺身仰头，刹那间把竹内顶得头脚倒转，四爪朝天，从华爷的头顶翻了过去。

　　再看华人龙，后脑枕着竹内心窝，腰背悬空，两脚入地足有三寸。

　　"铁板桥，铁板桥！"高地虎突然大喊，"华爷的铁板桥！"

　　整个跤场，排山倒海般地欢呼："好绊子，铁板桥！"

　　连董江湖都情不自禁地叫好："好俊的功夫！"

　　这一跤，竹内输得很惨，五脏六腑被华爷的"铁板桥"震得差点挪位。这跤输得也很值，他只听说过"铁板桥"，今日算是见识了，而且尝到了厉害！

　　躺在地上的竹内豪仁深深感到，中国跤太奥妙了，华人龙太神奇了！眼看要赢的跤，转瞬间又输了。无形中，他对华人龙充满了敬服——不服高人有罪。他认定，华人龙就是真正的摔跤大师！

跤场内外的欢呼声，震惊了隐藏在人群中的两名日本便衣特务，他们的手不约而同伸进怀里。

竹内在华人龙起身之后，也站了起来。他用眼扫了扫跤场周围沸腾的观众，正要与华人龙继续拼杀，突然发现两个穿便衣的特务从怀里掏出手枪对准了华人龙后背。他大吃一惊，手指举枪人，骂一声："八格！"急推华人龙肩头，华人龙以为竹内输急了，要与自己玩命，立刻闪身转体，抬腿就踢……

"砰！砰！"两声枪响，一枪击中了华人龙高高飞起的右腿，华人龙打了个趔趄，一咬牙，使了一招"金鸡独立"，站在场中！

另一枪击中了身躯前倾的竹内前胸，竹内晃了晃，倒下了。

匡正民赶紧走到高地虎跟前，厉声说道："快，快弄华爷逃走！"然后转过身来对三野说："快救你师父。"又用日本话招呼场外的日本人抢救竹内豪仁。

日本便衣傻了眼，他们对着赢了跤的华人龙后心开枪，恰恰被转身抬腿的华人龙闪身躲开，华人龙闪开的空当，正是竹内的胸膛！

听到枪响，跤场内外炸了营，乱了套！人们四处奔逃，却有一男二女冲向跤场，谁？暗中观敌料阵的林再忍和他闺女大妮、二妮！

这爷仨闻声而来。大妮、二妮直取持枪的日本便衣，"啪啪"两掌，将二人手枪打飞，回手加一掌，将其打翻在地，抬腿猛踹，两个日本便衣立时不省人事。

再看身怀绝技的山东大汉林再忍，分开众人进到场子，喊声："华爷，快跟我走！"猫腰振臂，将华人龙揽到背后，背在身上，转身就走。

董江湖和胡大头这俩小子，见事不好，溜之乎也，恰恰碰上林再忍背着华人龙过来，他们突然狂喊："华人龙在这儿啦，华人龙在这儿啦！"

林再忍更不答话，抬手一掌，将董江湖劈翻在地，回手刚要惩治胡飞，就见高地虎狠狠一个窝心脚，将胡大头踹得口吐鲜血，趴在地上不能动弹。

林再忍背着华人龙，几个箭步跑到停放胶皮车的拐弯处，将华人龙放到车上，打个呼哨，通知大妮、二妮，然后架起胶皮车行走如飞，眨眼之间，消失在茫茫的夜色之中……

林再忍驾着胶皮车拉着华人龙，一口气穿过老龙头火车站的地道，沿着货场围墙跑了一段，倏然拐弯向东，来到大王庄西头靠近永和胡同口的一块空地，回头看看，除了两个女儿紧随其后，并无可疑之人跟踪，这才放慢脚步，问了一声："华爷，伤口咋样？"

华人龙调整调整气息，尽量平静地说："没事，不要紧。看你跑得连呼哧带喘，累坏了吧？要不，找个地方歇歇，凉快凉快？"林再忍和华人龙都已汗流浃背，林再忍是拉车累的，华人龙是枪伤疼的。

林再忍答应一声："那就歇歇吧，反正也把日本人甩开了。"他撩起衣角擦了擦脸上的汗水，又说："俺有自家配制的刀枪药，名叫祛毒复原散，随时带在身边预备方便，俺给你敷上，镇痛止血。"说着，把胶皮车拉到胡同口的电线杆子跟前，借着路灯微弱的灯光，从车底下的木箱里拿出蓝布包着的一个小药瓶，招招手让两个女儿过来，吩咐她们盯着四周，他要给华大侠敷药。

林再忍让华人龙坐在车上别动，伸手去卷华人龙的裤腿，却见鲜血把华人龙的裤腿洇湿了一片，伤口下面的裤腿已被凝固的血液粘在了肉上。

林再忍赶紧又从木箱里拿出一个装水的瓶子，摇了摇看了看，瓶里的水早就喝得只剩下一点点了。他对大妮说："你们姐俩在这儿盯着，俺进胡同找个人家要点水，回来把华爷的裤腿洇开。"

大妮说："爹，我去吧。"刚要接瓶子，就见华人龙说："谁也别去了，我自己把裤腿卷上去吧。"说着，双手攥住裤脚，"哧啦"一下，把裤脚拉过膝盖，露出的伤口，又冒出了鲜血。

林再忍看了看华人龙，嘴上没说心里说，真是条硬汉。随即拧开药瓶盖，把瓶里的刀枪药撒在伤口上，然后将包裹药瓶的蓝布撕成两块，一块包裹伤处，一块撕成布条当绷带，工夫不大就把伤口包扎完毕。

敷药之后，华人龙觉得刚才还一跳一跳剧痛的枪伤处，一阵清凉，屈伸几下伤腿，腿肚子里面隐隐约约有东西扎得肉疼，却对林再忍抱拳而言："林兄，多谢你们爷仨冒死相救，大恩不言谢。后会有期。"说完就下了胶皮车。

林再忍立刻相拦："华爷，你敢摔败日本柔道第一高手，给俺出了气，俺佩服你。你曾有恩于俺，俺咋能让你带着枪伤自己走路？赶紧上车，俺拉你回家。"

华人龙说："你这药挺管事，现在不疼了，我可以溜达着走了。"

"不行，"林再忍把华人龙强拉到胶皮车上，关爱有加地说，"走惊了伤口咋办？俺家的祛毒复原散，治刀伤还行，治这种枪伤俺没辙。华爷，要不咱转回去过法国桥去大医院看看？你这腿可不能落残呀！"

华人龙知道自己腿里可能有弹头，不把弹头取出来，再好的药也不会把伤腿治好。但他十分理智："不能去医院，现在是日本人的天下，治疗枪伤，容易引起怀疑。"一边说一边又要下车，又被林再忍拦住了。

二人正在拉扯，突听大妮小声说："爹，有人奔这边来啦！"

林再忍看看华人龙，小声说："华爷，快坐下。"说话间，一个十六七岁的少年驾着一辆华丽的胶皮车过来了。少年来到近前，不经意地侧脸相看，哎呀一声，停下了脚步："咦，华爷，不，师父，您怎么在这儿？"

华人龙一看，认得，是原来邻居家的孩子，小良子。

坐在胶皮车上打扮入时的妇女惊诧地连声问道："华爷？小良子，你师父？是大直沽后台的华人龙吗？"

"是，樊姨，这就是我常跟你念叨的摔大跤的华爷华人龙，虽然我还没给他磕头，但大直沽人都知道华爷是我师父。"

"我下车。"妇女不等小良子把车停稳就下了胶皮，走近华人龙，单刀直入："你的腿中枪了？快让我看看。"

众人见她穿着打扮像个贵妇人，说话却像个见面儿熟。

林再忍害怕节外生枝，忙说："谁中枪啦？俺们是在这儿凉快凉快。"转脸又对华人龙说："你坐稳了，咱该走啦。"驾起车把，迈步欲行。

妇女往林再忍面前一站，双臂平展，拦住了去路："别走，我是大夫……"

大妮、二妮听不懂啥叫大夫，她们只知道父亲从来不和任何女人动手，不等那妇女把话说完，一人抓住她一条胳膊，稍加用力就把她拉扯到一边。二妮随口说了一句不中听的话："好狗不挡道。"

小良子马上过来护着那妇女，随手推了二妮一把："你怎么骂人？"

二妮扬手把小良子的手臂拨到一边："你护着她，她是你娘？"

小良子也不甘示弱："干嘛？你想打架？"

华人龙知道山东人脾气爽，练武之人更是说话直来直去，不过，两个女孩不问青红皂白将人家拉扯到一边，二妮又出言不逊，确实有点过分。他怕小良子和二妮打起来会惊动胡同里的人家，说不定会引来追捕他们的日本人，就忍痛下车，厉声喝道："都不许动手！"然后对那妇女拱手而言："大姐，对不起，我侄女年轻，多有得罪。不过，咱们素未谋面互不相识，你怎么咒我中枪了呢？"

妇女甩了甩被大妮、二妮拧得生疼的胳膊，觉出自己的言行过于莽撞，遂解释道："华先生，不怨二位小妹妹，是我没把话说清楚。我姓樊，叫樊晓惠，是外科大夫。我下班时，看见一辆吉普车送来一个昏迷不醒的日本人，随来的翻译说他叫竹内豪仁，日本国的一流柔道高手，在跤场与华人龙赌跤，输了，日本特务暗杀华人龙，误伤了竹内，华人龙也中了一枪，被一个拉胶皮的救走了——我不是咒你，是我早就听说华人龙是一个有骨气的跤坛好汉！"医者仁心，面对人人敬重的摔跤汉子，女大夫的关切之情溢于言表。

虽然樊晓惠说的都是事实，在场之人却对她产生了误解：你一个女大夫，跟翻译嘛关系？翻译为嘛跟你说这些？你是不是日本特务？

那女子看出大家的疑虑，又对华人龙说："华先生，请您不要误会，我是大夫，就职在方先之教授创建的那个医院上班。我常听小良子说您是行侠仗义之士，今天您为了摔跤人的名誉，冒险赴约，摔败日本柔道高手，灭了日本人的威风，长了中国人的志气。就冲这一点，我愿意为您无偿治病尽心疗伤。请您相信我。"

凭嘛相信你？就凭你冠冕堂皇的几句话？华人龙心中暗想，一个女子，素不相识，是不是别有用心？

"师父，樊姨是好人。"小良子解释道，"我们家遭了大难，不光您帮助了我们，樊姨也帮了我们。要不是樊姨，我和我妈还不知在哪儿要饭呢。师父，您要真有伤，就让樊姨看看，她医术可高了。"

华人龙瞟了一眼小良子，暗自思忖，两年不见，这孩子在哪儿弄了这么漂亮的胶皮车？好像他跟这个女人关系挺近。

"这样吧，"樊晓惠接着小良子的话说，"华先生，您是摔跤好汉，不会骗我一个女人吧？我就问您一句话，您今天是不是和日本人摔跤了？"

华人龙是敢作敢当的汉子，对方这样问他，就点点头，说了一个字："是。"

"那好，"樊晓惠说，"我就在这个胡同的北面头一个院住，既然在我家门口碰巧遇见了您，这是天意，我给您检查一下伤腿，若伤得不重，我和翻译就都放心了。华先生，你敢摔日本人，难道还怕我一个弱女子吗？"

女人将了华人龙一军，华人龙不由得犯了思量，难道我还怕你不成！随即把裤脚往上一提，豪气毕露："那好，现在就让你看看——伤在这儿了。"

"华爷，你……"林再忍没想到华人龙让这个不明不白的女人给绕住了，刚要阻拦，话没说完，樊晓惠已经低头猫腰，解开了华人龙腿上的包扎，仔细地看看伤处，然后用手去捏华人龙的小腿，从脚踝到膝盖，又从膝盖捏到脚踝，有的地方还反复摸反复捏。捏得华人龙生疼，豆大的汗珠从脸上滚落下来，有几滴汗水落在了樊晓惠的脖颈上。樊晓惠直起腰，用手抹抹脖子上的汗水，抬头看看华人龙的脸色，严肃地说："你的伤很重，弹头还在腿里。但你的忍耐力超强，多疼也不出声，真是条硬汉子。"

华人龙佯装平静地说："我已经敷了药，好了。"

"没好！"樊晓惠严肃地说，"子弹打伤了腓骨，弹头落在肉里！"然后缓和了一下口气，"华先生，请您在大夫面前实话实说，疼就是疼，忍着疼愣充好汉会耽误治疗。你这不是一般的跌打损伤，是枪伤，不把弹头取出来，会导致发炎、溃烂，不尽早手术，您这条腿说废就废了。腿废了，你还怎么摔跤？"

其实，华人龙知道腿肚子里面有东西，要不，用手一捏也不会钻心地疼。随即笑了笑说："没这么严重吧。大夫总是把三分病说成十分。"

樊晓惠苦笑一下："咱们中国人，有伤有病总是挨着、忍着、耗着，这是不科学的。华先生，您必须听我的，现在跟我去医院，马上手术，把弹头取出来。"

华人龙说："去医院？不行。"

樊晓惠马上反应过来："对，去医院不安全。"她犹豫了一下，又说，"我家里有做手术的器具，可是没有麻药啊。"

"没麻药没关系，关云长关二爷刮骨疗毒没用麻药，只要你能把我腿里的弹头取出来，我就学学古人，也不用打麻药了，我忍得住。"

"华佗给关云长刮骨疗毒，用了麻药。只不过那时的麻药与现在的用法不一样罢了。这样吧，您随我进院，我在家里给你手术。"然后对小良子说："良子，你搀着华先生进屋，我把车拉院里去。"

樊晓惠拉起胶皮车就走，丝毫没有贵妇人的派头。刚走了两步，扭头看看林再忍父女三人，请他们一起进家，喝杯茶，休息休息。

林再忍谢绝了樊晓惠的邀请，走到华人龙身边，小声说："华爷，不能去呀，谁知她安的啥心？"

华人龙说："我看她不像坏人。再说，小良子说她是好人，肯定不是坏人，我了解小良子，没事，你放心吧。"

华人龙为嘛说了解小良子？原来，小良子的大名储友良，他父亲叫储富贵，也在大直沽后台居住，与华家相距不远。两年前，储富贵遭了大难，整个后事都是华人龙出钱、出力、搭着朋友的交情帮着料理的。后来他和他娘搬走了，华人龙再没见过他们，今晚在大王庄偶然相遇，小良子能陷害自己的师父吗？不可能！

储友良念过几年书，他生性聪明好玩，在后台居住的时候，上学之余常到后台跤场看摔跤，这个跤场不是卖艺敛钱的跤场，是华人龙和朋友们练跤用的，空场子的时候，小良子就和边儿边儿大的孩子走进跤场"摸泥鳅"（不穿褡裢摔跤）。耳濡目染，他也能施出半生不熟的"勾子""别子"，将小伙伴摔倒。

看到储友良像不像三分样的摔跤动作，华人龙觉得这孩子是可造之才，常给他讲讲立腿的"勾子"、横腿的"别子"，并教他练习摔跤的基本功。时间一长，别说小伙伴们不是小良子的对手，就连大他两岁的大孩子也常常败在他的脚下。

储友良的父亲储富贵一向尊重华人龙，听儿子说华爷教他摔跤，很高兴；尤其亲眼看见儿子将高他半头的大柱子摔倒在地的时候，更是满心欢喜。随后就对储友良说，等你再长大些，我就领你去找华爷，拜华爷为师，让你跟华爷正式练跤。小良子把他爹的话，说给小伙伴们听，也传到华人龙的耳朵里。可惜，没等拜师，储富贵就出事了。

林再忍瞟了一眼小良子，凑到华人龙耳边说："这个小良子，岁数不大，心眼不少，别看他又是华爷又是师父的叫你，可他跟那女人是一伙的。"

华人龙笑了："小良子的父亲活着时，也是一条好汉。良子的母亲，贤惠善良，他们家都是一等一的好人。老街旧邻的，知根知底，你放心吧。"

说完，这才招呼一声，小良子赶紧过来，搀扶着华人龙走进了樊晓惠的家。

赌跤

第六回 樊晓惠家中治枪伤
林再忍街前训恶人

樊晓惠的家是一座青砖青瓦的四合院，北房五间，东西厢房各三间。南房是五间的房趟子，三间房盛杂物，东边两间是门房和院门。院落宽敞，闭合而露天，所有房子的门窗都朝院里开启，夏天通风纳凉，冬天保证采光。院子里的地面比胡同的地面高出二尺，正房门口两侧，各有一棵石榴树。从大门到房门，有砖砌的小路，小路旁边摆放着几盆花草，整个院落古香古色，娴静幽雅。

听到有人进院，从西厢房里走出一个中年妇女，正是在这里做保姆的储友良母亲储杨氏。她见女主人亲自把胶皮车拉进院子，儿子搀扶着一个人跟在后面，紧走两步接过樊晓惠的胶皮车，推进了西厢房。

就听樊晓惠说："小良子，扶着华先生去北房西套间。"

储友良答应了一声，对华人龙说："师父，您慢点。"

"华先生？师父？"一向稳重的储杨氏，听到女主人和小良子说的话，看了看被搀扶的人，情不自禁地惊呼道，"哎哟，华爷，华爷怎么啦？"

华人龙微微一笑，冲储杨氏点点头，没来得及说话，在储友良搀扶下走进了西套间，只见屋里有一张单人木板床，床上放着一些杂物和几个纸箱子。

储杨氏也来到套间，没等吩咐，就挺麻利地将床上东西搬到床下，把一个落地台灯和床旁桌依次搬到木板床跟前,然后从靠北墙的立柜里,拿出灰色被褥和枕头,铺放在床上。

这间屋,乍一看是堆放杂物的仓库,其实,稍微拾掇拾掇就是一间手术室。看得出来,储杨氏干这些活已是轻车熟路。

樊晓惠让华人龙脱去长裤只穿裤衩躺到床上,储杨氏又将一条灰色布单盖在华人龙身上,关切地问道:"华爷,您,您这是怎么啦?"

华人龙说:"没事,受了点伤,正好碰上良子他们,就让我进来了。"

这时的樊晓惠已经打开床旁桌的门,拿出一套早已消过毒的外科手术器具,一切就绪,戴上口罩和手套,就要开始手术。

储友良说:"樊姨,这里用不着我,我去门口盯着了。"

樊晓惠"嗯"了一声,扭脸对储杨氏说:"杨姐,您去拿条干净毛巾来。"樊晓惠与储杨氏不像主仆,倒像医师和助手。但储杨氏对樊晓惠让她拿毛巾有些不解,没等她问,樊晓惠解释道:"让华先生咬着毛巾,家里没有麻药啦。"

华人龙接话说:"不用毛巾,我忍得住。"

储杨氏还是拿来一条新毛巾,折叠后放到华人龙的嘴边:"华爷,樊姨是大夫,听大夫的吧。"

手术很顺利。樊晓惠取出华人龙腿中的子弹头,放到白磁盘里,发出清脆的响声。她舒了一口气:"这颗弹头今天不取出来,明天就会引起炎症,那就费事了。"然后麻利地缝合了伤口,包扎完毕,再看华人龙,已经满头大汗。

樊晓惠由衷地敬佩华人龙:"华先生,您不愧是跤坛豪杰,真有咬劲。"

华人龙说:"谢谢樊大夫。"

储友良匆匆进来了,小声说道:"樊姨,匡叔回来了,有辆汽车,还有两个日本人。"被储友良称为匡叔的,正是日本翻译官匡正民。

樊晓惠说:"别慌。杨姐,赶紧去东厢房,放桌子吃饭。"又对华人龙说:"华先生,无论外边发生什么事,您也别出声。"

院外响起了敲门声:砰砰,砰砰砰,先是两下,后是三下,连续两次。

这是暗号,樊晓惠明白,突发情况,有外人,让她有所准备。

储友良很激灵，往嘴里掖了一块窝头，磨磨蹭蹭走到院里，来到大门近处，故意小跑了几步，开了大门，嚼着窝头，含混不清地说："来了，来了。"

匡正民瞪着储友良，故意呵斥道："这么磨蹭?"随后对身后的两个日本人说："三野君、龟田君，二位请进。"这两个日本人，一个是竹内豪仁的弟子三野村夫，另一个是日本军医龟田。

储友良探头看看胡同口停着的那辆军用吉普车，除了司机，没发现其他人，这才随手关上大门，跑到匡正民的前面："匡叔，我们和樊姨正在厢房吃饭。"说着话，头前带路，把三人引到东厢房，拉开了房门。储杨氏首先从餐桌旁站起来，嘴里嚼着东西问道："匡先生，您还没吃饭吧?那二位在这儿吃吗? 我去做。"

樊晓惠看有日本人，也站了起来，说了一句日本话，请他们一块儿用餐。军医龟田急忙用日语说明了来意：竹内豪仁的伤势危急，子弹头离着心脏很近很近，谁做这个手术都无把握，只好来请樊晓惠樊医生。

樊晓惠立马放下筷子："好吧，那就赶紧走吧。正民，你就不用去了吧? 小良子，你跟我走。杨姐，饭有些凉了，您给热热吧，先生胃口不好，热烂乎点。"

烂乎饭就是病号饭，储杨氏明白，这是樊晓惠暗示她，照顾好华人龙。

小良子头前开门，樊晓惠做个手势，请龟田和三野先走，貌似礼貌，其实让他们快快离开这个四合院，然后对匡正民小声说："华人龙在套间。"

匡正民惊疑地"哦"了一声，关上大门，立刻向西套间走去。

华人龙见匡正民进来了，有些吃惊："翻译官，怎么是你? "

匡正民见到华人龙，很高兴，不无诙谐地说："这是我的家呀，要不，他们敢把你华大侠请进来吗? "

到了这时，华人龙才知道，翻译官和樊医生是夫妻："没想到樊医生是你太太，难怪她对跤场发生的事这么了解。"

匡正民笑了："你被人救走之后，我跟着竹内去了医院，碰见我太太正好下班。我把跤场发生的事情跟她说了，让她想法给你治疗枪伤。没想到这么巧，在家门口就碰上你了。"

华人龙恍然大悟，为嘛樊大夫拦着我们非要给我做手术，原来是翻译官告诉她的。随之问道："匡先生，樊医生经常在家给人动手术呀？"

匡正民点点头："不瞒你说，我太太信奉基督教，讲究博爱，看到有病没钱去医院的老百姓，她就领到家来进行治疗。但有一条，必须保密，防着日本人……"

其实，在他家治伤的，不是共产党人就是抗日勇士。给跤坛人疗伤，华人龙是第一个。但在匡正民眼里，华人龙就是抗日的好汉。

林再忍没接受樊晓惠的邀请，说是回家，却没回家，就在胡同附近等待华人龙手术后，拉他回家。他拉着胶皮车和两个闺女正在转悠，突然，一辆日本军用吉普车来到胡同口，车刚停下，率先下车的是日本翻译官匡正民，随后下车的是日本军医龟田和竹内豪仁的门人三野村夫。三个人向樊晓惠家匆匆走去。

林再忍大吃一惊！这些人是不是来逮华爷的？小良子和那个女大夫可能是日本人的眼线，他们表面上要为华人龙治伤，实际是拖延时间，等日本人来抓他。

想到这里，他悄悄告诉大妮二妮，只要华爷被日本人押出来，他们就像在跤场抢救华爷那样，豁出性命也要把华爷救走！

司机在吉普车上坐累了，下了车活动活动身子，看见不远处有一男二女嘀嘀咕咕向他这边张望，就向他们走过去："你们，什么的，干活？"

林再忍回答道："拉人的干活，累了，歇歇。"

这时，刚才进院的那两个日本人出来了，翻译官没出来，也没见华人龙的人影，跟在日本人后边的是樊晓惠和储友良。四人来到汽车跟前，司机没在车上，却听他在北面不远处盘问什么人。循声望去，樊晓惠吃了一惊，被盘问的正是林家父女。

三野村夫眼毒，他发现司机盘问的那个人似曾见过。樊晓惠见三野村夫两眼盯着林再忍，怕他认出林家父女，立刻对龟田说："竹内病危，每一分钟都关系到他的生命，不能耽搁。"

龟田招呼三野上车，招呼司机回来，呵斥道："快快地，开车，耽误了抢救竹内豪仁，你的脑袋，还要不要？"

汽车开走了，林再忍松了一口气。他惦记华人龙：华爷没出来，是不是叫他们害了？他决定亲自去四合院探个究竟。他让两个闺女扶着胶皮车在胡同口等着，他走到四合院门口，拍了两下大门。

听到敲门声，屋里的匡正民把华人龙安置好了才让储杨氏出来开门。

储杨氏走到院里，隔着大门问道："谁呀？这么晚还来砸门？"

林再忍故意大声说："拉胶皮的，走到这儿，渴急了，要口水喝。"

储杨氏开开大门，一看林再忍的模样，是个受大累的，再探头往胡同口看看，只有两个年轻女子和一辆胶皮车，这才说道："等着，我给你们弄水去。"

屋里的华人龙听出是林再忍的声音，告诉匡正民："是从跤场把我救出来的林大哥。他们这是来接我的。匡先生，我腿上的弹头已经取出来了，我该走了。"

匡正民说："不行，夜晚宵禁，被日本人发现会有麻烦。"

储杨氏回来了，把外面的情况告诉匡正民："是拉胶皮的，要点水喝。"

匡正民看了看华人龙："华爷，本该把林大哥请进来，我怕日本人有急事找我，在这里碰上林大哥不好，咱们还是小心为上。"扭头对储杨氏说："杨姐，外面人是自己人，以防万一，就不请他进来了。告诉他，华爷刚做完手术不能动，这里很安全，让他放心。过两天，让小良子送华爷回家。"

华人龙接茬儿说："匡先生，如果家里有吃的，给他们拿点，折腾了多半天，他们爷仨还没吃晚饭了。"

匡正民说："好，杨姐，咱家有什么好吃的多给他们拿点。"

华人龙又说："大嫂，他要询问我的情况，你就说那个女大夫给我做的手术很成功，明天小良子送我回家，让他们放心好了。"

储杨氏出去好一会儿才回来，她对匡正民和华人龙说："这个拉胶皮的，特别耿直，我给他吃的，说什么也不要。他问我，那个腿上有伤的人怎么还不出来，他等着要车钱呢——他说那人是他拉来的。"

匡正民问："你怎么回答的？"

储杨氏说："我口袋里有一块钱，给他他又不要，说等着坐他胶皮的人出来，拉他走，一块算。我告诉他，你是林大哥，我是小良子的娘，华爷跟匡

赌跤

先生是朋友,咱们都是自己人。我把华爷和匡先生的话说给他听,开始他还有点疑惑,后来才信了我的话,只是喝了几口水,没拿吃的,走了。"

匡正民点点头:"杨姐,你去歇着吧,太太今夜不回来了,竹内的手术很复杂,手术后她还得守着病人,观察情况。"

储杨氏出去,将院门关好上闩,这才回自己屋歇着。

林再忍爷仨离开永和胡同,准备回家,刚到街上,突然从东面传来一个女人的哭骂声,声嘶力竭,嗓音嘶哑。

二妮说:"爹,过去看看,要不是天大的委屈,咋会黑灯瞎火的这么哭呀!"

林再忍没说话,却向哭处走去。隔着十几丈远就看见一个女人倚着街边电线杆子,对着一家紧闭的大门,骂一阵哭一阵,喘口气,提起身边的水壶,咕咚咕咚喝几口,接着骂。

这女人是谁?周围邻居都叫她赵四娘,也有叫她赵四娘子的,有些不厚道的人给她起了个外号:赵钱孙李。

谁也不知道她姓甚名谁,只知道她是小时候跟母亲从山东逃荒来到天津的。母亲去世前,把刚刚十六岁的她嫁给了地道外一个姓赵的,过了两年生了个闺女叫大花。大花不到两岁,姓赵的突然病亡。她哭得死去活来,守寡两年,改嫁给一个姓钱的,生了个闺女叫二花。过了两年多,姓钱的也死了。她又守寡两年,嫁给了一个姓孙的,生了个闺女叫三花。三年后这个姓孙的又死了,她又守了两年寡,嫁到了大王庄一个姓李的,生了个闺女叫四花。不到两年,这个姓李的爬火车偷煤,被火车轧死了。这一年她才三十五岁,带着她生的"四朵小花"艰难度日。有人同情她,说她命苦,比苦人儿还苦。也有人鄙视她,瞧不起她,说她恶命克夫,当她面就一堆闲话。还有人看她无依无靠,动手动脚找便宜欺辱她。

赵四娘很自卑,在人们面前抬不起头来,跟谁都不敢大声说话。其实,凭她的长相和年岁,可以再嫁,但没人敢娶她。赵四娘,这个不幸的女人,要不是恋着四个孩子,早就上吊投河自杀了。

看着四个闺女跟她受罪,赵四娘狠狠心,带着五毛钱,去了"三不管"的一个卦摊,准备算一卦,看看自己和孩子们的命运将来如何。

戴着眼镜、留着山羊胡的算命先生看她站在卦摊前面不说话,先是念念有词:"命运天定人难纵,祸福来临我先知。"然后打量打量赵四娘,叨咕道:"白马犯青牛,羊鼠一旦休,金鸡怕玉犬,猪猴不到头……"

赵四娘一听,流泪了:"先生,你说得都对……俺领着四个闺女过日子,太难了,往后俺该咋办呀?"

算命先生问了她生辰八字,沉思了一会儿,叹了口气:"人善有人欺,马善有人骑。为人胆气壮,神鬼不敢傍。你走吧,这一卦,我不要你钱了。"说完,闭上眼睛,再不说话。

回家后,赵四娘想了三天三夜,终于想明白了:这年头,人都怕横的,横的怕愣的,愣的怕不要命的——神鬼怕恶的。算命先生说得对,只要胆气壮,神鬼不敢傍,人要连死都不怕了,还有啥可怕的?好,从今往后,俺豁出去了!

与她家隔着两座院落的费姓人家,有个独生儿子费武,因他脑袋比常人小一号,人们都叫他费小脑袋。这小子从小打架斗殴耍混混儿,把爹娘双双气死了,现在就剩他光棍一个人,成天和狐朋狗友瞎混。

那天中午,费武和狗友们喝得醉醺醺,回家路上碰见了赵四娘,顺口叫了句赵四娘子,又叫了一声赵钱孙李,然后又对身旁的狗友说,这娘儿们好那事,折腾死四个爷们,你们谁不怕死,我给说合说合,娶她当媳妇……

没等费武说完,赵四娘一反常态,急了:"折腾死一百个爷们有你啥事?碍你哪儿疼?俺好那事,你奶你娘不好那事哪来的你爹和你?你爷叫你奶折腾死了,你爹叫你娘折腾死了,你又把你娘折腾死啦,就凭你费小脑袋也敢说嘴?老娘俺不怕你……"

费武恼羞成怒,上去给了赵四娘一个大嘴巴,将其打倒在地。赵四娘连滚带爬站起来,疯了似的扑上去,抱住费武,狠狠地咬住了他的胳膊……

费武"哎哟"一声,把赵四娘摁在地上连踢带踹,痛打一顿。狗友们看不下去了:"哥们儿,你一个大男人,怎么动手打女人?不怕江湖朋友笑话?"

鼠有鼠道,猫有猫道,混混儿有混混儿道。那年代女人在社会上没地位,但任凭你多横,弱女子是不能当众打的。打了女人,你就不是汉子,就

赌跤

不能在江湖道上混了。城里有个小商户得罪了"三不管"的大流氓何小九，何小九把这个商户的门脸砸了，把商户老板摁在地上拳打脚踢，老板的老婆出来，一看爷们要被打死，就奋不顾身地趴在爷们身上护着男人。何小九打红了眼，没收住腿，一脚端在女人身上，女人"嗷"的一声死过去了。这事一下子传开了，何小九自己认栽，没脸在江湖上混了，从此隐名埋姓，退出了江湖。

费武被狗友们说了两句，自知理亏，马上停了手回了家。他以为这事完了，哪想到，你完了赵四娘没完，堵在费家门口，又哭又闹，跳着脚地骂，骂得费小脑袋紧闭大门不敢露面。

赵四娘真的豁出去了，骂累了，就倚着费家门前电线杆子歇歇，然后接着骂，什么难听骂什么，男女老少骂不出口的，她都骂出来了，直骂到日落西山，然后回到家，带上干粮带上水，又坐到费家门前，接着骂，整整骂了三天三夜。饿了，从怀里掏出馇馇咬几口，吃完了接着骂；渴了，提起水壶，嘴对嘴喝几口凉水，接着骂；困了，倚着电线杆子打个盹儿，醒了，还是接着骂。

赵四娘脱胎换骨了，她从一个自卑自贱的柔弱女人突然变成了一个悍妇，从一个人见人欺的寡妇变成了地痞流氓都怵她三分的母大虫。这不，今天是第四天了，赵四娘虽然嗓子哑了，但气势不减，还在骂！

林再忍对大妮、二妮说："走吧，这人没法劝。"

林再忍自从拉上胶皮车，各色人物见过不少，也见过街头巷尾妇女打架撒泼骂大街坐地泡的，但都不如赵四娘骂得花哨，骂得新鲜，骂得全面。奶奶妈妈大闺女小媳妇，祖宗八代全骂到了，连没出生的小丫头也捎带着。

爷仨转身刚要走，费小脑袋出来了，他认为更深人静，街上没人，开开大门，蹿到赵四娘跟前，揪住她头发连踢带打："叫你骂，我叫你骂，今天我打死你，看你往后还骂不骂！"

一个男人对女人下此狠手，二妮急了："爹，这男人太欺负人了，我去……"

林再忍拦住了二妮："你们姐俩在这儿待着，我去看看。"

林再忍把胶皮车放在道边，跑过去揪住费小脑袋的脖领子，稍微一用力,说声:"咋这样欺负人?"将其提溜起来扔出老远。

费小脑袋要命也没想到半路上杀出个程咬金,打了个滚儿站起来,一猫腰从裤腿里拔出一把攮子,照着林再忍的心脏就刺。

虽是夜晚,但林再忍看得分明,扬手抓住对方拿刀的手腕,用了三分力道,往下一撅,费小脑袋身不由己松手扔刀:"你,你谁呀你,敢管费大爷我的闲事?"

"闲事?你快把人打死啦,还是闲事?"林再忍说着,手上又加了两分力道,费小脑袋就觉得半边身子酥了,手腕眼看要折,知道遇到了高人,立刻求饶:"爷,你是爷,这娘儿们骂了我三天三夜了,实在把我骂急了,我才打她两下……爷,饶了我吧。"

赵四娘一听打抱不平的人是山东口音,像见了亲人,就向林再忍哭诉费小脑袋欺负她的经过,而且还哭诉了她的不幸。

林再忍对赵四娘很是同情,看看跪在地上磕头如捣蒜的费小脑袋,厉声训道:"像你这样的地痞流氓,俺一掌就能劈碎你的小脑袋,信不?俺老乡是苦命人,从今往后,你再欺负她,俺绝不饶你!就是别人欺负她,你看见了也得帮着她说话。往后,只要听说俺老乡受人欺负,俺就找你算账!"说着,从路边拾起一块砖头,冲着费武,用食指一削,砖头掉了一角,再一敲,砖头断为两截:"小子,你看清了,你的脑袋比这砖头硬吗?"

费小脑袋惊得目瞪口呆,冲着林再忍赌咒发誓:"好汉爷,你教训得对,往后,我要再欺负她,天打五雷轰……"

林再忍让费小脑袋滚了,然后把口袋里的钱掏出来,二一添作五,一半放回口袋,一半放在赵四娘面前:"大妹子,这点钱你拿着,俺走了。"

整个大街,回归了寂静。

第七回　日伪军劫车伤天理
　　　　　　车把式中弹酿悲剧

　　储友良的父亲储富贵敬重华人龙，华人龙也很敬重储富贵。储富贵在大直沽一带也算个人物，他是出了名的车把式。他最拿手的是摆弄牲口，多烈性的牲口，到他手里都服服帖帖。据说，他擅长甩鞭打穴，隔着骒子打马，一鞭子下去能把马打个跟头。

　　有一次，储富贵和王老四几个车把式赶着空车，要过老龙头火车站的地道去货场拉货，被捂在地道洞里的重载马车挡住了去路。

　　马车过地道一般都是空车，重载车都是绕行七八里地，走铁道路口的栅栏门——宁走十步远，不走一步险。

　　今天捂在地道洞里的这辆马车，满载一车粮食，足有五六千斤。赶车的把式二十多岁，自以为他赶的是三大套，闯过地道毫无问题。哪想到，他的车刚下地道，地道上面正好开来一列装满石头和生铁的火车，轧得地道洞子咣隆咣隆直响。两匹前捎子马中的那匹青马是刚上套的儿马蛋子，根本没听过这种响声，它竖起耳朵停下脚步不敢往前走，偏偏此时火车汽笛一声长鸣，尖厉的叫声把这匹青马吓坏了，驳头而回！这一来就乱了套，青马的绳套与并排的枣红马的绳套绞绕在一起，绊住了辕骒子的腿脚，整个马车停了下来。等火车过去，车把式整理好绳套，再赶车，地道坡度太陡，没有了下坡的惯性，闯了两次都没上去，马车又退回了地道当中。

王老四看在眼里，急在心上，他着急去拉货，就劝储富贵下地道帮忙把车赶上去。储富贵说，人家没请咱，何必六拇指挠痒痒，多那一道子。又等了两袋烟的工夫，那辆车又闯了一次还是没闯上去。年轻的车把式急得通身是汗，眼看就得卸车把粮食扛到地道北口，把空车赶上去，然后再重新装车。真要卸了车再装车，就他一个人，起码也得折腾两三个钟头。王老四实在等不下去了，就对储富贵说："储爷，地道洞里扬不起鞭子，多好的把式也没法把车赶上去，咱绕道而行吧。要不，今天咱就白玩了。"

储富贵知道王老四在激他，但他也是急着去拉货，说声："要不，我试试，我也不一定行。"然后就和王老四一起走进了地道。

王老四对那位车把式说："兄弟，这位是我们大直沽最好的车把式，人称天下第一鞭。大家都着急过地道，你把鞭子交给他，让他替你赶上去吧。"

把鞭杆子交给别人来赶自己的车，就跟摔跤人被人踢了场子一样难看。这小伙子开始并不服气，可他自己又赶不上去。犹豫了一下，说了句："也行，咱看看天下第一鞭怎么赶车，也好长点见识。"虽不服气，还是把鞭子交给了储富贵。

储富贵前后看了看满载的大车，用手掂量掂量车辕子，因为闯坡闯的，车上的粮食重心已经后移，车辕子发飘，辕骡子使不上劲。他让王老四把车后面的两包粮食挪到车前面，又把两马一骡的肚带紧了紧，随后坐在车辕子上，上下左右看了看地道洞的空间，掂了掂手中的鞭杆子，顺手将鞭子轻轻甩到身后，吆喝一声，暗用功力，手腕一抖，鞭子从身后飞来，鞭鞘直叮青马脊背，青马浑身哆嗦一下，猛然把绳套拉直，向前冲去。

储富贵回手钩腕拉住缰绳："吁——还没让你用劲了。"跟着又照法吃药，吆喝一声，也给外怀枣红马一鞭子，枣红马也是激灵一下，刚要低头前冲，储富贵也把枣红马勒住。储富贵又用手指点了点辕骡子肛门边的皮肉，说声："伙计，听我招呼，卖点力气呀！"似抚摸又似警告，然后抖抖手腕，将鞭子在牲口头顶摇了摇，大喝一声："驾，驾——"三匹牲口听到储富贵的声音，各个四蹄蹬开，肚皮几乎贴着地皮，奋勇向前，眨眼之间，冲上了地道北口！

到了平地，又跑出二十多步，储富贵才把大车停住，把鞭子交给小伙

赌跤

子，一句话没说，转身去赶自己的车了……

技高朋友多，五行八作都如此。

储富贵是赶马车的顶尖把式，自然就有许多朋友，王老四就是其中一个。

王老四自己有辆大车，不雇把式自己赶。天气好就出去拉货，天气不好就停车歇马，用不着出去奔命。他佩服储富贵鞭子上的功夫，可功夫再好却受雇于人，长年累月给别人赶车，只挣点辛苦钱，埋没了储富贵绝好的一身本事。

自从把捂在地道洞里的重载车赶上地道之后，王老四就撺掇他："富贵，你这么好的把式，怎么不自己置辆车呢？"

储富贵苦笑着说："家底薄，上有老，下有小，老娘还有病，既买不起好牲口，也置不起大车。再说，养一套车，人吃马嚼不小的挑费，我这样的家境，凑合着给人家赶车，能养家糊口就知足了。"

王老四说："我借给你点钱，你再找别人借点，自己置辆车，有人雇咱拉货就拉货，没有外活就自己倒腾点买卖，赚多赚少都是自己的。现在倒腾粮食、日用百货还有药材特别赚钱，我干了几回，比拉外活强多了。天津的日用百货拉到乡下，抢手。捎上农产品拉回天津，好卖。来回载，不空车，顶多一年就能把一套车马赚回来。"

发财靠朋友，倒霉遇勾手。

储富贵听了王老四的话，狠狠心东借西凑置办了一骡子一马一辆二手车。

刚有了自己的马车，王老四就约他做了一趟买卖，从天津上货：香胰子肥皂、小孩衣服大人鞋袜、日用百货等，和王老四那辆车就伴去了沧县。第二天就是沧县大集，他们拉去的货不到半天就卖光了。卖了货顺手买了麦子、高粱、玉米面回了天津，街头一转悠，没用两天就把粮食全卖了。因为是头一趟，一没有多少本钱，二不大了解行情，储富贵去沧县只置办了半车货，可这半车货就赚了十多块钱，捎回的农产品又赚了二十多。头一趟买卖就赚了三十多块钱，储富贵挺高兴，心想，这样下去，很快就把借的钱都

059

还上了。

跑了三趟沧县，储富贵上了瘾，这天他置办了整整一大车日用百货，还有一些成品药，这些药品是沧县当地人委托他捎带的。货上齐了去找王老四，本来说好了两人一同去沧县的，没想到王老四的老丈人突然去世，他得将棺木拉回老家文安县安葬，储富贵只能自己一个人赶着车前往沧县。

万没想到，储富贵一辆马车出了天津刚进静海地面，迎头遇上一小股打着"膏药旗"的队伍，走在前面的是八九个伪军，后面两个日本鬼子压阵。日本鬼子看见满满一大车东西，叽里咕噜一阵鸟语，几个伪军立刻横在道上，把储富贵的大车截住了。

日本鬼子可恶，甘当日本鬼子狗腿子的汉奸更可恶！伪军小队长人称母狗眼，是个头顶长疮脚底流脓坏透了的家伙，这小子成天给日本鬼子溜沟子舔眼子，做尽了伤天害理欺负老百姓的缺德事，连他手下的弟兄都恨他。

听见日本人下令，母狗眼立刻把手一挥："检查！"

母狗眼带着伪军把车上的东西翻了个乱七八糟，竟然把藏在货物底下的两箱药品翻了出来。

母狗眼好像逮着了有把烧饼："暗藏违禁药品，你私通八路啊！"

储富贵赶紧哀求："这车货是货主自己装的，我就是个赶车的苦力，根本不懂什么八路九路的，长官，放我走吧，我上有老下有小，一家人都指着我呀！"

任凭储富贵把好话说尽，母狗眼就是无动于衷："少废话，这车东西全部没收，充公！"

一车货物被"充公"，连本带利连根儿烂了，欠人家的钱拿嘛还？一家老小的生计指着嘛？储富贵急得满头是汗。

两个日本鬼子过来了，用刺刀指着储富贵，让他把大车赶到他们的据点。否则，"死啦死啦的有"！

储富贵万般无奈，只好按照他们的指令，调转车头，把车赶向他们的驻地。

母狗眼为讨好日本人，扒拉扒拉车上的货物，请两个小鬼子坐在上面，他自己跨坐在外怀车辕子上,指挥储富贵赶车,其他伪军都跟在马车后面徒步而行。

母狗眼很得意,不时地回头和两个鬼子有说有笑,储富贵又气又急,恨不得扒了母狗眼的皮,生吞鬼子的肉。他不动声色地捅捅辕骡子的屁股,马车一点点加快速度,渐渐地将车后面的伪军甩开了一段距离。他一边赶车一边四处张望,暗打主意,伺机逃跑。

马车下了公路走上土路,土路旁边是一条不知叫嘛名字的河,河面足有十丈宽。顺着土路往前看,隐隐约约看见前面有个村子,储富贵暗下决心,此时不跑更待何时?趁着母狗眼回头和日本鬼子说话,他转了转屁股,突然抬起右腿,狠命踹向母狗眼的腰眼,母狗眼惊叫一声,被踹下马车,滚进了河里。

储富贵一不做二不休,没等车上的鬼子反应过来,回手一鞭子,"啪"一声脆响,一个鬼子被抽下车去,顺势反腕将鞭子往回一拉,又是脆响一声,将另一个鬼子也抽下了马车!

储富贵的鞭子玩得登峰造极,正手一鞭反手一鞭,眨眼间把两个鬼子抽到地上,随之"驾——驾"连声喝喊,马车飞一样地向村子跑去。

可惜,马车再快也不如枪子快。摔在地上的日本鬼子,一个摔折了腿,站不起来了;另一个鬼子还真有些功夫,就地一滚,单腿跪在地上,举枪就打。车上有货,挡着人和牲口,马车照跑不误。这个小鬼子有一套,打不着人打不着牲口,竟然照着车轱辘开枪,噗噗噗,一个轮胎被打瘪了,马车栽歪着前行,速度立刻慢了下来。

掉在河里差点淹死的母狗眼从水里爬了上来,冲着伪军拼了命地狂喊:"开枪,开枪,别让他跑了!"

伪军都是出来混饭吃的,平时痛恨母狗眼祸害老百姓,看见储富贵将他踹下马车,心中解气,都为储富贵暗挑大拇指。没想到母狗眼命不当绝,没被淹死,这时让他们开枪,就乱打一气,朝天打朝地打,就是不向马车射击。

该着储富贵倒霉,眼看要进村子,路却拐了个弯,人和牲口都暴露在鬼子步枪的射程内。"啪啪"几声枪响,辕骡子被击中,马车前行数步,终于歪

赌跤

倒在河边上，满车的货物稀里哗啦散落下来，好多都滚落到河里，有的沉底，有的就漂浮在河面上。

储富贵身中两弹，一枪打在左肩，一枪打在腰上，但他趁着货物的散落，顺势滚进河里，凭借小时候在海河里练就的好水性，看准对岸那片芦苇，一个猛子扎下去，抠着河底泥巴潜水过去，到了对岸，从苇丛中钻出水面，待要走上河岸，却抬不起腿迈不开步，终因流血过多体力耗尽，刚站起来就瘫倒在泥水中……

鬼子汉奸不管车把式死活，只管这一车货。他们先把死骡子搭到一边，把前梢子马卸下来驾辕，再把散落的货物装上车，又把死骡子搭到车上，回去吃肉，然后把车赶走了。

对岸有个锄地的五十多岁老汉，把这一切看了个满眼。眼见鬼子汉奸都走了，他赶紧把奄奄一息的储富贵救到岸上。

老汉是练武之人，胆大，他掐人中推胸腹，折腾了好一阵子，终于让储富贵睁开了眼睛。老汉赶紧问他："你是哪里人，叫啥名字？我想法送你回家。"

储富贵两眼发直，说话含混不清："大直沽，后台……我，储富贵……"

老汉又问了两遍，没有回答，再看储富贵，瞪着两眼，没气了。

老汉用锄头割了些杂草，把储富贵尸体用草掩盖好，回家套上毛驴车，带上草料，没顾上吃午饭，赶着毛驴车直奔大直沽。

日头偏西，老汉来到了后台，恰巧碰见要出去办事的华人龙，他向华人龙打听后台这儿有没有叫储富贵的。华人龙说："有啊，是赶车的把式。"

"这就对了。"老汉如释重负，又急急渴渴地问："他家在哪儿住？"

华人龙指了指不远处的老槐树："那棵槐树对着的那个院子就是储家，今早我看他赶着车出门了，不知现在回没回来。您找他有事？"

老汉叹了口气："他遭难了。"老汉把看到的经过简单地说了一遍。

听说储富贵死了，华人龙心里咯噔一下："我领你去他家吧。"

来到储家门口，老汉把毛驴车拴在那棵老槐树上，把带来的草料簸箩放在毛驴跟前，然后随华人龙走进了院子。

储富贵老婆储杨氏正在院子里做晚饭，看见华人龙领着一个庄稼人进来,赶紧请他们进屋。老汉不等进屋就说:"你家掌柜的是叫储富贵吗?"

储杨氏不知何事,机械地点点头,"嗯"了一声。

"我是来给你家送信的。储富贵遭了大难。"

"嘛?你说嘛?!"储杨氏立马变颜变色,连声相问,"我们当家的怎么啦?遭了大难?在哪儿?"

"在我们村西的南河边。"老汉把他见到的经过向储杨氏详细地说了一遍,为了安慰她,最后又说,"也许是重名重姓,你们家去个人看看,要不是你们家人,不就放心了嘛。"

储杨氏愣在那儿,半天没说出话来。屋子里却传出了老太太的哭泣:"良子他妈呀……你快去,去看看,老天爷呀,可别让我们家的富贵遭难呀……"

华人龙听人说过,储富贵的老娘卧病在床两三年了,要不是儿媳妇贤惠孝顺、尽心服侍,老太太早就入土为安了。

华人龙看了看被噩耗惊呆了的储杨氏,不由得暗想,如果储富贵真的死了,老太太说不定就得跟着儿子走。唉,储家顶梁柱倒了,往后这家人可怎么活呀。

想到这里,华人龙打量打量送信的老汉,见他虽是庄稼人打扮,两只眼睛却炯炯有神透着一股正气,绝不像坑蒙拐骗之人。遂问道:"不知您怎么称呼?"

老汉答:"我姓霍,你叫我老霍就行。"

"霍爷,您这么老远来送信儿,谢谢您。"华人龙说,"我是储家的邻居,您等我一会儿,我出去叫辆马车,拉着储家人跟您一块去。"

没等华人龙出门,储富贵的儿子储友良放学回家了。他见华人龙和一个陌生人站在院里,母亲正无声地掉泪,连忙问道:"妈,您怎么啦?"母亲没言声,他又问华人龙:"华爷,我们家出嘛事啦?"

"华爷"是尊称,不光是跤坛,大直沽一带的大人孩子都把华人龙叫"华爷",所以储友良也这样叫。

储杨氏说话了:"良子,饭已经熟了,你盛饭跟你奶奶吃吧,我跟华爷还有那位大爷出去一趟,你别乱跑,在家照顾好奶奶。"转身又对华人龙说:

"华爷，你看我们家这种情况，现在只好麻烦你了。"

华人龙说："大嫂，你别客气，老街旧邻的，应该帮忙。我去找辆大车，一会儿就回来。"

一袋烟的工夫，华人龙找来了一辆马车，车把式姓周，本来拉了一天活正要卸车，听说储富贵出了事，赶紧跟着华人龙来到储家。

小良子听说爸爸出了事，很懂事地跟母亲说："妈妈，我去吧，您在家里吧。"

华人龙插言道："良子，还是你妈妈去好，有些事也好拿个主意。"

储杨氏进屋稍加安排，然后对儿子说，"良子，我和华爷走了之后，你看着奶奶吃完饭，去趟地道外，告诉你二舅，就说咱家出事了，让他来一趟。"

看着儿子点头答应，储杨氏才和华人龙坐在老周的车上，跟在老霍的毛驴车后面，向出事的地方赶去。

刚走了不远，华人龙从车上跳了下去，说声："你们先走着，我马上回来。"

华人龙看到前面有个烧饼铺，急急忙忙去买了一摞烧饼，追上毛驴车，递给老霍几个："霍爷，跑一天了，吃个烧饼垫垫吧。"然后又回到老周的车上，先给老周两个，又递给储杨氏两个："大嫂，你也吃点吧。"

储杨氏微微摇头，没接华人龙的烧饼，却在无声地流泪。华人龙把烧饼放在她跟前说："大嫂，你可别哭坏了身子，好些事还得你来操持呢。"

老霍轻车熟路，天黑透时就来到了南河附近的村子，老霍说："你们在这等我，我回家叫两人，顺便拿个提灯来。"

工夫不大，老霍回来了。他的毛驴车上，放着一领旧苇席，坐着两个手拿提灯的小伙子。老霍对华人龙说："走吧，前面不远就到了。"

两辆车来到河边停住，老霍让两个拿着提灯的小伙子走在前面照亮，其他人跟着老霍来到了一堆杂草跟前。老霍上前把杂草扒开，露出了尸体。尸体的脸看不大清，但他穿的"十斤白"疙瘩襻儿褂子和黑色缅裆裤子虽然血迹斑斑被泥水浸泡得几乎看不出本色，但那都是储杨氏一针一线亲手缝制的，她再熟悉不过。她就着灯光看那尸体的脸颊和身段，虽然有些变形，但储杨氏一眼就认出，这就是自己的丈夫！

众人还没反应过来，储杨氏早就扑了上去，恸哭起来："良子他爸呀，你怎么撇下我们就走了呢，你不管我们了……挨千刀的小鬼子、狗汉奸呀，凭嘛将我男人杀了呀……良子他爸呀，咱没有发财的命，做什么买卖呀，要不做买卖，哪会死在这儿，成了外丧鬼呀，咱家里还有老娘和儿子啦，你走了，我们老的老小的小，往后可怎么活呀……"

凄厉的哭声划破了夜空，在场之人无不动容。华人龙怕她悲痛过度哭坏身子，就要上前劝慰，被老霍拉住了："再让她哭哭吧，多哭一会儿解解疼。"

储杨氏又哭了好一阵子，哭得声音嘶哑、气力不加了，老霍才和华人龙把她拉起来。老霍说："大嫂，这仇记在心里，东洋小鬼子造的孽太多了，可我们还得活下去啊。"然后，他和那两个小伙子把尸体搭到老周的车上，用苇席盖好。

老霍又对华人龙说："你们多费心吧，我们该回了。"

储杨氏突然跪在老霍面前，咕咚咕咚磕了三个响头："谢谢大恩人啦。"

老霍慌忙把她扶起来："大嫂，节哀吧……你那一家子……还得指望你啦。"这时的老霍，已然泪流满面，几乎说不出话来了。

华人龙含着泪说："霍爷，我替苦主谢谢你们啦。"说着，从怀里掏出十块钱，"这几块钱，你们爷几个买瓶酒喝吧，忙活一天了。"

老霍说："我去送信儿，可不是为了钱，我是凭着庄稼人的良心啊！这钱，我们说啥也不能要。你看，我光顾着死人的事啦，都没问你贵姓。看来，你也是个热心人啊。记住，往后走到这儿，来我老霍家串个门。再见吧。"说完，和那两个小伙子赶着毛驴车回家了。

老周赶着车，快进大直沽后台的时候已经下半夜，他问华人龙："华爷，车上的人咱往哪儿拉？"他说的"人"是指死去的储富贵。

华人龙知道，按风俗，外丧鬼是不能拉回家的，但他不能自作主张。他对储杨氏说："大嫂，你看呢？这事得你拿主意。"

储杨氏是个明白人，她早就想好了："华爷，得让奶奶看她儿子最后一眼，拉回家吧。我们小门小户，出了这种大事，任嘛也顾不得了。"

到了储家门口,储杨氏立刻号哭起来。一则,储杨氏转瞬之间失去了丈夫,悲痛至极。二则,大声号哭也是向周围邻居报丧——储家不幸,惊扰了大家,请多多担待。

储杨氏的哭声惊醒了和衣而睡的儿子储友良,吓坏了一直心惊肉跳根本合不上眼的储富贵老娘。当然,凄厉的哭声也惊醒了熟睡的邻居。

储友良慌里慌张开门出屋,还没等他看清门外的情况,意外发生了:卧病在床的奶奶竟然跌跌撞撞跑了出来,直奔老周的马车,干枯的两手哆哆嗦嗦去扒车上的苇席,看到苇席下面正是自己的儿子储富贵,她只喊了声"儿呀……我的儿呀……"一口气没上来,瘫倒在地上。

坐在当街号哭的储杨氏,突然发现婆婆跑出家门,猝然瘫在车下,止住了哭声,赶紧上前搀扶,却见老人已经没了气息。

雪上加霜,五雷轰顶!

骤然间的变故,储杨氏猝不及防,再难承受,她搂抱着婆婆,眼睛瞪着车上的苇席,痴呆呆跪在地上,竟然没有了哭声,也没了任何言语和声响。

储友良惊慌失措地跑到母亲身旁,看见母亲抱着奶奶一动不动,母亲的两眼发直,瞪着马车,他吓坏了,呼喊妈妈,却听不见任何回答。他拼命摇晃母亲的肩膀,哭着叫着:"妈,妈妈,您和奶奶都怎么啦?怎么啦?!我爸呢?爸爸在哪儿啦?!"十几岁孩子的哀号,让人心碎,连跤坛大侠华人龙的两眼也充满了泪水,惨啊!

邻居们大多是些中老年人,陆陆续续走出家门——远亲不如近邻,邻居家出了事,哪能不理不睬、袖手旁观啊。

有个王奶奶经得事多,看见储杨氏的模样,立马过去捶打她的后背,捶了一阵,储杨氏才哭出声来:"天哪,我这是造了几辈子孽呀……"

赊棺木义士解危困
卖房产烈妇做保姆

储家的丧事，主要是华人龙张罗，他请邻居帮忙，在储家院里搭起灵棚，将储富贵母子二人的尸体安放在灵棚里的两副床板上，让人找来几张白纸，两张做盖脸纸，盖在死人脸上；又请邻居中识字的先生，用毛笔在另外两张白纸上写了八个黑字："储宅丧事，恕报不周"，贴在院门两侧的墙上。

一切料理得差不多了，天已经亮了。

华人龙对车把式老周说："周爷，一事不烦二主，今天你就别去拉活了，算我雇用你的车，车钱过后我给你。你赶着车跟我去棺材铺，拉两口'材'来，先把这娘俩装棺入殓，也好让他们入土为安。"

老周说："华爷，什么车钱不车钱的，储富贵活着的时候帮助过我。他是好人，今天这个忙我得帮啊。"

华人龙和老周赶着车来到棺材铺的时候，铺门还没开。华人龙上前叫门，老半天才把值夜的伙计叫醒。伙计一看是华人龙，认得，他是棺材铺老板的莫逆弟兄，赶紧往屋里请，边走边说："华爷，这么早，您有事？"

华人龙说："家门口储家出了丧事，我来帮他们挑两口棺材，赊着。老板不在，你主得了吗？"

伙计回答："老板说过，只要华爷的朋友用材，嘛话别说，先拉棺材。今天您亲自来,这事我主了。"

华人龙说:"那就有劳你了,挑两口中等材吧。"

"嘛?两口?"伙计迷迷糊糊刚醒过盹儿来,开始华人龙说挑两口材他没入耳,现在听说要两口,愣了,像自言自语,又像说给华人龙听:"奇怪,太邪性了。夜里,挨在一起的那两口棺材咔咔直响,我知道有人要来买材,只是这两口材不是中等,是上等的柏木料子,贵点。"

突然有人插话:"贵点? 分跟谁,我兄弟亲自来了,还能要钱? 拉走! "

华人龙扭头一看,棺材铺的老板焦志友来了。

焦志友比华人龙大三岁,和华人龙虽然没有磕头拜把子,却处得如同亲兄弟一样。焦志友原先是个木匠,因东北有亲戚,木料有来源,后来就开了个棺材铺。

起初,棺材铺的规模没有现在这么大,却遇到了不少麻烦——要不是华人龙出头给他摆平,焦志友的棺材铺也不会发展到如今的光景。

那年夏天一大早, 有四五个壮汉坐着一辆马车来棺材铺买棺材,说"买"好听,其实就是抢。他们进门摞下两块钱,就去停材的库房挑了一口上等棺木,搭到车上,拉着就走。

焦志友上前阻拦:"爷,这口棺材光木料就七八十块钱,您给我两块钱,这不是要我命吗? "

那几个壮汉中有个领头的,歪戴瓜皮帽,一身皂青色裤褂,袖子挽得老高,说话骂骂咧咧:"给你两块钱是他妈看得起你,知道谁用吗?地道外的赵老大! 天津卫黑白两道哪个不知赵老大的名号? 他家老爷子夜里去世啦,上这儿拉口棺材是赏你脸,你可别给脸不要脸!"扭头招呼车把式:"走,赶车走! "

焦志友跑到马车前面,刚要拦车,"瓜皮帽"夺过车把式的鞭子,甩手给了焦志友一鞭子,焦志友的脸上立马起了一道血檩子。另外几个已经上了马车的壮汉见这个老板竟然不买赵老大的账,而且"瓜皮帽"先动了手,纷纷跳下车来,一顿拳打脚踢,把焦志友打得口鼻蹿血。

正在此时,练功回来的华人龙在此路过,见几个壮汉毒打棺材铺的老板,上前劝阻,没想到这些人穷横惯了,谁来劝架捎着谁。"瓜皮帽"见华人龙来到近前，不管三七二十一，突然一个"通天炮"直奔华人龙面门，随口说道："你来找死！"

华人龙说："不是找死，是来讲理。"随即施展"八打八封"的招数，双手齐出，左手封门拨开来拳，右拳出击打中对方眉心。就见这小子身子后仰，四爪朝天，仰倒在地上。

华人龙不想伤人，只想给对方一点教训，让他知道知道厉害也就罢了。故而只用了三成功力，打在对方额头，若是拳头靠下一点，"瓜皮帽"不仅口鼻蹿血，还得满地找牙。

同来的几个壮汉见"瓜皮帽"挨了打，立马舍弃焦志友，将华人龙团团围住。

华人龙微微冷笑，断喝一声："来得好！"手脚并用，指东打西，横腿一个"别子"，将留着小胡子的汉子摔到"瓜皮帽"的身上，不等这小子起来，又一个"叉踢"将另一个壮汉踢躺，拽死狗般扔到小胡子身上。片刻之间，华人龙的"冲踢""弹踢""抹脖脚"摔得这几个横行霸道的地痞流氓重叠在一起，像屠宰场待宰的活猪，糗在一块，嗷嗷怪叫，却没人再敢起来动手。

华人龙来到焦志友跟前，将其搀扶起来，问明原委，说这事交给我吧。随即走到"瓜皮帽"跟前，伸手将其提溜起来，冷笑着说："地道外的赵老大，在江湖上说说道道，他让你们买棺材，能不给你们钱吗？也许，家称万贯一时不便，手头没钱。死人的事不能耽误。棺材你们拉走——我跟你们去地道外，找赵老大要钱。"说完，往马车上一坐，招呼车把式：走吧！

这几个人傻眼了，其中有人认得华人龙，悄悄跟"瓜皮帽"一说，"瓜皮帽"愣了一下，赶紧对华人龙点头哈腰："华爷，是我们不对，您大人不见小人怪，我们不知道您跟棺材铺掌柜的是朋友。"说着，从怀里掏出赵老大交给他们买棺材的一百块钱，恭恭敬敬交给了华人龙。

华人龙把钱交给焦志友，问了一声："这些钱够吗？"

焦志友数了数："够了，还多两块，退给他们吧。"

华人龙转身对"瓜皮帽"说："多了两块钱，给焦老板看伤用。回去给赵老大捎个话，就说我华人龙改天得空前去拜访。你们走吧。"

"瓜皮帽"几个人连滚带爬上了马车，本想私分这些棺材钱，却一分没落着，还挨了一顿打，垂头丧气地走了。

从此，焦志友和华人龙成了挚友。

天津的民俗民风，老人去世，不管家里多穷，也得想法买口棺材发丧老人。没棺材装殓老人，儿女就是不孝，就是大逆不道！

焦志友知道华人龙对有了难处的孝子，只要求到他，他都倾力相帮。为此，常有死了老人的孝子因为买不起棺材去求华人龙，华人龙二话不说，领着孝子就去后台棺材铺。焦志友对华爷领来的人，也是二话不说，先拉棺材发丧老人，从不提钱。但是华人龙特讲信义，过后准是一分不少地照价付款。即便孝子一时凑不够钱，他垫钱也要按时把棺材钱还上。

焦志友听华人龙述说了储家遭遇，马上说道："兄弟，我这有两口棺材，是一个阔商给他二老预先定制的。两口材交了一半定钱。而且定了协议：一年内不来取材，棺材和定钱都任凭棺材铺自主处理。前年我听人说，这个阔商被日本人残杀了，我怕他后人上门拉材，就一直没卖。这不，我给他留到现在，三年多了，足对得起他了。也许这是天意，该着你华人龙来为储家拉走这两口棺材——我分文不要也不亏本。"

伙计凑上前来，脸上露着惊愕的神色："老板，我还纳闷，三年前定做的这两口棺材，怎么今天半夜里咔咔乱响呢，原来是华爷有用。"

棺材铺的事，有些说道。半夜里，哪口棺材有响动，白天准有人来买走。不管来买棺材的人挑来挑去，买走的一定是夜里有响动的那口材。

几个人一边称奇，一边把两口上等棺材搭到车上，就听华人龙对焦志友说："不管你怎么说，材钱还是要给的，记我账上。过几天我来结账。"

焦志友不高兴了："兄弟，你拿我当外人啦？先别说咱俩的关系，就冲咱们都是大直沽人，储家出了这样的事，这两口棺材也不能要钱！"

伙计插了句话："老板，为了辟邪，多少要两块吧。"

焦志友点点头，又对华人龙说："这样吧，这两口材，让储家给我六块六毛钱，六六大顺，图个吉利。"

"红事"午前办，"白事"午后办，这是天津卫的风俗。

储家的这场白事，百年不遇，本来祖孙三代一个完整的家，突然间顶梁柱没了，老太太也跟着走了，甩下孤儿寡母，多亏华人龙援手，在他的操持下，众邻居帮忙，从上午忙到了下午，终将储富贵母子分别入殓，然后由老周的马车拉着棺材走在前面，储友良打幡跟在车后，储杨氏悲悲切切跟在儿子后面，向后台东面五里之遥的乱葬岗子走去。

到了坟地近前，马车进不去了，由邻居中八个棒小伙子将两口棺材依次抬进事先挖好的两个坑中，储富贵母子总算入土为安了。

丧事之后，储杨氏大病一场。好在儿子孝顺，邻居们尽心照顾和劝慰，储杨氏才慢慢平静下来。刚能下地，她就领着儿子到周围邻居家一一谢过，最后来到华家，母子双双跪在华人龙面前，拜谢华人龙。

储杨氏对儿子说："良子，记住华爷的大恩大德，等你长大了，一定要像孝顺爹娘一样孝顺华爷。"

感念华人龙的同时，储杨氏心里还在默默地怨恨自己的亲兄弟杨二愣——临去南河边拉丈夫尸首之前，她让儿子去地道外告诉他二舅来一趟，可杨二愣当天没到，直到从坟地回来的那天晚上，杨二愣才露面。

储杨氏认为，她这个兄弟太不懂事了，虽是摔大跤的，却一点"外面儿"都没有，总是对他姐夫心存芥蒂——储富贵活着时，与这位二二乎乎的舅爷不大合适。储富贵瞧不起二愣，嫌他总是吹嘘自己摔跤多棒多棒，不是昨天赢了谁，就是今天让谁没开张。储富贵曾在地道外看过他摔跤，除了有把子力气，嘛绊不会，跟人家华人龙相比，就是个挨摔的跤篓子。

杨二愣不爱听姐夫储富贵说话，常常与姐夫闹个半红脸。有一次二人又说到摔跤，储富贵直冲小舅子的肺管子："你那两下子，除了有把子死力气，你会嘛绊？再过三年，小良子就能摔你！"

现在储富贵死了，你杨二愣是舅爷，怎么也得来送葬啊，你不来，邻居们不光笑话你，也笑话你姐姐我呀！为此，储杨氏想起这事就别扭。

其实，储杨氏冤枉了自己的兄弟杨二愣。

外甥储友良给舅舅送信那天，二愣没在家，去货场卸石子了。干到傍晚，累坏了，他光棍一个人，去澡堂子洗澡就睡在了那里，第二天又接着卸火车。待他知道姐姐家出事了，赶到储家，储富贵已经没了，再说什么都晚了……

储富贵去世不到一个月，账主子就接踵而来，要账。

储杨氏虽是家庭妇女，但她却是极要强的女人。她告诉账主子："欠债还钱，天经地义，父债子还，理所当然。别看我儿子还小，他也十三四岁了，我不让他念书了，让他当小工干杂活去挣钱。我呢，给人家拆拆洗洗去缝穷，做牛做马拼死拼活黑白干，也要尽快把大伙的账还上。"

有个居心叵测的账主子，早就垂涎储杨氏的姿色，趁没人时候来到储家，对储杨氏不怀好意地说："嫂子，储大哥做买卖上货时找我借了五十块钱，他说三天后连本带利一起还我。他死了，这钱你们一时半会儿还不上了，我看这样吧，我认你当干姐，你我多亲近亲近，这钱早还晚还没关系……"

"你打住！"储杨氏急了——储富贵活着时，她听赶车的把式们褒贬过认干亲的事："干亲进门，不是要钱就是要人。"

社会上有这样的人，凭着自己有点权势或有几个臭钱，不是认干闺女就是认干姐干妹子，为的是干下三烂的事方便。也有的女人，凭着几分姿色，认有权有钱的人当干爹、干老儿，然后干些见不得人的勾当。

今天这个账主子要认储杨氏为干姐，存心不良，储杨氏能不急吗？

"告诉你，你的钱，我绝不赖账，砸锅卖铁，三天以里我准还你！"

"别，别介，"账主子淫笑着说，"这样吧，咱俩现在玩一回，欠我的账就一笔勾销。"说着就上前搂抱储杨氏。

储杨氏悲愤至极，抬手一记响亮的耳光打在账主子的脸上："想当初，你跟储富贵称兄道弟，他刚走，你就对他媳妇如此无礼，你还有一点儿情义吗？"

账主子捂着脸颊，恼羞成怒："三天头上我来拿钱！"说完，逃之夭夭。

账主子走了，储杨氏哭了。她哭世道变了，人心不古，她哭老天不公，自己命苦……

储杨氏是烈妇，真够艮的，她在院子东面搭了个窝棚，与儿子储友良暂时栖身，然后把不多的家产变卖了，把三间土坯房一个院也卖了，她先把追债的账主子打发了，又把大部分欠账还清了，只差两口棺材钱和王老四的八十块钱没还。她主动找到王老四说："老四，我先把别人的账还上了，你的钱，得晚些日子。不过你放心，我和小良子拼死拼活也要尽早还上。"

王老四心有愧疚地说："嫂子，是我对不住你们，要没我撺掇，富贵兄也不会买车拉货做买卖。你家欠我的钱，一笔勾销，不要再提。"

储杨氏说："谢谢你的好意，你没来逼债，我已经感激你了。但这钱是一定要还的，只是早一天晚一天的事。"

储杨氏开始"缝穷"，凑够了十块钱，就送到王老四手里，王老四死活不要，但储杨氏撂下钱就走。储杨氏的言行，一下子传开了：这女人，好样的！

自从料理完储家的丧事，华人龙就没再去储家，他怕寡妇门前是非多。如今知道了储杨氏卖房还账这件事，立马凑集了五十块钱，趁小良子在家时，亲自送到储家，让储杨氏买间房子居住。没想到储杨氏坚决不要："华爷，那两口棺材钱，我一时半会儿的还不上，等小良子长大了挣了钱再还。我知道您看我们娘俩可怜，想救济我们，我心里有数。但您这钱我不能要，要了，我还得想法还上。谢谢您吧。"

华人龙说："大嫂，这窝棚夏天潮冬天冷，怎么住啊，还是买间房吧。"

储杨氏说："华爷，谢谢您。住窝棚挺好的，法国桥那边的海河沿上，不是有好多窝棚吗？人家能住，我也能住。"

储杨氏的刚烈让华人龙佩服，他把钱收回，另辟蹊径，暗中相助：他让自己家和关系不错的朋友家，把该去外面拆洗的衣服，送到储杨氏那儿，让她干。手工费该给三毛钱的给五毛，该给八毛的给一块。细水长流，也算帮助了她。

另外，华人龙对辍学回家捡破烂打小工的储友良，只要他得空前来学跤，华人龙就根据他的身材、力气、喜好的绊子及特长，循序渐进地教他摔跤和练功，并嘱咐他，有空就去地道外高地虎的跤场，长些阅历，一旦能"顶杆"了，还可以在跤场拿一份钱，也好补贴家用。

储友良知道华人龙用心良苦，教他功夫比一般师父教徒弟还尽心。为此，他对华人龙不再叫"华爷"，改口叫师父了——虽然他没磕头拜师，也没钱操办拜师宴，反正他就认定华人龙是他师父。

既然师父让他去地道外跤场，储友良得空就去高地虎那儿一试身手。

赌跤

高地虎听说是华人龙叫他来的，对他格外关照。遇上"二把刀"来票跤，就让储友良上场与其对阵，既捧了票跤的，又锻炼了储友良。

储友良乖巧，有机会"垫场子"就摔几跤，没机会上场，也不闲着，不是搂场子就是给摔了一身汗的跤手递个手巾把。高地虎见他不仅好学好练有悟性，而且勤快，讨人喜欢。每当跤场分钱，也分给储友良一份。

小良子得了钱，一分不花，都交给母亲。

儿子如此懂事，储杨氏感到欣慰。娘俩省吃俭用，不到两年就还清了王老四的债。王老四每次见到储杨氏来还钱，都眼含热泪说不出话来。

后来，王老四听人说，大王庄有位留洋回国的女大夫樊晓惠需要保姆，就通过朋友去大王庄找到这位女大夫，向她推荐了储杨氏。樊晓惠很同情储家的遭遇，亲自看了储杨氏母子住的窝棚，觉得储杨氏很传统，性格温柔却不乏刚直。这样的人在她这个特殊家庭做保姆，放心。

储杨氏以往所接触的人，都是家庭妇女，乍一看到樊晓惠是知识分子，心里有些嘀咕，怕不好伺候。实际一接触，樊晓惠却没有阔太太的趾高气扬，而且对穷人富有同情心，也就愿意在她家当用人做保姆了。但她对樊晓惠提出一个条件，不在主家过夜，每晚必须回到窝棚这个家，她不能让儿子一个人住窝棚。再说，后台与大王庄相距不远，也就几里地，来去也算方便。

樊晓惠理解储杨氏的苦衷，这事就这样说定了。从此，储杨氏就在樊晓惠家做了保姆。储杨氏干活任劳任怨，勤勤恳恳，不多言多语，樊晓惠很是满意。但她从不拿储杨氏当下人看，而且还特别关心她的儿子储友良，逢年过节让储杨氏把她儿子小良子带到她家里来玩，还常给储友良买衣买鞋买些吃的用的，并一口一个"小良子、小良子"地叫着，叫得储杨氏娘俩心里热乎乎的。

双方处了一段时间，像姐妹一样融洽。这天，樊晓惠对储杨氏说："杨姐，小良子也十四五岁了，这么小就辍学在家，我怕他误入歧途，不如也到我家来干点活——我回国时，外国朋友送给我一辆轻便人力车，比市面上跑的胶皮车轻便许多，但我一直没用。我看小良子念过几年书有些文化，人也挺激灵，不如让他用这辆人力车给我拉包月。当然，不能累着孩子，每天就是早晨送我去医院上班,晚上下班接我回家。工钱随市面上拉包月车的价码。空闲时间他愿意去摔跤就去跤场,愿意看书看报就在我家,我还可以辅导他学习,免得他把学过的知识荒废了。再说,碰上阴天下雨,你也用不着惦记小良子再回大直沽了,娘俩都住我这儿,又不是住不开。"

樊晓惠的话正合储杨氏的心意,小良子越来越大了,买房子娶媳妇,处处需要钱。拉包月比打八叉干零活强多了。再说,她就是盼望儿子有文化,有了文化将来才能混出个人样儿。

没过三天,小良子就给樊晓惠拉包月车了。

渐渐地,储杨氏积蓄了几个钱,就在离樊晓惠家不远的大王庄东头靠近铁道的地方买了两间小房,他们母子搬了家,离开了后台那块伤心地。

从此,华人龙就没再见过他们娘俩。哪想到,在跤场中枪之后,逃到大王庄,竟然与小良子不期而遇。

就因为与储家这样的关系,华人龙才对林再忍说:"你放心,我了解小良子……"然后才让樊晓惠给他做了手术……

赌跤

第九回

兄弟情深直沽卖艺
朋友义重宫前翻跤

赌跤

　　因为枪伤华人龙将近百日没有正常练功，多棒的"练儿"要把跤力恢复如初，也得一些时日。枪伤愈后，华人龙要把失去的时间补回来，更加苦练二五更功夫。

　　天津卫摔跤的"练儿"有两种，一种是"春秋练儿"，一种是"四季练儿"。"春秋练儿"大多是纨绔子弟公子哥，冬天冷，不练；夏天热，也不练，不冷不热的春秋季节才练。他们摔跤就是沽名钓誉，"玩儿票"，算不上真正摔跤人。"四季练儿"讲究夏练三伏，冬练三九，四季不辍，持之以恒，这是真正的"练儿"。然而，真正的"练儿"也有优劣之分，像华人龙这么棒的，少之又少。

　　华人龙为嘛这么棒？皆因他练功与众不同。一般摔跤人练功是"死练"，所练的每个动作知其然而不知其所以然，这种"死功夫"练得浑身热汗，只能起到强身健体作用，要想摔人，难！华人龙是"活练"——练是为了战，为了摔，而摔跤的对手都是大活人，不会任你摆布。他练功时脑子里总有个假想敌，所练的每招每式都是针对假想敌而练，这样练功，事半功倍。

　　当年学艺时，师父暗地里夸华人龙悟性极高，但当面却谆谆告诫：一日不练三日空，三日不练被九乘。万丈高楼平地起，根基牢靠是准绳。基本功就是摔跤的根基。要想置身跤场常胜不败，就得勤学苦练加巧练，功夫过硬才行。当然，要想鳌里夺尊天下第一，还得有天赋，否则，再下功夫也是枉然。

华人龙和竹内豪仁的那场跤,赌的不仅是跤胆、跤智,更是功夫大比拼。千钧一发之际,华人龙施展"铁板桥"赢了竹内,就是最好的例子。

这天,吃过早饭,华人龙要去地道外看看高地虎,不知他这些日子忙活嘛啦。哥俩多日不见,想。

刚要出门,就见一个人跑了进来,谁? 高地虎的徒弟老三。

家住大直沽宫前街的老三,进门就说:"师大爷,宫前来了一拨撂地的。太不懂江湖规矩了,不来拜望您,就敢在大直沽撂地摔跤,这不是冲咱爷来的吗? 咱去把他场子踢了吧! "

华人龙和高地虎不是师兄弟,胜过师兄弟,故而老三见了华人龙不喊华爷,喊师大爷。老三知道,华人龙教过他师父好多真玩意儿,绝不像某些摔跤人那么奸:吃你三顿饭,不说一个绊儿;喝你两顿酒,不教一把手。《隋唐演义》里的罗成和秦琼,亲表兄弟,切磋武艺时,罗成不教回马枪,秦琼不露撒手锏,生怕他人学会自己的绝活,各自都留了一手。华人龙与高地虎的关系可不一般。所以高地虎的徒弟们对华人龙都是尊敬有加。

"踢场子?"华人龙有些惊愕地看着老三,沉思了一下:"刚过年没几天,天寒地冻的出来撂地,大概他们遇到了过不去的坎儿啦。走,咱去看看。"

好过的年,难熬的春。过年就那么几天,穷过富过,几天就过去了。可是从立春到夏粮收获要等好几个月,一般人家,即便家里有点存粮,一冬天也就打扫干净了。来到春天,昼长夜短,还得外出劳作挣钱,缺吃少穿的穷人,难熬啊!

天津沦陷后,日本人把天津卫吃的、用的搜刮得一干二净,本来穷苦人家就是糠菜半年粮,如今更惨了——别说没钱,就是有钱也买不着东西。老百姓吃嘛? 有民谣为证:拿着钱,街上转,米面铺子没米面;大豆饼,赛磨扇,定时供给度艰年;山芋干,山芋面,高粱麸子糙子面;狗奸商,更混蛋,偷偷又把锯末掺;蒸得熟,嚼不烂,不好吃又不好咽,吃进肚里冒臊汗,一天得拉好几遍……这就是沦陷时期天津人生活的真实写照。

在老三的陪同下,华人龙来到了宫前街,老远就看到好多观众把一块空地围了起来——大直沽是摔跤的窝子,练跤的人多,看跤的内行,而且整

赌
跤

个天津卫谁不知道大直沽有个华人龙？保镖的武师到沧州从不喊镖，这伙人怎敢来大直沽撂地摔跤？是目中无人还是与华人龙有茶棚过节？许许多多观众"站脚助威"的真正目的，就是等着华人龙来踢场子。

跤场里边，两名跤手你来我往，蹬手拌绊，换腰换腿，拼杀得也挺热闹，可是摔了三跤敛钱时，站脚助威的观众却只帮人场不帮钱场，拢黏儿说买卖的人双手捧着毡帽走了一圈，毡帽里仍然空空如也，没有一分钱！

拢黏儿人是位三十多岁的汉子，把毡帽扣在脑袋上，抱拳而言："在下姓彭名友字无奈，北京人……"

别看观众不给钱，却有人多嘴多舌："北京？那是多少年前的叫法，现在都叫北平了。"

拢黏儿人接过话茬："不瞒各位说，我的师祖、师父都是清宫相扑营的扑户，不管当局今天叫北京明天改北平，我们摔大跤的就随老祖宗的叫法，北京就是北京，大明朝到大清朝五百多年的历史，都这么叫，所以我说我是北京人！"

拢黏儿说买卖的人都能口吐莲花能说会道，但关键在于能不能让观众心甘情愿地把钱掏出来。彭友彭无奈发现观众对他的话语不感兴趣，赶紧转了话题："其实，无论叫北平还是叫北京，管咱老百姓屁事？干嘛吆喝嘛，咱还是说摔跤。不才我虽在天桥跤场撂过跤，但顶多算个二流跤手。为什么来到这儿撂地？只因前天我来天津看望我师弟，没想到他家突遭变故，现在只剩他孤身一人，躺在家里，病在床上，懵懵懂懂，神志不清，不吃不喝也没钱治病。清锅冷灶，我看着淹心、心疼，就找了几个朋友，陪我来大直沽没（mo）场，为我师弟弄几个钱，看病。常言道，人穷当街卖艺，虎瘦拦路伤人。摔跤人到了撂地卖艺的份儿上，是给祖师爷丢人现眼摔碑砸牌子，跟沿街乞讨的花子一样！"

说到这里，这汉子眼里有了泪花。他哀叹一声，接着说："敛不下钱来，是场上二位兄弟经师不到，学艺不精，不能怨看眼的爷们不给钱。没法子，我练两下，看看能不能敛下钱来。众位爷们上眼！"说完话，就地盘腿而坐，双肩一晃，一叫丹田真气，双膝点地，小腿交叉贴着臀部，居然站立起来。他扬手把头上的毡帽摘下来，双手捧着，以膝代脚，绕圈而行，显然比常人矮了半截。

天寒地冻用膝盖走路，发出"噔噔"的响声，震得人们心头发颤、发酸。

他一边行走一边点头，希望人们掏出钱来扔进他的毡帽里。然而，走了半圈，竟然还是没人给钱！

观众中有人小声议论，这个说，兄弟，卖艺的不容易，给几分吧。那个说，"京油子"的花活不少，生意口不错，看会儿再说。

就在彭友尴尬之时，华人龙从人群里挤进场中，拿出一块钱，轻轻地放进彭友的毡帽里。随口赞了一句："好功夫。"

看见华人龙给了钱还夸奖这个汉子，观众立刻效仿，纷纷将零钱放进彭友的毡帽里。

彭友没想到这个相貌堂堂的汉子竟然给了一块钱。一块钱对摞地卖艺的摔跤人来说，可不是小钱。而且这个人给了这一块钱，引得观众也跟着掏钱。

彭友双膝点地缓慢行走，一圈下来，手中的毡帽装了不少钱，不由得喜出望外，腰身一晃，双脚落地站立起来，对着华人龙深鞠一躬："这位爷，我替我师弟谢谢您。"然后又对观众作了一个罗圈揖："诸位爷们，我谢谢你们，等我师弟的病好了之后，我一定告诉他，大直沽人，仗义疏财。"

然后对他带来的跤手说："王武、马遛，你们哥俩要不把看家的本事拿出来，可对不起众位爷们。"

都说北平人多的是"京油子"，但在华人龙看来，这个彭无奈不但不油，还特别实诚。别人摞地没场，不是说为老爹老娘送终就是说为老婆孩子看病，而彭无奈却说，没场敛钱是为了给他师弟看病。

王武、马遛上场之后，跤手拌绊各显真功。王武率先抢上小袖，拉着马遛就跑，马遛往前一跟，王武顺势一招"支别子"将马遛摔个翻白。马遛也不是庸手，起身再战，不等王武发招，他的"冲踢"已把王武踢起一人来高，横落地上。

这二人真杀实砍，高起高摞，大冷的天，摔在硬邦邦的土地上，够疼的。每见输赢，华人龙都带头叫好，观众的叫好声也随之而起。

摔了三跤再次敛钱，华人龙又拿出一块钱递给彭友，其他观众也哗哗地将钱扔进彭友的毡帽里。

摞地卖艺为的是钱,钱敛得已经不少,彭友自然高兴,但他还想再多敛点钱——师弟那儿太需要钱啦。彭友看出给一块钱的汉子是个人物,就冲他抱拳而言:"这位爷,您带头给钱,我谢谢您,请您进场指教一二。"

华人龙也不客气,换跤靴穿褡裢走进场中。观众见状,没等开摔就鼓起掌来。

彭友让马遛上场与其对阵,马遛根本不是华人龙的对手,但华人龙赢他两跤,第三跤看准对方"叉踢"踢来,立马抱头翻身躺倒地上。

马遛见好就收,脱褡裢下场,对华人龙的让跤心存感激。

彭友让王武上场,结果和马遛一样,输二赢一,也知难而退。连续两个跤手都以并不悬殊的比分败在华人龙的脚下。彭友知道,遇上了高手。

观众的兴致很高,但他们最想看的是华人龙怎样摔败彭无奈!你不是从京城来的吗?你不是在天桥摔过跤吗?不管你是谁,敢来大直沽摞地,能让你赢跤走吗?人群里的老三带头喝喊让彭友上场,观众们都随声附和。再看华人龙,在场中来回溜达,没脱褡裢,显然是等着摞地掌穴的彭友彭无奈上场。

彭友暗想,大直沽人好跤,懂跤,观众中不知藏着多少高手,既然我已自报家门,从北京来到这里,不敢上场岂不栽了!不管怎样,我彭无奈也得与其分个高下,论个输赢。

彭友看了看华人龙,心里明镜似的:王武、马遛不是人家对手,我彭无奈也不一定赢得了人家。别看人家进来捧场,却对王武、马遛"拿猫当虎待",既不轻敌,也显示他对对手的尊重。这人跤风很正,赢了跤没有丝毫狂妄神态,而且赢两跤之后,只要对方的绊子到位,人家就恰到好处地"翻"跤,看热闹的外行根本看不出他在有意相让。这人绝对是江湖朋友。

彭友扎束停当,冲着华人龙拱了拱手,说道:"我知道我这三脚猫的功夫与您相差甚远,既然站脚助威的爷们要我上场,实在盛情难却,我只是向您讨教,还请您别罗别砸,手下留情。"

华人龙拱手回礼:"以跤会友,人不亲艺亲。朋友,进招吧。"

彭无奈算得上老江湖,交手之前话说得很是客气,好像与对方过招点到即止。然而,交上手他可就把十个劲儿全搁上了——当场不让步,举手不留

赌跤

情，这是与生人摔跤的潜规则。他不想把捧场的人摔坏，但要把对手摔败，否则，这个场子就被人家踢了，他彭无奈的跟头就从北京栽到了大直沽。

刚刚三个回合，彭友就觉出对方的功夫深不可测。没想到，又走了三个回合，闪展腾挪之中华人龙露出了破绽，彭友立刻抓住时机，拧身上步，一招"叉踢"把华人龙踢出三步开外，跌倒尘埃。

观众哗然！天津摔跤讲究不输头一跤啊，堂堂的华人龙怎么被彭友轻而易举地踢翻在地？

彭友赢了头一跤，有了底气，他要看看华人龙的功夫到底如何。但他心中也有打算，你对王武、马遛都是赢两跤翻一跤，我也不能让你难堪，我再赢你一下，第三跤我也给你翻一跤。随即使出浑身解数，拼尽全力要赢第二跤。

华人龙输了跤，不急不躁，矮身形走虎步，彭友再也找不到施绊的机会。就在彭友一筹莫展之际，华人龙双手虚晃，突分上下，上手砸其肩，下手拿其踝，一招"趴拿"将彭友的脚腕拿起，往怀里一带，往外一送，再看彭友，身躯失去平衡，平躺着摔出五步之远，仰倒在地上。

没等三跤两胜，观众就纷纷把钱扔到场子里，而且高呼，华爷，真棒！

华爷？彭友再也顾不上摔跤，询问对手："您是大直沽的华人龙？"

华人龙微笑着点点头："正是在下。"

彭友立刻脱下褡裢，冲着观众作个罗圈揖，高声说道："众位爷们，我不是华人龙华爷的对手，刚才头一跤，那是华爷有意相让。"然后握着华人龙的手说："华爷，我不是不懂江湖规矩，只因我师弟陈默龙久病不愈，我来天津探望他，所有的钱我都花光了，实在没辙我才带几个朋友出来摞地。本想先去您家拜望您，但我身无分文，不好意思空手前往，想挣点钱买点礼物再去您家。哪想到，大直沽人这么护气，华爷不来，我们就敛不上钱来。更没想到，华爷您不但不怪我，还亲自前来捧场，让了我头一跤！"

华人龙也脱了褡裢，对彭友说："彭兄，你来大直沽摞地，要不是有人给我送信儿，我还真慢待了你。"

彭友长叹一声："华爷，今天您来捧场，我师弟的病有钱治了……"说着说着，眼圈红了，随之拇指一挑，"听人说您华人龙侠义，今日一见，名不虚传,名不虚传啊！"

华人龙拱了拱手："彭兄过奖了。"回头对老三说："你去直沽酒家订一桌,我和这几位朋友随后就到,彭兄从北平来到天津,为给师弟治病卖艺没场,这个朋友咱得交！"

没等老三答话,就听有人搭茬："对,这个朋友值得交,你看人家,是灰比土热,为了师弟,从北平跑到大直沽撂地卖艺,够义气！我就爱跟讲义气的人交往。你们要去喝酒,我也跟着掺和掺和,喝顿蹭酒,不知几位带玩儿不带玩儿？"

一听声音,华人龙就知道是谁,扭头一看,笑了："想谁谁来,一块去吧。"

赌跤

第十回

扶弱抑强柔肠侠骨
仗义收徒顺理成章

想喝蹭酒的是谁？高地虎。

去年,在地道外跤场,腿上中枪的华人龙被林再忍爷仨救走,高地虎一个窝心脚将胡大头踹倒,瞄着林再忍的胶皮车追了下去。可惜他五短身材,脚程比林再忍相差甚远,刚过了地道,再也看不见他们的影子。

天色已经很晚,高地虎折腾了多半天早就饿了。想到饿,就越想越饿,饿得他气短,饿得他心慌,就想,反正华人龙已经脱险,我先找个地方吃点东西垫垫肚子再说。转身往西,走了不远就到了火车站的前广场。他明明知道火车站跟前的饭馆宰人, 饭菜比其他地方贵得不是一星半点儿,但他饿得扒心,摸摸口袋,只有一块多钱,心想,钱多多花,钱少少花,有钱讲究点,没钱将就点。四下看看,西南角有家共荣饺子馆,霓虹灯牌匾很是诱人。

高地虎记得,这家饺子馆原来叫"津龙",不知何时改叫了"共荣"。他哼了一声,还"共荣"了,谁"荣"啦? 我可是越混越穷了!

走进饺子馆,里面没有顾客,只有一个伙计坐在柜台跟前的椅子上,一眼睁着一眼闭着,发出了鼾声。

高地虎觉得挺眼儿,三国时张飞睁眼睡觉,怎么这个伙计也睁眼坐着打呼噜?他走近伙计仔细一瞧,伙计左眼上眼皮向外翻着,是个疤瘌眼儿。

高地虎一屁股坐在靠近门口的座位上,喊了一声:"跑堂的,来四两(十六两一斤)饺子二两酒!"

疤瘌眼儿激灵一下站起来,以为火车进站来了成批客人,睁开闭着的那只眼一瞧,就一个人,两手空空,不像刚下火车的旅客,却像扛大个儿的苦力,就带着气说:"四两饺子? 不够一锅,没法煮,最少半斤。"

"没法煮? 哪家的规矩?"高地虎乃吃软不吃硬的汉子,岂能吃他这一套!可他囊中羞涩,不敢多花。没想到这伙计不仅是疤瘌眼儿,还是势利眼,不想伺候他,成心斗气!

本来疤瘌眼儿就怪高地虎来得不是时候,搅了他的好梦,再看来客身材不高,长相逗人,够十五个人瞧半个月的,就想拿高地虎找乐醒盹儿。

伙计闪动一下疤瘌眼儿,嘻嘻一笑:"四两饺子不够一炉火钱,我们不干赔本买卖。再说,看你相貌堂堂、一表人才,这么点儿饺子也不够您吃的呀? 你要二两酒,怎么也得点俩菜呀,没菜怎么下酒?"

高地虎不是省油的灯。他见疤瘌眼儿说他一表人才,纯粹是拿他开涮,真是耗子舔猫蛋——自找不素静! 他那张利嘴岂是饶人的? 嘿嘿一笑,针尖对麦芒,蔫损对蔫坏:"怎么的爷们儿,你个跑堂的,是二老板? 是南门外警察,代管八里台子?客爷我吃多吃少你也管?常言道,来的都是客,客是你们的衣食父母,父母就是爹娘,哪有爹娘来吃饭儿女不管饭的? 喝二两酒就得点俩菜? 爷们儿,天津卫爱喝酒的人就喜欢干拉,你是咸吃萝卜淡操心啊。爷爷我就好饺子就酒这一口——饺子就酒,越吃越有。别不告诉你,我这是吃完晚饭海河边遛遛,抻抻筋骨活动活动腰腿,练练软硬功夫,顺便到这儿歇歇脚,消夜,懂吗? 爷们儿。"

天津卫喊"爷们"是长辈对晚辈的称呼,高地虎喊疤瘌眼儿"爷们儿",就是占他便宜——要不是饿得心慌,还得数落他几句。

高地虎一口一个"爷们儿",叫得疤瘌眼儿火烧火燎,他看高地虎像《水浒传》里的三寸丁毂树皮,就这德行,也敢说练功夫,纯粹唬人!

伙计马上以牙还牙:"啧啧,还真看不出你是练家子。请问,天津卫快跤董江湖董爷你认识吗? 我和他大徒弟胡飞是表兄弟,胡飞在地道外赫赫有名,他一跺脚,连山海关都颤三颤!我跟他学过几天摔跤,董爷也指点过我,等哪天有空,我跟你这练家子过过招怎么样?"说完,诡谲一笑,盯着高地虎,看他如何回答。

"哎哟,你跟胡飞胡大头是表兄弟?快跤董江湖指点过你?"高地虎假装吃惊,满脸堆笑表示亲近,"那咱不是外人了。我是董江湖的师叔,董江湖是我徒侄,你和胡大头是表兄弟,这样论起来,你是我表徒孙。表徒孙叫着不顺口,干脆叫你表孙,表孙啊,快去,快去给表爷煮饺子,你要把表爷伺候好了,我一高兴,待会儿教你两招。"

伙计无言以对,老太太吃热山芋——闷口了。他那只疤癞眼儿瞪了高地虎一眼,转身去了后厨。刚进去就出来了,端着半碟饺子,放在高地虎面前。转身要走,就听高地虎说:"等等,先给表爷上碗饺子汤——饭前先喝汤,到老胃不伤。"

疤癞眼儿哼了一声,到厨房端来多半碗饺子汤,重重地放在高地虎面前。随口说道:"我去给你打酒。"

高地虎喝口饺子汤,不热,吃个饺子,凉的。他有些恼火,这小子,把剩饺子剩汤给爷端来啦。转念一想,算了,半夜下馆,有嘛算嘛吧,忍了。一抬头,一个衣衫褴褛的女子左手牵着一个七八岁的女孩,右手提着一个要饭罐子,旁边跟着一个十一二岁的男孩,站到了高地虎面前:"爷,行行好,这俩孩子两天没吃东西了,您老省一口,可怜可怜孩子……"

女子的话还没说完,看见伙计拿着酒壶酒盅子过来了,赶紧拉着孩子往外就走,那样子十分惧怕这个疤癞眼儿。

男孩没躲,依然可怜巴巴地站在高地虎面前,伸着小手,手心向上,手背朝下,放在桌子上,嘴里直咽唾沫,期待高地虎给他俩饺子。

高地虎刚要给孩子饺子,伙计过来了,把酒壶酒盅子往桌上一撂,回手给男孩一个脖溜,跟着一脚,把男孩踢到了门外。这还不算完,追到门口,冲着那个女子破口大骂:"臭婊子,还想找挨打?还领着俩杂种来这儿添堵?你别走,让我玩一回给你来碗饺子汤喝。过来呀!"

伙计本想拿高地虎醒盹儿,反被高地虎算计,一肚子邪火无处发泄,看见要饭的进了屋,就把那股邪火发泄在他们身上。

车船店脚衙,无罪都该杀。高地虎怎么想也没想到,这个疤癞眼儿比

"该杀"还该杀！饺子是凉的，他忍了，饺子汤不热，他也忍了。毒打孩子，下手这么狠，辱骂女人，下嘴这么损，而且就在他面前，摔跤汉子岂能袖手旁观？

他来到门外，先扶起男孩，又招呼那女子："大嫂，你回来，这饺子全给你们了。"然后面对疤癞眼儿，不冷不热地说："十来岁的孩子，你踢他一溜滚儿，够狠。骂那女的是婊子，还是臭的，够损。"

高地虎慢慢悠悠说话，慢慢悠悠凑到伙计跟前，突然抬手，一个满脸花打在伙计脸上，打得疤癞眼儿直冒金星："你怎么，动手打……"不等他把话说完，高地虎跟着飞起一脚，将疤癞眼儿从门外踹进了门里，随即戏弄道："你打了孩子一掌，又踢了一脚，把孩子从门里踢到门外，我替他还你一掌，把你从门外踢进门里，这叫一报还一报。你骂孩子娘臭婊子，难道你妈是香婊子？你不是要跟我过过招吗？今天就让你知道知道马王爷三只眼！"

高地虎说话尽量放慢语速，动手打人的动作却极快。他不等疤癞眼儿站起来，猫腰揪住他头发，把他脑袋"咣咣"地往地上磕，磕的小子杀猪般叫了起来。他越叫高地虎越磕，边磕边说："我可没往死里磕你，只是让你记住，往后再欺负穷人，找女人便宜，我就把你脑袋像磕鸡蛋一样，磕出汤来，信不信？"

疤癞眼儿的号叫，把内屋睡觉的老板惊醒了，老板到厅堂一看，伙计被人摁在地上一个劲地号叫，慌忙到厨房拿了一把菜刀，冲了过来。

在门口偷觑的要饭女人，见伙计挨打，解恨。突然发现老板拿着菜刀朝高地虎冲来，尖叫一声："好汉爷，后边，菜刀！"

高地虎侧脸一看，有人持刀而来，并不心慌，就地转体，外跨一步，不等老板靠近，晃身形举手抬腿，一招"钻胳膊踢"把老板摔在地上。

高地虎一脚踩住老板后背，使其动弹不得，顺手将菜刀夺了过来，用刀背敲敲老板脑袋："这不是十字坡，怎么出来一家黑店？竟敢动刀，高爷我要替天行道，把你这个黑店给端了！"

老板叫道："哎呀，高爷，我是王奇诞啊，我迷迷瞪瞪出来没看清是谁，听声音才知道地道外跤场的高爷到了。您帮我打过架，对我有恩，谢您还来不及了，怎敢跟您动刀？误会，误会呀！"

高地虎说："你是王七蛋？再给你加一蛋，王八蛋！"随即用脚在他后背踩了踩,抬起脚,伸手一揪老板脖领子,将其提溜起来。脸对脸一看,不认识,也想不起在哪儿帮他打过架。高地虎是侠义汉子,路见不平拔刀相助是常事,哪记得这么清。

老板晃了晃脑袋,活动活动肩膀,表情难看却客气地问道:"高爷,您怎么上这儿来啦?"又指指门口站着的娘仨,"高爷认识他们?"

高地虎没说认识也没说不认识,把夺过来的菜刀往桌上一扔,冲门口喊道:"进来,你们娘仨都进来。"

要饭女子已经看出饺子馆的伙计老板都被高地虎制服了,壮着胆子进来,对高地虎说:"谢谢您老,我只想要口吃的,没想到给您老惹了祸……"

"惹祸?惹嘛祸,小事一段。"高地虎像大丈夫护着自家人那样,为孩子出气为女人拔闯,理所应当。不过,为一个不认不识的女子夜闹饺子馆,高地虎也怕传扬出去好说不好听,便冲着老板说:"这个孩子是我新收的徒弟,我不能让徒弟吃亏。哎,王八蛋,"刚才给老板添了一蛋,这时顺嘴又叫他王八蛋,出口之后又觉不妥,对方已经服软,不能逮住蛤蟆攥出尿来,改口说,"不,王七蛋,我在哪儿帮你打过架?"

王奇诞说:"在地道外跤场,有次我在人群里看跤,不小心踩了胡飞胡大头的脚,他不分青红皂白给我来个通天炮,把我打得鼻口蹿血,要不是您把胡大头摔了一顿,他对我还是不依不饶。末了,您还让他赔了我两块钱看病。嘻嘻。"

"哦,难怪你的伙计拿董江湖、胡大头来镇唬我,原来你吃过他们的亏。"

再看那伙计,猥琐地躲在角落,暗叹自己倒霉,他要找乐醒盹儿的三寸丁毂树皮,竟然是地道外跤场的掌门人。

老板说:"许小二,还不过来给高爷赔不是?"

伙计赶紧过来,对高地虎点头哈腰连声说:"高爷,高爷,大人不见小人怪,我不知那孩子是您徒弟,要知道的话,借我一百个胆儿我也不敢呀。"

"行了,就算不打不相识吧。"高地虎见好就收,"老板,这一折腾,我也不饿了,把饺子热热,让我徒弟他们娘仨吃吧。"其实,他更饿了。

"别,别介,"老板王奇诞讨好地说,"许小二,把火捅开,炒几个菜,我陪高爷喝二两。喝完酒再吃饺子,现煮,三鲜馅的。"

高地虎有酒瘾,听说喝酒当然高兴。但他心想,我高地虎可不是白吃人的主,今天算是例外,谁让这个伙计打了孩子,你这老板又拿着菜刀出来唬人呢,得让你们付出点代价。他对老板说:"先别炒菜,先把饺子煮出来,多煮点,让他们娘仨吃,该多少钱我花。"好像他口袋里有多少钱似的。

王奇诞赔着笑说:"高爷,您见外了,既然是您徒弟家的人,在我这儿吃顿饺子还用您花钱? 今天全算我的。"

高地虎说:"那,合适吗?"说完,心中好笑,合适。我料定你不能让我花钱。嘿嘿,我这可是头一回说大话骗吃骗喝呀。

工夫不大, 两大盘子热饺子端了上来, 高地虎招呼要饭女子:"坐,坐呀,吃吧,照饱吃。"然后又吩咐伙计:"端两碗饺子汤,热的,让他们喝。"

这时的高地虎看见新煮的饺子更饿了,但他必须忍着,假装矜持,显示他是出来遛弯儿,顺便吃夜宵的。

说话间,老板兼厨子的王奇诞把四个炒菜端上来,先把酒给高地虎斟上,恭敬地说:"高爷,常言道,滴水之恩,涌泉相报——我永远记住您对我的恩情。往后您就常来,您的跤场离我这儿不远,过地道几步就到了。今天我高攀一步,往后咱哥俩多亲多近,我这饺子馆还得请您多多关照呢。"

高地虎吱一口酒,吧一口菜,挺美。然后把华人龙经常说的话,颠三倒四地搬了出来:"人啊,多行善事,必有好报。但行好事,莫问前程。不能欺软怕硬,要扶危济贫……"

"是,是,高爷教训得对。"王奇诞一个劲给高地虎夹菜斟酒,好不殷勤。

高地虎随口问道:"这个饺子馆不是叫'津龙'吗? 怎么叫'共荣'了? "

王奇诞说:"'津龙'是冲着老龙头火车站起的名,过时了。现在是日本人的天下,日本人不是讲究大东亚共荣吗? 我这是顺势而上。再说,上下火车的日本人,还有给日本人做事的人,看见'共荣'俩字,爱进来吃饭——改名就是为了买卖好做,多赚点钱。"

高地虎心中暗骂,好一个顺势而上,纯粹是势利眼! 就得狠狠地吃他一顿,解气、解饿、解馋。看看碟子里的菜吃得差不多了,就说:"煮饺子吧,我最爱饺子就酒。"

伙计端来一大碟饺子,问道:"高爷,这些饺子够吃吗?"

高地虎说:"够了,消夜能吃多少?剩下的让我徒弟带走。"

酒足饭饱之后,高地虎招呼要饭女子:"二他娘,把这些饺子捎着。"

疤瘌眼儿暗暗骂街,我叫许小二,他把她叫二他娘,要饭的成了我娘,他娘的!

要饭女子把桌上所有剩下的饺子装到要饭罐子里,刚要走人,就听高地虎说:"咱一块走吧,我送送你们。"转脸又对王奇诞说:"有嘛事到地道外跤场找我。"地道外跤场还能不能摆地卖艺,高地虎自己也不知道,但还得这么说。然后牵着男孩的手,和要饭女子一起走了出去。

要饭女子一手牵着女孩,一手提着要饭罐子走在高地虎身旁,嘴里不停地说着感激高地虎的话。走到法国桥跟前,高地虎见到河边有好多苇席搭的窝棚,都是外地来津谋生人家的住处,估计这娘仁就在附近栖身,说声:"我也该回家了。"然后把身上仅有的那点钱掏了出来,掖在男孩手里,说道:"跟你娘回家吧,要是有缘,咱后会有期。"

一直没说话的男孩,把钱递给女人,回头就给高地虎跪下了:"师父,我跟你走,跟你学功夫,学会功夫打坏人,保护我琴姑和娟子妹妹。"

"亲姑?我还以为她是你娘了。"高地虎后悔刚才叫那要饭女子大嫂,还叫二他娘,人家要没结婚还是个大闺女,多难为情啊。

"师父,我一定跟你走!"男孩跪在地上说。

"哎,师父?谁是你师父?"刚才男孩喊师父,高地虎没入耳,看他跪在地上喊师父,愕然了。

"你说的,我是你新收的徒弟。"

高地虎笑了:"快起来吧,那是糊弄饺子馆那俩小子,要不,怎么让你吃顿饺子?"说着,要把孩子拉起来,嘿,孩子挺拧,跪在高地虎脚下,就是不起来。

"男子汉说话得算话!"孩子两手抱住高地虎的腿,仰着脸说,"你不收我,我不让你走。"

小女孩插嘴道:"大叔,你就收下我祥子哥吧,他成你徒弟,我们就有饺子吃。"

童言无忌,却让高地虎心酸,他小时候也曾要过饭。

高地虎看看那女子,希望她说句话,把男孩领走。没想到,女子听了女孩的话,流泪了:"好汉爷,您老就收下他吧,这孩子挺可怜的……"

高地虎没听明白,问道:"孩子这么小,你这亲姑,舍得让他跟我走?"

女子说:"我不是他亲姑,他是我邻居家的孩子,姓韩,叫祥子。我叫冯素琴,他们都叫我琴姑。我们是保定人,家里房子都叫日本鬼子飞机炸平了。祥子的家人都被炸死了,就剩他一个。我爹我娘还有我哥哥嫂子,也都被炸死了。那天我带着娟子去河边打猪草,祥子也在河边,两家人只活了我们仨。我看祥子孤苦伶仃、无依无靠怪可怜的,就带着他和我侄女逃到了天津。还好,我们在海河边找了间别人不住的苇席棚子,娘仨就住在里边,指着在车站一带要口饭吃,凑合着活着。这年头要饭不好要,今天幸好碰上了您,让我们吃了顿饱饭。"

高地虎看看眼前这娘仨,着实可怜,恻隐之心悄然而生:"这样吧,我看看你们住在哪儿,多则一礼拜,少则三四天,我把家里安排好了,再来接祥子。"

韩祥子天真地问:"真的? 师父,你不是糊弄我吧?"

"哪能呢,男子汉说话算话,绝不糊弄小孩。"高地虎斩钉截铁地说。

冯素琴说:"祥子,起来吧,大叔是好人,不会糊弄你。你领大叔去咱窝棚看看,过几天大叔好来找你。"

韩祥子这才起来,小手紧紧抓着高地虎的大手,走到紧靠法国桥下面的一个又小又破的窝棚,把破席钉的门挪开,拉着高地虎钻了进去。高地虎身材不高,竟然在窝棚里站不直身子,窝棚太矮,只能在里面坐着或躺着。

借着桥上透进来的灯光,高地虎看到窝棚里面有两床破被子,卷放在几块破苇席上。苇席就是床,就是褥子,其他东西一无所有。

高地虎走出窝棚,叹了口气,跟冯素琴打个招呼,走了。

三天后的清晨,高地虎来了。他围着祥子他们住的窝棚转了一圈,然后轻轻地拍了拍窝棚门,小声叫道:"祥子,起来了吗?"

窝棚里一阵响动，就听冯素琴说："祥子，快起，你师父来了。"

"起来了，我起来了。"祥子被他琴姑叫醒，提着裤子钻出了窝棚。

"我说话算话吧？"高地虎摸着祥子的脑袋，笑着说。

祥子揉揉惺忪睡眼，看看高地虎，犹豫地说："师父，这两天我想了又想，我不跟你走了。你能每天晚上到这海河边来教我功夫吗？"

"哎，你怎么变卦了？"高地虎有些惊疑。

祥子蔫蔫地说："我不能离开琴姑和娟子妹妹。我跟你走了，家里就没有男子汉了，就更受人欺负了。"

"行，你这孩子不错，挺有情义。告诉你吧，今天我把你姑和你妹妹都接走，我把住处都给你们安排好了。"

"是吗？那太好了！"韩祥子立马兴奋起来，冲着窝棚喊道："琴姑，我师父把咱们一块接走。我不离开你们了！"

冯素琴领着娟子钻出窝棚："祥子，你一个人去，就给大叔添不少麻烦，我们去，往哪住？小孩子尽说梦话。"

高地虎说："去吧。我家两间房，你和娟子住一间，祥子跟我住一间，我都拾掇好了。你们这个窝棚，不遮风不挡雨，到了冬天，西北冽子一刮，还不把人冻挺了？走吧，我家离这儿不远，就在地道外郭庄子大街。"

冯素琴又惊又喜！自从那天高地虎答应收祥子为徒之后，她想了很多。首先觉得高地虎心眼好，心眼热，是个好人，还有浑身的好功夫。这个人虽然长得丑些矮些，却是个侠士。不知他娶没娶媳妇，如果他是光棍，我就嫁……

今天，这位侠士言而有信，真来接祥子了，而且还让她和娟子一块去。如果说前两天自己胡思乱想要嫁给他，现在她认定了，高地虎是个可以依靠的男人。

想到这里，她故意问他："祥子跟你住，挤得开吗？家眷乐意吗？"问完，她的脸微微红了。

高地虎大大咧咧地说："我是光棍一个人，你放心好了。"说完，突然想到，人家是不是怕我别有用心啊，赶紧又说："你别多想，我没别的意思，我要有非分之想，就不是行侠仗义的摔跤汉子！"

冯素琴点了点头，把窝铺里的东西归置归置，全部带着，娘仨跟着高地虎，去了他的家……

俗话说，穷光棍富寡妇。全天下的光棍，大多数没有积蓄，高地虎也不例外。他指着身子挣饭吃，撂地摔跤收入不固定。运气好挣钱多时，除了分给帮场子的朋友和徒弟们，余下的钱他今天请这个喝酒，明天请那个吃饭，稀里糊涂钱就花光了。如果赶上阴天下雨不能外出卖艺，他就窝在家里，随便吃点，实在没吃的了也饿不着他，就去朋友家蹭饭，谁都远接高迎。总之，一个人怎么都好对付。

自从把冯素琴这娘仨接到家来，他突然感觉到前所没有的责任压在了他的肩上。有钱时好说，没钱时能带着他们娘仨去朋友家蹭饭吗？他必须想法挣钱养活他们，再不能像以前那样，一个人吃饱全家不饿，稀里糊涂过日子了。

地道外跤场出了枪击事件，高地虎暂时不敢在那儿撂地卖艺，只好带着几个徒弟游走江湖，这儿摆两天场子，那儿摔三天跤，远不如固定跤场挣钱多。

有件事让高地虎走了心思：小徒弟韩祥子这些日子身体越来越虚，练功时汗出得越来越多。高地虎纳闷，这孩子练过力了？闹病了？

祥子是个很懂事的孩子。他一早一晚跟师父苦练功夫，白天跟师父到处跑场子，别人上场摔跤，他在场下看管跤手的东西。别人歇着了，他就搂场子捡砖头，除了看摔跤学绊子，反正不闲着。每天散场分钱时，他目睹了师父的仗义：挣多少钱都摆在明面，让大家心明眼亮。然后大的大份儿，小的小份儿。这几天挣钱少，除了分给帮场子的朋友，再分给徒弟们，师父自己落不下多少钱。

祥子就把这事告诉了琴姑，冯素琴就告诉他，咱们都少吃点，让你师父吃饱了，好出去挣钱。祥子每天就吃半饱，所以练功时常出虚汗。

生活上的事，高地虎稀里糊涂，但练功夫他可是大行家。那天晚上他见祥子徒手"练空儿"不到一刻钟已然汗流浃背，就问他："怎么出这么多汗？"

以往祥子总说自己爱出汗,这次不小心说漏了:"有点饿。"

高地虎没说话,让祥子遛遛消消汗,就停止了练功。

再吃饭时高地虎留了个心眼,待冯素琴把饭做熟,像往常一样把饭菜端到他屋里,让他先吃时,他没吃,悄悄跟在冯素琴身后,去了她那屋,揭开锅盖一看,锅里一点儿主食没有,只有半锅菜粥。

高地虎当时就急了:"我说祥子练功时光出虚汗呢,原来你们根本不吃饭呀!"

冯素琴笑着说:"我们知足。听祥子说,这几天你挣钱少,咱得省着过。"

高地虎眼圈红了:"凭我响当当的摔跤汉子,愣是挣不上你们吃?冯姑娘,从今往后,咱们就在一个桌上,有饭一起吃,挨饿一起挨。尤其这俩孩子,正长身体,必须吃饱了。饿肚子练功,时间长了就把人练糟践了。这几天买卖是不好,不要紧,我去想办法。"

高地虎觉得撂地卖艺打游击不行,还得去找华人龙商量办法——每逢大事,他都去找华人龙,华人龙是他的主心骨。

于是,转天他就去了大直沽。从大直沽去后台的路上,看见彭友在那儿撂地摔跤,高地虎心想,这小子胆儿不小啊,敢到大直沽来卖艺!本来想下场子会会这位彭友彭无奈,可华人龙来了,不但没踢场子,还带领观众多给钱,并且亲自下场摔跤,帮助彭友挣钱。华人龙的举动别说彭友,连高地虎也很感动——华人龙嘛身份?他竟然不顾自己名望,先输头一跤,为的是给朋友捧场。摔跤人哪个不把名誉看得比命值钱?难怪华人龙有一地的好朋友,他的所作所为,谁能不服?

说实话,高地虎看见彭友敛了那么多钱,眼热——现在他需要钱。

散场之后,听华人龙说要去直沽酒家请客,他赶紧搭茬儿:"我也跟着掺和掺和,蹭顿酒喝。"

述原委义兄夸义弟
守承诺良师铸良才

　　华人龙见是高地虎要喝蹭酒，高兴地说："嘿，想谁谁来，我正琢磨着要去找你呢。"华人龙把彭无奈等人介绍给高地虎，然后和高地虎一左一右陪着彭友彭无奈走在前面，王武、马遛几个人跟在后面，一行人向直沽酒家走去。

　　走进直沽酒家，老板王云才王二爷迎了过来："华爷，去一号单间吧，我先沏壶上好的铁观音，你们几位先喝着。今早我刚从天宝楼进的酱肉、粉肠、牛蹄筋，味儿不错，待会儿您尝尝。我再让大厨炒几个拿手菜，一会儿就得。"

　　王二爷去了厨房，众人谦让着依次落座。刚坐下，高地虎就开了腔："华爷，趁着还没喝酒，我先说事，免得我见了酒什么事都忘了。我又遇见难事了，拌不开蒜了，特来找你华爷华大侠。"

　　华人龙微微一笑："跟你说多少次了，怎么还叫我华爷华大侠？你叫我声哥哥我就知足。嘛事？说吧。"

　　不管什么时候不管冲着什么人，高地虎都爱插科打诨："不叫华爷，怕你不给我办事。嘻嘻，你们几位别见笑，我爱逗玩儿。我跟你们几位说，叫华爷，是尊称，也是官称，天津卫不管哪门哪派，谁不叫你华人龙华爷？许他们叫就许我叫，是吧华爷？"

华人龙无奈地摇摇头："别卖关子了，快说正事。"

高地虎抿了一口茶，把收祥子为徒并把冯素琴他们娘仨接到家里的事一口气说完，然后又说想找个固定地点重开跤场。说到最后，一句话：缺钱。

华人龙说："行，重开跤场的事我琢磨琢磨，过几天给你回信儿。看来你现在就等米下锅，急等着用钱？"

高地虎说："要不你是我亲哥哥呢，我怎么想的你都知道，瞒不过你。"

正在此时，王二爷把大直沽东头周家烧锅的原浆酒拿了来，紧跟着跑堂的把天宝楼的酱货大拼盘及炸果仁、拌蜇皮、五香小酥鱼四个凉菜端上了桌。

王二爷说："华爷，凉菜上来了，你们先喝着，热菜一会儿就得。"

工夫不大，宫保鸡丁、糖醋里脊几个热菜上来了，最后一道菜是王二爷亲自端上来的："拔丝山药是华爷最爱吃的，几位，趁热吃。"他看看华人龙又说："华爷，四凉四热八个菜，四平八稳，图个吉利。吃着看，不够，再添。"

华人龙招呼彭友和众人吃菜，大家一尝，都赞不绝口。彭友说："这菜，色香味俱佳，真不错。"

高地虎说："吃喝拉撒睡，吃是第一位。再过些日子，塘沽那边的海货就上来了，到那时，有钱没钱的我都请你们尝尝海鲜——天津卫讲究当当吃海货，不算不会过。来吧，端杯，喝酒！"他率先喝了一口，咂咂嘴，叫道："好酒，好酒啊，我可有些日子没喝到这么好的酒啦！"

王二爷见众人连吃带喝很惬意，就对华人龙说："华爷，还要添嘛，言声儿。"转身刚要走，华人龙喊住了他："王老板，今天我出来得仓促，没带多少钱，口袋里的钱临时有了别的用处，这顿饭，记账，明天我来还钱。"

王二爷说："华爷，记嘛账，我还不相信您吗？"

"别，别！"彭友接上话茬，"我结账，华爷帮我挣了这么多钱，理应我请客。"

华人龙说："彭兄，在我家门口，哪能让你花钱。你的钱是给你师弟看病的，不能动。你看我这位兄弟，"华人龙指了指高地虎，"他心里有了愁事才玩命喝酒，刚才他说的那些话，你别多想，不到万不得已他是不会说的，我这位兄弟我太了解他了，既然跟我说缺钱，就是离断顿儿不远了。"说着，把口袋里的钱都拿出来,当场交给了高地虎。

高地虎毫不客气,接过钱来装进口袋,呵呵一笑,随即说道:"喝酒喝酒。"

华人龙端起酒杯说:"彭兄,你别见笑,真兄弟之间就应该实打实的。你能为你病床上的师弟来大直沽没场,是义举,可钦可敬,我敬你一杯。"说完,用自己酒杯的杯口轻轻撞一下彭友手中的酒杯底部,一饮而尽。

天津卫敬酒有讲究:酒桌上,晚辈敬长辈,兄弟敬哥哥,卑微者敬尊贵者,自己的酒杯必须在下,对方酒杯在上,这样碰杯表示对对方的敬重。

华人龙这么高的身份,碰杯时如此谦恭,彭友很受感动:"华爷,我师父曾经跟我说过,五湖四海之内,朋友只有四种:道义相砥,过失相规,畏友也;缓急可共,生死可托,密友也;甘言如饴,游戏征逐,昵友也;利则相攘,患则相倾,贼友也。你我初次相见,就从道义上为我解难捧场,待我如同门弟兄,我不但感激,还特别佩服。看您和高兄的关系,实在是缓急可共生死可托的亲弟兄。这趟大直沽,我没白来,华爷的大仁大义,我不再多说,全在我心里,我要连敬您三杯,然后我有话说。"

彭友连敬了三杯,没等他说话,高地虎插言道:"看不出彭兄还是满腹经纶。但是我得告诉你,华爷不仅摔跤棒,在朋友道上也无与伦比。你去各处访访,天津卫一提华爷的为人,没有不挑大拇哥的。"

彭友听了,连连点头:"是,我看得出来,我得好好向华爷学习。"话题一转,冲着高地虎说:"高兄,你遇到了难事,我理当倾囊相助,但我师弟确实等钱治病,我只能把今天挣的钱,分一半给你,千万别推辞。"说着,把撂地卖艺的钱全部拿到桌面上,数也不数,分成两堆,把其中的一堆放到了高地虎的面前。

高地虎一看,急了:"彭爷,你这不是骂我吗?我要是拿了这份儿钱,我高地虎还算人吗?这是给你师弟治病的钱呀!如果我现在有钱,还应该拿出点来给你才对。刚才你说的文词儿我不懂,但我觉得你够朋友。华爷常说,朋友的朋友也是朋友,弟兄的弟兄也是弟兄。我想听你说说你师弟的事,你不能老在天津待着吧?等你回了北平,我和华爷也好去看看他,互相有个照应。"说完,把那堆钱推回彭友的面前。

华人龙说话了:"彭兄,高地虎说得对,你还是把钱收起来吧——我兄弟多需要钱也不如你师弟看病重要。交朋友交的是心,心到神知,我认定你是重情重义的有心人,你把你师弟那儿的情况说说,有需要我们的地方,一定尽力。"

彭友只好将钱收了起来:"好,恭敬不如从命,现在就说说我这位师弟。他能文能武,但朋友道上却不善交往,往后还真得请你们多多关照……"

彭友喝了一口酒,开始侃侃而谈:"师弟陈默龙和我不是一师之徒,但和我关系特好。他师父梅铁心和我师父是过命弟兄。梅老前辈大我师父两岁,我管他叫师大爷。陈默龙小我两岁,他管我叫师哥。我多次听师大爷夸他徒弟陈默龙是摔跤奇才,我心里不服,有一次我对师大爷说,您把我师弟带来,让我见识见识这位奇才。师大爷看出我的心思,就带陈默龙来了北京(他还是把北平叫北京)。在我师父家的后院,没有外人,只有他师父我师父,我们俩穿上了褡裢,一交手我才知道,跟他比我差远了,六跤没开张——我不动他不动,我一动,准输。好像他知道我要用什么招数,早在前面等着我啦,果然是奇才。

"转天我师父和他师父带着我俩去了天桥跤场,我们俩再次过招,没想到,他冲着那么多人,一憋气输给我六跤。跤场内外,没有不给我叫好的,都说我摔得漂亮,赢得潇洒,还说我的绊子入谱了。连大行家都看不出他在给我翻跤,你说奇不奇?最奇的是他真假虚实的招数逼得我走投无路,身处险境,要不就窝窝囊囊躺下,要不就顺势抬腿,我这一抬腿,却恰到好处地败中取胜,将他踢翻,显得我的功夫深不可测。别看他不言不语,可他捧我捧得天衣无缝。从此,我们俩比亲兄弟还亲。"

彭友请大家共饮一杯,然后接着说:"陈默龙这人性格内向,敏于事而慎于言。但他对他师父格外孝顺,师父让他干的事,不管多难,他一定按师父的吩咐去做,保证一点不走样儿。我曾经问过他,怎么你对你师父这么百依百顺?他只回答四个字,顺者为孝。"

彭友沉了沉又说:"陈默龙识文断字,就是命太苦了,父母早亡,师父收留他之后,对他倍加欣赏,并将独生闺女许配给他。后来他师父去世了,他妻子,也就是他师妹,那个叫梅洁的,竟然弃他而去,他忍痛兑现承诺,却一病不起，像得了魔怔……"

陈默龙出身于书香门第，父亲是位颇有爱国情怀的教书先生。九一八事变之后，他对蒋介石军事上不抵抗，政治上依赖"国联"寻求"国际仲裁"的举措十分不满，发表了好多批评政府的言论和文章，被日伪特务暗杀了。父亲死时，陈默龙十三岁。母亲与他相依为命，靠缝缝补补赚些小钱供他继续读书。三年后，积劳成疾的母亲不幸病亡。可怜陈默龙家贫如洗，孤零零一个人跪在老龙头火车站的广场，自卖自身，求些钱财，买棺葬母，以尽孝道。

恰好，药材商人梅铁心从北平回津，下了火车路过站前广场，看见一群人围观一个双手擎着一张纸板跪在地上的少年，纸板上面写着"卖身三年为奴，买口棺材葬母"十二个字。面对如此孝子，梅铁心大动恻隐之心，不仅出资，还亲自帮着陈默龙办了丧事，事后又拿出八块大洋交给陈默龙，助其度日。

没想到，陈默龙跪在梅铁心面前，不再要钱，却说了一句令人动容的话："人生一世，贵在诚信，此乃母训。小人甘愿到您府上为奴三年，抵偿债务，以慰母亲在天之灵。"

梅铁心大受感动。他阅人无数，今日细看陈默龙，虽然清瘦，却手大臂长、骨架奇异，乃天生习武练跤之材。观其言行举止，知书达理、重情重义，正是自己心目中的传人。

梅铁心出身跤坛世家。其父乃大清国相扑营著名扑户，因跤技超群，武功上乘，八国联军攻占北京时曾保着慈禧太后逃亡西安。梅铁心从小练就了武术加跤的软硬功夫，平津跤坛一提梅铁心的名字，无不肃然起敬。

梅铁心的父亲临终前再三嘱托他传承跤技，发扬光大梅家门的独门功夫。父亲去世后，梅铁心从北平搬到了天津，一边做药材生意，一边研习摔跤。可惜他只有一女，难以继承他的武功，就想觅一传人，传承梅家门的武功和跤技。

梅铁心将陈默龙带到家中，准备考察两年，若有缘分就收他为徒，甚至将女儿许配给他。收个徒弟为何要考察两年？皆因梅铁心与众不同，他认为

赌跤

收徒之事非同小可,绝技误传恶人,不仅坏了师门名声,更会危害一方,岂不罪过?

跤坛武林,有人收徒,多多益善,不管徒弟品行,只是利益驱动,敛财。有的徒弟拜师,目的不纯,一旦技艺学成,就会露出本相,为所欲为,称霸一方。武林中有位名震寰宇的大侠铁背苍龙纪强,为了钱收了白菊花晏飞为徒,待晏飞技艺学成,竟然逼死师父,摔死师娘,镖打师妹,酿成武林惨剧。

梅铁心从北平搬到天津之前,勘察了天津好多地方,最后在北运河南岸桃花堤附近买了一座四合院,环境十分幽雅——桃花堤乃津门胜景之一。相传,桃花堤原名桃柳堤,乃乾隆皇帝御赐。当年,乾隆皇帝泛舟大运河,对河畔的"杨柳桃花三十里"的景色颇为欣赏,登岸观赏,龙心大悦,赐名"桃柳堤"。自此,每逢清明时节,杨柳吐丝,桃花绽红,文人雅士来此踏青赏花,泼墨挥毫,写下不少诗词歌赋。

时过境迁,文人雅士日趋减少,老百姓忙于生计,哪有闲情逸趣欣赏翠柳,只是这里的春天遍开桃花引人瞩目,顺口叫它桃花堤了。

陈默龙到了梅家,处处小心,事事留心,敏于事而慎于言。

梅铁心有个独生女儿,梅洁。梅洁五岁时母亲亡故,梅铁心没再续弦,害怕小女有了后娘就会有后爹。梅铁心走南闯北浪迹天涯,既做药材生意又以跤会友切磋武功,总是把梅洁带在身边。

转年春天,梅铁心住在杨村的表姐亲自登门劝他把梅洁交她抚养。梅铁心没啥近人,只有这个表姐,表姐说梅洁刚刚五岁,跟在父亲身边浪迹天涯受罪,交给她,正好与八岁的儿子马宝做伴,免得梅洁跟着父亲颠沛流离。

梅铁心素知表姐善良,在夫婿家很受尊敬,就把女儿寄养在表姐家。

八年后,十三岁的梅洁出落得亭亭玉立,梅铁心把爱女接回家中。马家深知梅铁心功夫了得,提出让马宝拜梅铁心为师,习武练跤。为报马家收养女儿之恩,梅铁心答应了马家的请求,但事先声明,马宝是否能够成为梅家功夫传人,还要看他的资质悟性和造化。

马宝本不愿意吃苦练功,只是恋着梅洁,才前往梅家。

梅铁心传授马宝跤技,传授梅洁武功时,陈默龙总是在一旁伺候。陈默龙看他们练到绝妙之处常常怦然心动,且跃跃欲试。也就在此时,马宝总要呵斥他:"你个傻巴儿,看什么看,滚一边去!"

身为下人的陈默龙看一眼梅铁心,梅铁心仅仅一笑了之。他只好躲到一旁偷觑,记牢招式,半夜起来偷偷演练,常常练到鸡叫,白天干活不仅没有倦态,而且精神抖擞,浑身上下总有用不完的力气——天生习武练跤的料。

时光荏苒,陈默龙在梅家,一晃三年。

这天晚饭后,梅铁心对陈默龙说:"你为奴三年,如今期满,明天就回家吧。"

陈默龙愣了,嗫嚅地说:"老爷,我不回家,也无家可回,我想……"

梅铁心郑重其事地问:"你想什么?"

"我想,跟您练把式学摔跤。"

梅铁心微微一笑:"你已经跟我学了三年,业已出师——师父领进门,修行在个人,凭你的天资悟性和执着刻苦,自修自炼,定有大成,回家去吧。"

陈默龙惊慌失措,立刻跪在地上,请求饶恕——老爷早已识破他在偷艺练功。

梅铁心哈哈大笑:"我并没有怪罪你呀。你要真心习武练跤,那就必须一切听从我的,否则,你还是回家。"

陈默龙当场发誓:"一切都听老爷的,若有悖逆,天理不容!"

其实,梅铁心根本没想让他走,只想让他亲口表达习武练跤的诚心。

极其聪明的陈默龙,此时茅塞顿开,原来梅大侠独辟蹊径暗中传艺——夜间偷练时,陈默龙总觉得暗中有人,如影随形却不见踪迹。当时他很忐忑,偷艺乃跤坛武林之大忌!但是他练功时的舛误和难点,第二天就会在梅铁心授艺给马宝梅洁时重复演练,让他偷觑得明明白白。

梅铁心十分欣赏陈默龙的品德和天赋,本想早早收他为徒,但怕毁了陈默龙三年为奴的承诺,又怕延误陈默龙最佳习武的年龄,这才暗中传艺,观察他的悟性和人性,迫使陈默龙更加刻苦,更加认真,更加钻研梅家门的功夫。

赌跤

三日后，梅铁心在家设了宴席，把亲戚朋友以及要好的跤坛名宿武林大家请来，当众宣布开山门收徒弟，让陈默龙和马宝给他磕了头，并当场指定陈默龙为大弟子，并将摔跤练功用的一套器械传给了陈默龙。这套器械乃梅家传家之宝，总共四件：紫檀木大棒、花梨木小棒、紫色缅甸硬玉制成的花砖、良种公牛皮制作的皮条。

马宝羡慕嫉妒恨，嚷道："舅舅，陈默龙是奴才，根本不会摔跤，凭嘛将四宝给他？再说，他比我小一岁，凭嘛当我大师兄？我们俩穿上褡裢摔两跤，谁胜谁为师兄，谁胜谁得大棒、小棒、花砖、皮条这四宝！"

梅洁偏向马宝，她对父亲说："表哥说得有理，谁的功夫好谁当大师兄。"

一些跤坛朋友也劝梅铁心，大弟子乃一派掌门，一般都按年岁大小或入门先后选立，只有人品出类拔萃武功非同凡响的后来者或年少者才能破格。倘若选立有误，不仅毁坏梅大侠一世英名，还会导致同门反目灾祸师门，须慎之又慎。

梅铁心自有主见。洞察三年，他对三个孩子了如指掌：梅洁是女孩，略懂摔跤专攻武术，却身材娇小力气不足，难成大器。马宝为人哗众取宠，练功华而不实，小聪明悟不透跤技精髓，而且刚愎自用，难以传承梅家门武功。陈默龙膀大腰细、臂长手大，是一块天生摔跤的坯子。他为人实诚、德厚宽容却奋发图强，大智若愚却悟性极高，再教他几年必定青出于蓝而胜于蓝，传承光大梅家门的武功、跤技非他莫属。

梅铁心觉得该让陈默龙亮亮相了："默龙，跟你师妹师弟过过招吧。"

陈默龙看了梅大侠一眼，没有回答。

梅铁心又一次叫他，陈默龙才嗫嚅地说："老爷，啊，师父，我不敢。"

马宝见状，更加狂妄："舅舅，不，师父，他不敢比试，不配当师兄！瞧他那厮样儿，根本不配与我们同场练跤！"

梅铁心把脸一沉："陈默龙，为师命你与他二人摔跤比武，你要违抗师命吗？"

"不敢。"陈默龙小声回答，向前走了两步，眼睛看着梅洁，等她出手。

梅洁觉得陈默龙既可笑又可怜,喊声接招!晃身形伸二指,用了五成力气直戳陈默龙印堂。陈默龙没动地方,脖子一歪,梅洁的"二龙戏珠"已然走空。梅洁招式未老,回手横掌,用了八成力道直切"气舍"。陈默龙想也不想,晃肩转颈,梅洁的"玉手断金"再次走空。梅洁不由得暗暗称奇,遂集全身之力于双掌,施出十成功力拍向陈默龙的"期门"。不等双掌落在实处,陈默龙顺掌风屈腿后仰,肩背几乎触地,陡然架起铁板桥,梅洁的"推山填壑"无果而返,陈默龙腰身复原,好像什么也没发生。

来宾中的武林高手,不由得高声喝彩,不是为梅洁的打穴三招叫好,而是为陈默龙任凭风吹浪打胜似闲庭观花叫绝。

梅洁还要进招,就听梅铁心说:"金风未动蝉先觉,洁儿,还不退下!"

梅洁退到马宝身旁,转动秋波,小声说道:"表哥,看你的了。"

马宝会意,穿褡裢换跤靴,心想,我不把你厄厄摔出来,算你拉得干净!扎束停当,指着陈默龙说:"来来来,咱俩见个输赢,分个高下!"

陈默龙面无表情,不动声色地穿褡裢换跤靴,走到院子东面的沙土地上,没等转身,就见马宝抢上前来,飞起一脚,"飞嗯子"猛然踢向陈默龙的小腿。他想突袭一招将陈默龙踢个跟头,以博众人一笑。却见陈默龙崴桩崩腿,硬碰硬地接了这一脚。马宝"哎哟"一声,腿脚如同踢上了檀木桩,硌得生疼。

再看陈默龙,站在那儿,等着马宝再来进攻。

马宝恨极,不走跤架,挥臂抬腿一晃身形直扑陈默龙,这招连摔带砸的"脑切子"若能奏效,定会让陈默龙躺在地上昏迷不醒。

陈默龙突然二目放光,觑得真切,备步转身,挥手甩腿,一招"倒背"施展开来,再看马宝,整个身躯像鞭子似的抽在地上。

马宝气急败坏,连滚带爬站起身形照着陈默龙双腿抱来。陈默龙借劲使劲,挥手摁颈,抬脚横扫,"抹脖脚"后发先至,将马宝摁在地上。

马宝起身,再要进招,梅铁心喝道:"停!马宝,要不是你师兄手下留情,这下'抹脖脚'得让你鼻青脸肿,掉俩门牙!"

梅铁心扭脸对陈默龙说:"默龙,为奴三年已经期满,现在你已不是卖身家奴了,是我的大徒弟,是马宝和梅洁他们的大师兄。现在让你师弟、师

赌跤

妹一齐战你,你不要客气,让他们尝些苦头,知道知道厉害,日后对你也好心服口服。"

师父的话让陈默龙为之一振,答应一声,对马宝、梅洁抱拳而言:"师命难违,你二人一起上吧。"

马宝招呼梅洁:"你前我后,同时发招,别留客气!"

梅洁心领神会,随即拧身飞腿,旋风脚直奔陈默龙下颏。马宝在陈默龙身后,用了一招点穴绝命腿踢向陈默龙的"命门",恨不得将其一脚毙命。

二人夹击,一前一后,同时出招,攻势凶猛。

陈默龙以静制动,眼看胸前背后两脚同时踢来,他不躲不闪,腰身微旋,轻舒猿臂,左手在前,右手在后,抓住两脚,一只马宝的,一只梅洁的。

陈默龙右手将马宝的脚往上一提,举过头顶,马宝头上脚下倒悬空中,眨眼间横躺在众人面前。与此同时,陈默龙将梅洁的脚往外一送,梅洁晃了晃身躯,一个趔趄,没倒,俏脸一红,不敢再攻。

在场众人由衷赞叹:"好快的身手。陈默龙,奇才也!"

第十一回　显能耐马宝受重创
遵师训默龙获赞赏

梅铁心立陈默龙为掌门弟子，有了可心传人，从此隐居在家，潜心授徒，只想把身上的技艺，全部传给弟子。

俗话说，要想会，跟师父睡。日夜在师父身边，随时随地都能得到师父的指教，这样才能尽快得到师门绝学。梅铁心用心教，陈默龙用心学，在原有的基础上，陈默龙不再"偷艺"，而是冠冕堂皇地跟在师父身边勤学苦练达三年之久。

陈默龙有文化，从小喜好写写画画，拜梅铁心为师之后，不仅刻苦练功，还将师父教的每招每式记录在本子上，过后时时翻阅，加深记忆，揣摩其中奥秘。

陈默龙与马宝穿褡裢摔跤，很少用同一个绊子，即便连续两跤用了同一个绊子，但手法却不尽相同。陈默龙手大腿长，善使"别子"，抓大领能使"别子"，抓中心带也能使"别子"，左手在上能使这下绊子，右手在上也能使这下绊子，他是左右开弓神出鬼没，让人防不胜防。马宝常常被他摔急了，就力争主动，抢手发绊，猛打猛冲。不主动进招还好点，主动进招输得更快——马宝举手抬腿刚要用绊，陈默龙已等在前面，身形一晃，马宝又倒在地上。

陈默龙将所学招数，举一反三用在马宝身上，发扬长处，弥补缺欠，久而久之,他的跤技突飞猛进,颇有登峰造极之势。

陈默龙的举止,梅铁心看在眼里喜在心上,他对陈默龙不仅仅是欣赏,毫不夸张地说,还暗暗钦佩——论先天素质,后天努力,论练功悟性,钻研精神,已然超越当年的自己。古往今来的年轻人,尤其是习武练跤之人,哪个不想人前显贵,鳌里夺尊? 但是谁能像陈默龙这样闷头苦练耐得住寂寞?

文无第一,武无第二,此话怎讲? 自古以来,文章书画达到一定境界,必定各具特色、各有千秋。流派不同,视角各异,怎分高下? 而且真正的文人大家谦虚谨慎,虽然名噪一时,有谁说自己的文章书画最好,更没人妄称自己的东西天下第一。只有一瓶子不满,半瓶子晃荡的文人才自命不凡褒贬他人。为此,就有了文人相轻一说。纵然相轻,也只能打打嘴仗,难以较量。谁见过上台打擂比书画的?

习武练跤则不同。他们大都好勇斗狠,谁也不肯甘拜下风。不管哪门哪派,你说你棒,我说我强,那好,谁也甭吹,当场比试,直接过招,被人打翻在地躺在人家脚上,还吹牛吗? 上台打擂,最后站在台上的就独占鳌头。摔跤的穿上褡裢玩真的,来一个我摔一个,来两个我摔一双,你躺着我站着,我就是第一!

梅铁心就是想让陈默龙一出世就天下无敌。

马宝承认陈默龙比他棒比他强,为此,他对陈默龙羡慕嫉妒恨。虽然师父总让他俩过招,还说一日不摔手脚慢,三日不摔丢一半,而且摔跤时陈默龙常给马宝翻跤,但马宝总是躲着陈默龙,不愿意和他过招。

马宝仗着与梅洁一起长大,自我感觉马家对梅家有恩,常把师训当作耳旁风。练功时他常与梅洁相伴,一半练功一半嬉戏,而且背着师父私自外出,独自去到南市"三不管"跤场看跤。看着看着,觉得场上的跤手不如自己,就把师父的告诫丢在脑后,走进场子显显能耐。他进场子先向拢黏儿说买卖的报号:我是梅铁心的徒弟,特来向各位请教。

名师出高徒。在"三不管"摔跤,马宝常常得胜而归,这就增加了他私去跤场的次数。其实,"三不管"跤场的主事人古常理,是看在梅铁心的面子上对其关照,不让厉害角色与他对阵,免得将他摔坏了跟梅铁心不好交代。

梅铁心早就立下门规:出师之前不准私自外出闯荡江湖。既然还没出师,就是功夫还不到火候,去跤场摔跤,输了跤有损师门声誉事小,被人摔伤摔废事大。江湖道上的水太深,好人坏人嘛人都有,跤场厮杀,哪个不为了赢,哪个不想自己站着让对方躺在地上,眼珠子朝上?使黑手用恶招将对方砸得腿折胳膊奔拉的事情并不罕见。受伤的跤手即便愈后还能摔跤,但碰上强手免不了未战先怵,斗性全无。没了斗性就没了血性,没血性的汉子还敢在跤场上厮杀争锋吗?摔跤界半途而废的跤手比比皆是,岂不枉费了师父训徒的一番苦心与精力!

当然,一个师父一个教法。也有这样的师父,徒弟不少,出彩的不多。他教的徒弟,练三两个月工夫穿两三回褡裢,就允许他们到外面跤场摔跤,美其名曰:闯江湖见世面——久闯江湖就成了江湖,即便成了"赖江湖",不是也有"好把式打不过赖江湖"一说吗?这种师父缺少自信,想当年他自己就不是什么好跤手,能教出好徒弟吗?

眼见陈默龙的跤技功夫到了罡风,马宝虽不及师兄,但实力也不算弱,梅铁心觉得该让他们见见生手长些阅历了,就带他俩去了南市"三不管"跤场。

爷仨刚在人群里站稳,正在说买卖的古常理一眼认出了梅铁心,马上高声喝喊:"梅老前辈到了!"随之冲梅铁心抱拳施礼,"您怎么站那儿,快请里面坐。"上前拉着梅铁心的手,顺便看了看马宝,认得,他来这里摔过跤,就一起让到里面,请他们坐在正面的长板凳上,随手倒了两杯茶,分送到梅铁心和马宝手里。

跤场里的长板凳是给有威望的摔跤前辈和社会名流预备的,不是什么人都能坐也敢坐的。请梅铁心入座,应当应分,马宝不知深浅,也随着梅铁心坐在板凳上,有些摔跤人不免对他侧目而视,他却浑然不觉。

古常理,人称老古,年轻时跤法功力都属上乘。他的能耐是长年累月摔打出来的。他没拜任何人为师,他是"投师不如访友"的典型,跟这个学两招跟那个学两招,尤其"三不管"跤场的老前辈刘一腿,教给他不少东西。再加上他常年泡在跤场里,博采众家之长,倒也练就了一身好功夫。

刘一腿是"三不管"跤场的总瓢把子，但他不爱出头露面，看老古灵透，为人直正，就委派他管事，不知细里的人都以为古常理是跤场的主事人了。

不过，摔跤讲究门派，没有师父的人就无门无派，就不能收徒弟，也没人拜一个无门无派的人为师。古常理没徒弟，就没人跟他论辈分，好在他能自圆其说："江湖无辈，老少三辈都是兄弟。"故此，他在跤场混了多年，年老的叫他老古，年少的也叫他老古。"老古"成了官称。

老古对梅铁心十分恭敬："听说老前辈闭门授徒，亲自传艺，在下羡慕得很。今天您在跟前，"说着指指马宝，"我给您徒弟配个平级对份儿的，小伙子功夫不错，一般的练儿，还真伺候不了他。"言外之意就是马宝以前来此摔跤，看您的面子，我总给他配小份儿的，不让他吃亏。

梅铁心微微一愣，看了看马宝，知他来此摔过跤。随即答道："可以。"

这时的马宝，正得意地看着陈默龙，心想，你个傻巴儿，功夫比我好又能怎样，你在那儿站着看眼，我在这儿坐着喝茶，走出师门，你比我差远了！

场上的跤手摔了三跤，趁着敛钱，老古让一名跤手下场，对另一个跤手说："小九，你再来一场，让这位马老弟搭个肩。"

梅铁心明白，让马宝"搭肩"是老古给他面子，人家已经摔了一场，不，或许我们没来之前人家就摔了两场三场，耗费了不少气力，马宝上场首先在体力上占了便宜。再者，老古是让马宝赶紧离开长板凳，那不是后生晚辈该坐的地方。

马宝站起身来，脱光上身，先把中心带掖在裤腰带上，然后双手提着褡裢，绕场一周，双手一抡，将褡裢穿在身上，颇有老"练儿"做派。

梅铁心一瞧马宝的架势，有些张扬，甚至狂妄，心中不悦。

小九的跤技说不上精到，但他体力不错耐力很好，虽已摔了两场，浑身见汗，但气力不减。他见马宝扎束停当，拱了拱手，立个门户，等着马宝来攻。

马宝要在师父面前显显能耐，迈步插花走跤架，挺胸叠肚抢底手，与小九换腰换腿三两个回合就到了板凳跟前。

老古急忙喊道："停，停！里面摔！"小九听到老古喊停，松开双手擦了擦汗。然而，小九停了马宝没停，一下"别子"竟将小九"别"到空中，"啪"的一

赌跤

下，小九的身躯砸在了板凳头上，差点把坐在板凳上的人掀翻。

人群里有了闲话："到了边上还用绊，跟谁练的，赖，没跤德！"

梅铁心听了闲话，刺耳。摔跤讲究"赌奸不赌赖"，到了边上本该煞招住手，马宝竟然趁人家停招擦汗时发绊，胜之不武。不怪有人说闲话。

再看小九，被老古扶起来，两手直揉后腰。显然，他的腰部已然受伤。

老古劝道："脱了吧，这下伤得不轻。"

马宝趾高气扬在场中溜达，等着小九继续摔，见小九脱了褡裢，觉得自己赢了，洋洋得意准备见好就收。刚解开中心带要脱褡裢，一人走了进来，拍拍马宝肩头，冷冷地说："朋友，别脱，看来你是受过高人调教，懂得'善不赢人'，够狠。穿上褡裢就该这样。在下不才，向你讨教两招。"然后又冲着小九说："小九，你毛嫩啊，人家还没停手，你擦哪门子汗呀，活该！"

众人一看，来者不是别人，乃赫赫有名的快跤董江湖。小九是董江湖最近收的徒弟，徒弟被人暗算，他生气，要替徒弟复仇，会会这个心狠手辣的马宝。

老古对马宝的做法颇为不满，但碍着梅铁心的面子，也不好说嘛，见董江湖点名与马宝过招，就走到梅铁心面前，试探着问："老前辈，您看还让马宝摔吗？这个姓董的可不是善茬。"

没等梅铁心回答，马宝抢话说："人家点名向我讨教，我焉能吝啬。"

梅铁心只好点了点头，对老古说："那就再来两下吧，让他长长见识也好。"

董江湖穿褡裢换跤靴来到马宝对面，双手抱拳扭脸冲后，不看对方喊声："请！"一晃身形，来到了马宝近前，左手一晃，右手抢先抓住底手，手腕一抖，马宝浑身一颤，董江湖本该乘势发绊，只要抬腿就能赢人，他却故意将机会错过，重新与马宝插招换式战在一处。跤场内外的观众还在纳闷，以快跤著称的董江湖为嘛不及时用绊，错失良机？说话间，二人换腰换腿搏杀中来到长板凳跟前，董江湖圈住马宝胳膊，趁马宝抽胳膊脱逃之际，备步横腿，一下"别子"将马宝"别"至半空，喊声："就在这儿吧！"将马宝重重地摔在长板凳上。

马宝"哎哟"一声，躺在那儿起不来了。

董江湖的这下"别子",与刚才马宝摔小九那下"别子",发生在同一个方位、同一个地点,众人恍然大悟,董江湖所以错过几次赢跤的机会,就是要在小九挨摔的板凳上摔伤马宝。难怪老古说这姓董的不是善茬,他上场抱拳不看对方就已表明,我跟你不是以跤会友,是赌跤!

梅铁心久闯江湖,阅历甚广,脸上还是变了颜色:这几年我没在江湖上露面,什么时候出来了这么个厉害角色,如此狠辣,如此有恃无恐!

董江湖赢了跤,凑到躺在地上的马宝眼前,阴阳怪气地说:"朋友,我这下'别子'比你摔小九那下怎样?起来,起来呀,咱俩还有两下跤。"

场外走进来一个人,慢悠悠来到马宝跟前,将其扶起,扶到梅铁心那里,让他坐在梅铁心跟前的地上,然后找件褡裢自己穿上,冲着董江湖毫无表情地说:"下面这两跤,我来。"

董江湖细细打量,来人高挑身材,满脸文气,两眼却闪烁发光。随口问道:"兄弟,高姓大名?师出何门?这可是跤场,不是书房。"言外之意,穿上褡裢,就等于立下生死文书,摔伤摔残怨不得别人。

来人不报名姓,不报师门,只说了四个字:"死伤认命。"

老古见多识广,生人进场,点名对阵,不是闹事就是打架。但瞧此人,文质彬彬,不像地痞流氓杂八地,看他举止,和马宝、梅铁心必有关联,马上询问梅铁心:"老前辈,这人是……"

梅铁心未作回答,反问道:"场上那位姓董的,什么来头?"

老古答:"人称快跤董江湖……"然后凑到梅铁心耳边,压低声音,不无鄙夷地说:"现今投到日本柔道高手竹内豪仁门下,靠上了日本人,叛师倒戈了。"然后挺直腰板,恢复原态,又问了一句:"老前辈,让这位兄弟摔吗?"

梅铁心答道:"那好,摔吧——他是我徒弟陈默龙。"

陈默龙看看师父,又看着董江湖,当胸抱拳,轻声说了一个字:"请。"

董江湖见陈默龙站在板凳之前,一不立门户,二不拉架势,好似学堂里背书的学生,哪像摔大跤的?就这德行也敢跟我对阵,得了,我给你来下"索命脑切子",让你躺在板凳上睡会儿觉吧,要不,你也不知道快跤董江湖董大爷的名头。

董江湖晃身躯走跤步,来到陈默龙近前,挥臂抬腿,"脑切子"施展开来,有人惊呼道:"板凳!"板凳上坐着的人,除了梅铁心,纷纷闪躲,就在此时,一个人已经从空而下,落在板凳上。谁?众人定睛一看,董江湖!

观众分明看到董江湖的"脑切子"切上了陈默龙,却见他来得急去得快,眨眼间他自己躺在了板凳上。

再看陈默龙,跟刚才一样,呆呆地站在那儿,好像任何事情没有发生。只有大行家才能看出,陈默龙往跤场一站,似有形而无形,似有招又无招,表面看跟不会摔跤的一样,实际上是以无形对有形,无形就无破绽,无破绽就无可攻之处。陈默龙不立门户,董江湖就看不出门户,陈默龙不拉架势,董江湖就看不出陈默龙是何架势,瞎驴撞槽,焉有不输之理?

陈默龙以静制动,虽是腰身微晃,却是后发先至,以极快的速度在举手投足之间,一招"倒背"把董江湖撂在了板凳上——不是摔,更不是砸,是轻轻地撂。

陈默龙心善,不想摔坏对方,就在董江湖的后腰与凳面相差毫厘的刹那间,他手腕上提,拉一下董江湖的"大领",将其身躯轻轻地撂在板凳上。

董江湖"铁板桥"似的躺在板凳上,来个鲤鱼打挺,站了起来,他像善斗的蛐蛐,被对方甩出圈外,倏然间又回到圈里。他想,这小子的功夫不在华人龙之下,甚至比华人龙的撂法更为诡谲。

董江湖冲陈默龙说了声:"有点功夫。"矮下身形,小心翼翼走到陈默龙面前,抓上底手,突然一招"叉踢",要把对方踢翻,摔在板凳上以示回敬。却见陈默龙上身没动,小腿微屈,化解了董江湖的"叉踢"。三两个回合下来,二人又来到了长板凳跟前,董江湖刚要后撤,就见陈默龙横腿一下"别子",又把董江湖撂在了板凳上。董江湖和刚才一模一样,脑袋朝下,双脚悬空,后腰贴在板凳上,又是一个"铁板桥"。整个跤场中的人哄然大笑:"怎么啦这是,都跟这条板凳玩命啊!"

明眼人已然看出,你董江湖为你徒弟报仇,把马宝摔在板凳上,使其受伤。而陈默龙,虽然护气,维护师门声誉,并以其人之道还治其人之身,看似以牙还牙,却不伤害对方,足见其胸怀,更见其技艺和武德。以快跤著称的董江湖,虽未受伤,却威风扫地。

老古抓紧时间敛钱,却听董江湖说:"三跤一敛钱,这才两跤,你怎么光看钱?"话刚落地,他又冲了上来,不抓底手,双手一挫,抬腿就踢。就见陈默龙在董江湖的腿上打个滚,躺在了地上。

董江湖有些得意:"不过如此。"好像这一跤是他将对方踢倒的。他不脱褡裢,在场子里溜达,等着老古敛完钱再和陈默龙继续厮杀。

老古一边招呼着敛钱,一边对董江湖说:"见好就收吧。"

"那不行,我还有劲儿呢,我得找补找补。"董江湖并不服输。

陈默龙趁着人家敛钱,走到师父梅铁心跟前,一言不发,等着师父教诲。

梅铁心点点头说:"我对你说过,在外摔跤,赢两跤让一跤,不过得看看对方是什么人。这个董江湖拜了日本人为师,对这种人,敞开摔吧,不用翻跤,摔到他不摔了为止。"

马宝接茬说:"你个傻巴儿,你没见他怎么摔我的?我这腰十天半月好不了,你给我把他废了,让他知道知道梅家门的厉害!"

梅铁心立刻训斥马宝:"你输了跤就想让别人替你报仇,没出息!回去苦练,长能耐,练棒了你自己找他,那才是汉子。"说的马宝暗气暗憋,不再言声。

有了师父的话,陈默龙心里有了底,再次与董江湖交手,一连气连赢六跤,绊子没有重样的,把堂堂快跤董江湖摔得没了脾气——董江湖抓住陈默龙的褡裢,刚一抬腿,自己先趴下了。陈默龙抓他褡裢,身子一动他又趴下。反正董江湖主动进攻是输,被动防守还是输,圣人搬家,全是书(输)。

陈默龙把董江湖摔出"花"来了,观众一个劲给陈默龙拍手叫好。老古那个乐呀,敛的钱比往常多了不是一星半点儿。

董江湖没被摔伤,但灰头灰脸,颜面全无,脱下褡裢,使劲扔在地上,气哼哼走了。

这时人们才知道,这个不声不响看似文弱的陈默龙竟是梅铁心的掌门大弟子。

老古来到梅铁心面前,对其高徒大加赞赏:"老前辈,默龙兄弟太棒了。"然后凑到梅铁心的耳边小声说:"您瞧,观众都爱看默龙摔跤,再让他摔两场,我们多敛点钱,您看行吗?"

梅铁心笑着回答:"行。让他多见见生手。"

陈默龙又摔了三场,对手都是天津卫高手,但他都是赢两跤翻一跤,而且每跤赢得都干净漂亮,绝对是功夫跤。观众爱看,愿意往外掏钱,对手心服口服,赞他赢跤不傲,说话低调,毫不张扬,给人留足了面子,够朋友!

有位经常行走在各个跤场的看客说:"大直沽有个华人龙,现在又出了个陈默龙,有朝一日这两条龙碰上,不知哪条龙更强一些。"

老古接茬说:"干吗?你们想看'双龙会'?那是可遇而不可求的跤坛盛事。这个跤场要是真能上演双龙会,我就卖票,票价得比梅兰芳、马连良的戏票贵点,肯定叫座。"

赌跤

第十三回 夜救师妹夫妻无爱
泪洒休书师徒有情

陈默龙在"三不管"摔跤,一举成名。

陈默龙在跤场的表现,梅铁心感到欣慰,这个徒弟与一般跤手大不相同,他功夫炉火纯青,却知道尊重别人。尊重别人的人,一定会得到别人的尊重。但马宝不行,这个徒弟本性难移,只凭说教,要改变他的性格,难!

梅铁心也想把马宝培养成德才兼备的摔跤高手,也好对得起马家养育梅洁的那份亲情。每次外出摔跤,不管马宝输赢,回到家,他都给马宝说绊子,教练功,也讲做人的道理。可惜,串皮不如内,马宝不是那块料。碍着亲戚面子,梅铁心又不能对他苛求,只能是师父领进门,修行在个人了。

梅铁心带着陈默龙马宝又去了谦德庄、三岔口等几个跤场,每次摔跤都是马宝先上,要是陈默龙先摔,就显不出他了。马宝摔跤,碰上不如他的,他是嘛绊都有,"勾子""别子""得赫勒""插闪""冲踢""抹脖脚",可劲儿地招呼,一跤不让。碰上比他高的,他是嘛绊也发不出来,常被对手摔得连滚带爬,丑态百出。

每当马宝垂头丧气败下阵来,梅铁心就让陈默龙替下马宝,与对方过招。

陈默龙身高臂长,却能"身缩小,软绵巧",卧腰卧腿"叉入""揣花"将对方摔至半空、跌落尘埃。而且他还能抓住对方"后脐儿",单臂一较劲,"翻天印"把对方掀个翻白。

陈默龙摔跤，不管对方强弱，不管对方有名无名，总是赢两跤翻一跤，不让对方"光屁股"下场，避免难堪。

梅铁心决定带领两个徒弟前往北平，去天桥跤场开阔眼界。北平多有清宫大内高手的传人、扑户的弟子，各个跤场藏龙卧虎。与高手过招，既能长见识增阅历博采众家之长，又能以跤会友，使梅家门的功夫扬名天下。

明天就要启程前往北平了，当天晚饭后，梅铁心把陈默龙和马宝叫到跟前，说些到北平摔跤应该注意的事项。陈默龙看见梅洁在给他们准备行囊，就吞吞吐吐地说："师父，去北平，家中只师妹一人……"欲言又止。

马宝接上话茬："要不，我留下陪着我表妹吧，免得她一个人在家孤单。"

梅铁心扫视一下面前的二徒一女，觉得陈默龙的担忧不无道理。北平有不少朋友和同门，去了之后必有好多应酬，不知什么时候回来。闺女虽说有一身功夫，但她还没出阁，一个人在家，做父亲的确实不大放心。

梅铁心思考了一阵，做出了决定："这次，默龙留下，马宝随我去北平吧。下次，马宝留下，默龙再跟我去，你们二人倒换着。马宝啊，要想提高跤技，一要狠下功夫，二要多动脑子，稀里糊涂过春秋不行。再有，还得修炼品行。品行正，跤风正，才能造就出类拔萃的好跤手。千万别走歪门邪道。学跤更得学做人，你要好好跟你大师兄学。"

梅铁心的话，马宝根本听不进去，只是在心里暗骂陈默龙，这小子是不是对我表妹没安好心？遂偷偷提醒梅洁，陈默龙表面看像个傻巴儿，实际心眼贼多，你在家可要处处提防他。

梅铁心带领马宝到达北平，当晚住进了前门外大栅栏一家澡堂子。

摔跤人爱洗澡，几乎把洗澡看得与吃饭同等重要。摔一天跤，浑身是汗，又脏又累，洗个热水澡，干净，但最主要的是解乏。摔跤人出门在外住澡堂子，比住店省钱，还能洗澡，合适。

第二天一早，爷俩吃过早饭，溜溜达达向天桥走去。在一条不宽的马路上，突然看到不远处一个拄拐杖的老汉，因为躲闪不及，被一辆疾驰而来插着"膏药旗"的轿车撞出老远,当场绝气身亡。

肇事司机停车却没下车,一摁喇叭,调转车头,拐弯就走。

这不是草菅人命吗?!梅铁心勃然大怒,却被马宝拉住胳膊:"师父,是日本人的汽车,您这么大岁数,少管闲事吧,免得惹火烧身。"

"闲事?"梅铁心瞪了马宝一眼,厉声喝道,"这是闲事吗?"一甩胳膊把马宝拨到一边,纵身向前,来到轿车跟前,抬手拉开车门,伸手抓住司机,刚要将司机拉出车外,司机身后坐着个日本军官,二话不说,拔出手枪照着梅铁心就是一枪。梅铁心猛然看见枪口对着自己,急忙侧身躲闪,枪声响了,右背中弹,再看轿车,绝尘而去。

马宝吓得脸色煞白,不知如何是好。一位学生模样的年轻人来到近前,将自己的衣服撕下一块给梅铁心包扎伤处,并敬佩地说:"老伯,您很有血性,咱中国人都像您这样,还会亡国吗?"然后拿出一张名片递给梅铁心,"我去料理被车撞的大爷,不能陪您去医院了。您拿这张名片,去美国教会医院找李振华李大夫,他是我同学——千万别去日本人医院,他们见您是枪伤,会找您麻烦。"

梅铁心谢了年轻人,没去医院,愤然离京,坐火车回了天津。

梅铁心年事已高,身有枪伤,心中窝火,回到家就病倒了。

梅洁看到父亲带伤而归,哭了:"爹,你这是怎么啦?"

陈默龙见师父去往北平来回不到三天,竟然被日本人开枪打伤,差一点儿要了性命,后悔自己没跟在身边。他知道南市有位人称神医的中医大夫刘之安,是京城名医施今墨的弟子,得老师真传,不仅医道精良,而且医德高尚,颇有正义感。

听说梅铁心被日本人开枪打伤,刘子安立马随陈默龙来到梅家,给梅铁心精心诊治,临走时嘱咐梅铁心要静心保养,不能着急。又对陈默龙说:"梅爷的枪伤打在身上,伤在心上,你们要小心服侍,别让老人生气。"

陈默龙小心翼翼照顾师父,比梅洁还仔细周到,日夜守护,不离师父左右。

这天晚饭后,梅铁心精神见好,将女儿和两个徒弟叫到眼前,看看这个,瞧瞧那个,最后眼神落到马宝脸上:"马宝啊,你功夫不及你师兄,为人处世也不及他。在北平，若你师兄在我身边，那辆汽车岂能跑掉？"

马宝不服："师父，这年头，天下是日本人的天下，谁敢招惹日本人？咱去天桥摔跤，管那闲事干嘛？到头来，跤没摔成，还挨了一枪，我看您是……"他要说"自找"，没等这二字出口，梅铁心已然变颜变色，一阵咳嗽，"哇"的一口鲜血，喷了在地上。

梅洁见父亲大口吐血，吓得不知如何是好，只知道流泪。陈默龙瞪了马宝一眼："你怎么这样说话！"赶紧上前给师父擦净血迹，倒水漱口，然后站到师父身侧，用手在师父后心轻轻揉搓，给师父顺气。

马宝却说："我说话还用你这个傻巴儿管？你对师父这么孝顺，怎么你不去北平？哼，就是你去了也白搭，你比手枪厉害？"

过了一会儿，梅铁心瞪了马宝一眼，然后对还在抹泪的女儿说："梅洁，我不在家时，你大师兄的所作所为，是不是值得你佩服？"

梅洁擦了擦眼泪，一阵脸红，点头称是。

为何脸红？只有她和陈默龙心里明白。

自从父亲和马宝离家，耐不住寂寞的她想找陈默龙说说话聊聊天，可这个"傻巴儿"除了吃饭，不是到自家院后桃林练功就是在自己屋中读书，对她却敬而远之。

当天子夜，熟睡的梅洁突然被一阵响动惊醒，睁眼一看，发现黑暗中有两个贼人，一个人提着一袋子东西，另一个还在屋里寻找可拿的物件。

梅洁大叫一声："有贼！"倏然起身，与二人厮打起来。

就在此时，闻声而来的陈默龙，三下五除二将两个贼人打翻在地，一个肩膀掉环，呻吟不止；一个被陈默龙踩在脚下动弹不得。

梅洁气急败坏地摘下墙上的镇宅宝剑，要取二人性命，被陈默龙拦住："师妹，穿上衣服。"这时的梅洁才发现自己内衣不整，不该露着的地方都暴露无遗。

梅洁穿好衣服，还是要结果贼人性命，吓得贼人连声求饶："姑奶奶，我们下次再也不敢了，饶了我们吧，我们老娘得了重病，没钱买药，亲戚朋友都借遍了，也没借到钱。实在没辙，就想到了做药材生意的梅家，我们这是叫穷逼的……"

陈默龙对梅洁说："师妹,看在他们为娘治病是孝子的份儿上,饶了他们吧。"

不知是因为娘亲去世早自己日夜想娘的原因,还是因为几乎全裸的身体让三个臭男人全看见了而感到委屈,梅洁转身趴在床上,哭了起来。

陈默龙看了看贼人袋子里的东西,都是梅洁屋里的值钱玩意儿,就将袋子放在梅洁头前,对梅洁说："你起来看看,有你用不着的东西送他们几件,让他们换钱。师父离家时给我留的钱我也用不着,也送给他们,给他娘治病。但凡有辙,谁做贼呀……"

这时,梅铁心又问女儿,你大师兄所作所为,是不是连冤家对头也敬服三分?

老人指的是跤场上输跤的对手,梅洁却想到那夜的盗贼,陈默龙擒住他们,却资助钱财放走了他们,遂红着脸答道："是,爹爹选准了掌门人。"

梅铁心扭脸看着陈默龙,亲切地说："默龙啊,你的功夫比为师当年,有过之而无不及。天下第一的功夫不仅靠苦练,更要靠天赋。天赋加勤奋才能造就天下第一呀!你能成为我的徒儿,是梅家的幸事。"

陈默龙躬身而站,静静地听着,并不插言。

沉了沉,梅铁心的语气一转,又问陈默龙："你了解你师妹吗?"

陈默龙点点头,还是没说话。

梅铁心苦笑一下："梅洁虽然任性,但心地善良。默龙啊,为师大限已到,我闭眼之前,有两事相托:一是你要传承光大师门跤技,这是老祖宗留下来的好东西啊。你要弘扬扶危济贫、疾恶如仇的武德武风,任何时候不能屈服于入侵的洋人!我恨透了日本人!"梅铁心喘了口气,接着说:"二是你师妹从小失去娘亲,现在我把她托付于你,你要好好照顾她,让她一生快乐生活。"

陈默龙站在那儿,仍然没有说话。

看着不言不语的陈默龙,梅铁心流下两行辞世泪:"默龙啊,我托付你这两件事,能做到吗?"

看见师父流泪, 陈默龙咕咚一声跪在师父面前:"师父对我恩重如山,师父的嘱托,弟子我粉身碎骨也不敢忘怀。"

赌跤

117

梅铁心又把眼神落到女儿身上:"梅洁呀,昨夜子时我做了一梦,梦见月下老人说你和默龙是前世定下的姻缘。就着为父还有这口气,现在为父做主,你和你大师兄现在就拜堂成亲吧。"

啊,陈默龙惊得目瞪口呆!

啊,马宝气得七窍生烟!

啊,爹爹,我……梅洁刚要说个不字,突然想到,娘在世时曾经说过,子时做梦最灵。那夜遇贼,我的身体被大师兄看过,也是子时,难道真是冥冥中的姻缘? 人的命,天注定啊。

梅铁心看见马宝两眼含恨,遂说道:"马宝,你的心事我知道。你和梅洁是表兄妹,表兄妹如同亲兄妹,你明白吗?"梅铁心的意思,是说有血缘关系的兄妹不能成婚,但冲着陈默龙,点到为止。

梅铁心喘口大气,又对马宝说:"论家事,默龙是你妹夫,论师门,默龙是你师兄,是掌门人,你要尊重他,不要心生邪念。习武练跤的人,不能有傲气,但不能无傲骨! 为师嘱咐你一句话,无论到什么时候,也不能屈服于日本人! 否则,国人唾弃,不得善终。"

师父的临终训话,马宝根本听不进去,此时他心中充满了恨,恨陈默龙,夺走他心中所爱。恨梅铁心,既然知道我的心思,为嘛不把梅洁嫁给我! 也恨梅洁,为嘛默许这桩婚姻!

当夜,梅洁和陈默龙入了洞房,成为夫妻。

第二天子夜,梅铁心溘然长逝。

丧事办完,马宝立刻离开梅家,回了自己的家。

繁星闪烁,弯月高悬。

从进伏那天开始,连续七天,梅洁吃啥吐啥,陈默龙很是心焦。

更让陈默龙心焦的是,神医刘子安告诉他,梅洁得了"噎膈",病入膏肓,油尽灯枯,多则三个月,少则二十天……

他问梅洁:"你想吃点嘛?"

梅洁有气无力地说:"吃嘛吐嘛,嘛也不敢吃了。"沉思了一下,又说:"要不,吃个桃吧——咱家院后桃林的桃,也该熟了。只是深更半夜的……"

她欲言又止,他却站起身形,说"我去摘"。

看着陈默龙出去的背影,梅洁苦笑一下,想起当年也是这个时节,她与表哥马宝早晨练功之后常到自家院后那片不大的桃林散步,看见树上的桃有红的,马宝就拣大的摘下来让她吃。桃不大熟,发木,但她吃得津津有味,觉得很甜。马宝看她吃桃,卖身到梅家的陈默龙在一旁伺候,表哥嫌他碍事,就骂陈默龙是傻巴儿,让他躲远点。陈默龙磨磨蹭蹭躲到一旁,她就咯咯地笑……

工夫不大,陈默龙摘了两个大桃回来,将桃洗净去皮,切开去核,放在碟子里,连同一双竹筷递给她。

陈默龙的仔细和认真,梅洁很感动。她用筷子把一小块桃肉送进嘴里,桃还不熟,嚼着发脆有点涩,不甜。她努力把嚼碎的桃肉咽下去,直到一个桃吃完,竟然没吐。不但没吐,还有些神清气爽。她说:"大师兄,我好几天没出屋了,想出去透口气,去桃林看看。"

陈默龙疑惑地看看她,回光返照? 赶紧小声回答:"好,我搀你出去。"

出了屋子,来到后院,走出后门,接近桃林,突然,一个蒙面人从桃树后面蹿出,距离他们不足十步。

陈默龙吃了一惊,赶紧护住梅洁,喝问道:"谁?"那人并不答话,饿虎扑食一个跳跃来到近前,手举齐眉棍照着陈默龙的脑袋就是一棍。

陈默龙眼快手疾,不闪不躲,猛然而上,侧扬左臂,回手勾腕,顺势将住对方持棍手臂,右掌猛切对方肩头,转体横腿,一招"捋胳膊踢"将对方踢翻在地,齐眉棍落入陈默龙手中。蒙面人连滚带爬起身欲逃,陈默龙飞腿横脚,将那人踩在脚下,用棍点着蒙面人的脑袋厉声喝问:"你是何人? "

蒙面人被陈默龙踏住后心,身躯动弹不得,嘴巴也不出声,手脚却在挣扎,竟从腹下抽出一把三寸长的水果刀,回手一划,划破了陈默龙的小腿。陈默龙大怒,脚下用力一踹,猫腰伸手擒住蒙面人持刀手臂,就听蒙面人哼了一声,水果刀落在地上。陈默龙顺手拾起水果刀,将刀插在蒙面人的屁股上。

陈默龙突然觉得握刀之手麻酥酥蚁噬一般,顷刻间手臂发胀发僵,暗叫不好,刀上有毒!

梅洁突然来到近前,双掌齐发,"拨草寻蛇"攻向陈默龙。陈默龙含胸缩腹,转体撤步,梅洁的招数走空,失去平衡,扑倒在蒙面人身上。

陈默龙大吃一惊,却见气喘吁吁的梅洁连呼"表哥",并将蒙面人扶了起来。

表哥?陈默龙的心略噔一下,遂冷冷地说:"表哥的刀子有毒,你快救人吧。"陈默龙心善,自己中了毒刀,想必对方比自己中毒更深。说完,匆匆转身回家。进得屋中,打开药箱,师门秘制的乾坤祛毒散却不翼而飞。

陈默龙暗叫一声,我命休矣!

看着陈默龙离去的背影,蒙面人仰天长啸:"哈哈,你这傻巴儿,终于着了我的道儿,你去死吧!"

梅洁十分惊愕:"刀上有毒?表哥,你别动,赶紧把乾坤祛毒散拿出来呀,我把刀子拔下来,给你敷药祛毒。"

蒙面人嘿嘿一笑,得意地说:"刀身没毒,剧毒都在刀把上。洁妹,你别动,我自己来。"

蒙面人扯下蒙面黑纱,露出一副清秀俊美的脸庞。谁?马宝。就见他用戴着薄皮手套的左手,攥住刀柄,右手从怀中取出一个小瓷瓶一个小纸包,说道:"瓷瓶里是你家祖传的乾坤祛毒散,纸包里是我马家的刀枪药。"他把瓷瓶放回怀里,将纸包递给梅洁:"待我把刀子拔出来,你就将刀枪药糊到伤口上就行了。"说毕,左手猛然将水果刀拔下,同时褪下长裤,露出臀部,梅洁立即将刀枪药敷在伤处。

梅洁疑惑地问:"表哥,你说大师兄着了你的道儿,顷刻间就有性命之忧?"

马宝狞笑着说:"洁妹,这把水果刀,是我马宝研制两年的成果。刀身无毒,刀柄有不易觉察的倒刺,如同蝎钩,钩含剧毒。我用刀时,戴着手套呢,触不到毒气。但我料定,我用这把刀划伤陈默龙,情急之下他必会夺刀,我就轻而易举地把刀给他,他用刀刺我,刀柄上的毒钩已与他手掌摩擦,剧毒已然渗入他的劳宫大穴,毒气直逼五脏。哈哈,不出两个时辰,这个傻巴儿就会一命呜呼。洁妹,咱俩可以朝夕相聚了。"

"啊,真的?"梅洁的声音有些颤抖。

"真的。"马宝回答得很干脆,趁势把梅洁搂在怀里。

梅洁半推半就,缠绵地将手伸进马宝怀里,摸到瓷瓶,攥在手中,陡然间挣脱马宝的搂抱,厉声问道:"你偷偷摸摸找我要乾坤祛毒散,不是说给朋友疗伤祛毒吗?还说今晚在桃林直面大师兄,请他原谅你以前的过错,怎么你却来暗害大师兄?刚才他要取你性命,易如反掌啊!"

马宝不顾臀部的刀伤,拉着她的手说:"不,洁妹,咱俩是青梅竹马,你爱的是我,你心里有我没他!你本该属于我的,我不明白舅舅为嘛把你许配给他!陈默龙夺了我心爱女人,我能放过他吗?我与他势不两立,不共戴天!"

梅洁用力推开马宝:"你走吧!"扭头跑回家中,只见陈默龙已然昏厥床上。

梅洁变了音地喊师兄,陈默龙没有回应。她急忙将乾坤祛毒散倒入杯中,用黄酒调匀,撬开陈默龙的嘴,将一半药液灌进陈默龙的肚子,另一半涂抹在陈默龙红肿发青的手掌上。

工夫不大,陈默龙腹内一阵轰鸣,吐出一腔黑水,腥臭腥臭的。

陈默龙醒转过来,睁开眼看着虚汗遍体的梅洁,冷冷地说:"漆黑的夜,你一眼就认出蒙面人是你表哥,好眼力。"

梅洁满脸绯红,赶紧倒了半杯温水,让陈默龙漱口。然后又找出刀枪药敷在他的小腿伤处。

陈默龙又说:"你让他进来,杀了我,大家都清净。"

梅洁哭了:"大师兄,你是我丈夫,马宝是我表哥,都是我的亲人。我,不愿意看着同门弟兄相互仇杀。"

两天后,陈默龙身上的毒气排净,元气恢复,梅洁却呕吐得更加厉害,虚弱得难以下床。但她还是有气无力地说:"大师兄,我已时日不多,但我有个愿望,请你成全。"话说得很委婉,很动听,这种柔柔之声,陈默龙从未听过。

梅洁嫁给陈默龙,很不开心,但父命难违,心里却始终放不下马宝。

陈默龙惊疑地望着梅洁:"嘛愿望?我去办。"温顺之态一如既往。

我要死在表哥身边,圆我少女时的梦,这样也就对得起至今未娶的表哥了。这是她心里话,但没说出口。

她避开他的目光,沉了沉才说:"大师兄,我从小在表哥家长大,表姑抚养我八年,马家是我永远不能忘怀的娘家。我想去表哥家住十天,请你答应我。"

陈默龙"啊"了一声,如同热山芋噎在喉咙,又烫又堵,喘不上气来,更说不出话来。他知道,师妹曾在师父面前说一不二,结婚两年多,这个家更成了她的一言堂。但他往最坏处想也想不到,行将就木的梅洁要离开自己离开家,去找马宝。

马宝如此歹毒,欲置掌门师兄于死地,这样的邪恶小人,梅洁竟然忘不了他!

这一夜,陈默龙失眠了。想到师父的养育之恩,想到师父的遗嘱,想到让师妹快乐一生的承诺,陈默龙终于做出决定,送梅洁前往杨村马家。

翌日早晨,陈默龙对梅洁说:"我送你去表哥家。"话说得很平静,平静得无一丝血性,梅洁愕然至极。

夫妻对视,再无话说。

十天后,梅洁突然神采奕奕地出现在陈默龙面前。

陈默龙一阵惊喜:"啊,师妹……"他为梅洁的康复由衷的高兴。然而,高兴在刹那间被惊愕取代——梅洁的身后是马宝。

马宝上前,拱手而言:"大师兄,我是完璧归赵,请你查收。"眉清目秀的马宝一脸坏笑,陈默龙觉得他面目狰狞,言辞恶毒。人不是物件,怎能"完璧归赵",又怎能查收?他想将这位表哥轰出去,却听梅洁说:"大师兄,请你相信,我和表哥是清白的。"

越描越黑!何谓清白?陈默龙苦笑一声,抱拳而言:"师弟,请。"

马宝并不进屋,站在外屋门口,皮笑肉不笑地滔滔不绝:"大师兄,你妻子我表妹她好好地回来了。你送她去时病病恹恹、奄奄一息,现在她可是满面红光地站在你面前,你应该感谢我这个表哥呀。师父临终托付你,要你给我表妹快乐,你呢?不但不能给她快乐,还让她郁郁寡欢,得了重病。你违背了师父的嘱托。你标榜自己是一诺千金的汉子,你要兑现承诺——为了你师妹我表妹的快乐,你现在写份休书吧,我把表妹领走。跟着我,梅洁才会真正快乐。"

面对阴险之极的奸邪小人,陈默龙怒火中烧,真想一脚将其踢躺、踢飞、踢碎!但马宝此时抬出师父遗嘱,是不是梅洁的主意?罢罢罢,对师父我不能食言,只要师妹健康快乐,我就写个休书,让师妹自去快乐吧。

陈默龙默默回屋,写了一纸休书,送到梅洁手中,不无悲哀地说:"师恩重如山,我谨遵师父遗嘱,践行我的承诺,师妹,保重。"

梅洁接过休书,看到休书上点点湿痕,知道那是丈夫的泪水,刚要说话,陈默龙已转身离去……

第十四回

奇人奇语痴汉醒梦
善有善报苦人成家

赌跤

在直沽酒家的宴席上,彭友彭无奈把陈默龙的家庭背景不幸人生讲完了,讲到最后,不无悲哀地说:"梅洁随马宝而去,陈默龙一病不起,成天浑浑噩噩,痛不欲生。这不,我听朋友说陈默龙家遭了变故,刚过了年我就来津看他,没想到一进他的家门,就见他躺在床上不吃不喝,清锅冷灶,好不凄惨……这么一个文武兼备的跤坛奇才,病得脱了相,我看着心疼,就找了几个朋友来大直沽没场,为我师弟弄几个钱,看病……"

高地虎气不忿儿:"可惜梅铁心这么大名气,生了梅洁这么个闺女,不遵妇道,可恨马宝,不是东西!"

彭友点点头说:"唉,说归齐,是我师弟命苦。我来大直沽摆地,碰上华爷,是我的缘分,也是陈默龙的造化。"彭友彭无奈从内心里佩服、感激华人龙。

江湖上有"强龙不压地头蛇"一说。他彭无奈够不上强龙,华人龙更不是"地头蛇",而是威名远播的侠义人。摔跤人哪个不把名誉看得极重?华人龙却在大直沽乡亲们面前,为了成全彭无奈的没场义举,竟然成心输了头一跤。而且还在直沽酒家设宴相待。

看一个人够不够朋友,还得看他对其他朋友是不是诚心诚意。高地虎刚说个"拌不开蒜了",华人龙立刻倾囊相助,足见华人龙对待朋友的真诚。

而彭无奈将卖艺所得分一半钱给高地虎时，不但遭到已经揭不开锅的高地虎断然拒绝，华人龙也不让高地虎要这份钱——那是治病救人的钱！

惺惺相惜，彭友与华人龙、高地虎一见如故，相识恨晚！

彭友彭无奈怀里揣着钱，离开大直沽，回到桃花堤，兴冲冲走进陈默龙的家门。却见重病在身卧床不起的陈默龙，竟然迎了出来。

"啊，师弟，"彭友吃惊地问，"你怎么出来啦？"

"遇一奇人，我病好矣。"陈默龙将彭友迎进屋里，说了上午的奇遇。

早晨彭友离开陈默龙的家，不大工夫，躺在床上胡思乱想的陈默龙听到院门"吱扭"一响，开了，有人进了院子。当时他想，家里已经空空如也，没什么可偷的，依然懵懵懂懂躺在床上懒得动弹。

进院人先是不声不响，四处撒摸，然后走到院内那棵椿树跟前，往树身上一靠，将右手的折扇"啪啪"地敲打左手掌心，对着窗户自顾自地数落起来："天上星多月不明，地上石多路不平，儿女恩怨重千斤，撂倒了跤坛一英雄。"

那人咳嗽了一声，清了清嗓子，接着数落："人成各，今非昨，病魂常似秋千索。你重承诺她去乐，焉能为此丢魂魄。"

这人妙语连珠，像叫花子的数来宝，像算命先生的念念有词，更像有道高僧世外奇人点化执迷不悟的痴汉禅语。那声音不高，却苍劲有力，震得陈默龙的耳膜嗡嗡直响，心扉咚咚跳个不停。

什么人？这是什么人，他所说的怎么都是我内心所藏之事？

陈默龙激灵一下坐了起来，扒着窗户往外观瞧，只见一个精瘦老者，剃着光头像和尚，脚穿布袜靸鞋像道士，身着补丁裤褂像乞丐。这似僧似道又似叫花子的老人，那两只眼睛却与众不同，眼皮耷拉着，眼睛半眯着，当陈默龙与其隔窗相望时，老人的眼皮突然上撩，睁开双眼，两束寒光直射过去，射得陈默龙心头一颤，咕咚一声又躺在了床上。

老人冷冷一笑，折扇又很有节奏地敲打起来，边敲边数："谁有苦，谁知道，他人不能担分毫。该放下的就放下，该执着的就执着，不敢面对乃懦夫，折磨自己非英豪，是草包！"

老人的这番数落让陈默龙出了一身冷汗，又坐起来与院里的老人隔窗而望，突然发现这人有些面熟，却一时想不起在哪儿见过。

老人见状，再咳嗽一声，朗朗而言："哪是亲，哪是情，糊涂弟子闹不明。掌门弟子不掌门，师门绝技谁传承，老叟忍饥走百家，寻觅当年陈默龙。"

哎呀，是他！

陈默龙在屋里再也待不住了，一股力量刺激着他，光着脚跑了出来，"咕咚"一下跪在了老人面前："老前辈，小子一时糊涂，鬼迷心窍，为情所扰，不能自拔，多亏您老人家点化，晚辈知错了。请您老到屋里喝杯清茶。"

老人嘿嘿一笑："喝清茶，没工夫。送你一粒回心丸，吃到肚里有益处。祛心魔，用心悟，铁心收徒千般苦，悖逆师嘱不丈夫。"

老人在怀里摸了摸搓了搓，拿出一块黑药丸："梦中人，该醒了！张嘴吧。"

陈默龙听话地张开嘴巴，就见老人把泥丸丢进陈默龙的嘴里——就像罗汉转世游戏人间的济颠和尚，治病救人之时，从身上抠出一些污垢，团成药丸，让人吞服。

黑药丸在陈默龙的嘴里，转三转，咽三咽，堵在了嗓子眼儿上。老人一掌拍在陈默龙的天灵盖上，说声："孺子可救也。"那黑疙瘩被震得直入腹中，好不恶心。陈默龙要吐，干哕几声，却吐不出来，只觉得五脏六腑一会儿凉，一会儿热，须臾，凉热相搅，上下翻腾，如同蛟龙入水，整个胸腹翻江倒海一般。

老人在他后背抚摸了几下，突然一掌拍在后心，陈默龙哇哇地大吐起来。

陈默龙几天没吃饭，无食可吐，吐出来的都是些绿莹莹的苦水。吐完之后，胸腹清爽浑身轻松，转身要向老人道谢，老人已无影无踪，不知去向……

陈默龙对彭友说完了奇遇，过了一会儿，又说："当年师父收我为徒立我为掌门弟子时，我记得这位老人也在现场，那时他就是这身穿戴这副模样，不过比现在干净利索。他是我师父的同门，称我师父为掌门师兄。在立我为梅家门掌门弟子时，好多人让我师父慎重考虑，这位老人却说了一句：

'孺子可教也！'坚定了师父立我为掌门的决心。没想到在我颓废之时，老人竟前来点化于我，让我走出阴霾困境。可惜，我没来得及请教老人的尊姓大名，也没来得及问他住在何处，连杯清茶他都没喝，倏然而来，倏然而去，令我好生感激。"

彭友说："师弟，你是梅家门的希望，老前辈们都在暗中关注着你。"

陈默龙说："不仅是前辈们，师兄不是也一直惦念着我吗？在我陷入泥淖不能自拔之时，你从北平来到天津，去大直沽为我撂地没场，敛钱治病，这份情义，兄弟我终生难忘，感激不尽……"

彭友见师弟已经痊愈，高兴。见他感激自己，立刻打断了他的话语："唉，师弟，平常你的话少之又少，今天怎么啦？说起来没完没了，什么泥淖啊自拔啊，还终生难忘，弄这些虚词没用。只要你病好了，我比什么都高兴。咱弟兄之间，说什么感激不感激的，要感激还真得感激治你心病的老前辈。"

陈默龙感叹道："当今国家，支离破碎，百姓家破人亡，许多习武练跤的高人退出江湖隐名埋姓，但他们终其一生，致力于老祖宗留下来的跤技传承。师兄啊，我陈默龙辜负了师父重托——师父临终时嘱托我，第一就是要传承光大中国跤，不能把老祖宗留下来的好东西撂弃。我却因儿女私情忘记师父重托，辜负师父立我为掌门的良苦用心。惭愧呀惭愧！"

彭友说："默龙啊，你别过于自责。你看人家大直沽的华人龙，不仅跤技非凡，而且讲义气够朋友，这样的人物咱该和他多亲多近。"随后，他把在大直沽撂地卖艺巧遇华人龙的经过说了一遍，最后感叹道："咱们摔跤人，没有左右国家命运的能耐，但应该尽自己所能，助人为乐，像华人龙那样，不因善小而不为。"

陈默龙感慨地说："早就听说过华人龙的为人，平日里扶危济贫堂堂正正做人，危难之时敢于担当，无愧于国家无愧于国人，无愧于师门也无愧于朋友。这才是真正的大丈夫。有机会我一定到大直沽登门拜访。"

眼见陈默龙精气神大有好转，彭友就把没场的钱拿出来交给陈默龙："师弟呀，这是没场的钱，够你用些日子的。你的病好了，我放心了，今晚我就坐火车回北京了，家里好多事等着我了。"

赌跤

再说华人龙,在直沽酒家与彭友分手之后,随高地虎去了地道外郭庄子大街高地虎的家。刚一进院,就听祥子喊道:"琴姑,我师父回来了。"紧跟着,冯素琴领着娟子迎了出来:"大哥,还没吃饭了吧,饭在锅里了,我给你热热。"自从住进高地虎家,冯素琴不再喊高地虎大叔,改口叫大哥了。

"今天我是酒足饭饱了。冯姑娘,过来见见,"高地虎指指华人龙,"这就是我过命的老大哥,我常跟你提起的华人龙华爷。"说着,把华人龙在直沽酒家吃饭时给他的钱掏出来,全部交给了冯素琴。

高地虎又把冯素琴介绍给华人龙:"华爷,这就是我跟你说的那位冯姑娘。"又叫韩祥子,"祥子,喊师大爷。"

韩祥子对华人龙说:"师大爷好。你们屋里坐,我给你们沏水去。"

华人龙打量打量祥子,挺机灵。再看看冯素琴身边的娟子,瞪着眼睛露着好奇的神态,顺便瞧了瞧冯素琴,她中等身材,肤色微黑,大约二十多岁。不由得心想,高地虎和这女子都是苦命人,再加上这俩孩子,正好是一家人呀。

高地虎把华人龙让到他住的那屋,华人龙往破木板搭成的床铺上一坐,嘎吱嘎吱直响。虽然阳光能照到屋里,西北风却使这间东厢房冷飕飕的。

常言道,有钱不住东厢房,冬不暖来夏不凉。三九寒冬,西北冽子一刮,朔风穿过门窗缝隙往里钻,寒彻筋骨,说悬了能把人冻挺了。三伏酷暑,每到下午,似火骄阳,西照,人在屋里待着,像蒸笼,热得透不过气来。

高地虎的这两间房,本来是里外间,现在改成了两个单间,高地虎和祥子住一间,冯素琴和娟子住一间。每间屋子都是一间屋子半间炕,很窄憋。

华人龙说:"我记得这两间房是通着的,嘛时候截开了?"

高地虎说:"他们娘仨要搬来的时候,我给截成了两个单间,住着方便。"

"其实还是以前那样通着方便,显得宽敞。"华人龙有意这么说。

"那怎么住?华爷,你这是莲蓬子儿不叫莲蓬——藕豆(怄逗)。"高地虎明白华人龙的用意,但他怕落个乘人之危的不义之名,所以把连房断成两个单间。他想把话题岔开。却听华人龙很认真地说:"既然他们三人和你住在了一起,祥子是你徒弟,你们就是一家人。我问问你,你有没有那份心?"

高地虎笑眯眯的装傻充愣:"哪份心?"

"别跟我装傻,你愿不愿意娶人家?"华人龙的表情很严肃,"这可是千载难逢的好机会,不能错过。我告诉你,这女的挺好,配你绰绰有余。我看得出来,冯姑娘住在你这东厢房里,还挺知足。明天我叫你嫂子来,让她开导开导冯姑娘,劝冯姑娘嫁给你。常言道,女无男无主,男无女无家。你们结了婚,她有了主心骨,你也有了家,两全其美。兄弟,今天我就是为这事来的,你得听我的!"

高地虎,天不怕地不怕的摔跤硬汉子,这时候软了,还真有点怕了:"我,我是有那份心,就怕人家冯姑娘没那意思,我比她大八九岁啦,要是把事情挑明了,人家不乐意,往后叫人家怎么在这儿住? 我的好哥哥,你就别操这份心啦。"

"我乐意。"冯姑娘一步走了进来,很大方地说,"华爷,高大哥是好人,我乐意嫁给他。他才比我大七岁,在我们老家,爷们比媳妇大一旬的一点不新鲜。"

冯素琴的突然出现,弄得华人龙和高地虎都有些尴尬。

冯素琴站在门口,直面华人龙,说了她家的遭遇,说了来津要饭的屈辱,说了在车站巧遇高地虎,吃上了逃难以来第一顿饱饭,还是饺子。继而说了高地虎的仗义,说了高地虎对祥子、娟子两个孩子有耐心有爱心,自己对高地虎不仅是感恩,更是觉得他有一身正气。和这种人过日子,是福分。

听了冯素琴的讲述,华人龙暗暗点头,觉得冯素琴是个有情有义的好女子。她嫁给高地虎,不仅她自己有了依靠,祥子和娟子也就有了家。这是一桩好事。

"冯姑娘,你很有眼力。"华人龙抑制不住内心的喜悦,为自己过命兄弟就要成家感到高兴,他说,"我这个兄弟绝对是可以终身相托的男子汉。"

冯素琴点点头,看了看高地虎,只见高地虎乐得合不上嘴,频频点头,还一个劲地搓手,不知把手放在什么地方合适。

冯素琴勤劳朴实,为人厚道。自从走进这个大杂院,她和邻里关系处得很好，每天早早起来打扫院子，把整个院子打扫得干干净净。她对高地虎像妹子对亲哥哥一样亲。高地虎衣服脏了她洗，破了她缝，就连摔跤裤褂有了汗味她也及时洗刷。但有一样，每天一擦黑，她和娟子就回到自己屋里，再不出屋——避免他人说闲话。冯素琴是个有心人，饭前饭后高地虎与她说闲话聊闲篇时，不经意间就把自己的身世、闯荡江湖的经历说给她听，她就把高地虎的出身、生辰八字，以及他交往的朋友谁好谁坏都记在了心上。

高地虎也是苦孩子出身，父母早亡，孑然一身，八九岁就在火车站一带要饭，要饭时经常挨打受欺负。但他天生有股子艮劲，挨了打从来不哭，但他一定记住你，报复你，抽冷子背后给你一砖头，让你找不着影子他就跑了。他这个人特别讲义气，小伙伴受了气，要是边儿边儿大的孩子欺负人，他就直接找人家打架，要是大人，他就记住他在哪儿住，不是半夜往这家院里扔砖头就是往这家大门上抹狗屎。总而言之，他从小就是有情有义、不吃亏的嘎小子。

为了不受欺负，只要肚子不饿，高地虎就往跤场里扎。先是主动给人家搂场子捡砖头，碰见初学乍练的年轻跤手，跤场掌穴人不好配跤，高地虎就主动要求垫垫场子，穿上裤褂摔两跤。他没有师父，要拜师最起码也得请两桌，他没钱。一般人想学个摔跤绊子，挺难——喝你一顿酒，不教一把手。高地虎是在跤场看别人摔跤时，偷艺捋叶子，学了几个破绊子，与人交手时偶尔也能摔倒人。摔跤讲究练功，师父教徒弟练功都是在没人的地方。条件好的，在家里练，条件差的到野外开洼练。高地虎常在天不亮或是更深人静时四处转悠，撒摸摔跤练功人。看见有人练功，他就躲在暗处模仿，像不像三分样，虽不得要领，也有益于摔跤。

后来他认识了华人龙，华人龙看他为人义气，痴迷摔跤，就教给他不少真东西。他要拜华人龙为师，华人龙说咱俩岁数相差不大，兄弟相称吧。我有个师叔在河西住，老人没儿没女，我当个引荐人，你拜他为师吧，这样一来，你就是我的师弟了，我就可以代师叔训徒了。

天有不测风云，人有旦夕祸福。高地虎拜华人龙师叔为师，没过半个月，老人去世了。所以高地虎的摔跤功夫，基本都是跟华人龙学的。

赌跤

虽是兄弟相称，但说手讲绊练功夫时，华人龙对他要求很严。动作差一点，就得从头来，一遍不行两遍，两遍不行三遍，直到动作完全合格才让他歇会儿。有时高地虎太累了，耍赖，说华爷，师父，我的好哥哥，我都累劈啦，饶了我吧。

　　华人龙说："我能饶你，穿上褡裢，人家饶你吗？绊子不到位你就摔不倒人，功夫差一点你就挨摔。兄弟，要想人前显贵，就得背后受罪！"为此，高地虎常在大庭广众面前说："我跟华人龙，是师徒哥俩。"

　　跟华人龙学跤之后，高地虎在跤场渐渐地站住了脚跟。跤场分钱时，掌穴的开始分给高地虎半份钱，随着技艺增长，高地虎摔跤越来越棒，后来他就能拿到整份钱了。

　　天津沦陷，民不聊生，没有固定地点的跤场不好干了，华人龙就把地道外的跤场让给了高地虎。从此，高地虎成了天津卫摔跤界响当当的人物。

　　随着年龄增长，华人龙曾几次托人为高地虎提亲，都是女方嫌他丑，嫌他穷，嫌他家住的是东厢房，总而言之，就是碰不上合适的。

　　天赐良缘，冯素琴愿意嫁给他。华人龙马上让高地虎表态，高地虎立刻宣誓般地表示决心："冯姑娘，你放心，我高地虎是摔跤汉子，你跟了我，任何时候我都不会让你受委屈！"

　　"好，两好合一好，冯姑娘乐意，我兄弟求之不得，这桩婚事成了！"华人龙为这对苦命人就要成为一家人感到高兴，"结婚日子你们俩定，定下日子之后，你们亲的热的都要知会到，结婚那天的事，不用你们操心，全是我办"。

　　高地虎嘿嘿笑着，又拿出撂地说买卖的油滑："冯姑娘亲的热的全让小日本给炸死了，就剩下祥子和娟子。我的亲的热的，就华爷你一个，我和你是师徒哥俩，你是我亲哥哥，一切都是你说了算，一事不烦二主，日子也由你定吧，我就等着娶媳妇啦。"

　　"不行，"华人龙终究是过来人，知道结婚那天还要看女方身子方便不方便。他说："日子由冯姑娘定，定下来之后，提前给我信儿。"

　　华人龙告别高地虎和冯姑娘，回到家就开始筹备高地虎的婚事。

　　这天一早，高地虎来到华人龙家，别的没顾上说，先对华人龙说结婚日子定下来了："冯姑娘的主意,结婚正日子定在二月二十八日。她说两家都没老人了,没什么讲究的,早日完婚,也省得华爷惦记着。华爷,你看这日子行吗?"

"行,就听冯姑娘的。"华人龙点点头说。

高地虎又说:"冯姑娘还说了,我们本来就在一个锅里抢马勺,不结婚是兄妹,一家人;结了婚是夫妻,两个人从两个屋里搬到一个炕上,还是一家人。结婚那天不讲究这个理那个例儿,就是把你请过去,吃顿捞面就行了,关键是往后过日子。"

华人龙点点头又摇摇头:"冯姑娘真是通情达理。咱们摔跤人不玩虚的,天津卫那套结婚'六礼'咱就免了——现在不是有的人家实行文明结婚吗,咱也来个新事新办。但是不能委屈了冯姑娘。我早想好了,结婚那天,咱在直沽酒家开他十几桌,把你们院里的邻居都请来,摔跤界各门各派我打发人送请柬。一切开销我兜着。另外,天津卫讲究婚后四天回娘家,回四那天,你们来我家,带着祥子、娟子一块儿来,咱们两家再单独聚会聚会。"

高地虎高兴得直拍大胯:"华爷,你想得真周到,要不你是我亲哥哥呢。"

时光荏苒,说话间到了二月二十八日。

祥子一大早就起来贴喜字。喜字是华人龙提前送来的,既有双喜字,又有单喜字。娶媳妇贴双喜字,嫁闺女贴单喜字。可是今天这个大杂院,又娶媳妇又嫁闺女,所以大杂院的大门两旁,贴了两个双喜字两个单喜字。高地虎住的那屋贴上了双喜字,冯素琴住的那屋贴的是两个单喜字。红纸金字映衬得整个大杂院红红火火,处处喜庆。

大杂院的各家各户也都早早起来了,有的妇女帮着冯素琴梳妆打扮,有的帮助高地虎拾掇新房,有的帮着切菜码打卤子煮喜面。

七点刚过,大杂院的人都吃了喜面,每个小孩手里还攥着两块喜糖。

这时,两辆胶皮车来到了大杂院门前,就听一个山东口音高声喝喊:"高爷,高地虎高爷,给你道喜啦!"

高地虎出来一看,嘿,好朋友林再忍来了。

没等高地虎开口，就听林再忍喜笑颜开地说："华爷早就告诉俺了，今天是你结婚的好日子，接新娘子拉新郎的事交给俺了。你看，俺这辆胶皮干净不干净？喜兴不喜兴？昨晚俺就把车擦干净了，俩妮子还铰了双喜字贴在胶皮车上。一会儿让新娘子坐俺这辆车，你坐于兄弟的那辆车。"他指了指身后的那辆胶皮车，喊道："于老三，过来见见高爷。"

没等于老三过来，高地虎迎了上去，抓住于老三的手说："让你受累了。快，进屋，先吃碗喜面再说。"

林再忍和于老三随着高地虎走进新房，早有两位妇女端来捞面，二人也不客气，接过碗就吃。吃完了喜面，林再忍对高地虎说："高爷，走吧，华爷说了，赶早，不能误了典礼的时辰。"

几个妇女把冯素琴扶到林再忍的胶皮车上，高地虎抱起娟子就要让她坐在冯素琴的身边，对门的张二嫂过来拦住了："高伯伯，娟子和祥子，一会儿由你张二哥带着去，不用你操心——哪能让娟子跟新娘子坐一辆车啊。"

于老三招呼高地虎："高爷，你也快点吧，你不上车，林大哥也走不了啊。"

高地虎答应一声，扭头冲着大杂院喊了一嗓子："哥几个、爷几个，我在直沽酒家等你们，可别晚了啊！"

第十五回

跤坛大侠品德服众
世外高人谑语示警

赌跤

好热闹的直沽酒家。

老板王云才昨天晚上就对厨师们说,高地虎的这场婚礼,是咱大直沽华人龙华爷亲自操办的,咱可不能含糊,宁可赔本赚吆喝,也要把酒席办得像模像样风风光光。这是给华爷长脸,也是给咱大直沽增光添彩。

厨师们说,二爷,您就赌好吧,就是一宿不睡觉,我们也把该煮的提前煮上,该蒸的提前蒸好,保证明天不误事。

转天一大早,王云才就让伙计在酒家门脸一拉溜挂上了八个大红灯笼,大门两侧贴上了四个红底金色的双喜字。然后又吩咐跑堂的伙计把门窗玻璃、桌椅板凳擦得锃光瓦亮,把厅堂整理得干干净净。

王云才也跟伙计们一起打扫卫生,忙活的也是额头见汗。

正在此时,华人龙走进了直沽酒家:"王老板,让你们大伙受累了。"

王云才一愣,是谁来得这么早啊,扭头一看是华人龙,赶紧停下手里的活:"华爷,这么早您就来了?对我们干活不放心?"王云才故意这样问,显得亲近。

"咱多年的交情,我还不知道你吗? 你办事,我放心。"华人龙掂了掂手中的一个纸包,又说,"估计你和厨师们得忙活多半宿,怕你们上火,我给几位送来点茶叶,败败火。"说着,把纸包递给了王云才。

王云才接过茶叶，看了看，闻了闻，赞道："嗯，香，正兴德茶庄的，这是上好的花茶啊！"转身对一个伙计说，就用这茶，先沏一壶，放一号单间，请华爷那屋坐着喝茶。然后把这些茶叶送厨房，跟师傅们说："这是华爷送来的上等花茶，慰劳大伙的。"转过脸又对华人龙说："走吧华爷，咱雅间坐。"

华人龙说："王老板，别去雅间了，我得在门口盯着点儿，摔跤的朋友们来了，咱不能失了礼数。"

"那也用不着现在就去门口站着啊。"王云才说，"请吧，先喝杯茶，我把准备的情况跟您念叨念叨。看哪儿不行，立马改还来得及。"

华人龙说："我在大街上老远就看见这儿的大红灯笼高高挂，门前的双喜字发光耀眼，整个直沽酒家红红火火，喜气盈门。进来一看，窗明几净，利利索索，你想的比我周到多了。"

正说着，高地虎的两个徒弟老三、老八同时来了。根据华人龙的指派，这两天他们一直在直沽酒家忙活，帮着王云才置办结婚典礼的用品。在大直沽宫前街住的老三，昨天睡得太晚，家住大王庄的老八前来找他，他还在被窝里，被老八从被窝里叫起来，一块来到了直沽酒家。

华人龙跟着王云才走进一号单间，老三、老八紧随其后，等候华爷分派任务。华人龙说你们这两天也够辛苦的，先喝杯茶，等一会儿客人们来了再去照顾客人。

几个人喝着茶，王云才把准备工作一一向华人龙禀报，并把今天筵席的菜单让华人龙过目。华人龙扫了一眼菜单，四个凉菜、八个热菜，总共十二个菜。

王云才解释说："十二个菜，都是大盘子，每个菜都有备份。这年头人们的肚子都没油水，让他们敞开肚皮吃个够。华爷，市面上嘛都缺，这些天老三、老八跟我跑遍了天津卫，烦人托窍在屠宰场弄来不少的大肠肚子心肝肺，有了这些下水，虽然费点事，总算把菜准备齐了。华爷，您让我按八个人一桌准备十六桌，我知道您朋友多，另外多准备了两桌，免得来宾超员临时抓瞎。"

华人龙频频点头，情不自禁地说了好些客气话，美得王云才喜笑颜开，不无得意地说："华爷，江湖上的人，都说您义薄云天，作为大直沽人，我不

赌跤

135

能给您丢份儿，只要您满意，我就知足了。"

这时，老八指着窗外说："师大爷，有四个人奔这儿来了。"

华人龙赶紧招呼老三、老八："走，咱爷仨去门口接接他们。"

来的不是外人，是家住城里的翟国卿、张友年和大直沽中街的刘文斌、何义礼。这四位都是华人龙的磕头盟兄，张友年是老大，华人龙最小，哥几个都是义气为重的汉子。别看平日里华人龙和他们各忙各的，或许仨月俩月不见面，可是一旦有事，随叫随到，甚至听到信儿不叫也到。

四个人来到直沽酒家门口，刘文斌抢先问一个伙计："华人龙来了吗？"

没等伙计回答，华人龙已经迎了出来："哥哥，你们四位怎么一块来的？"

刘文斌说："要不我和义礼早就来了，刚一出门，国卿和友年上我们家来了，说是来参加婚礼顺道到我家看看，我们说了会儿话才来，没晚吧？"

华人龙说："来得正是时候，茶都给你们沏好了，你们进雅间喝茶吧，我得在门口盯着，该来的人陆续就要到了。"话还没落地，就听有人喊："新娘子来啦！"厅堂的人们闻声而动，拥向门口。

张友年说："人龙，你去忙吧，我们几个都是大伯子，不出去了，就在屋里喝茶，等着典礼了。"

门口外面噼里啪啦一阵鞭炮脆响，一对新人走进了直沽酒家大厅。新娘子蒙着红盖头，大杂院的邻居小媳妇充当伴娘扶着她，高地虎满脸喜色，紧挨着新娘。

王云才来到新娘子冯素琴近前，对伴娘说："你们先到三号雅间吃糖喝茶嗑瓜子，等拜堂成亲的时辰到了，我来招呼你们。"

华人龙知道新娘子由王云才安排，他就三步两步奔到门外，见着林再忍和于老三先道声辛苦，跟着从怀里掏出两个红包，每个红包四块钱，分别递到他们手里。然后请他们落座喝茶吃糖抽烟。

于老三道声谢谢，高高兴兴地把红包放进怀里。

林再忍却把华人龙叫到一边，背着于老三说："华爷，你把俺当外人了。高爷是你兄弟，也是俺兄弟呀，自己弟兄结婚，俺帮不上大忙，帮点小忙还是可以的，咋能还要红包？"说着，把红包掖回华人龙的口袋，扭头走回于老三的身边，从桌上拿起散装烟卷，递给于老三一支，自己点着一支，美美滋滋抽了起来。

在跤场上叱咤风云的高地虎，也许是当事者迷，也许长这么大还没见过这样隆重热闹的场面，他这个新郎官有点发晕，新娘子去屋里歇着了，他却不知是站着好还是坐着好，不知去单间好还是站在大厅好，不知去跟跤坛朋友们打招呼好还是等他们来向自己道喜好。大家都忙忙乎乎，竟然没人顾得上他。

高地虎正在举棋不定，一眼看见华人龙过来了，立刻问道："华爷，我的亲哥哥呀，冯姑娘去了雅间，我往哪儿待呀？"

华人龙笑了："哎呀兄弟，我得先给你道喜呀！看你这模样，架子还真端起来啦，这么大的酒家，还没你新郎官坐的地方？"说着，把他拉进一号单间，与刘文斌、张友年等人见面，"你先在这儿陪着哥几个喝茶，等着听招呼。"说完，他又回到门口，恭候来参加婚礼的各方来宾。

大杂院的邻居们到了，"三不管"跤场的古常理、谦德庄跤场的孙华卫以及河西的、南市的、地道外的、三岔河口的跤坛好汉们陆陆续续都到了。武术界与华人龙有交情的人，以及没收到请柬却受过华人龙恩惠或者自我感觉与华人龙有交情的人士，听到信儿也主动来了。

来宾们看见华人龙站在酒家门口迎接来宾，深为感动。凭华人龙的威望，这日子就应该坐在屋里等待来人拜望，可他却像跑腿打杂的无名小辈在恭迎大家。来宾们都知道，高地虎的婚礼，是华人龙亲自操办的，绝不是"飞贴撒网"借机会敛钱的——跤坛有些人凭着曾经有过的一点威望，或者依仗自己岁数大辈分高，今天跟这拨人说自己过生日，过几天又跟那拨人说给爹过寿，反正找个理由就请你去"赴宴"，变着法儿用看不见的刀宰人——赴宴的人一进门口就先看见账房，就得先去上礼，然后才能入座。这些人明明"没有闲钱补笊篱"，可又不好意思得罪人家，只能暗暗骂街应邀前往。

今天的来宾，都是心甘情愿带着礼钱来的。可他们纳闷，这么隆重的婚礼场面愣是没看见收礼的账房，也没见到收礼的人。

眼看到了典礼时辰，有人沉不住气了，先是小声询问，在哪儿上礼？可

赌跤

谁也答不上来。有人性急,直接询问华人龙:"华爷,在哪儿上礼呀?"

华人龙的回答出人意料:"哥几个爷几个来了,就是给我兄弟高地虎面子,我也跟着沾光。高地虎终于有了家,咱们都高兴。这年头,大家手头都紧,都忙着挣钱养家糊口,为高地虎的婚事耽误了大家工夫来此相聚,已经是高抬我们了,所以今天一概不收礼!"

"嘛?不收礼?那可不行!"刘文斌首先反对,"哪有喝喜酒不上礼的?这么多人,好酒好菜十几桌,你包了?人龙,我知道这事是你操持的,可你家也不是趁八万八六万六的阔主。让高地虎掏钱?他那两下子瞒不了大伙。难道我们来了白吃白喝,完事一抹嘴走了,后面的事让你嘬瘪子?"

来宾都随声附和:"对,这位兄弟说得对。华爷,赶紧安排人收礼钱吧。"

王云才说话了:"各位爷们,我叫王云才,直沽酒家是我的买卖,我跟华爷是朋友,他的底细我清楚,为了高地虎高爷的婚礼,他提前把钱都垫上了——刚才刘文斌刘二爷说得没错,华人龙不是阔主,但他是义薄云天的侠义汉子,胳膊折折袖里,他东挪西凑把钱凑齐了交给我的。"说到这里,王云才看了看华人龙,"华爷,说实话,为朋友的事你不怕花钱,这样做你脸上好看了,可你让大伙的脸往哪儿搁?你是汉子,今天来的诸位,哪位不是汉子?哪个是白吃人的人?"

王云才不愧是买卖人,吃过见过,说的话入情入理,绝对够江湖。但谁都明白,他是为华人龙说话,将了大伙一军,谁愿落个白吃白喝?

刘文斌接上了话茬:"王老板说得对,人龙,你不能光给你自己脸上贴金,给我们大伙脸上抹灰。王老板,你赶紧帮忙设个账房,我们大伙开始上礼。"

众人都随声附和:"要不收礼,这喜酒没法喝!"

王云才见华人龙犹豫不决,又说:"华爷,今天的事就按大伙的意思办吧,反正今天也不对外营业了,就让银台收款的小文和高爷的徒弟老三两人记账收钱,这事您就甭管了。"

王云才让伙计在靠门口处摆上一张桌子、两把椅子,开始收礼钱。来宾们立刻排成长队挨个上礼。

华人龙见状,有些激动,就对大家说:"大家执意上礼,我也就不好说嘛了,可是我得找补两句,上礼可以,我给大伙定个数,最多的不能超过两块钱,少了不嫌少,四毛八毛都行。今天来的都是我华人龙和高地虎的穷朋友,意思意思就行了。另外,有的朋友没收到请柬也来了,这是我华人龙的疏忽,我这里给大家先赔个不是,待会儿我再给你们敬酒。"

"行了华爷,都是自家弟兄,别客气了,我们今天可都是冲着你来的!"

华人龙为人处世最够朋友,处处为别人着想,为此,他越不叫来宾花钱,来宾们就越想多花点,本想上礼两块钱的上了四块,想上四块礼的上了六块,甚至还多。结果,这场婚礼比别人家的婚礼所收礼金都多。

还有不少人堆在门口上礼,却听王云才喊道:"各位爷们,各位来宾,还差三分钟就十点五十八了,马上就拜堂成亲了——还没上礼的继续上礼,其他人都到我左手这边的东大厅,婚礼仪式就在那边举行!"

古往今来,天津卫结婚有许多讲究:有钱人家在结婚之日,男方要用花轿去迎亲,花轿在旗、罗、伞、扇仪仗队和吹鼓手的簇拥下到女方门口,敲打催妆。女方母亲一面给女儿吃红鸡蛋一面叮嘱女儿,这天不要踩地,不要去厕所,以保平安。穿一身红装的新娘子哭着向母亲告别后,头蒙红盖头怀抱装着红枣栗子的瓷瓶坐进花轿。花轿后面,也有一个抱着瓷瓶的女童和一个抱着公鸡的男童,女童抱的瓶与新娘怀中的瓶寓意双双平安,抱鸡的男童使之鸣叫,谓之辟邪。迎亲队伍回到男家之后,新娘顺着事先铺就的红地毯往里走,进门先跨火盆,预示着九灾十八难都挡在了门外,从此步步登高,永走红运。拜完天地入洞房,洞房里摆放着枣、栗子,寓意早立子。还有核桃、柿子,代表家庭和(核)美平安,事(柿)事如意。在洞房里,新郎用秤杆挑起新娘的盖头,一对新人喝完交杯酒,婚礼才算圆满结束。

穷人家结婚没有这些讲究,也讲究不起。但是结婚时辰是婚俗中的重中之重,人人都要遵守——上午十二点之前举行婚礼是头婚,十二点以后算二婚。不管头婚二婚,典礼都要在某个钟点的五十八分举行。吉利。

高地虎和冯素琴结婚,就更简单了,比穷人结婚还简单,一拜天地,二拜高堂——男女双方的老人都不在了,高地虎说:"甭拜高堂了,就拜兄长吧,我们俩拜拜华人龙吧,没有华爷,就没我高地虎的今天。"说着就要给华人龙磕头,但被华人龙拦住了:"瞎说,哪有拜兄长的? 那就冲天磕头吧,让双方父母的在天之灵保佑你们，一辈子平平安安。"

高地虎和冯素琴冲天作揖磕头之后，华人龙又对兼职司仪王云才说："夫妻对拜吧，拜完之后咱就开席，然后让新人到各桌敬酒，相互认识认识，免得以后乱了礼数。"

华人龙虑事周到，因为高地虎平常诙谐好逗，不分辈分和岁数大小他都伸嘴，他怕摔跤人在这个场合照旧与高地虎瞎逗，让冯素琴脸上不好看——冯素琴来自农村，农村媳妇"能在小叔子怀里坐，不在大伯子眼前过"。故此，华人龙要趁着新婚之日，让大家与新娘子认识认识，免得以后发生尴尬之事。

开席了，整整一十八桌。

酒是从大直沽义聚永烧锅买来的加锡密封五年的直沽高粱酒——"人马过直沽，酒闻十里香"就是人们对这家烧锅所产美酒的赞誉。

菜是厨师精心制作的：炒肝尖、熘肥肠、肚丝烂蒜爆三样，别看都是用猪下水煎炒烹炸做出来的，却嫩而不老，肥而不腻，色香味俱佳，男女老少都爱吃。

美酒佳肴，朋友相聚，开怀畅饮，不亦乐乎。

华人龙把林再忍和于老三拉进一号单间，把他们介绍给刘文斌、张友年、何义礼等人，让他们在一桌吃喝，他自己去陪着新人到各桌敬酒。

各路豪杰正吃得高兴，突然，一个老叫花子走进直沽酒家，站在收礼桌跟前，手打牛胯骨，念念有词："老叫花进屋来，直沽酒家好买卖。既有酒又有肉，朋友相聚乐开怀。"

一般乞丐要饭，都在门外，这老叫花竟然直接进门，来到厅堂。在门口那桌喝酒的老三见状，为图喜兴，掏出一块钱递给老叫花："这儿正办喜事，给你点喜钱，往别处要饭去吧。"

老叫花看了看钱，没收，接着数来宝："一块钱，我不要，喝杯喜酒凑热闹。"

和老三坐一桌的老八过来了，没好气地说："这热闹也是你能凑的？你看看，这屋坐的都是天津卫摔跤高手和跤坛大师，走吧走吧，拿着钱走人吧。"说着话，把老三手里的一块钱拿过来塞进老叫花的手里，连推带搡要将老叫花推出门外。

老叫花手一松,钱掉在了地上。人站在那儿,半眯着眼等着喝酒,任凭老八怎么推搡也没能让老叫花离开半步。

老八哎哟一声:"呵,跟我较劲?"随即集全身之力于两手,照老叫花前胸推去,"你给我出去——"话没说完,老叫花身子一晃,老八趴在了地上。

老叫花看了一眼老八,继续敲打他的牛胯骨:"那晚上,喝清酒,正座坐着柔道手。势利眼,江湖走,千万别当癞皮狗。"

老八从地上爬起来,怒气冲天,本来要大打出手,听老叫花提到喝清酒的事,心虚,灰溜溜退到一旁,再不敢出声——半个月前的那天傍晚,他在南市与董江湖不期而遇,董江湖强拉硬拽请他去宴宾楼喝酒,说给他介绍两个朋友。只因老八在地道外跤场与董江过招从没开过张,技不如人,只好乖乖跟他去了宴宾楼。哪想到,在一桌喝酒的不仅有梅铁心的徒弟马宝,还有两个日本柔道手,他们都是日本驻津部队的摔跤教官。那天喝的是日本清酒,他没少喝。事后他很嘀咕,怕师父知道这件事——自从董江湖拜日本人竹内豪仁为师之后,师父把他的尚武跤场搅乎黄了,二人就成了冤家对头。要是师父和华人龙知道他和董江湖还有日本人混在一块,能饶他吗?这件事老叫花怎么知道的呢?

门口这么一闹腾,整个厅堂都静了下来。领着一对新人到各桌敬酒的华人龙,发现了老叫花,立刻走了过来。

老叫花用余光看见有人朝他走来,又唱道:"花子穷,志不穷,我要见见华人龙。"华人龙赶紧向老叫花拱手施礼:"老人家,我是华人龙。请您跟我到雅间来,先喝杯喜酒,然后再请您赐教。"

高地虎和冯素琴也过来了,高地虎瞪了老八一眼,老八立刻解释道:"师父,我和三哥给他一块钱让他走,他不但不走,还把钱扔地上,非要喝酒……"

老乞丐嘿嘿一笑,随口说道:"小人小,坏人坏,背着师父当无赖。"

华人龙觉得老叫花话中有话,更加执意请其入席喝酒。老叫花却摇摇头,原地不动:"站在这,喝喜酒,一会儿就来咬人狗。"

华人龙手中正端着半杯酒,转身到酒桌上将酒杯斟满,恭恭敬敬递到老叫花手里,转身对高地虎说:"新郎新娘先敬老人家一杯,然后我再敬。"

高地虎和冯素琴立刻上前,两只酒杯碰在老叫花手中的酒杯底部:"老爷子,我们两口子敬您了。"说完,高地虎干了,冯素琴犹豫了一下,也把杯中不多的酒干了。老叫花嘻嘻一笑,酒杯见底,一饮而尽。华人龙拿筷子夹了一块肥肉送到老叫花嘴里,然后把老叫花手中的酒杯斟满,自己把高地虎的酒杯拿过来,倒上酒,与老叫花碰了杯,说声:"先喝为敬。"仰脖干了。

老叫花看了看围拢过来的人,冲着华人龙说:"你心诚,我领情,你们可谓侠义营。"说罢,也把酒干了,张嘴接过华人龙夹的炒肝尖,嚼也不嚼,咽进肚里,吧嗒吧嗒嘴,把酒杯还给华人龙:"天下乱,难为善,联手打擂操胜券。"

华人龙疑惑地问:"打擂?老爷子所说,在下不明白,请您明示。"

老叫花摆了摆手,哈哈一笑,转身走了。

华人龙赶紧相送,送出门外老远,还听老叫花念念有词:"你争名,他争利,谁为祖宗争口气……"

直到看不见老叫花的身影,华人龙才回到屋里。刚坐下,就见门口进来四个穿着打扮十分扎眼的汉子,不由得暗吃一惊。

赌跤

第十六回

宿敌贺喜居心叵测
冥币上礼情理难容

来者何人?快跤董江湖和他的徒弟胡飞胡大头。还有二人,一个白净面皮,长相俊俏;一个身材魁梧,面露凶相,这二人华人龙从没见过。

四位不速之客,有胖有瘦,有丑有俊,但他们的行头却整齐划一:头戴褐色鸭舌帽,身穿日本军用棉大衣,没系扣子,露着里面的紫色绒衣绒裤。绒衣前胸印着"共荣跤馆"四个白色字,很醒目。绒裤是两侧带白道的灯笼裤,脚上穿着白色回力牌高勒儿球鞋。这种穿戴光鲜洋气,一进屋就吸引了众人眼球。

胡大头故意咳嗽一声,敞开嗓子喊道:"我们共荣跤馆的教官们来给天下第一美男子高地虎贺喜来啦!"

满屋子的摔跤人皆吃一惊:哪儿冒出一个共荣跤馆呀?

华人龙迎了上去,似笑非笑,伸手轻轻一拨,将胡大头拨到一边,冲着董江湖拱了拱手:"高地虎今天结婚,董先生来此何干?"言语中不无蔑视和讨厌。

"我不是告诉你了吗?我们是来贺喜的。"胡大头转过身来抢话说,一副狗仗人势的样子。

华人龙乜斜着胡大头,脸上露出鄙薄的神情:"你师父在这儿,有你这个小辈说话的份儿吗?不知规矩,不懂尊卑。""尊卑"二字用在这里,含沙射影,暗指董江湖,一个卖身求荣的小人,来给摔跤汉子贺喜,不觉得厚颜无耻吗?

董江湖赶紧接过话茬:"华爷,听说高地虎高爷新婚大喜,我们共荣跤馆特来贺喜,顺便讨杯喜酒喝。"说着,从棉大衣口袋里掏出一个封着口的红包,递给华人龙。

华人龙推开董江湖的手:"今天借高地虎办喜事的机会,意气相投的朋友聚会聚会,不收礼。不过,"华人龙沉吟了一下,"你终究练过中国跤,虽然门派有别,志向不同,既然来了,也就是添双筷子。但不知那二位怎么称呼?"

董江湖说:"我来给你介绍介绍。"他先指了指俊俏男子,"这位是梅铁心梅老前辈的得意弟子,马宝。"

"得意弟子?"华人龙微微一笑,不冷不热地说,"听说梅老前辈的得意弟子叫陈默龙啊,没听说有个叫马宝的呀。"说完,打量一下马宝,乍看一表人才,细看,眼角有点耷拉,眼神有些阴,藏着奸诈。

马宝上前一步,大言不惭地说:"陈默龙和我是师兄弟。华大侠名震寰宇,今日得见三生有幸。"

华人龙暗想,你夺了你师兄的老婆,害得陈默龙痛不欲生,还有脸说跟陈默龙是师兄弟?恬不知耻!

华人龙又问董江湖:"那位怎么称呼?"

董江湖指指面带凶相的魁梧男子:"这位是共荣跤馆馆长伊藤苟二,是竹内豪仁的师弟。"

华人龙冷笑道:"和竹内豪仁是师兄弟,就是你师叔了?对不起,我们这是中国人聚会,不能和日本人混在一起,请你们自便吧。"

董江湖就是董江湖,对华人龙表面平和暗含锋锐和蔑视的逐客令,并不脸红,反而满脸堆笑,摇唇鼓舌,侃侃而谈:"华爷和竹内豪仁惺惺相惜,怎能把竹内先生的师弟拒之门外?竹内先生的枪伤还没全好,托他师弟伊藤前来贺喜。华爷,俗话说,红白喜事解冤仇,其实你我也没有多大的磕巴过节儿,这礼怎么也得收下,人不亲艺亲啊。"

华人龙心说,你叛师倒戈,投在日本人门下,这磕巴过节儿还小吗?大逆不道啊!刚才老叫花已经提醒我,"一会儿就来咬人狗",大概指的就是你们这伙人,咬人的狗不露齿,专会突然袭击,我得提防点。

高地虎走过来了。华人龙和董江湖的对话他全听见了,他知道董江湖来此贺喜,没安好心,必有阴谋和阴招!他扫了一眼四位不速之客,嘻嘻一笑:"鱼找鱼,虾找虾,大眼儿贼专找癞蛤蟆。"他走到胡大头身旁,拍拍他的肩头,好像挺亲热地问道:"爷们儿,刚才你喊嘛?天下第一美男子?你还真抬举你大爷。"

"哎哟哎哟,你,你……"胡大头突然叫唤起来。本来要说:"你怎么打人?"却没敢往下说,怕身边的伊藤苟二笑话他,人家拍你一下都受不了,这么尿,怎么在跤坛上混?

高地虎这招够损的,表面上跟胡大头嘻嘻哈哈,实际上,拍胡大头肩膀时,手指往下一抠,掐住了脖子连着肩头的大筋,一较劲,差点把大筋掐断,胡大头能不叫唤吗?高地虎今天是新郎官,否则,会加上一腿,让胡大头趴在地上学狗叫。

高地虎转身来到董江湖眼前,单刀直入:"当年我去尚武跤场给你贺场子,今天你来我婚宴上给我贺喜,好,很好。你尽管划出道来,我高地虎一定奉陪。"

"哎呀,高爷,你以小人之心度君子之腹。"董江湖一本正经地说,"别看你贺场子用'尿人杵'搅黄了我的跤场,但我不跟你一般见识,咱们都是摔跤人,今天是你大喜之日,我们是真心来贺喜的,这是礼钱。"

董江湖把华人龙拒收的红包举到高地虎面前。本以为高地虎也会拒绝,哪想到高地虎毫不客气地接了过去。说是"接",几乎就是夺过去的。

高地虎嘿嘿一笑,刻薄地说:"官不打送礼的,新郎官也占个官字,你们的礼我是照单全收。别看你这钱有贼腥味,我高地虎可不在乎。是吧华爷?"他看了看华人龙,眨了眨眼,那意思,儿子孝敬老子的钱,不要白不要!

高地虎掂了掂红包,又说:"礼钱我收了,可没准备你们几个人的座位,那就站着喝吧。谁让你们来晚了呢,半夜下馆子,有嘛算嘛吧。"

高地虎不像华人龙那样光明磊落处处注意形象,他的内心深处虽然也是侠肝义胆,但他做事在正邪之间,他对不够朋友的朋友,一向爱以其人之道还治其人之身，除了嬉笑辱骂，还得加点蔫坏损的招数，越是人多越让对方下不来台。他常说，是朋友就得敬，是小人就得弄！对付混账王八蛋，就得用混账王八蛋的手段，以眼还眼，以牙还牙，有嘛歪门邪道的招数，都得使出来！

华人龙知道高地虎恩怨分明，只是这个时候这个场合他不该如此逞强。别看他今天是新郎官，就他那性格，对待董江湖绝不会客气。今天参加婚礼的人这么多，他怕高地虎的举动产生负面影响，也怕董江湖等人借机会找碴儿搅了喜事。

于是，华人龙退让了一步，让靠近门口那桌的老三、老八几个小字辈去一号单间挤一挤，把座位腾出来，让董江湖他们坐下，又让跑堂的伙计给董江湖四个人重换了几套餐具，他亲自坐下相陪。仅仅是陪着，看着，并不与他们碰杯。

伊藤是吃过见过的主，开始只是装模作样夹点菜尝尝，没想到一桌猪下水烹调出来的菜肴如此鲜嫩味美，随即张开大嘴，大吃起来。

老三几个人到了雅间，把外面的情况跟长辈们说了，刘文斌立刻让他们坐下，说这间屋子豁亮，再来几个人也坐得开。然后对张友年等人说："我外面看看。"直接来到门口那桌，一屁股坐在董江湖的对面。

刘文斌暗自思忖，董江湖他们来者不善，华人龙虽然功夫好，但他为人仗义，过于宽厚，容易吃亏——关键时刻，我刘文斌该出手时就得出手，帮他一把。

刘文斌刚坐下，林再忍也出来了，不言不语坐在刘文斌身旁，一言不发。

这桌人坐在一起，既不叙旧，也不对话，各怀心事，自斟自饮，跟吃自助餐似的，不照顾他人，也不用他人照顾。

就在这时，直沽酒家的大门"吱扭"一下被推开了，一老一小两个乞丐站在门外，老的年逾花甲，满脸花白胡子楂儿，手拿一副竹板。小的是八九岁的女孩，手提着一个要饭篮子，篮子里有个要饭罐子。

老乞丐看了看满屋子的人，稳了稳神儿，舔了舔嘴唇，咽了口唾沫，手打竹板,脸冲厅堂,唱起了喜歌:"结婚喜,小登科,全家高兴乐呵呵,亲戚朋友全来到,花子前来念喜歌。我道喜,你行善,海外来了刘海仙,手拿金钱戏金蟾。金蟾跳,金蟾窜,喜堂前边撒金钱,金钱撒到洞房里,荣华富贵万万年!"

新娘子冯素琴陪着高地虎敬完了酒,惦记祥子和娟子两个孩子,刚要去邻居们的那一桌去看看他们,听见有人念喜歌,往门口一看,是要饭的一老一小,不由得见景生情,想起自己要饭的日子,摸摸口袋里恰好有几毛钱,就走到门口,把钱递给了老乞丐。

老人谢了又谢,把钱揣进怀里,然后对戴双喜字花的冯素琴说:"给您道喜了,谢谢您老。小老儿再向您老讨口吃的,我这孙女两天没吃东西啦……"

"好,你等着,我给你们弄点吃的。"冯素琴转身要去弄吃的,高地虎端着酒杯过来了:"老爷子,这么冷的天,带孩子出来,多受罪啊,冻坏了吧?"

老乞丐叹了口气:"唉,没办法呀,孩子她爹娘全叫小日本给杀了……"

高地虎扫了一眼不远处的董江湖和伊藤苟二,恶狠狠地骂了一句:"他姥姥的小日本,中国人算是让他们祸害苦了!"

骂了街,出了气,高地虎对老乞丐又亲近了一块:"老爷子,进来,进来呀,别在门口站着,进来喝杯酒暖暖身子。"他生拉硬拽把爷俩让进厅堂,让老乞丐紧挨董江湖坐着,并斟了一杯酒递给老人。

老人不敢坐,也不敢接酒杯,连连摇手:"不,不,别给您老弄脏杯子。给我来口热水喝就行。"

"这是喜酒,你就喝吧。"高地虎把酒杯送到老乞丐的嘴边,老人推辞不过,接过来把酒喝尽。也许喝得太急,也许是腹中无食,酒进了肚,一阵咳嗽,呛出了眼泪。

高地虎赶紧夹了一块肉送进老人嘴里,没想到老乞丐将肉吐在手上,转身给了孙女。孙女犹豫了一下,咬了一点点,又递给老乞丐:"爷爷吃吧,爷爷饿了好几天了,一点东西还没吃呢!"

老人摇摇头,还是把那块肉填进孙女嘴里:"爷爷喝了酒就不饿了,你吃吧。"一块肉,祖孙俩推来让去,华人龙看在眼里,格外心酸。他离开酒桌,

赌跤

找到王云才，从厨房拿来两碗肉菜，两碗热汤，四个馒头，端到门口还没撤走的收钱账桌上，把老乞丐和他孙女请过来："你们爷俩就坐在这儿吃吧，吃饱了我让厨房再给你们带点走。"然后，从口袋里掏出一些零钱，塞进老人的衣兜里。

华人龙的举动，感染了众人。好多侠义心肠的人不声不响地来到账桌前，拿出一些零钱递给老乞丐。老乞丐见状，立刻拉着小女孩的手，离开座位，跪在地上，冲着众人磕了三个响头，流着眼泪说："遇见好人了，遇见好人了，好人都聚到这了。"

华人龙连拉带拽将老乞丐搀起来，让他们趁热吃喝起来。

这一老一小吃饱之后，老乞丐对孙女小声说："这里的人都是好人，我再给众位爷们唱段喜歌再走。"

老乞丐离开座位，手打竹板又唱了起来："一块檀香木，雕成一马鞍，新人下轿贵人搀。铺红毡，捯红毡，一捯捯到喜堂前，是好人，有好报，亲戚朋友都平安，都——平——安！"

唱完，老乞丐拉着孙女，装着大家给的钱，带着馒头和菜，流着泪走了。

喜歌唱完了，人们却喜兴不起来了，有人可怜这一老一小，有人小声漫骂小日本犯下的滔天罪行，也有认识董江湖的人，指桑骂槐骂他投靠日本人，一时间整个厅堂陷入嘈杂。

董江湖有些烦躁，他看看胡大头，又看看门口，好像等着什么人进来。

果然，又有两个要饭花子，一推门就进了直沽酒家。

这俩花子，都是男的，年长的五十来岁，年少的不足二十岁，他们虽然也是蓬头垢面破衣烂裳，但与刚才那一老一小相比，不像要饭的。只是他们身上带着一股很浓的臭味，好像刚从粪堆里爬出来。寒风随着他们一起拥进厅堂，臭味四溢，让人恶心。

这俩花子，手里既没有竹板，也没有牛胯骨等数来宝器具，进了门不要饭，更不道喜，伸头探脑四处撒摸，先远后近看了个遍，发现董江湖胡大头就在离他们最近的这桌坐着，年长的花子用肘碰一下身旁年轻的花子，小声说："开始吧。"

年轻的花子点点头，往前跨了一步，又瞄了一眼董江湖和胡大头，击掌伴奏数落起来:"进酒家,有酒喝,给我三碗不嫌多。"

年长的说:"你小子进门不道喜,谁给你酒喝呀。"

年轻的说:"先喝酒,再道喜,不吃不喝没力气。"

年老的说:"又不用你摔跤打架,要力气干嘛?"

年轻的说:"有力气,好干活,我想娶个俏老婆。"

年长的说:"就你这德行,还想娶个俏老婆?老母猪都嫌你穷,谁嫁给你呀。尽想美事。"

年轻的说:"想美事,美事来,主家赏钱我发财。"

年长的说:"人家连盅酒都不给你,还想要钱?你看看,这么半天,谁理咱啦?咱俩都成了狗不理啦。"

年轻的说:"狗不理,狗不理,自己玩儿自己。"

这俩花子,看看胡大头,再看看董江湖,见他们眯着眼笑,更来了精神,你一句他一句,荤的素的一起上,胡说八道,给喜庆的婚宴添堵。

华人龙已然看出,这俩花子与四个不速之客有关,可能就是他们花钱雇来搅局的——成心报复高地虎,找补他搅黄尚武跤场的碴巴过节儿。

华人龙不动声色,静观其变。

厅堂里的众人都纳闷:我们来赴宴,花子来聚会。这一上午来了三四拨要饭的,先是来了个老花子,不要钱,不要饭,喝了两杯酒,撂下几句话,走了。来也匆匆,去也匆匆,有点神道。跟着来了董江湖他们四个,穿得挺齐整,不是要饭的,也像要饭的,没人搭理他们。

只有那一老一小祖孙俩,实实在在是要饭的。高地虎对待这一老一少,比对董江湖他们友善多了。华人龙请这祖孙俩吃饱喝足了,还给了钱,带上了干粮,感动得这一老一少,磕了响头,流着泪走了。

现在又来了俩,推门就进,进屋后满室撒摸,瞧那眼神,怪怪的。

这俩花子自演自唱好一会儿,还是没人搭理他们。二人对了一下眼神,年轻的花子又扫一眼董江湖和胡大头,从怀里掏出一块半头砖,在手里掂了掂,声音提高了八度:"不赏酒,不给钱,砸破脑袋我自残!"

年长的立刻喊叫起来:"你想开花见红啊?别介别介,咱不是来闹丧的。"

年轻的接茬说:"说闹丧,就闹丧……哎哟哎哟……"话没说完,林再忍过来用中指一弹,"弹脑嗍"似的弹在他肘关节处,年轻花子半边身子一阵酸麻,手臂失灵,手里的半头砖掉在了地上。林再忍脚掌在半头砖上一碾,半头砖不见了,变成一小堆齑粉。

年轻花子目瞪口呆,年长花子瞠目结舌,董江湖等人也皆吃一惊。林再忍的身手,被坐在那里不言不语的马宝看在眼里,记在了心上。

华人龙知道,林再忍是警告心怀叵测之人,在这儿闹事,不会有好果子吃。

今天赴宴的,除了高地虎的邻居们,其他人大都是江湖人物。大家都知道丐帮中有一种硬乞,趁着主家办喜事,前来讹钱,常用的伎俩就是用砖头瓦块照着自己脑袋"咣咣"两下,砸出血来用手一搓,弄得满脸血迹,俗称"开花见红"。

谁家办喜事不图个吉利顺当?大喜事上弄个血淋淋的人在跟前晃悠,岂不堵心?就是报警引来警局的人,也得让主家花钱消灾,送他们去医院。大忙忙的,谁有工夫伺候他们呀。干脆,多给点钱,让他快快走人。

今天这俩要饭的,要"开花见红",还要"闹丧",林再忍第一个忍不住了,他不能让无赖搅闹高地虎的婚宴,不动声色地亮了一招,然后站在这两个花子面前,双眼射出冷森森的光,令人不寒而栗。

俩花子被林再忍镇住了,两双眼直看董江湖和胡大头,不知下一步怎么办。

董江湖站了起来,掏出两块钱,来到花子面前:"行了行了,赶紧走吧!"

没等花子接钱,华人龙过来了,他把董江湖拿着钱的手臂扒拉开:"这二位冲我们来的,哪能让你破费。"然后冲着厅里喊了一声,"高地虎,过来!"

高地虎立刻过来,摸摸口袋,拿出几毛零钱,刚要递给花子,被华人龙拦住了:"你可真是打发要饭的,这二位不是要饭的,哪能如此对待?你口袋里不是还有别人上礼的红包吗?拿个十块八块的。"

刘文斌笑呵呵走了过来,他先夸了林再忍一句:"老兄,好功夫。"然后拍了拍年轻的要饭花子,"你俩不是进门就要酒喝吗?来,二位跟我来,后面有酒库,想喝酒,管够。"又对华人龙一语双关地说:"我请二位去后边,你放心,我替你把他们'管饱了',临走你再给他们钱也不晚。"不等华人龙回答,他连拉带拽将二人拉到后边厨房去了。

当事者迷。高地虎不理解华人龙的用意,但还是把董江湖的那个红包拿了出来,在手里掂了掂:"华爷,这钱还没来得及交给管账的,我打开不大合适吧?"

华人龙说:"有嘛不合适的?这钱都是你的,又不是跤场敛的钱,还要跟别人平分。兄弟,把包打开,拿出十块钱预备着。"

"好好好,华爷,我听你的。"高地虎说,"反正这钱,来的不明,去的模糊。"

董江湖等人的到来,华人龙感到意外,看出他们贺喜是假,搅局是真。他们上礼的红包这么厚,装的是钱吗? 华人龙早想将红包打开,此时正好借机会验看一下。若有问题,当场揭穿,大家一目了然,看你董江湖怎么说!

高地虎打开了"红包",愣住了。他使劲眨了眨眼睛,分明看到红纸包着的一沓"钱",最上面两张和最下面两张是"日本军票",其余的都是裁好的烧纸和冥币! 高地虎像触电一样,浑身发麻,说不出话来。

"军票"是日本军队在其所占领地区为征集军用物资而强行使用的一种代用货币,是日本政府依靠军事力量推行的经济扩张,用这种货币变相掠夺被占领地区的财富。军票发行时没有保证金作为兑换支持,说白了就是"空手套白狼",用他们印制的"军票"搜刮中国物资。

"军票"在中国好多地方并不通用,所以老百姓不认。但不管你认不认,它也有钱的作用, 也能在某些地方某些场合当钱使用。而烧纸和冥币,只能祭奠死人,只能焚烧后在阴间"流通"!

摔跤人没几个懂得"军票"对中国的危害,觉得好歹那也是钱,但他们最恨的是把鬼钱当礼钱,实在是丧尽天良,情理难容!

喜庆的婚宴上出现了鬼钱,整个厅堂突然凝固了——看到的人愣了,其他人眼见高地虎屏气凝神盯着手中的红包,愣在那里不说话,也都愣住了。

高地虎对江湖上的恩恩怨怨可谓见多识广，但他还没见过，连听也没听说过，谁会在喜事上拿鬼钱上礼，用这种比下三烂还下三烂的手段祸害人！别说高地虎是摔跤汉子，就是有一点血性的男人也不会放过如此阴险下作的小人。

高地虎爆发了，他举着鬼钱歇斯底里："各位来宾、跤坛朋友，你们大伙看看，董江湖这帮王八蛋，上的礼钱是嘛？是一堆烧纸，鬼钱！"

高地虎突然转身，将这包"钱"甩向董江湖，跟着左手一晃，上面一个满脸花，下面一个窝心脚，恶狠狠地朝董江湖打去……

赌跤

第十七回 惩奸佞群雄说公理
平事端一人退日兵

董江湖没想到高地虎出手这么快，下手这么狠，满脸花打得他眼冒金星，窝心脚将他踹出三步开外，撞在酒桌上，桌子翻了，杯盘碗筷稀里哗啦掉在地上，菜汤酒水泼洒到伊藤、马宝、胡大头身上，挺新的绒衣绒裤弄得油渍麻花。

高地虎手脚并用打了董江湖，还不解气，跳着脚大骂董江湖的八辈祖宗，骂着骂着，又冲向董江湖。

伊藤苟二急忙护着董江湖，骂声："八格！"照着高地虎的太阳穴就是一拳，拳势凶猛，力道刚劲，眼看落在高地虎头上，却见华人龙身形一晃来到近前，看准伊藤手臂，右手托其腕，左掌推其胸，一招"封山打狼"将其逼退。

华人龙不想把事态闹大，他的"封山打狼"只封没打，仅仅封住了对方拳势，没想将伊藤打倒打伤。

再看伊藤苟二，他的拳头离高地虎的耳郭只差毫厘，胳膊却被定格在半空中。他以为他是共荣跤馆馆长，功夫了得；他以为他是日本人，中国人见了他就得退避三舍，没人敢跟他动手；他以为一拳就能把高地虎打倒在地，没想到华人龙一出手就让他的胳膊停在空中动弹不得。

三个"以为"统统落空的伊藤苟二，恼羞成怒，飞起一脚，恶狠狠地踢向华人龙的裆部。华人龙闪身撤步，地上的汤汤水水油腻污垢滑了他一个趔

赌跤

趄，他顺势来了个"鹞子翻身"，稳住了身形。

华人龙本该一掌将这个"狗二"打翻在地，甚至再加一脚让他站不起来。然而，华人龙太理智了，不想把酒场变成沙场。一念之差，差点滑倒栽了跟头。

林再忍平常不多言多语，眼见华人龙对伊藤苟二手下留情，而这个"狗二"却趁机抬腿，踢向华人龙的要命之处，不由得心中大怒，这个畜生不知进退，那就让你趴下吧！上手一晃，虚招，飞起一脚，扫堂腿将伊藤苟二踢出五步开外，趴在了地上。

在林再忍的眼里，日本鬼子都是畜生。从山东逃难来津的路上，他耳闻目睹了日本鬼子惨无人道的暴行：一个老鬼子把瘦骨嶙峋的七旬老太的阴部打肿后奸污；一个日本小队长用刺刀把奸淫后的孕妇肚子挑开，成形的胎儿连同肠子流淌一地；一群鬼子将一个村的男女老少集中起来，进行杀人比赛，最后将全村人杀光，放火把村子烧成废墟……

日本鬼子的兽行罄竹难书！他们还是人吗？不是人，是畜生。人成了畜生，比畜生还畜生！

对待中国人，哪怕是地痞流氓杂八地，欺负到林再忍的头上，他是能忍则忍，唯恐自己的铁砂掌打坏对方。初来天津拉胶皮时，胡飞胡大头坐车不给钱还打了他一个耳光，他委屈地流下眼泪也不还手——那时他还没意识到，投靠侵略者的汉奸比侵略者更可恨。然而，面对畜生要伤害朋友时，他就不能袖手旁观了。

再看被林再忍踢倒在地的伊藤苟二，倒地不认输，就地一滚，站起身形就要玩命，抄起一把椅子，举过头顶，要砸林再忍……

没等林再忍接招，华人龙一个箭步蹿过来，一招"举火烧天"，不等伊藤发力，椅子已被华人龙牢牢封住，摁在伊藤手中，动弹不得。

华人龙拍拍伊藤肩膀："竹内豪仁还算个武士，看在你是他同门的份儿上，今天放你一马。你要是吃饱了喝足了，还是走人为好。"

伊藤一愣，手中的椅子被华人龙顺势夺了下来。

"停，停！都停手，听我说。"刘文斌把那两个乞丐带到了众人面前，"董江湖，你让胡大头花一块大洋找两人假装要饭的，来给高地虎的婚宴添堵，你这是人办的事吗?刚才你还说红白喜事解冤仇,闹半天你满嘴仁义道德,一肚子男盗女娼,纯粹一个混账王八蛋!"

刘文斌的两手揪着两个假花子的脖领,往下一顿,厉声喝道:"说,把刚才跟我说的那些话,冲着大伙再说一遍!"

"是,是,我说。"年长的乞丐吐露了实情,"我们爷儿俩是打八岔扛小活的,正在街上找活干,碰上了胡大头,他说他师父董江湖和日本人花钱雇我们来这个婚宴上搅局,我们要是不来,日本人就把我们腿敲折,然后送宪兵队!"

刚才,这俩假花子被刘文斌带到后面厨房,满以为主家怕他们在喜事上闹杂,真的请他们去后边喝酒,吃饱喝足之后还得给他们几个赏钱。哪想到,刚到厨房门口,刘文斌突然出手,一个"掖脖",一个"抹脖",跟着两脚,将俩小子一前一后一仰一趴摔在地上,不等他们起来就从厨房拿来一把菜刀:"你们俩不是要自残吗? 是剁手还是剁脚? 要不把你们的那玩意儿骗下来,搁点葱花儿,来个爆炒狗蛋? "说着就解他们的裤腰带……

刚才还和颜悦色的刘文斌突然翻脸,狠狠地把俩假花子打了一顿,还要把他们变成太监。这俩小子知道遇上了厉害角色,跪在地上,磕头如捣蒜,连声求饶,吐露了实情。刘文斌马上将二人带过来与董江湖对证。

两个假花子再回到厅堂,已然看出在场众人,不乏黑白两道上的英雄好汉。这些人讲义气,爱面子,惹急了他们,皇上二大爷也不放在眼里!刚才还存有侥幸心理,以为董江湖和日本人给他们撑腰,没人敢对他们下手,现在完全被刘文斌吓破了胆。这个时候只能冲着大伙把实情说了出来。

刘文斌冲着满屋子人说:"听见了吧? 各位朋友,我原以为董江湖好赖也算条摔跤汉子, 没想到是个阴险毒辣的小人! 这俩花子进来就要闹丧,还要开花见红,这都是董江湖和胡大头一手操纵的!"

参加婚宴的摔跤人,各个气愤不已。"三不管"跤场的老古说:"摔跤上的碴巴过节儿,跤场上比画呀,搅闹人家婚宴,不是汉子!"

有人接茬说:"雇人来搅局,就跟输了跤花钱请人报仇一样,没出息。有能耐,单刀赴会,明着来,那才是男人!"

刘文斌眼见董江湖等人的行径已经引起众怒,觉得这两假乞丐已经证

赌跤

实了董江湖的居心叵测，没什么用了，对着他们大吼一声："滚吧！"

二人领教了刘文斌的厉害，听说让他们滚，赶紧破门而出，逃之夭夭。

刘文斌把要饭花子打发走了，就听高地虎对他说："刘爷，你看地上那些钱，这都是董江湖给他祖宗上坟的钱，当贺礼给我送来了，他咒我死……你见过这么孝顺的孙子吗？"

刘文斌很惊愕："嘛？拿鬼钱上礼？太缺德啦，这等于把他自个祖宗卖了！"

谦德庄跤场的孙华卫说："叛师倒戈的人，还有祖宗吗？"

还有人说："多大的冤仇也不能办这种下三烂的事呀，这还算人吗？"

紧跟着，又有几个人或指桑骂槐，或直言不讳，都骂董江湖缺德带冒烟。

再看董江湖，哭丧着脸，捂着肚子，死不认账："华爷，各位朋友，这俩要饭的是我雇来的，可我要他们唱喜歌，顺便说两句笑话，为的是给高爷的婚礼添加喜庆。上礼的红包装的都是军票，这是日本人用来买稀罕物的专用钱。我董江湖跟高地虎是有点过节儿，可我今天是奔着红白喜事解冤仇来的，不知是谁把红包里的钱给换了。"说着，乜斜着胡大头。

好多人都明白，胡大头跟高地虎有仇。高地虎摔过他、骂过他、搓弄他不是一回两回了。而且越人多越出他洋相，让他丢尽了面子。胡大头最恨高地虎，总想报复他，可单打独斗又不是高地虎的对手。现在终于盼来了机会，你高地虎不是结婚设宴招待摔跤朋友吗？我就在婚宴上给你搅个乱七八糟，让你也尝尝胡爷爷的手段——反正有日本人撑腰，你高地虎再加上华人龙也不敢把我怎样。当董江湖用军票当贺礼时，胡大头就说，给他那么多钱干嘛，弄点烧纸就行。董江湖以为他说说气话也就罢了，谁想到，他趁董江湖不注意时，偷天换日，真把红包里的军票换成了鬼钱。胡大头以为，高地虎不会当场打开红包，必定回家和新娘子一块数钱，那样，让他新婚之夜别扭去吧！

胡大头不仅在"红包"上做了手脚，还假传伊藤命令，许给正在跤馆接受培训的日本兵好处，忽悠他们去直沽酒家，大鱼大肉随便吃，烧锅老酒随便喝，还可以扒开新娘子衣服找乐儿……万没想到，华人龙把"红包"的秘密当场揭穿,引起众怒,让董江湖受到众人责骂,丢尽了颜面。

高地虎从董江湖怒视胡大头的眼神里,看出这事与胡大头有关。刚要拿胡大头出气,就见这小子跑到门口,大声喊叫:"快来呀,你们快来呀……"

佯装在直沽酒家附近闲逛的七八个日本兵听到胡大头的叫嚷,端着三八大杆枪闯了进来。

日本兵的突然出现,让乱成一锅粥的宴会厅堂骤然间变得鸦雀无声。

华人龙扫了一眼日本兵,冷笑一声,一把揪住董江湖的衣领,顺手抄起餐桌上的一双竹筷,用筷子点着董江湖的脑门说:"董江湖,让日本兵退出去,否则,我就用这双筷子捅瞎你的双眼,大不了我华人龙跟你同归于尽。"

"华爷,别,别介,这是误会。"董江湖知道华人龙是敢做敢当的汉子,日本人的枪子他都不怕,还怕跟我同归于尽吗?

一直静观其变的老板王云才看见日本兵闯了进来,大吃一惊:这事闹大了。摔跤人之间不管有嘛恩怨,还讲些江湖规矩,轻易不会伤及无辜。而日本人凶残成性,弄不好一把火把我的酒家烧了,我哭都没地方去哭,这年头找谁说理去?

王云才赶紧来到日本兵面前,先拱手后作揖,点头哈腰:"太君,你们要吃要喝没关系,稍微等一会儿,腾出地界儿就给你们开一桌。千万别动手……"

也就在此时,林再忍已然出手,一手抓住伊藤的胳膊,一手掐住伊藤的脖颈:"畜生,俺把你脑袋拧下来,信不? 快,让拿枪的日本兵退出去! "

伊藤苟二半边身子麻木,脖颈后面直冒凉气,但他不想束手就擒,急中生智,飞腿后扬,一招"倒踢紫金冠",脚尖直奔身后林再忍的脑门,林再忍摆头躲闪,伊藤趁势脱身,拉个架势,要与林再忍拼命。

就在此时,一辆汽车停在了直沽酒家门前,两个人走了进来。其中一人进屋就喊:"住手! 都住手!"接着又用日语滴里嘟噜喊了两嗓子。

华人龙闻声望去,日本翻译官匡正民陪着竹内豪仁来了。

匡正民一进屋就看见了端着枪的日本鬼子,故而先用中国话后用日

赌跤

话招呼众人住手，随后跟竹内豪仁说了几句话，就见竹内大吼一声，所有的日本人都老老实实不敢动了。

竹内走到伊藤面前，见他低头猫腰躬身站立，头上的鸭舌帽歪戴着，浑身油渍麻花，十分狼狈，二话没说，上去就是一巴掌，把伊藤苟二的鸭舌帽打飞了。可能竹内的伤势还没痊愈无甚力气，也可能他舍不得下狠手惩罚同门，虽将伊藤的鸭舌帽打飞了，落在伊藤脸上的巴掌并不重，伊藤不觉得疼，却觉得羞。

董江湖一见竹内和匡正民来了，赶紧招呼胡大头："赶紧让皇军退出去！快！"

董江湖的话不灵。胡大头许给日本兵的好处还没兑现，日本兵不想离开。

竹内冲着荷枪实弹的日本兵乌哩哇啦一阵训斥，这些接受跤馆培训的日本兵都知道竹内是柔道泰斗，威望极高，只得乖乖地退出了直沽酒家。

日本兵走了，华人龙松手放开了董江湖，董江湖立马走到竹内面前，低三下四地说："师父，这是一场误会！"

王云才悬着的心落地了，赶紧对厅堂里的宾客们说："没事了没事了，老几位，没吃饱的接着吃，没喝足的接着喝，菜不够我叫厨房添菜……"

明白人都听出来了，老板暗示大家，筵席该散了。

除去华人龙的过命弟兄和朋友，宾客们害怕再生祸端，趁机都说吃饱了喝足了，纷纷向华人龙、高地虎告辞。工夫不大，宾客们几乎都走了。

华人龙、高地虎把宾客们送到门外，抱歉地说："诸位，对不起，让你们受惊了，另找机会，再好好请请大家。"

送走宾客，回到厅堂的华人龙冲着董江湖说："你主子来啦，跟你主子说说你来的经过和目的吧。"说完往椅子上一坐，看董江湖怎么向竹内交代。

竹内见董江湖十分狼狈，扭头对匡正民说："问问他们，为的什么？"

不等董江湖向竹内解释，高地虎抢先对匡正民说："翻译官，别的不说，你先看看他们上礼的钱。"随手将地上的纸钱捡起一把，递给匡正民。扭头又对刘文斌说："刘爷，刚才那俩叫花子怎么说的，你告诉翻译官，让他告诉竹内。这帮王八蛋丧尽天良，十恶不赦，用鬼票子来上礼，这不光是给我这个新郎官添堵，这跟有人挖董江湖他们家祖坟没嘛区别！"高地虎从来不吃亏，就是打比方，也是拿董江湖的祖宗垫牙。

刘文斌说了要饭花子受雇于董江湖胡大头来此"闹丧"的事，众人也你一言他一语，把董江湖一伙人的行径说给匡正民，匡正民又乌哩哇啦学舌给竹内豪仁。而且匡正民着重说了拿鬼钱当贺礼，比骂日本天皇的罪行严重，比焚烧八辈祖宗的牌位还阴毒——按日本人的风俗习惯，日本人忌讳什么他就说什么，以便引起竹内对伊藤、董江湖等人的不满和愤恨。

听了匡正民的话，竹内豪仁的脸色变得煞白，气得他摇着脑袋指着伊藤和董江湖说："卑鄙、下作，真正武士的不是！无论是做事、赌跤，都要光明磊落，不能用下三烂的手段侮辱对手，更不能给武士道精神抹黑！"

华人龙听不懂日本话，但已然看出，匡正民是站在自己这边，谴责董江湖和伊藤他们的行径。不管匡正民匆匆赶来出于什么目的，却是给他们解了围。如果那群日本兵真的在直沽酒家肆意妄为，后果不堪设想。

自从樊晓惠给华人龙医治了枪伤，华人龙知道匡正民和樊晓惠是夫妻，虽然他对匡正民还留着一份小心，但不再像以前那样敌视他。以前觉得，给日本人当翻译，不是汉奸也不会是好人。现在对他有了一丝好感。趁着竹内和伊藤说话，华人龙走到匡正民跟前，问道："匡先生，你怎么来了？"

匡正民拿出四块钱递给华人龙："这钱不多，是我对高爷的一份心意。"看看眼前没有别人，又小声说："知道高爷要结婚，本来我想自己前来道喜，却发现最近几天胡大头前蹿后跳，董江湖和伊藤苟二在一起嘀嘀咕咕商量要到直沽酒家喝高地虎喜酒。今天一早，我又看见胡大头把在跤馆接受摔跤培训的日本兵忽悠得眉飞色舞，让他们来直沽酒家参加高爷的婚宴，我怕出事，就找了辆汽车去医院把竹内豪仁接这儿来了——只有竹内能制住这群日本兵。"

华人龙暗自点赞，说道："幸亏你把竹内请来，要不，还真没人能把那几个日本兵轰走。谢谢你啊。"然后转脸对王云才说："王老板，这是匡先生的礼钱，请你交给账房。另外，在一号单间重新开一桌，招待招待翻译官和竹内豪仁。"

王云才不无担心地说:"他们不会闹事吧?"

华人龙笑了笑回答:"放心吧王老板,你没见竹内说句话就把日本兵轰走了?不会有事了。"随后又跟上一句:"刚才摔碎的碟子、碗,我照价赔偿。"

王云才赶紧解释:"华爷,我不是那意思,碟子、碗值几个钱?说实话,刚才日本兵进来,吓得我够呛,我真担心会闹出人命。这年头咱惹不起日本人啊……"沉了沉又说:"新娘子还没走了,得让人把她送回家入洞房呀。"

"对。"华人龙答应一声,转身对高地虎说:"兄弟,让林老兄送你们这对新人和女眷们回家,早点回去歇着。"

高地虎的脑袋拨浪鼓似的摇个不停:"那可不行,你为了嘛? 还不都是为了我。我能走吗? 说嘛也不能走啊。让女眷们先走吧,我留下,耽误不了晚上入洞房就行了。"

"也好,你就留下吧。"华人龙点了点头,又说,"我去跟林再忍说一声。"

林再忍听说让他送女眷们回家,丝毫没犹豫:"行,我和于老三送女眷和孩子们回家,完事我还来这儿找你们。"

"你就不用回来了,"华人龙说,"用不了多大工夫,我们也就散了。有嘛事我再打发人去找你。"

林再忍让冯素琴和娟子坐他的车,让伴娘和祥子坐于老三的车,然后与华人龙、高地虎打个招呼,驾起胶皮车,走了。

新娘子走了,整个婚宴宣告结束。

这时的高地虎却在撒摸一个人,他要找胡大头算账。找了整个厅堂也没找到他的踪影。胡大头贼灵,知道董江湖要拿他做替罪羊,更知道高地虎饶不了他,趁着刚才乱劲儿,跟日本兵一起溜之乎也了。

华人龙对老三、老八说:"你们忙活了好几天,这里也没什么事了,也回家歇着去吧。"老三、老八跟师父高地虎打个招呼,也各自回了。

看着华人龙把人们都打发走了,刘文斌说话了:"人龙,别人走了我不管,我们四个人不走,还没跟你喝酒了,喝完酒咱一块儿走。"

华人龙知道,因为还有日本人和董江湖没走,刘文斌不放心,所以他不走。他说的四个人是指张友年他们,都是过命的弟兄。

一切安排妥当,华人龙才对匡正民说:"翻译官,你和竹内来了,怎么也得请你们喝杯喜酒。请到一号单间入座吧。"随即又问了一句:"还让伊藤、董江湖、马宝他们陪着竹内吗?"

匡正民说:"让他们在场好,一则竹内脸上好看,二则我有话当他们面说。"

竹内豪仁听说要请他们喝喜酒,挺高兴,就对匡正民说:"高地虎的大喜日子,没有贺礼,怎好意思喝喜酒?"他摸了摸口袋,钱太少,拿不出手。随手将口袋里的金壳怀表拿出来,递给高地虎:"我,表示表示,怀表当贺礼,可以吗?"

高地虎接过怀表,一摁表钮,"嘣"的一下,表盖开了,秒针"嗒嗒嗒"走得正欢。嗯,是块好表。张开嘴哈哈一笑:"可以可以,我就不客气了。"他关上表盖,随手放进了口袋。心想,小鬼子的东西,不要白不要!

第十八回

饮苦酒毕露奴才相
泄机密暗藏爱国心

赌跤

　　婚宴上的骚乱平息了。为此，华人龙重新开了一桌，款待竹内和匡正民，并按匡正民的意思，留下伊藤、马宝、董江湖，陪伴竹内豪仁。

　　刚才被竹内训了一顿的伊藤苟二，带着气低着头随在竹内和匡正民身后往里走，董江湖跟在马宝身后，一同进了一号单间。

　　华人龙也请刘文斌、张友年等人依次入座，自己和高地虎在下首相陪。

　　华人龙扫一眼伊藤，看出这小子暗气暗憋，但在竹内豪仁面前，只能忍气吞声，不敢造次。再看董江湖，拘谨地坐在那儿，时不时地瞧一眼竹内豪仁和伊藤，再瞧瞧一直不露声色的马宝，他的举动低三下四，没一点摔跤汉子的豪气。

　　华人龙再打量打量马宝，想起彭无奈说过马宝无情无义，人品极差。可这小子从走进直沽酒家到现在，基本上没说话，骚乱中他也没动手，是不想暴露身份还是坐山观虎斗？抑或另有图谋？

　　菜上齐了，酒斟满了，匡正民说："华爷，你是东道主，说两句吧。"

　　华人龙也不推辞，说道："大喜的日子，出了岔头儿，多亏竹内先生给摆平了。竹内先生不管是为人做事还是跤场赌跤，是个光明磊落的汉子，绝无小人行径。"说到这里，他用鄙视的眼光看了看董江湖他们，然后端杯起身："竹内先生，我与你干一杯。"

按常理,酒桌上夸奖或是感谢一个人,应该说"敬"一杯,但华人龙很有分寸,你竹内再好,但你的同胞占我国土,杀我国人,我怎能敬你?和你干一杯已是给了你很大面子。

匡正民把华人龙的话翻译给竹内,并故意加了两个溢美之词,竹内笑了。但他还是犹豫了一下才把酒杯端起来:"华大侠跤技超凡,为人仗义,我竹内佩服。共荣跤馆刚刚成立,伊藤就带着跤馆的人,搅乱了高地虎君的婚宴,我向你们道歉。"说完,起身给高地虎鞠了一躬,然后刚要和华人龙碰杯,被匡正民拦住了:"华爷,竹内先生的身体还没痊愈,医生不让他吃刺激性食物,更不能喝酒。我看,这杯酒就免了吧。"

没等华人龙回应,高地虎抢答:"人在江湖走,哪能不喝酒?既然道歉,就得表示表示,干了!"

竹内扫一眼众人,说道:"能和华大侠干杯,荣幸。"不顾匡正民阻拦,与华人龙碰杯见响,一饮而尽。

高地虎端起酒杯站起来说:"痛快,竹内先生是个痛快人。今天我是新郎官,竹内先生为我的喜事而来,轰走了那帮日本兵,还给了我一块东洋怀表——不像有的人,我们不待见他,他憨皮赖脸没羞没臊,白吃白喝还给我添堵。来,我也和竹内先生干一杯!"

董江湖不愧老江湖,明知高地虎骂他,却不在意,最起码表面上还挺自如。他接过话茬,起身笑着说:"高爷,我师父有伤,我替我师父跟你干一杯。"

高地虎乜斜他一眼,说了三个字:"你也配?"酒杯往桌上一蹾,坐下了。

董江湖被晾在当场,端着酒杯,站也不是,坐也不是。不过,他的脸皮真厚,不笑强笑,自找台阶:"高爷,今天的事多有得罪,都是他妈胡飞弄的,回去我找他算账。这个徒弟我没教好,我自罚一杯。"一仰脖,吞下了这杯苦酒。

挨着华人龙坐的刘文斌暗自好笑,这个高地虎,真能逮着蛤蟆攥出尿来,不给董江湖一点面子,让他在众人面前下不来台。也是董江湖活该,谁让他拜日本人为师呢?追本溯源,他的授艺之师也不是仗义之人……

刘文斌知道董江湖的师门底细。

董江湖的授艺之师叫钱有亮,是清宫三等扑户——他功夫不错,却生性财迷,爱贪便宜,管理扑户的大内总管看不上他,所以他只落个三等扑户的头衔。

清朝灭亡,钱有亮流落到天津,他没别的挣钱本事,只会摔跤,就亮出扑户牌匾,以教摔跤谋生。他教徒弟,跟卖切糕似的,一点一点切着卖,轻易不教真东西,怕教会了徒弟饿死师父。

钱有亮好喝酒,徒弟们就轮番请他,增进感情。这位钱爷真有拿手的——他常在酒桌上用两根筷子说绊:"这两根筷子就像你们两条腿,底桩在这儿,对方在对面,你拉他一走,备步拧腰,横腿就是一下'别子',准赢。明白了吗?"

谁明白?除了他自己明白,徒弟们谁都不明白。谁要说"不明白",他就说:"这还不明白?真是个笨蛋!回家自己琢磨去。"

谁愿意落个笨蛋?此后,徒弟们不明白也得装明白。

有一次,京城有个朋友来津办事,顺便来看钱有亮——他财迷,很少有朋友,可这个朋友是发小,重情重义,来到天津不看看他,过意不去。嘿,这次钱有亮大方了一次,请这位朋友喝酒,还是叫徒弟花钱。

酒后吐真言。钱有亮喝美了,跟朋友说:"我教徒弟有个原则,喝他两回酒,不教一把手,吃他三顿饭,不教一个绊儿……"

徒弟们背后说,师父姓钱,爱钱,跟他学摔跤,你就拿钱来吧!师父名字起得好,钱有亮,有钱才有"亮儿",没钱还想学摔跤,没"亮儿"!

董江湖家里有钱,他还善于察言观色,见风使舵。他接不断请师父喝酒,把钱有亮哄得兜兜转,钱有亮就在没人时候教他绊子传他功夫。

董江湖是师兄弟里摔跤最棒的。师父喜欢他,偷偷告诉他:"摔跤要有两'心',狠心和雄心。没有将对方摔死的狠心,别练摔跤——心善不赢人。练跤就得有威震跤坛的雄心,摔跤棒,走到哪儿人家都高看你一眼!

为嘛董江湖刚一出名胡飞胡大头就能贴上他?门风,师门门风不正,钱有亮是他榜样。胡大头请他吃请他喝,成天围他转,他觉得很受用。

董江湖雄心勃勃,总想在跤坛领袖群雄。可惜,大直沽有个华人龙,桃花堤又有个陈默龙,摔跤他白给。他有点小聪明,眼看"雄心"无法实现,就另辟蹊径,拜日本人竹内为师,以为有了势力就可以成为跤坛领袖。然而,

赌跤

聪明反被聪明误,摔跤人都骂他走狗汉奸,大逆不道,没人待见他……

酒桌上,高地虎不跟董江湖干杯,把董江湖窝了个对头弯,竹内想圆场,刚要端杯与高地虎喝一个,被匡正民拦下了:"竹内君,杯中乾坤大,壶中日月长。等你身体痊愈了,再和老几位慢慢喝吧。"

匡正民见高地虎没反驳他的话,心想,小小酒杯,谁能探得深浅?董江湖就不知深浅。为了讨好竹内,竟然要和高地虎干杯,高地虎那么恨你,能跟你干杯吗?自找难堪!

匡正民环视一圈,觉得时机已到,佯装活跃气氛,似无意实有意地说:"在座的都是跤坛精英,我听竹内先生说,共荣跤馆成立之后,第一个大举措就是要举行日中摔跤擂台赛。竹内先生一向尊崇中国跤,他说功夫无国界,何况日中两国一衣带水是近邻,通过擂台赛,促进跤技交流。华爷,你摔跤最有名,开擂那天你可得亮亮身手啊。"

"擂台赛"这个词从匡正民嘴里说出,好像很随意,却让伊藤、董江湖大吃一惊。这事还在保密阶段,不能让外人知道,尤其不能让华人龙这些正道上的跤手知道!这个匡正民,怎么在这种场合把这件秘而不宣的"军事机密"捅了出来?他什么意思?他是烧香的还是拆庙的?

伊藤、董江湖的惊愕神态,让华人龙理解了匡正民要留下他们的真实用意,一则当众揭穿他们的阴谋,二则让华人龙有了思想准备,免得擂台赛时措手不及。即便有泄密之嫌,也是听竹内说出来的,凭竹内在日本国的威望,连山本在内,哪个敢为难竹内?

日本人不仅在军事、经济、文化方面侵略、奴化中国人民,在体育方面也要打败中国。山本就是要通过擂台赛使天津跤手甘拜下风,俯首称臣。山本四郎原本指望竹内豪仁征服天津跤手,可竹内不听他指挥,败在了华人龙的脚下。

竹内不仅不听指挥,还在一次宴会上,正当山本四郎大肆吹嘘他在"圣战"中的"丰功伟绩"时,竹内毫不客气地当众驳斥他:"这场战争,不仅给中国人民带来灾难,也给日本人民带来了灾难。"弄得山本四郎很狼狈,很没面子。

不仅如此,地道外跤场发生暗杀事件后,竹内公然大骂山本违背武士道精神,影响日中两国的功夫交流,并斥责山本表面鼓吹"日中亲善",实际他就是破坏"日中亲善"的罪魁祸首。

山本对竹内怀恨在心,但竹内受过日本天皇的接见和表彰,在日本国内威望极高,虽然竹内的言行有"反战"情绪,但是山本一时半会儿还不敢开罪竹内。为此,成立跤馆时,山本以竹内身有重伤为由,将伊藤从日本国调来天津。伊藤功夫不错,但他好大喜功、唯利是图,容易掌控。而且山本家族和伊藤家族有亲戚关系,在日本国内时,他们二人就有来往,有些交情。

伊藤从日本国来到天津,山本恩威兼施,将其完全掌控在手中。

然而,日本跤手谁不敬仰竹内?伊藤也不例外。何况他还是竹内的同门师弟。他们这一门派,谁功夫好谁就是老大,这是他们不成文的门规。伊藤虽为跤馆馆长,只要有关摔跤的事,他都要向竹内汇报。擂台赛的事是伊藤告诉竹内的,竹内告诉了匡正民,现在,匡正民公然在酒桌上告诉了华人龙。

擂台赛是马宝出的主意,得到了山本四郎的赞许。但山本不让马宝出头露面,说有更重要的任务交给他,擂台赛的事交给了伊藤和董江湖。

董江湖觉得自己出人头地的机会来了,就尽心尽力帮助伊藤秘密筹划擂台赛诸多事宜,并对擂台赛秘而不宣,其目的就是临到打擂前夕再公之于众,让华人龙等人措手不及。一旦共荣跤馆的跤手在擂台赛上取得胜利,他这个总教官就会得到日本人的嘉奖,就能在天津跤坛呼风唤雨。

现在,华人龙知道了擂台赛,天津各门各派的跤手也就都知道了,他们必定将擂台赛当成头等大事,一门心思加紧练功研究对策,这将给共荣跤馆带来麻烦。一旦中国跤手打擂得胜,日本人就会拿他总教官是问,他就得吃不了兜着走!

伊藤惹不起竹内,但没把匡正民放在眼里,他对匡正民说的"跤技交流"大为不满,他用不大熟练的中国话说:"擂台赛,就是要显示,大日本帝国武士,天下无敌!我们要在擂台上用柔道摔败所有中国跤手!"他是冲着匡正民喊,其实是说给华人龙听的。

刘文斌看了看狂妄的伊藤,嘿嘿一笑:"嘛?你们要用柔道摔败中国跤手？柔道的祖宗是中国跤,凭你上嘴唇一碰下嘴唇就天下无敌啦？那得凭真本事！"

张友年用腿拱了拱刘文斌,小声说:"兄弟,这事有人龙了,咱只管听着。"

高地虎刚要搭茬儿,华人龙说话了:"擂台赛也好,跤场赌跤也罢,我们随时奉陪。自己说天下无敌就天下无敌了？笑话！出水才看两腿泥。"

华人龙声音不高,却掷地有声。他有预感,天津跤坛又要大起波澜了。

竹内豪仁见华人龙变了脸色,瞪了伊藤一眼:"无知！共荣跤馆从成立那天开始,主旨就是学习中国摔跤的精华,中国跤有着几千年的历史,文化内涵极其深奥,作为日本武士,对中国跤要有敬畏之心,不管是跤场赌跤还是擂台上打擂,谁输谁赢,都得凭本事,不是凭嘴说。"

董江湖赶紧顺着竹内的话说:"对,竹内先生说得对,摔跤都得凭本事,不能搞那些歪门邪道。"他看了一眼高地虎,你就是用歪门邪道"尿人杵"搅黄了我的尚武跤场。他收回眼神,献媚地望着竹内豪仁,又说:"开赛日期还没定下来,干脆,今天就请您老人家把擂台赛的日期定下来吧,越早越好,最好下礼拜,咱就冠冕堂皇地开赛。"

董江湖贼灵,既然擂台赛的事亮了出来,就别让华人龙他们有充分的准备时间——反正我们共荣跤馆早有准备。

"什么老人家？我老吗？"竹内不爱听董江湖溜须拍马。

很少说话的马宝瞪了董江湖一眼:"你话太多了,罚酒,连罚三杯。"

董江湖瞟一眼马宝,没敢吭气,承认话多了,自罚了三杯。

"不花钱的酒也不能灌大眼贼呀！"高地虎骂了一句,还要骂,被华人龙拦住了:"竹内先生的话还没说完了。"

竹内接着说:"我年岁和华大侠相差无几,待我的伤病痊愈了,还要与华大侠切磋跤技。"言外之意,在座的诸位,除了我能和华人龙较量一番,你们哪个是人家对手？然后冲着匡正民说:"下礼拜擂台赛？太草率了。再等一个月吧,那时我就可以摔跤了。哎,二月二是中国的什么节？匡先生,二月二擂台赛,怎么样？听听华人龙的意见。"

匡正民把竹内的意思对华人龙说了,然后高深莫测地一笑:"华爷,竹

赌跤

内先生挑的日子好，"随即压低声音说，"二月二龙抬头，龙抬起头来，就要一飞冲天。"

华人龙明白翻译官的意思，但他想，中国这么大的地界儿都被日本人占了，我华人龙就是能飞又能飞到哪儿去？再说，打擂不是一个人的事，我华人龙浑身都是铁能打几颗钉？他看了看匡正民，没说话，却端起酒杯抿了一口酒。他在想，立擂摔跤，是不是日本人设下的陷阱？日本人总想征服天津跤手。哼，别看你们军队打败了中国军队，可你们的跤手要想征服中国跤手，妄想！

竹内又问匡正民："二月二擂台赛，华人龙不说话，是不同意吧？这事要双方同意才行。"

华人龙见竹内通情达理，就对竹内说："待你的身体痊愈，恢复正常训练之后，再议擂台赛的事吧——没有竹内先生亮招，还叫中日擂台赛吗？"

"要不，改在三月三？"匡正民说。他以为华人龙是为竹内着想。其实华人龙是为天津摔跤人着想，拖延擂台赛日期，让大家有个充分准备。

"行，三月三这天可以。"高地虎觉得推延一个月，等于否了董江湖"下礼拜就开赛"的阴谋，让这小子碰钉子，解气！转脸看看华人龙，挤挤眼说，"三月三好呀，就这天吧。"

高地虎为嘛愿意在三月三这天打擂，有两层意思。第一，真正的"练儿"，经过冬仨月的苦练，到了开春，浑身是劲儿，正好跟日本人一决雌雄。第二，他听说评书的铁嘴刘说过，三月三是王母娘娘的寿诞之日，这天，王母娘娘在瑶池举办盛会，宴请众仙品尝蟠桃，却被后来成为唐僧徒弟的"大仙"们给搅了——卷帘大将在蟠桃会上失手打破一个琉璃盏被罚落凡间，成了沙和尚；天蓬元帅酒后戏嫦娥，被打入凡间，错投了猪胎，成为猪八戒；美猴王齐天大圣孙悟空时任弼马温，因地位低下没资格参加蟠桃会而大闹天宫，把蟠桃会搅了个乱七八糟。

高地虎对华人龙挤眼的意思是这天打擂，你华人龙领着我们把小日本的擂台赛搅个天翻地覆，让小日本输跤，让董江湖倒霉，让天下英雄好汉瞧瞧，日本跤根本摔不过中国跤！

董江湖又忍不住了，"不行，三月三，太晚了"。他看着伊藤说："按竹内先生说的，二月二吧，不能再延期啦！"说完，瞟一眼马宝，怕他又要罚酒。

匡正民乜斜董江湖一眼，用教训的口气说："你得考虑你师父的身体呀，就是他的伤病痊愈了，恢复训练也得一段时间，你干嘛这么心急？要是竹内先生因为身体原因不能在擂台上亮相，擂台赛还有什么意义？"

听匡正民斥责董江湖不关心竹内的身体健康，伊藤赶紧说："擂台赛的日子由竹内君决定。"董江湖又弄了个没趣。

匡正民了解竹内。竹内不仅佩服中国跤的深奥，也敬仰中国的传统文化，为了让竹内把擂台赛定在三月三，他就引经据典说起三月三擂台赛的好处："三月三是上巳节。一直以来，文人墨客都认为这个节日与书圣王羲之有关。王羲之和四十一位文友在三月三聚会绍兴兰亭，写就《兰亭序》，成为千古佳话。古代文人三月三雅聚，如今两国豪杰三月三'武比'，岂不是别有情趣？"

竹内听得高兴，刚要表态，华人龙说话了："定在九月九吧。一则，竹内先生的伤病好了，再经过一个夏天才能真正恢复如初。二则，双方跤手都有个充分准备，擂台上才能发挥出真正水平。到那时，秋高气爽，看眼的人多，热闹。"

匡正民暗暗点赞：华人龙真是光明磊落的汉子，他当众挑明，双方都有充分的准备才能发挥真正水平，谁也别想投机取巧玩阴的。

匡正民就是有学问，随即又对"九月九"论述一番："华大侠虑事就是周到，既为竹内先生的身体考虑，又为了擂台上赛出水平，还特别尊重传统风俗。中国古代以九为阳，九月九日正是两九相重，故叫重阳，自古民间就有在重阳节举行庙会的传统，全家出动赶庙会已成习俗。在这天举行擂台赛，一定比庙会还热闹。竹内先生，你意下如何？"

竹内说："九月九重阳节，好，就依着华人龙，擂台赛就定在这天啦。"

高地虎、刘文斌等人暗暗佩服匡正民有学问，哪个节他都能说出一套套的。

伊藤没说什么，董江湖弄了个大憋气。只有马宝多看了匡正民几眼：这个翻译官，表面上捧着竹内，暗地里完全向着华人龙。难怪山本四郎要我盯着这个翻译官呢，他是挣日本人的钱，给中国人办事，吃着日本人，向着中国人呀。

擂台赛的日期按华人龙的意思定了下来，匡正民目的达到了，该撤了，他端起了酒杯："华大侠，咱把杯中酒干了吃饭吧，竹内先生不能再喝了，他的酒我替他喝怎么样？"刚要端竹内的酒杯，就见竹内自己把杯端起来了："今天又学到好多中国文化，很高兴，来，干杯！"

华人龙马上响应，高地虎等人紧随，端起酒杯，一饮而尽。

这顿酒喝的，有人高兴，有人窝火！

饭后，众人各怀心思，走出直沽酒家，正要各奔东西，就见一人匆匆而来，老远就喊："师兄，马师兄！"

华人龙高地虎都是一愣，高声亮嗓，听着耳熟，谁呀？

赌跤

求显荣卖国当走狗
算旧账借势抖威风

来者不是别人，正是杨二愣。

二愣出现在直沽酒家门前，一直少言寡语的马宝立即迎上前去，亲热地说："师弟，你怎么来了？"

杨二愣说："越等越不见你回去，我有急事，就上这儿找你来了。"说着话发现了马宝身后的华人龙和高地虎，赶紧上前打招呼："华爷、高爷……"

华人龙笑着回答："啊，二愣兄弟，好久没见，如今在哪儿混事了？"

杨二愣说："我师兄在共荣跤馆给我谋了份差事，一边打杂一边练跤，凑合着混碗饭吃。"

华人龙很疑惑："师兄？马宝是你师兄？二愣，嘛时候你成了梅家门弟子？"

杨二愣看了一眼马宝，支支吾吾地说："是，是马师兄代师训徒的。"他不愿意说这方面的事，岔开话题，问了一句不恰当的话："华爷，你也来喝喜酒了？"

华人龙答道："来贺喜的人多，我帮着操持操持。哎，你马师兄来了，你怎么……"话说了半截，停住了。华人龙让储友良给二愣捎话了，不知是话没捎到还是另有别情，反正婚礼上没见二愣的身影。

杨二愣自知失言，磨磨唧唧自圆其说："哦，今天高爷大喜？没人知会我呀，我知道，高爷不待见我……"

亲戚分远近，朋友有厚薄，此乃人之常情。朋友的喜事，自己不想随礼不想掏钱，还把不想来的责任怪到对方身上，这就是人们常说的"便宜怪"。

高地虎哈哈大笑："二愣，你这不是来了吗？不过，不是冲我来的。共荣跤馆是日本人开的，你现在攀上了高枝儿，有了靠山，要发大财了，眼里还有我们这些穷弟兄吗？明明知道我娶媳妇，还装蒜，不来给我贺喜也就算了，还一见面先给我来个'便宜怪'。要够朋友，听到信儿就得来扒扒头，你可倒好，不想来就直说不想来，遮遮掩掩可不像你二愣爷的做派。"

高地虎的嘴一向不饶人，连挖苦带损把杨二愣数落一顿，弄得二愣一张大脸红一阵白一阵。但他自知理亏，无言以对——他确实听到了高地虎结婚的消息，但不是听储友良说的。储友良给他送信时他没在家，过后储友良有事，没再找他。如果见到储友良，而且还是华人龙捎话让他来，他多不想来也得来。

说话一向高声亮嗓的杨二愣，沉了好一会儿才不好意思地小声说："今天，我找马师兄有点急事。"

马宝赶紧给杨二愣解围："二愣是实诚人，不会玩虚的，他真不知道高爷结婚的事。至于他怎么成为梅家门的弟子，说来话长，以后得机会我给诸位解释。"他嘴上这样说，心里却在骂：跟你们解释的着吗！他扫了竹内一眼，又说："前两天我和二愣约定今天出去办事，这不，忙着给高爷贺喜，差点耽误了。对不起各位，失陪了。"说完，拉着二愣匆匆走了。

看着马宝和杨二愣的背影，华人龙想起刚才匡正民在竹内给高地虎怀表时，悄悄说的那句话："华爷，留心那个马宝。"看来，马宝这小子不是个简单人物。

擂台赛是马宝出的主意，共荣跤馆的成立，也与马宝大有关系。

马宝为日本人出谋划策成立跤馆的最初目的，就是要借日本人势力压制董江湖，再将梅家门掌门大弟子陈默龙玩弄于股掌之上。筹划擂台赛，就是想在日本人面前买好，帮助日本人征服天津跤手，他好在天津跤坛呼风唤雨、唯我独尊。

摔跤人都知道,那年,梅铁心带着马宝和陈默龙前往"三不管"跤场一试身手,马宝将小九摔伤,董江湖为给徒弟小九拔闯,以牙还牙,也把马宝摔伤。二人结下了梁子。

陈默龙为了师门荣誉,上场将董江湖摔败,马宝恨不得陈默龙将董江湖摔伤、摔残、摔个半死不活才解恨,却被师父梅铁心当场教训一顿,陈默龙露脸了,他却输了跤又输人,好不难看。为此,他恨董江湖,更恨陈默龙。

马宝从小就知道中国有句老话:"学会文武艺,货卖帝王家。"这句话是教人"忠君爱国",马宝却认为,帝王家就是国家的最高统治者,他要看中你欣赏你,就能高官得做骏马得骑,人前显贵终生荣华。现在,日本人成了中国"最高统治者",只要取得日本人信任,制服董江湖和陈默龙,不在话下!

其实,马宝即便不为制服董江湖和陈默龙,也会为了自己的显荣投靠日本人。"人不为己天诛地灭"早在他骨子里生根,只不过在"三不管"栽跟头之后,促使他加快了寻找靠山的步伐。

那天,马宝在"三不管"跤场亲眼看到从不给人翻跤的董江湖与一个胸口长满护心毛的人交手,竟然一反常态,赢一跤翻一跤。这人是谁?这么大面子?马宝一扫听,原来是竹内豪仁的门人,日本柔道手三野村夫。按中国跤坛的门规,他们都是竹内的徒弟,应该算作师兄弟。

董江湖与三野这场跤,以平局告终,握手言和。脱下褡裢之后,董江湖对三野客气有加,又是拍肩又是递手巾擦汗,临走,还把三野送出老远。明眼人心知肚明,董江湖有意相让,如果三野不是日本人,就他那两下子,即便是亲师兄弟也得被董江湖摔出花来。

马宝瞄着三野村夫的影子跟了出去。眼见三野拐了弯,马宝紧走几步,到了跟前,拱手相邀:"三野先生,您的跤摅得不错,我想请您喝两杯。"

"你的,什么的干活?"三野有些疑惑,中国人都离日本人远远的,这个人怎么主动请我喝酒?

"我叫马宝,也是摔跤的。跤坛上有句俗话,人不亲艺亲。你的摅法,跟我相近,为此,我想跟你交个朋友,在一起切磋跤技。"马宝说话不卑不亢,满脸微笑,显得真诚。

三野见马宝长得一表人才,不像摔大跤的粗鲁汉子,既然想交朋友请我喝酒,那就喝呗,我一个日本人还怕你中国人吗?跟着马宝去了南市一家饭店。

酒过三巡,菜过五味,马宝与三野拉近了距离。半半拉拉懂点日语的马宝从三野村夫的嘴里了解到,竹内豪仁受了枪伤之后,山本四郎就把伊藤苟二从日本国调来了天津,随后又陆续调集了几名日本跤手,准备让日本柔道手摔败中国跤手,以便日本武士独霸天津跤坛。

马宝说:"别看你们日本军队占领了中国,可你们的跤手,别说独霸跤坛,能不能在天津站稳脚跟还说不准呢。竹内豪仁在你们日本国是顶尖高手,到了天津,一个华人龙就把他摔败了——光凭你们日本人,想要征服天津跤手,嘿嘿……"马宝一阵冷笑,不说了。

三野村夫,名副其实的无知村夫。他看不出马宝在故弄玄虚,抬高自己。他想反驳马宝,瞪了瞪眼,却无话可说。他目睹了华人龙的"铁板桥"赢了竹内豪仁,而且把竹内赢得心服口服。

"你的,摔败华人龙的,有办法?"三野的脸上写满了疑惑。

马宝点点头,十分肯定地说:"我有办法,不仅能摔败华人龙,还能叫天津卫的摔跤高手,在日本跤手面前,甘拜下风,俯首称臣。"

"你有什么办法?"三野追问一句。

"成立摔跤馆。"马宝回答。

"什么摔跤馆?"三野又问。

马宝摇摇头:"你不懂,这得跟你们最高长官说。"

三野问:"为什么的,不跟我说?"

马宝哈哈一笑:"你的,不主事的。来,喝酒喝酒。"

三野把酒杯往桌上一蹾:"你的,朋友的不是。"站起身要走,被马宝拦下了:"我的,跟你是朋友,更是大日本帝国的绝对朋友。现在不说,对你以后有好处。你回去跟你们最高长官汇报,想征服天津跤手吗?"马宝拍拍胸脯,"找我。"

三野对马宝的话,半信半疑,却又感觉到,天津卫这个地方藏龙卧虎,摔跤高手比比皆是,别说华人龙,就是董江湖,要真摔,自己也不是人家对手。在地道外跤场,那个貌不惊人五短身材的高地虎就曾经把他摔了个不亦乐乎。

吃喝完毕，二人走出饭店，马宝拍拍三野肩头："后天，还是这个时候，咱俩还在这儿见面，我还请你喝酒。"言外之意，我听你回信儿。

第三天，到了约定时间，马宝来到这家饭店，走进前天吃饭的单间，没想到三野已经提前来了，而且还有两男一女三个人。其中那个戴金丝墨镜、留人丹胡的坐在正座上，看那架势，有点派头。"人丹胡"的左边是身材魁梧、满脸凶相的伊藤苟二，这时的伊藤刚来天津，马宝还不认识他。右边是一个身穿和服背后背着一个小包的妙龄女子。

看见马宝进来，三野立即起身，穿和服的女子也随着站了起来，其他二人却坐在那里，不动声色。

三野恭敬地指了指正座上的人，向马宝介绍："这位是大日本帝国天津洋行董事长山本四郎先生。"又指指伊藤："这位是伊藤苟二先生，竹内豪仁先生的同门师兄弟，柔道高手。"最后指了指女子，"这位是横路玲子小姐，山本先生的机要秘书。"

马宝拱手而言："久仰久仰。"

横路玲子微笑着给马宝鞠了一躬，伊藤欠了欠身子，学马宝的样子，也拱了拱手，山本只是微微点了一下头，算是见礼了。

马宝打量一下山本，听名字看面相就不好惹，山本四郎，似狼如狼，戴着浅墨镜，透过镜片，双眼冒着蓝光，浑身上下透着一股狼性，瘆人。再看伊藤，粗鲁汉子，正襟危坐，身上有股霸气。扫一眼玲子，婀娜多姿，明眸皓齿，妩媚中含着妖艳。这女人，比梅洁好看，马宝怦然心动。

马宝落座，三野到门口招了招手，饭店里的人很快就把酒和菜上齐了。

山本冲玲子"嗯"了一声，玲子马上站起来给每个人的酒杯斟满了酒。

马宝刚要端杯敬酒，山本做个手势，别动，然后冲着马宝单刀直入："听说你有征服天津跤手的办法？"

马宝收回端杯的手，看了看山本，没想到这个日本老鬼子能说一嘴流利的中国话，更没想到还没喝酒他就开门见山，直奔主题。

为了表现自己与一般摔跤人素质不同，马宝尽量矜持，不紧不慢地回答了八个字："以华制华，以跤制跤。"

"好一个以华制华，以跤制跤。"山本摘下墨镜，露出了一丝欣赏的目光。

马宝所说，正中山本下怀。山本正在寻找这样的中国跤手，既能出入跤场穿褡裢摔跤，又心甘情愿当日本人的"朋友"。

古往今来，任何侵华者要想在中国站住脚，都要利用华人，偏偏有些人甘当汉奸卖国贼，投靠侵略者。

那天，三野与马宝分手后立刻向山本汇报了马宝请他喝酒所说的事，山本立刻派手下人四处了解马宝的出身背景及摔跤门派。山本是中国通，对天津跤坛也略知一二。既然马宝师承名门，主动要做日本人朋友，他就亲自来饭店见见马宝，面试一下，量才录用。

马宝的"矜持"样子，让山本觉得他不仅能帮着日本跤手凌驾于中国跤手之上，稍加培训还能成为日本人的暗探、间谍。马宝不是穷人，吃过见过，混迹上流社会打探消息不会被人疑心；马宝会摔跤，且是名师之徒，出入跤场与三教九流交往也很正常。这样，既能窥测上流社会对日本政府的态度，又能了解民间情绪甚至共产党人的动向。如此看来，马宝是个"有用"之才——踏破铁鞋无觅处，得来全不费工夫。

山本说："马宝君，说说你的具体方案。"

马宝看出山本对他有了兴趣，就侃侃而谈："成立摔跤馆，聘请名人当教官，笼络各门各派的高手，给他们高薪，对他们恩威兼施，让他们把自己门派的绝活传授给有良好基础的日本跤手，不出两年，让中国跤手俯首称臣不在话下。当然，这需要一个十分有能力的人操持这个跤馆，这个人必须出自名师门下，而且愿意为大日本帝国效劳。"

山本露出了微笑。他知道马宝所说有能力的人，就是他自己。好，他喜欢和这样的人"交朋友"。随即说道："刘备三顾茅庐才请到诸葛亮，你比诸葛亮识时务，主动请缨，很好，很好。成立跤馆，我早有此意，你来操持，可以。"

马宝也露出微笑，抓住时机再进一言："天津卫的摔跤人，桀骜不驯，很难驾驭，山本先生要我操持跤馆，得给我赏罚权力，甚至生杀大权。"

山本先是微微摇头，看出马宝是个有野心的人。跟着又点了点头，有欲望的人好用："成立跤馆，符合大东亚共荣的利益，起名就叫'共荣跤馆'，跤馆的总教官由董江湖担任……"

"不行不行，董江湖不行。"马宝本想借日本人的势力制服董江湖，怎能让他高官得做骏马得骑呀，他当上总教官，我还怎么治他？

山本说："行，我看行就行！"山本瞪了马宝一眼，哪个中国人敢反驳我的决定？随即说道："董江湖是有名的快跤手，是我们大日本帝国最优秀的武士竹内豪仁的门人，当总教官名正言顺。我知道他在'三不管'跤场摔过你，以后，你摔他一次不就扯平了吗？我派伊藤当馆长，你当顾问，我让伊藤有事和你商量着办。对跤馆的跤手，还有教官，你有赏罚之权，但要通过伊藤去实施，你在幕后出主意。你的所有行动都必须符合大日本帝国的利益，不能一意孤行。"

山本一瞪眼，马宝心里一哆嗦，我在"三不管"挨摔的事他都知道，这个老鬼子，太厉害啦。

山本缓和一下口气："我不让你当总教官，也不让你当馆长，你当顾问只是挂个名。我有更重要的任务交给你，具体任务，过后我让玲子小姐给你布置。只要你对大日本帝国忠诚，我不会亏待你。"

马宝赶紧献媚地说："我一定按照山本先生的要求去做。"但他还是不忘贬低董江湖，"董江湖这人傲气十足，和三国的魏延一样，有反骨。要想让董江湖效忠董事长，我请求，在他走马上任总教官时，给他来个下马威，就像诸葛亮制服魏延那样，免得他不服指挥。"

山本的嘴唇动了动，阴森一笑："你和伊藤君协商吧。"然后端起了酒杯，冲着马宝说："为了我们合作愉快，干杯！"

马宝赶紧端起酒杯，一饮而尽。其他人也都将酒杯端起，看山本仅仅沾了沾唇，也只喝了一小口。

没等马宝吃菜，山本已经站了起来，对横路玲子小声说了句日本话，戴上墨镜，跟谁都不打招呼，神情傲慢地离席而去。

众人赶紧相送，到了门口，山本摆手相拦，众人才回归原座。

刚坐下，横路玲子就用流利的中国话说："马宝君，山本先生事务繁忙，他让我照顾您,请吃菜。"

玲子的一颦一笑、一举一动,看上去分外诱人。马宝心说,这个日本女人,比梅洁迷人多了,梅洁身弱体虚,但骨子里总有一股练武人的粗鲁之气——是占有欲让他从陈默龙身边将梅洁弄到自己身边,但和横路玲子相比,梅洁怎么也比不上玲子妩媚、温柔,要是能和玲子……马宝想入非非,时不时地打量玲子,别人都酒足饭饱了,他还空着半个肚子。

酒饭已毕,玲子让伊藤和三野回去,她留下来还有事情向马宝交代。

伊藤和三野走了,屋子里只剩下马宝和玲子二人。马宝窃喜,两眼直勾勾色迷迷地盯着玲子,却见玲子站起身来,坐到了他的身边。一股淡淡的香味撩拨得马宝神魂颠倒,猛然将玲子抱在怀里……

日本人的共荣跤馆成立了。

董江湖万没想到,日本人请他去当总教官。

那天下午,董江湖在"三不管"跤场摔完一场跤,刚要与另一位跤手接着比画,却见三野村夫走了进来。

董江湖放弃刚要跟他对阵的跤手,赶紧来到三野面前:"三野先生,我陪你撂一场?"

三野摇摇头,笑眯眯地说:"今天,我的,不摔跤的,我们共荣跤馆的馆长伊藤先生请你到登瀛楼吃饭。"

"嘛?"董江湖受宠若惊,"请我吃饭? 去登瀛楼?"

董江湖感到很意外。一般都是有头有脸有身份的中国人请日本人吃饭,今天日本人请我去吃饭,美得他冲着老古一个劲地说:"你看,日本人请我去吃饭,还是到登瀛楼。对不起老古,我不摔了,得赶紧走。"董江湖说话的声音老大,故意让跤场里的人都能听见。

看着董江湖得意扬扬地跟三野村夫走出跤场,古常理摇摇头,说了《名贤集》上的半句话:"人见利而不见害。"有人接了下半句:"鱼见食而不见钩。"

老古赶紧说:"摔跤摔跤,接着摔跤。"

董江湖屁颠屁颠地随三野走进登瀛楼一个雅致的单间,桌子上已经摆满了菜肴,看得出来,东道主是在等他到来再开席。

三野指了指坐在正座上的人,给董江湖介绍:"这是共荣跤馆馆长,伊藤苟二先生。"董江湖赶紧冲着伊藤鞠了一躬,连说两声"您好、您好"。

三野又指了指伊藤身旁的人说:"这位是马宝先生。"

董江湖愣了一下,却见马宝站起来拱手而言:"不用介绍,我们认识——天津卫摔跤的谁不知道快跤董江湖啊!"

董江湖没想到马宝在场,点头拱手,呵呵一笑,却没说话。

三野请董江湖入座,刚坐下,就见伊藤拿出一纸任命书,当场宣布,任命董江湖为共荣跤馆总教官,并让他两天后去跤馆报到。

"啊,总教官,后天去报到?"董江湖乜斜了马宝一眼,心说,看见了吗?人的名树的影,日本人请我当总教官,你行吗?就你那两下子,从"洗三"练到"道山"也赢不了我!

马宝看出了董江湖的心思,暗想,你别得意,过后让你知道知道,锅是铁打的。遂端起酒杯,对着董江湖说:"董爷,恭喜你啊,天津摔跤界,你现在是天了,来,咱们干一杯。"

董江湖哼了一声,心想,我嘛身份,你嘛身份,在日本人面前,你想跟我干杯,等着!但是他看见伊藤和三野都端起了酒杯,这才端杯,冲着马宝说:"我有今天,全靠我师父栽培和日本朋友关照。"得意之色溢于言表。

伊藤喝酒不黏糊,半个钟头,这顿酒就结束了。临出门时,伊藤对董江湖说:"两天后,跤馆见。"

董江湖还没去跤馆报到,全天津卫的摔跤人几乎都知道董江湖当上了日本共荣跤馆的总教官。有的说,董江湖是"茶壶"当老板,一步登天。有的说,这年头,靠上日本人就吃香的喝辣的。也有人说,伴君如伴虎,日本人比虎还虎,说不定哪天一翻脸,就把董江湖连骨头带肉都嚼了。更多的人暗地骂他,这小子真不是东西,叛师倒戈拜竹内为师,现在又要把中国老祖宗传下来的好东西传给小日本,这是欺师灭祖大逆不道啊!

不管别人怎么议论,到了日子,董江湖还是高高兴兴走马上任了。

当他走进共荣跤馆伊藤的办公室,伊藤立刻陪着他来到了训练厅。榻榻米(摔跤垫子)上,三野正领着十几个日本人练习柔道摔法,看见他们进来,立刻停止训练,恭恭敬敬站成一排,等待馆长训话。

伊藤向日兵跤手介绍董江湖是总教官,要求大家尊敬总教官,好好学习中国跤法,并把柔道和中国跤结合在一起,为征服中国跤手而刻苦训练。

伊藤训话完毕,让董江湖给日本跤手说说中国跤的手法和绊子,董江湖立刻卖弄起来,说手讲绊,讲到高兴处,手舞足蹈,还将一名日本跤手拉过来,摔在榻榻米上。

马宝溜溜达达走了进来,居高临下地说:"总教官,我来试试你的身手。"

狂妄!太狂妄了,我董江湖在"三不管"将你摔得丢盔卸甲,再不敢朝面,手下败将还敢说试试我董江湖的身手,也不掂掂自己的分量,真是可笑至极!

董江湖觉得马宝在他手下乃小菜一碟,摔他一顿,正好叫日本跤手知道知道总教官的能耐。遂对马宝冷笑一声:"好好好,我来领教领教梅铁心高徒的高招。"

训练厅里有柔道服,有练柔道的器械,也有褡裢、跤靴,还有练中国跤用的大棒小棒花砖皮条,练功器械实战用品一应俱全,就在墙边摆着。这些都是马宝操持置办的。

马宝说话满脸含笑,却笑里藏刀:今天,我要跟你算算旧账,在日本人面前,我要抖抖威风,让你认识认识我马宝何许人也!

二人换跤靴穿褡裢,扎束停当,面对面拱手说个"请"字,随即晃身形走跤架,凑到近前。马宝显得十分随意,不像跤场上的真杀实砍。而董江湖一见马宝懈懈怠怠,也不好抢手用绊,害怕在场的日本人笑话他缺少大将风度。可转念一想,不行,这小子是在用障眼法,迷惑我,我得拿猫当虎待。想到此处,立刻发招,却听身后的伊藤喊了一声:"总教官……"

董江湖回头观看,马宝却趁机大跨一步,底手拢住董江湖的胳膊,上手裹住他的脑袋,一下"追命脑切子",连摔带砸把董江湖狠狠地切翻在榻榻米上。幸亏垫子松软,要是在跤场的土地上,说不定董江湖就会昏死过去。

马宝站起身来,董江湖也随之站了起来,他的脑袋被马宝砸得晕晕乎乎,但神智还算清醒。二人再一照面,董江湖手快腿快绊子快,也来了一下

"脑切子"，还没等绊子搁在马宝身上，马宝早有准备，纵身往旁边一跳，翻个跟头，躺在了榻榻米上——显而易见，让了一跤。

董江湖用手招招躺在垫子上的马宝，拉好架势，等着马宝起来再战。

伊藤过来了，二话不说，抬手给了董江湖一记耳光，打得董江湖在榻榻米上转了半圈。他还没醒过味来，就听伊藤吼道："马宝君是山本先生的朋友，跤馆顾问，他只是试试你的身手，你怎么跟他真摔？"

看着董江湖挨了一掌，马宝这才起身，来到伊藤跟前，绷着脸说："你的，怎么如此对待总教官？我这是培养他在跤馆的威信！"

再看伊藤，在马宝跟前站得笔直，听到马宝的训斥，连声"哈伊"，好像下级对待长官一样。

马宝脱下褡裢，又笑眯眯地来到董江湖跟前，不冷不热小声说："总教官，董江湖，你记住今天，讲摔跤，你输了，斗势力，我赢了。往后，你要好自为之。"然后又对那些日本柔道手大声说："你们，都要好好跟总教官学习中国跤！"说完，穿上自己的衣服，优哉游哉走出了跤馆。

董江湖一下子傻眼了，他没想到马宝在日本人面前如此得宠，更没想到，这是马宝和伊藤定下的诡计，给他来了个下马威。

此后，董江湖见到马宝，如同老鼠见猫一般心里发怵。要不，在直沽酒家喝酒时，他多说了两句话，马宝不爱听，冲着华人龙、高地虎等人，罚他三杯酒，他连大气都没敢出，乖乖地认罚，连喝了三杯。

议跤手备战擂台赛
争颜面赌命法国桥

赌
跤

平事端退日兵喝酒之后，匡正民告别华人龙等人，然后走到停在直沽酒家附近的汽车前，打开车门，送竹内回医院，竹内招呼伊藤和董江湖一同上了汽车。

华人龙看着匡正民发动机器，将汽车开走了，自言自语道："这个翻译官，还会开汽车，是个能人。"

高地虎说："他们走了，咱也走吧。"

华人龙说："不行，咱俩得回去，谢谢王老板。"

王云才正在门里看着他们。瞧见华人龙又折回来了，赶紧迎了出来，笑着说："华爷，天都快黑了，别耽误高爷入洞房啊！"

华人龙说："王老板，今天的事给你找了不少麻烦，此情后补吧。"

王云才说："谁跟谁呀，华爷，您太客气啦！"

高地虎也说了些客气话，这才和华人龙离开直沽酒家。

这一天的经历，让高地虎感慨万分："华爷，今天的事多亏你呀，我这一辈子，有你这么个好哥哥，我高地虎知足了。可惜，今天挺好的事，叫他妈董江湖带人给搅乱了，这笔账我给他记着，到时候再看我的！"

华人龙也很感慨："每当咱有事，翻译官就来帮咱，今天多亏他把竹内请来，给咱解了围。要不，那群日本兵真要把直沽酒家砸了，咱怎么跟王老板交代呀！这个翻译官，挣着日本人的钱，可又向着咱，把擂台赛的底泄给咱，可他对竹内又真心实意地好，真猜不透他何许人也。"

高地虎接茬说："翻译官像个好人。路遥知马力，日久见人心吧。"

华人龙说："日久见人心，这话不准。应该事久见人心——通过共事、处事、办事才能看出一个人的好坏。常言道，人在事在人情在。咱们就是个摔大跤的，他一个日本人的翻译官，总帮咱，为嘛呢？"

高地虎说："为嘛？看你华爷是真正的摔跤汉子呗。哥哥，你跟我们就是不一样，遇事总爱动心思。我这人在江湖上混，是朋友就得敬，是眼子就得弄。董江湖这样儿的势利小人，逮着机会就得弄他一顿。这个翻译官，通过今天的事，不仅帮咱解了围，还把擂台赛的事告诉咱，最起码跟咱够朋友，就冲这一点，我也得敬他三分。"

沉了沉又说："我的好哥哥，你怎么不言声了？一提擂台赛，我就知道你在担心我，怕我结了婚失了元气懈怠了练功，到时候上不了擂台。哥哥你放心，冯姑娘通情达理，我也不是贪恋女色的人，二五更功夫我照练不误。到重阳节那天，豁了命我也得上台打擂，反正不能让日本人占到一点便宜，保证不给你丢脸。"

华人龙点点头说："兄弟，我的脸不值钱，咱们不能给摔跤的祖师爷丢脸，不能给中国跤丢份儿。为嘛我极力把擂台赛拖延到九月九？咱人手不够，咱得码人啊。人家日本人不光有钱，而且人多，守擂的镇擂的，有日本人也有中国人。只凭咱们几个人上台打擂，摔不死也得累死。翻译官把信儿透给咱，就是要咱早做准备。我要到各门各派走走，多请些人，共同对付他们。"

高地虎说："谁能想到，咱要用人了，杨二愣却成了共荣跤馆的人。其实这小子，身大力不亏，调教调教，能摔一气。可惜，倒霉遇勾手，他被马宝勾走了，跟董江湖混在一起，怕要跟咱分道扬镳了。"

华人龙说："为嘛翻译官让我留心马宝？杨二愣这一来，我明白了。别看马宝不言不语，董江湖绝对不敢惹他。他把二愣拉到他那边，不光为了擂台赛，也许还有别的目的。二愣是个好人，咱不能看着他走下道，得拉他一把。兄弟，你我都用点心，扫听扫听二愣是怎么跟马宝混到一起的，咱好对症下药,把二愣拉回咱这边来。"

高地虎不以为然:"这年头,爹死娘嫁人,个人顾个人。亲的热的咱还顾不过来了,管他干嘛?在跤场我从没亏待过他,他非走下道,咱有嘛辙?"

华人龙说:"兄弟,好话一语三冬暖,冷言半句六月寒。见面你就数落他,伤了他自尊。他跟马宝走到一起,跟咱有关。"华人龙从不推卸责任,他说的"咱",其实是指高地虎。"这事怨我,当初对他应该多亲多近,指点他练功,教他些绊子,那样,也不至于离咱而去。"

"嗨,"高地虎说,"他根本不想学绊,更别说练功了。他老说一力降十会,穿上褡裢,有劲儿就行。他不说跟咱学点嘛,咱还能求着他教他绊子?咱也太不值钱啦!再说,他进了跤场就是急的,来了就想摔,摔完就走人。怎么教他?"

华人龙叹了口气:"二愣的姐姐是大直沽储富贵的媳妇,就冲这个咱也不能不管他。世界上哪有十全十美的人啊?谁要求朋友没缺点,谁就没有朋友。"

"行,我往后少数落他两句。"高地虎不无自嘲地说,"看不见他,也没机会数落他了。不过你放心,你说亲近他我就亲近他,我听哥哥的。不过,多一个二愣也不管用啊!"

华人龙说:"咱还得多请几个高人,彭友不是说过梅铁心老前辈的高徒陈默龙吗?哪天我去趟桃花堤,让陈默龙跟咱联手。你抽空去趟北京,把彭友及北京的高手请来几位,帮咱打擂,说嘛也不能叫日本人在擂台上占上风。借此机会,你好好培养培养你的徒弟们。另外,小良子一直说是我徒弟,别看没给我磕头,我也认他当徒弟了,这孩子人性不错,也灵透。他到你那儿摔跤,你多教教他。"

二人边走边说,到了岔道该分手了,华人龙又嘱咐高地虎:"回四那天,你们两口子带着祥子、娟子一块来我家,咱们两家聚会聚会。"

高地虎爽快地回答:"那是一定的。"

杨二愣和马宝混到一起,和高地虎不无关系。

当年,董江湖立跤场竖旗杆那天,好多摔跤人都聚在高地虎的跤场,面对尚武跤场发泄不满:这个说董江湖借日本人欺压同道,是仗势欺人,不地道。那个说,别看他叫董江湖,其实他不懂江湖道义,小人一个。还有人说,别看他自称快跤手,可他有奶就是娘,没骨气,不是汉子!杨二愣更是气冲牛斗,指着"尚武"的旗子大骂特骂,恨不得爬上旗杆把"尚武"旗子扯下来才解气。

其实,最生气的是高地虎。江湖上讲究不断人财路,而尚武跤场立在自己跤场的上风头,那是夺高地虎的饭碗子。众人不痛不痒地骂几句闲街,却没一个敢去砸场子——"只说不练",管个屁用?

高地虎知道二愣最恨董江湖,就用激将法挑唆二愣去尚武跤场闹事:"得了得了,二愣,你被董江湖摔怕了,根本不敢再惹人家,只能背后放放干气,痛快痛快嘴。你要真是汉子,凭你这身力气去跟他玩命,他不一定打得过你! "

杨二愣最忌讳说他和董江湖摔跤的事。那场跤,杨二愣太丢人啦!高地虎偏偏冲着这么多人说他挨摔的事,伤了他的自尊,立刻来了脾气:"赌跤我不行,我跟他赌命! "一跺脚,赌气走了,跤场再没露面。

杨二愣真去找董江湖赌命了。

那天,二愣正在六号门货场的车皮上卸石子儿,突然看见董江湖和脚行把头指指画画向他这边走来。看见董江湖,想想高地虎带刺儿的话,二愣把铁锹一扔,跳下车皮,来到董江湖跟前,不由分说,拉着董江湖就往北面道线上走。

董江湖问:"二愣,那边火车来来往往,上那儿干嘛去? "

二愣脖子一拧:"干嘛去?卧轨!赌跤我摔不过你,我跟你赌命! "

"承认摔不过我?回去练啊,练棒了再来找我呀。卧轨?你那条贱命,不值一赌。快撒手!"董江湖想甩开二愣的拉扯,没想到杨二愣脸色铁青,死死地抓着他胳膊,一副玩"死签儿"的架势。

董江湖回头看了看脚行把头,暗想,把头看我摔跤棒,又跟日本人关系好,巴结我,让我在他们脚行拿一份。杨二愣想栽我,要断我财路,想到这里,不管身旁就是道轨道木石头子儿,借二愣拉扯之力,顺势一个"叉踢"把二愣踢翻，摔在道轨上。随口说道："要死你自个死吧，董爷我没空陪你玩儿。"哈哈一笑，甩手回到把头跟前。

把头赶忙相问："怎么啦董爷？"

董江湖说："这小子摔不过我，要跟我赌命，拉我去卧轨。"

把头一听，笑了起来："这小子是不是得撞客了？敢跟董爷过不去，明天我就叫他滚蛋，脚行从此没他这一号啦！"

再看杨二愣，站起来，晃晃腰身，生疼。要是一般人就站不起来了，好在他皮糙肉厚，磕一下碰一下没事。他冲着铁道啐了口唾沫，恨恨地回到车皮上，接着卸石子儿去了。

冤家路窄。第三天下午，董江湖从货场出来，过海河去劝业场，走到法国桥当中，突然有人从背后将他连胳膊带手拦腰抱住："今天就今天吧，咱俩一块去见龙王爷！"那人说着，抱起他转身就到了桥边。桥面离水面两丈多高，河水汹涌澎湃，滚滚东流，人从桥面掉下去，不会水的难以活命，会水的命也难逃！

董江湖拼尽全身之力，扭动身躯，两脚乱踹，嘴里豁了命喊叫："干嘛，你干嘛？！"扭头一看，吓得魂飞魄散，抱住他的不是别人，杨二愣！

董江湖是快跤手，但两条胳膊如被绳索捆着动弹不得，双脚离地重心失控，有天大的能耐也施展不开了。再说，他是旱鸭子，不会水，真进了海河，他这一百多斤就立马交代了。

董江湖赶紧说软话："兄弟兄弟，咱不就是摔跤有点过节儿吗，有嘛条件你只管提，我都答应你还不行吗？好兄弟，快松手啊！"

董江湖一口一个兄弟，嘴里说软话，身躯拼命往下蹭。

杨二愣说："你断了高地虎跤场的人脉，又让脚行把我开除，砸了我饭碗子，你不让我活，你也甭想活！"

杨二愣边说边将董江湖的身子往上蹭了蹭，怕他双脚沾地就会用绊。董江湖借身子上蹭之力，趁机抽出一只胳膊，顺手抓住头顶上的铁栏杆，再一挣崴，另一只胳膊也抽了出来，两手就近抱住桥膀子的斜梁，两只脚玩命踢蹬，声嘶力竭地喊："快来人啊，救命啊，救命啊！"

杨二愣抱住董江湖的大腿使劲往下搜，董江湖抱住铁斜梁玩命不松手……

法国桥上人流不断，董江湖的求救声惊动了来往行人。工夫不大，围观的人群就堆满了桥面，堵塞了交通。桥两边的警察赶紧来到出事地点，喝令杨二愣放下所抱之人，去到警局解决纠纷。

围观的人们也都上来帮忙，终于把二愣的手掰开了。再看董江湖，脸色煞白，汗珠子嘀嗒嘀嗒往下掉，两脚一落地，像鹰爪下脱逃的兔子，飞似的跑了。

董江湖跑了，杨二愣却走不了了。警察来到二愣面前，厉声说道："打架斗殴，影响交通，走，跟我去警局！"二愣是扛大个儿的苦力，害怕官面，面对警察，心慌意乱，不知如何应对。

却见一个人来到警察面前，笑着说："我们是自家弟兄，这事由我处理，没你们的事。"随即从怀里掏出"派司"，递给警察，警察看了，点点头，把"派司"还给那人，扭头走了。

持有"派司"的这个人是谁？马宝。跳河赌命这一幕，恰巧被他看了个满眼。二愣不认识他，他却知道杨二愣，觉得二愣这个大汉有用，上前拍拍二愣肩头："你就是大名鼎鼎的大力士杨二愣杨爷吧？真棒，天津卫这么有名的快跤手董江湖，被你吓破了胆，走，我请你登瀛楼喝两杯，交个朋友。"

眼见这人三言两语把警察打发走了，给自己解了围，二愣认定这是个人物。他请喝酒，还要交他这个朋友，如此高抬他，哪能不去？

二愣突然觉得"跳河"壮举自己也成了人物，马上挺胸叠肚，英雄起来，跟着这人去了登瀛楼。

到了登瀛楼门口，马宝开门请二愣先进，门里两位穿旗袍的妙龄女郎微笑迎客："先生里请，几位呀？"莺歌燕语让二愣心里麻酥酥的，不知如何回答。

马宝跨前一步，回答道："就我们俩人。"掏出"派司"晃了晃，一位女郎嫣然一笑："二楼请，随我来。"

来到二楼，一位穿半袖紫色工装的女郎迎了上来，和旗袍女郎打个招呼，将二人领到"怡然阁"，打开房门，开亮了屋顶灯，说声："请进。"

屋子中间摆放一张圆桌，四把软垫高背椅，北面靠墙一溜沙发。整个屋子干净雅致，让人觉得神清气爽。

马宝让二愣入座，自己坐在二愣对面，然后对女郎说："先来壶高级花茶。"

工装女郎把一本菜单递到马宝眼前："先生，您看菜单，我去沏茶。"

马宝把菜单推给女郎："看着安排吧，有鱼有肉有虾段就行，再来一瓶陈年直沽高粱。"

女郎把沏好的茶水端上来，转身去安排菜肴。

马宝先斟半碗茶，又倒回壶里，砸一下，闷了闷，重新斟茶半碗，送到二愣面前。一股清香直钻二愣鼻眼。

二愣想，如此好茶，才给我斟半碗，这一壶也不够我喝的呀。但没好意思说出口。

工夫不大，酒和菜都上来了。

马宝打开瓶盖，一股浓郁的酒香弥漫开来，好酒！马宝先把二愣眼前的酒杯斟满，再给自己斟满，然后对二愣说："杨爷，我敬你一杯。"

二愣说："你这酒斟的比茶还满，端不起来了。"

马宝说："酒要满，茶要半，这是待客的规矩。酒杯端不起来，那就龙饮吧。"

二愣问："嘛叫'龙饮'？"

马宝做了个示范动作，低头拱嘴，嘴唇凑近杯口，"吱溜"一嘬，酒液进到嘴里。

二愣说："趴着喝，我会。"他学马宝的样子，"龙饮"一口，半杯酒进肚。

"吃菜吃菜！"马宝把一块虾段夹到二愣的吃碟里。

二愣也不客气，吃了虾段，就奔东坡肘子下手："还是大肉带劲。"

马宝又是斟酒又是布菜，殷勤地照顾杨二愣。二愣甩开腮帮子连吃带喝，肚子有了底才想起问问人家姓甚名谁："你看，这又吃又喝的，我还没问你老哥贵姓呢，哪道发财呀？"

马宝笑了："我姓马，叫马宝。在共荣跤馆混事。"

"在跤馆混事？你会摔跤？你师父是谁？"杨二愣连声相问。

马宝一一作答："不会摔跤怎能在跤馆混事？不瞒你说，名震寰宇的跤坛前辈梅铁心是我舅舅,也是我师父。"

"哦,你是梅铁心的徒弟?"摔跤人哪个不知道梅铁心?二愣出入跤场,不管是谁提起梅铁心都敬慕有加,没想到眼前这位马宝就是梅铁心的徒弟,不由得有感而发:"我要跟梅铁心学上二年,就能摔败董江湖了。"

"那是一定的!"马宝夸张地说,"看你身量,凭你力气,现在董江湖就怕你,要在梅家门练上二年,保你摔遍天下无敌手!"

好酒好菜吃得杨二愣美滋滋的,好言好语听得杨二愣晕晕乎乎。在马宝面前,杨二愣飘飘然了。

"那行,"二愣天真地说,"哪天你带我去见见梅铁心梅师父。"

马宝看了一眼杨二愣,心想,傻小子还挺实在,梅铁心早死了,上哪儿去见他?杨二愣见马宝没及时回答,忽然想到,拜师,尤其拜名师,不仅要摆拜师宴,逢年过节还得孝敬师父,现在脚行不要我了,连饭门都没了,还想拜师?想到这儿,底气不足地问道:"不摆拜师宴行吗?师父不收我,你能帮帮我吗?"

马宝要的就是最后这句话:"帮你?行,我能帮。不过……"

"不过嘛?"见马宝欲言又止,二愣就说,"你要为难,我就不拜师了,就凭我这身力气,也能摔一气。"杨二愣原本对学艺兴趣不大,要有学艺的心,在跤场问问华人龙,他不能不教。如今,他被董江湖摔惨了,这才觉得光凭力气摔跤不行,还是得学几个绊子。

马宝说:"杨爷,我师父早已去世。这样吧,哪天我带你见见我表妹,就是我师父的独生闺女。她要同意你进梅家门,你就是梅家门的弟子了,我可以代师训徒,就跟师父教你一样。顶多二年,别说摔董江湖,就是陈默龙、华人龙也不在话下。"

"华人龙,这人仗义,对我不错,是好人。陈默龙是谁?没听说过。"

"陈默龙是我舅舅的徒弟。不过,这人不够哥们儿,我懒得理他。"

"要那样的话,你代师训徒,就是我师兄,我就是你师弟,你可别再杨爷杨爷的喊我啦,行不?"

"行是行,代师训徒是有规矩的。"

"嘛规矩?"

"一切都得听师兄的,就跟听师父的一样。"说完这话,马宝两眼盯着二愣,看他如何回答。

"行,我听你的。不过,我现在吃饭都没着落,没钱摆拜师宴,也没钱请师兄呀。"

"别的都不重要,只要听我的就行。"马宝端起酒杯,"干了!杨爷,不,师弟,咱哥俩一见如故,嘛活别说,全在酒里了!"

干了酒,二愣抹抹嘴头,刚见面时的豪气没了,还得求马宝:"师兄,我看你不是一般人物,你跟脚行人说说,我还得去脚行干活呀!"

"脚行,不去了,活累钱少。去共荣跤馆吧,摔跤为主,干点零活,主要给我当帮手——钱多,还有吃有喝。"

杨二愣有点犹豫:"董江湖在跤馆,我们俩这么大的仇,凭摔跤,我现在还摔不过他;凭势力,他是日本人的红人,去跤馆,哪有我好果子吃。"

马宝大包大揽:"没事,有我呢。别看他咋咋呼呼的,他得听我的。前些日子,他刚到共荣跤馆当总教官,我就在日本人面前跟他过招,一下'脑切子'差点把他摔回国。再见了我,他就服服帖帖了。你放心吧,从今往后,你是我师弟,他不敢惹你。不过,冲着外人,给他留点面子,这面子是给他师父竹内豪仁的。"

从此,杨二愣成了马宝师弟。

三天后,马宝安排他到共荣跤馆上班了。

赌跤

第二十一回 谋生路莽汉入歧途
救儿子慈母回故里

杨二愣来直沽酒家找马宝，真的有急事，是姐姐让他办通行证的事。

父母死得早，是姐姐把二愣带大的。然而，姐夫惨遭日本人枪杀，姐夫老娘猝然而亡，一天死了两口人的横祸落在姐姐头上，那当口儿姐姐多需要他呀，直到下葬那天，他也没露面，待他知道姐姐家惨遭变故，一切都晚了……

后来，储杨氏弄清了二愣没给储富贵送葬的真正原因是一场误会，也就原谅了他，终究是一奶同胞的亲弟弟。

但是二愣对姐姐一直怀有愧疚之心，总觉得对不起姐姐。因此，只要姐姐让他办的事，哪怕微不足道的小事，他总是尽心尽力，绝不耽搁。

前两年，姐姐为了还债，卖了房产住进了窝棚，这期间，二愣很少去看望姐姐，不是不想去，是怕给姐姐增加负担。自己穷得吃了上顿没下顿，怎能两手空空去看望姐姐。心里总想帮姐姐一把，实在是心有余而力不足。

偶尔去趟姐姐家，姐姐总让他吃了饭再走。二愣饭量大，不敢吃饱了，他要吃饱了，姐姐就得饿肚子。

自从到共荣跤馆上班，杨二愣的生活不仅有了着落，且自我感觉良好，觉得"地位"一下子提高了一大截——在跤馆打杂混事的中国人，都叫他"杨爷"。

而且他没想到,共荣跤馆的待遇如此丰厚:第一个月的工钱拿到手,竟然比他扛大个干苦力挣的钱高出三倍。一个月中,马宝带他去中国大戏院听了三场"大戏",到玉清池泡了四回大澡,听完戏泡完澡,不是去登瀛楼就是去苏闽菜馆又吃又喝。嘿,他杨二愣抖起来了。

　　二愣认为自己混出了人样儿,有能力帮助姐姐了,于是就想弥补他内心的愧疚。每个月拿到工钱之后,第一件事就是买上吃的用的,去看望姐姐。临走,再给姐姐留下十块钱。

　　储杨氏留下东西不要钱:"自从我到樊姨家当了保姆,我和你外甥过得挺好。主家对我们娘俩跟一家人一样。小良子在樊姨的辅导下,天天学习,现在的文化知识相当于中学生水平。而且小良子得空就去大直沽后台,去找华爷学跤练功。樊姨夸奖小良子,说他文武兼修,将来能干大事。另外,小良子拉胶皮,除了接送樊姨上下班,其余时间还可以拉点私活,挣点外快——现在,姐姐不缺钱。"

　　为了让姐姐相信他现在有能力了,杨二愣常在姐姐面前自卖自夸:"姐,我在共荣跤馆,拿钱不少,干活不多,而且是个自由兵,愿意干嘛就干嘛,有我师兄马宝罩着,没人敢管我。我跟马宝不光是师兄弟,还是莫逆之交,他手眼通天,我找他办事,没有他办不到的,特别够朋友。姐姐你有为难事,我跟马宝说一声,保证能解决。"

　　杨二愣把马宝当成了活神仙——法国桥那儿的警察都惹不起马宝,一般人更不在话下。在共荣跤馆,包括日本人在内,哪个见了马宝不客客气气?要不,也不会他一句话就让二愣进了共荣跤馆。

　　二愣头一天去共荣跤馆报到,万没想到,迎接他的竟然是董江湖!当时他的心咯噔一下,越怕碰见谁,偏偏就碰见谁,真是冤家路窄!二愣暗攥拳头,做好了挨摔的准备。同时,也想好了以死相拼的招数。

　　出乎意料,董江湖见了他,竟然面带笑容,拱手而言:"二愣兄弟,听马爷说,你要来跤馆,我真替你高兴——到了这儿,就算端上了铁饭碗。你现在成了马爷的师弟,往后咱就是一家人了,你可要在马爷跟前多给我美言几句呀!"

　　瞧瞧,从董江湖的话里,足以看出马宝在跤馆是个举足轻重的人物。

赌跤

董江湖还凑到二愣跟前，十分亲切地小声说："兄弟，过去的事谁也不许再提，那篇翻过去了。在日本人这儿混饭吃，咱俩要多亲多近，互相关照。"

一朝被蛇咬，十年怕井绳的杨二愣，表面看，傻傻乎乎是个莽撞人，其实他心里有数。面对眼前这个董江湖，他丝毫不敢放松戒备，怕董江湖故技重演，像在六号门货场那样，突然出手，将他摔得腰腿疼痛了半个多月——你想啊，卧轨、跳河，这么大的碴巴过节儿，他董江湖能不记仇？

二愣明白，董江湖是看马宝的面子才假装客气，不笑强笑。但可以肯定，他是笑里藏刀，逮着机会再下毒手。这套玩意儿，我杨二愣，懂！

正在此时，马宝走了过来："师弟，往后你就跟总教官董爷在一起，每天干嘛活由董爷分派。"

没等二愣做出反应，就见董江湖对马宝说："马爷，二愣兄弟交给我，你就放心吧。"转脸对二愣说："兄弟，训练厅里的事，马爷和伊藤都让我做主。每天你愿意几点来就几点来，愿意几点走就几点走。闲着没事你愿意练练功夫就练练功夫，实在没事干你就整理整理训练厅的器械，搞搞卫生，反正咱都听马爷的。"说完，又对马宝说："马爷，要不，我先领二愣兄弟到训练厅转转？"

马宝点点头，满意地笑了："总教官，把我师弟交给你，我放心。"

既然马宝这样说了，二愣只好跟在董江湖身后，去训练厅转了一圈。但他始终与董江湖保持一定距离，他怕对方突然发招将自己摔躺，叫人看见，栽跟头。

董江湖明知二愣怀有戒心，却谈笑风生头前带路，走进训练厅，向二愣介绍训练厅里的情况，显得很亲近、很从容，也很大度。

二愣每天按时来到跤馆，先把训练厅打扫干净，也就是半个钟头的活，然后就练练功夫——不会什么功夫，瞎练。只要跤馆馆长伊藤来到训练厅，董江湖就在伊藤面前夸奖二愣，说他这好那好，什么都好。

半个月后，杨二愣悬着的心落地了。他没想到，堂堂的快跤手董江湖，现今他的直接上司，对他放任自流，他杨二愣成了共荣跤馆的自由兵。

储杨氏为嘛要让二愣弄个通行证呢？

最近半年,储杨氏发现儿子有些异常,时不时地半夜回家,而且显得很疲倦。问他干嘛去了,儿子总是支支吾吾,不是说去跤场摔跤了,就是说接樊姨回家之后,有人要坐他的胶皮去串亲,为了多挣点钱,所以回家晚了。再问,儿子就说,妈妈您就放心吧,我绝不做下三烂的事,更不做对不起良心的事。

儿子越让她放心,储杨氏越不放心,她怕儿子不学好走下道。为此,她就一再逼问:"为嘛你隔三岔五地半夜才回家?"

母亲急哭了,储友良才实话实说:"樊姨在医院里筹集了一些紧缺药品,我用胶皮车拉着她,将药品送到乡下,救济穷苦人。"

储杨氏问:"有危险吗?"

储友良说:"没危险。每次都是匡先生办好了通行证才让我们去。不过,这事您要保密,不要跟任何人说。"

储杨氏还是有疑问:"有通行证,怎么你还半夜回家?"

储友良说:"有时候乡下要货要得急,匡先生来不及办证,我们只好擦黑出城,躲开有日伪军把守的路口,绕道而行。"

储杨氏纳闷,樊医生两口子挣这么多钱,干嘛还冒险倒腾药品呀?但她又感恩樊晓惠,不好阻拦儿子跟她去乡下。于是,她有了要二愣帮助小良子弄个通行证的想法。

这天,二愣来看姐姐,储杨氏就把想了又想的心事对兄弟说了:"你外甥时不时地去乡下倒腾点小买卖,你给弄个通行证吧,有了通行证,良子再去乡下,我就放心了——孩子大了,总想多挣点钱。"

二愣说:"姐姐,现在这么乱,别让良子往乡下跑,缺钱,我给。当初我姐夫要是不去乡下做买卖,也不会……"

二愣所说的"乱",一点儿不假。在市里,学生游行,工人罢工,市民抵制日货,够"乱"的。在天津周边地区,八路军、游击队今天端炮楼,明天打伏击,弄得日伪军焦头烂额,惶惶不可终日。

二愣一不留神提到姐夫的死,储杨氏立马变颜变色,不再说话。

二愣怕姐姐误会他的好意,赶紧顺着姐姐的意思说:"好好好,不就弄个通行证嘛,我去办还不行吗?"

赌跤

通过马宝，二愣还真弄了两回临时通行证。临时通行证只管三天，过期作废，再用再办，挺麻烦。

这天，储杨氏又让二愣弄张通行证，而且挺急，说小良子今天就得去乡下送一批球鞋洋袜，对方要货要得多，要得急，能赚一大笔钱。

二愣答应姐姐马上办，却找不到马宝。其实，二愣知道马宝和伊藤还有董江湖去了直沽酒家参加高地虎的婚宴。按说中午本该回来，到了下午三点还没见到马宝。拿不到通行证，姐姐那儿不好交代，实在等不及了，二愣才到直沽酒家去找马宝。

若不是为了姐姐，二愣说嘛也不去直沽酒家找人，他怕碰见高地虎。高地虎这小子，人越多越数落他，所以他不想参加他的婚礼。他更怕碰见华人龙。姐姐经常提到华人龙是她家的大恩人，在储家陷入绝境的时候，是华人龙仗义疏财，跑前跑后，忙上忙下，亲自到棺材铺赊了两口棺材，让死者入土为安。完事，还在直沽酒家摆了两桌，替储家答谢忙活人。

华爷和储家仅仅是邻居呀，他的所作所为，谁不佩服？可华爷最恨投靠日本人的人，华爷要知道他杨二愣在共荣跤馆混事，怎么看他？

但事情紧急，二愣还是去了大直沽。他在酒家门口等得心焦，看见马宝出来，隔着老远就大声招呼马师兄，这一招呼不要紧，华人龙和高地虎都看见了他，高地虎又数落他一顿，弄得他上不来下不去，要不是马宝解围，他还真不好下台。

二愣随马宝匆匆离开直沽酒家，径直来到日本洋行门口，二愣在外面等着，马宝进去好一会儿才出来，递给二愣通行证时，马宝多问了一句："你外甥怎么总往乡下跑？"

杨二愣没把马宝当外人，就把外甥储友良倒腾小买卖的事跟马宝说了。

马宝也不拿二愣当外人，一再嘱咐二愣，时局太乱，要他外甥多加小心，这阵子日本人检查得特严。

二愣谢了马宝，急急忙忙把通行证送到姐姐手里。他对姐姐说："马宝，讲义气，够哥们儿，他就是我的贵人！"

储杨氏有了通行证，立马交给储友良，储友良立马把通行证交给樊晓惠，樊晓惠把事先准备好的药品放到胶皮车车底的箱子里，她坐在车上，身边还有个纸箱子，里面装着农村少见的食品和布料，如同乡下串亲，乘着夜色直奔约定地点。

储杨氏让杨二愣弄通行证的事，起初樊晓惠并不知道。当储杨氏第一次在樊晓惠的面前将通行证交给储友良时，樊晓惠大吃一惊："哪来的通行证？"

储杨氏就把弄证的经过如实相告，并再三表示："我是为了你们去乡下方便，防备日本人检查的。樊姨你放心，二愣是我亲兄弟，我嘱咐他了，不会乱说的。"

樊晓惠理解储杨氏的心情，考虑再三，收下了通行证。

这事让匡正民知道了，他批评樊晓惠违反了地下工作的纪律。他说："敌人肯定已经注意到了你们。为了迷惑敌人，你们就将错就错，真的做两次小买卖，半点违禁物品不许有，挣的钱就寄给你外地的娘家，就说娘家有病人。"

果然，樊晓惠利用杨二愣弄来的通行证，做了两趟买卖，挺顺利。

这一次，因为樊晓惠得到上级紧急通知，说部队有一批伤病员生命垂危，急需盘尼西林，让她想办法急速解决。

樊晓惠筹备好了药品，却一时找不到匡正民，就自作主张，请储杨氏找她弟弟弄了通行证，吃过晚饭就上路了。

一路上还算顺利，遇到两拨检查的，一看通行证就放行了。

然而，到了预定地点，与接货人接上头，刚要把药品交给对方，六个便衣特务突然出现，将他们围住了。

樊晓惠不慌不忙拿出通行证，便衣特务看也不看，将樊晓惠拉下胶皮车，从座位下将一箱盘尼西林翻了出来。

樊晓惠知道暴露了，马上采取补救措施，又哭又闹缠住敌人，让接货人得以逃脱。

樊晓惠和储友良被逮进了日本宪兵队。

二愣要命也想不到，他心中的"莫逆之交"马宝，早已成了山本的忠实走狗。为嘛马宝在共荣跤馆没人敢惹,连日本人都让他三分? 因为马宝是山本四郎"以华制华,以跤制跤"的一颗重要棋子,还肩负暗探、间谍任务。

二愣进跤馆,马宝事先向山本做了汇报,山本立刻动用手下的小特务对二愣进行调查。没用三天,山本就了解到杨二愣有个姐姐储杨氏,是樊晓惠家的保姆,主仆关系密切。樊晓惠和匡正民都在日本留过学,但山本对他们一直留有戒心。山本知道竹内与匡正民关系很好,竹内的反战情绪与匡正民不无关系。通过二愣,可以从明的、暗的不同角度窥探匡正民夫妇的行动。

杨二愣有利用价值,这是他进入共荣跤馆的主要原因。二愣每次找马宝办理通行证,没有山本点头,根本办不了。可惜,二愣被人利用,被人卖了,还蒙在鼓里。

樊晓惠筹集药品的事,山本四郎通过医院的眼线知道得一清二楚。他认为樊晓惠倒卖药品,绝不是为了赚钱,而是为了治疗八路军游击队的伤病员。她很可能就是潜伏在医院里的共产党地工。否则,哪有胆量往乡下偷运药品?

这一次,医院那边传来密信,樊晓惠要把贵重药品盘尼西林运往乡下,山本认为,到了收网的时候。

根据马宝汇报的情报,山本严密布控,派人跟踪,人赃俱获,认为这次逮到了大鱼,樊晓惠这条线上的地下组织,必定会悉数落网。但是在樊晓惠的掩护下,接货的人还是跑了。没有接货人,认定樊晓惠是共产党就没了证据。山本恼羞成怒,命令手下对樊晓惠和储友良严刑逼供,逼迫他们说出共产党的地下组织。

与此同时,匡正民也被山本软禁起来。

储杨氏并不知道樊晓惠和储友良已被逮进了宪兵队。可这次儿子和樊晓惠走了之后,她就心神不定。她没回自己的家,一直待在樊晓惠家,等待他们安全归来。她从天黑等到半夜,从半夜等到凌晨,一直等到天亮,仍然不见他们的影子。

储杨氏一夜没合眼,两个眼皮老跳。左眼跳财,右眼跳灾。她不想发财,只想没灾,只想儿子和樊晓惠平平安安地回来。

最让储杨氏坐卧不安的是，每次樊晓惠下乡，匡正民必定下了班立马回家，可这次，樊晓惠和小良子拉着药品走了，却始终没见匡正民露面。

储杨氏有了一种不祥的感觉。

第二天中午，储杨氏既见不到儿子和樊晓惠回来，也没见到匡正民，只好去找她兄弟杨二愣想想办法。

面对姐姐的担心，二愣大大咧咧地安慰姐姐："不会有事，他们这次不是货多吗？为了多赚钱，肯定费工夫。"

储杨氏问二愣："怎么匡先生也不回家呢？你领我去他上班的地方找找他。"

二愣说："匡先生上班的地方，不是谁想进就能进去的。姐姐你就回家吧，我不是给他弄了通行证嘛？这种通行证，是日本人的特别通行证，路上没人敢拦，姐姐你就放心吧。"

储杨氏说："不行，我这心里没着没落的。你不是说马宝是你的贵人，手眼通天吗？我跟你去找他，让他帮忙打听打听。"

姐姐如此着急，杨二愣怎么安慰都不行，只好领着姐姐去找马宝。找了好几个地方，却不见马宝的踪影。

这个时候的马宝，因为逮捕樊晓惠和储友良受到山本四郎嘉奖，正和横路玲子缠绵在一起，喝庆功酒呢。

一连三天，储杨氏既看不见儿子和樊晓惠回家，也见不到匡正民的人影，她一个妇道人家，除了找自己兄弟，还能找谁呢？可是找了二愣，二愣找不到"贵人"马宝，他也束手无策。储杨氏吃不下饭，睡不着觉，叫天天不应，叫地地不灵。突然，她想到了华人龙。

离开大直沽后台好几年了，储杨氏再不想回到那块伤心地。但是为了儿子，万般无奈，只能去求华人龙帮她想办法。

这天一大早，储杨氏就到了大直沽后台，站在华人龙家门口，举起手要敲门，又犹豫起来，欠人家那么大的人情还没还了，现在又来麻烦人家，华爷能管吗？她把手又放了下来。

就在此时，华人龙从铁道边练完功回来了。

华人龙见是储杨氏,不无惊愕地问:"大嫂,怎么在门口站着不进去呀?"

储杨氏不无尴尬地谎说:"怕,怕你们家的人还没起来呢。"

华人龙估计储杨氏有事,要不也不会这么早来他家。他很客气地把储杨氏让进家里。华人龙的媳妇早已起床,见是老邻居储杨氏,特别热情:"好长时间没和大嫂见面,还挺想的。这些日子没见小良子来学摔跤,他忙嘛了?"

提到儿子,储杨氏的眼泪哗哗地流了下来了:"我是实在没辙了,只好又来麻烦华爷。"

华人龙说:"大嫂,有事你慢慢说,你放心,你家的事,我一定尽力。"

储杨氏把小良子和樊晓惠去乡下的事说了,跟二愣没说的话,也跟华人龙说了:"这次,他们往乡下送的是盘尼西林,好几天了,一点儿音讯没有,我就怕日本人把他们逮起来啦……"

华人龙意识到,他们偷运药品与八路军、游击队有关,要真被日本人逮进去,想把人捞出来,难!

但是华人龙只沉吟了一下,还是满口答应下来。

送走了储杨氏,华人龙立马去了大直沽中街的刘文斌与何义礼家,简述了储杨氏求他找人的事,让这两位盟兄分头去找城里居住的张友年和翟国卿,他自己去地道外找高地虎,再找摔跤界各门各派的朋友帮忙,多方查询,打听储友良、樊晓惠的下落。

他们约定好,不管查没查到储友良、樊晓惠的信息,三天后的下午五点,哥几个在直沽酒家碰头,研究下一步行动。

华人龙交了一地的好朋友,皆能生死相托,患难与共,各个都能为朋友两肋插刀。

为了帮助一个弱女子查找儿子,轻易不张嘴求人的华人龙,一句求助的话,比当年"黄三太指金镖借银两"还有威力。黄三太为保彭朋做官,凭艺压人,与绿林好汉窦尔敦在李家店比武,结下了冤仇。

而华人龙把邻居家的事当成自己的事,当然比黄三太更得人心。因此,不用华人龙多说,听到信儿的朋友们,无不尽心尽力地协助华人龙找人。

赌跤

书惠友名儒慕草莽
遇恶魔硬汉遭枪杀

按约定，这天下午五点之前，张友年、翟国卿、刘文斌、何义礼还有高地虎，陆陆续续走进了直沽酒家的"惠友"雅间——就是原来的一号单间。

华人龙还没到，却有一个生人提前坐在了屋里。

所谓生人，其实也是大直沽人，而且还颇有名望，只是他和摔跤人少有往来。这人名叫周智墨，博学多才，书法上独树一帜，他是应酒家老板王云才特邀，来此会见华人龙的。

雅间门楣上"惠友"二字的牌匾就是周智墨书写的。

高地虎的婚礼在直沽酒家举办之后，凡和华人龙关系不错的跤坛朋友就常来这里聚餐。颇有经营头脑的王云才，触景生情，就想给这个单间起个响亮的名号，叫"聚友厅"或是"会友堂"，就像水泊梁山的"聚义厅""忠义堂"那样，让摔跤的朋友们走进这间屋就感到豪气、痛快，以便吸引更多的摔跤人来此喝酒用餐。于是，他请来大直沽的书法家周智墨，说了自己的想法，求赐墨宝。

周智墨为人直爽且幽默，他说："华人龙和他的朋友，都是侠肝义胆的豪杰，直沽酒家最好的单间留给他们天经地义。对直沽酒家来说，他们来此，就是惠顾，我给起个'小名'吧，叫'惠友'，谐音就是'会友'，牌匾和客人都占个'惠'字，还都是朋友，这样就名副其实了。其他单间最好也挂上牌匾,客人看着高兴,后厨和跑堂的叫着也方便,虽有附庸风雅之嫌,却提升了直沽酒家的档次,不知王老板意下如何?"

周智墨虽为名儒,却出身于商贾之家,说起经营之道也不外行。

周智墨这么一说,王云才特别高兴:"周先生,您考虑得真周到。得了,一事不烦二主,所有单间您都给写个牌匾吧,我不怕多花几两银子。"

周智墨笑了:"王老板,你想多了,我可不是为了多赚润笔费啊。"

一则王云才在大直沽一带名声不错,二则周智墨也是个爽快人,没有名儒的架子。当场写了"惠友",又泼墨挥毫,给各个单间都写了牌匾。

完事,王云才非要拿钱给周先生润笔费,周智墨又笑了:"乡里乡亲的,写几个字还要钱?我也高抬自己一把,把我归到惠友之中,哪天华人龙来此喝酒,你事先通知我,叫我来喝杯蹭酒,就算润笔费了。我挺佩服华人龙的,愿意和华人龙他们坐在一起说说话,聊聊天,让我也沾点豪侠之气。"

这不,王云才知道华人龙他们今天聚会,王云才就提前把周智墨请来了。

跤坛好汉们一向讲究"能失江山,不失嗻和(约会)",从不误时的华人龙,今天的聚会晚到了一个多钟头。

华人龙走进"惠友",强打精神向众人道歉:"对不起对不起,晚点了,一会儿我自罚三杯。"扭头一看,周智墨也在,认识,赶紧对周智墨拱了拱手:"周先生光临,幸会幸会。"

王云才看见华人龙来了,也进了"惠友",待华人龙落座,就把周智墨书写牌匾的事情说了一遍,最后着重描了描:"周先生就是冲着华爷和华爷的朋友们才给这间屋起名'惠友'并惠赠墨宝的。这幅字比华世奎写的劝业场一点儿不差,少说也得值几百,可周先生分文不要,只要跟华爷坐坐,与跤坛朋友们喝杯酒。周先生佩服华爷,佩服华爷的朋友都是英雄好汉。"

周智墨说:"华……"刚说了姓氏,那个"爷"字却叫不出口,犹豫了一下,还是按文人的习惯说道:"华先生,一介书生不揣冒昧,可别让几位扫兴啊。看你们几位有事相商,若不方便,我改日再来。"

周智墨发现华人龙进屋时脸色不对,故而这样说。

华人龙说:"周先生,您在此一坐,是给我们哥几个脸上贴金,高兴还来不及了,焉能扫兴?今天我们哥几个还真有点事,但这事不背您,正好请您指点迷津,帮我们这些摔大跤的粗鲁汉子出出主意。"

刘文斌等人觉得周智墨实在,没有一般文人咬文嚼字的酸气,言谈话语间还多有豪爽之气,可交,也都与他攀谈起来。俗话说,喝酒喝厚了。可还没喝酒,舞文弄墨的和习武练跤的就有了亲近之感。

酒菜上桌,杯中斟酒,没等开喝,华人龙先端起酒杯:"我事先把哥哥兄弟们约来,我却迟到,实在不该,我先自罚……"

华人龙的话还没说完,张友年拦住了他:"人龙,你的为人谁不知道,没有特殊事,你不可能迟到。咱们都是自家弟兄,别罚了,我看你心中有事,是不是查访储友良的事遇到了什么麻烦?"

高地虎刘文斌马上接茬说:"对对对,咱今天又不是喝闲酒,罚嘛?友年大哥发话了,免罚了。"

华人龙却端着酒杯说:"老大哥发话,我不能不听,可我又不能坏了酒桌上的规矩,那就罚一杯表示歉意吧。"说完,把杯中酒一饮而尽。

周智墨情不自禁地感叹道:"小小的一杯酒,品出华先生的人格,也看出诸位的情谊,可敬啊可敬。"

高地虎说:"为嘛我们大伙都服华爷?华爷嘛事总是做在头里,不叫任何人挑出毛病来,谁能不服?周先生,这是不是叫身先士卒?"

周智墨微微一笑:"是,也不是。说是,华先生乃信人也,处处以身作则,讲究诚信,颇有季布一诺千金的风范,所以大家服他。说不是,华先生和你们几位都是肩膀一般齐的弟兄,没有高低贵贱之分,华先生不是将军、元帅,你们也不是属下、士兵,说他身先士卒,不妥。"

高地虎说:"周先生这么大学问,说话还挺直,够朋友。不过,我们都是摔大跤的,不配当先生,你把华爷叫先生,听着不顺耳。不如直呼其名来得痛快。"

周智墨说:"对,你说的有道理。我比华先生虚长几岁,就叫他人龙吧。"

华人龙说:"周先生,我们弟兄都是直来直去,您可多担待,您怎么叫着顺嘴就怎么叫,没关系。咱们边吃边聊,我先说说有关查找储友良、樊晓惠的事吧。"

除了周智墨，华人龙跟在座各位都交代过这件事，现在重复一遍，主要是说给周智墨听，让周先生了解事情原委。

　　周智墨听了华人龙的叙述，心中佩服，暗暗点赞：人们都说摔大跤的四肢发达、头脑简单，可华人龙就不简单，他受人之托，忠人之事，而托他之人储杨氏既不是他朋友也不是他亲戚，仅仅是曾经的邻居。储杨氏在走投无路的时候去找华人龙，足以证明储杨氏对华人龙的敬重和信任，同时也彰显了华人龙的人格魅力。

　　说完储友良的事，华人龙一反常态，跟谁都没打招呼，端起酒杯，自己干了。

　　刘文斌说话了："人龙，今天怎么啦？没打听到储友良他们下落，咱再去打听啊，干嘛冲着大伙你自己喝闷酒？你心里还有别的事？不是当哥哥的说你，你这人嘛都好，就是一样不好——遇见事总想自己扛。说好听的，你这是疼爱朋友；说不好听的，你眼里还有我们这些弟兄吗？"

　　朋友堆里，刘文斌号称小诸葛，他最了解华人龙的性格，有好事，他跟弟兄们一起分享，有难事，他尽量自己担当。今天，华人龙一进门，刘文斌就看出华人龙心里有事，还一定是大事！要解开人龙的心结，他只能用激将法，迫使人龙说出心中事，即便是天大的祸事，也好让大家一起分担。

　　刘文斌的话说完了，再看华人龙，义形于色，眼里闪动泪花，长叹一声，说出了一个令人震惊的噩耗……

　　华人龙答应储杨氏寻找储友良、樊晓惠之后，除了叫朋友们帮忙，他自己也是马不停蹄跑了好多地方。当然，他不是瞎驴撞槽，而是有的放矢。

　　他去了城乡接合部的几个路口，先是询问来往行人，无果。再问路边住户，见没见过一个拉胶皮车的年轻人拉着一个女人从这里经过？问了多人之后，有位五十多岁的庄稼人挺神秘地说，前几天，刚掌灯的时候他出来解手，影影绰绰看见六七个不明身份的人，将一辆胶皮车连车夫带车上的女人都抓走了。当时那女人又哭又闹，大声喊叫，我有通行证，凭什么抓我……

　　华人龙急忙赶到樊晓惠所在医院，挂樊大夫的号，看病。负责挂号的人说，樊大夫三四天没来了。华人龙问哪天来？对方说了三个字，不知道。

华人龙又去了几个跤场，询问摔跤的朋友，见没见翻译官匡正民陪着日本人来摔跤——只要找到匡正民，储友良和樊晓惠的下落他就会据实相告。朋友们说，好多天了，翻译官没在跤场露面。

跑了好多路，问了好多人，华人龙除了听到一些捕风捉影的闲言碎语之外，没有打听到他要找的人的下落，唯一有价值的信息就是那个庄稼人说的半夜抓人的事。有通行证还被抓，除了日本人的特务，谁有这样的权力？

华人龙静下心来理理思路，突然想起储杨氏说过，通行证是杨二愣通过马宝弄来的。他决定亲自问问杨二愣办理通行证的情况，顺藤摸瓜，也许能找出线索。

华人龙在通往共荣跤馆的路上蹲守，见到了杨二愣。

知道华人龙受姐姐之托到处寻找储友良，二愣很感动，就把认识马宝的过程，通过马宝办通行证的情况，一五一十都告诉了华人龙。

听了二愣的话，华人龙估计储友良、樊晓惠的失踪，马宝必知底细，甚至有些关联，要不他也不会躲起来。就对二愣说："你不是共荣跤馆的自由兵吗？从今天开始，你别的别干，就干一样儿，到处去找马宝，造成声势，让大伙都知道你在找他。这样，好多人就会把你寻找马宝的事情转告他。他怕别人起疑心说闲话也得出来见你。只要你见到他，就直接找他要人，别给他留有推脱的余地。"

查访储友良的下落，华人龙顺便了解到，马宝出来进去总有日本娘儿们陪着，日本人在南市开的大烟馆，马宝平蹚，想进就进，想走就走，就连马宝带去的大烟鬼，也能抽了大烟不给钱，足见烟馆里的日本人都买马宝的账。

华人龙想，马宝这小子十有八九成了日本人的走狗、人人痛恨的大汉奸。

于是，与二愣分手后，华人龙决定去南市遛遛，到烟馆走访走访，瞧瞧马宝厉害到什么程度。

一进南市，举目观望，处处烟馆，还有"白面儿馆"。所谓"白面儿"，是以鸦片为原料加工制成的毒品,它比鸦片毒性更烈,对吸食者的诱惑力更强,致使吸毒者陷入魔窟不能自拔。

天津是日本侵略者制毒基地贩毒转运站。日本人开办的"洋行""洋药房"大多是制毒、贩毒的据点。他们用毒品不仅搜刮财源,还妄图从肉体和精神上消磨中国人的抵抗能力。那时期,天津的毒品泛滥史无前例,仅南市一带就有烟馆八十多家,竟然还有元泰土药店、华记土药店等"烟土八大家"!

华人龙走在南市的街道上,凡日本人开的大烟馆,他推门就进,进门就说有急事来找马宝。一般人要是进了烟馆不抽几口大烟,不撂下点钱,日本人不会轻易放过你。可听说来找马宝的,烟馆里的人都客客气气以礼相待。

有个新开张的烟馆,老板不知道马宝何许人也,对华人龙进门不抽大烟只来找人十分恼火,刚要发作,有个日本女人趴在老板耳边说了几句日本话,这个老板立刻改变态度,对华人龙客气起来,并请华人龙喝杯清茶歇歇脚再走。

从烟馆出来,华人龙断定,马宝和日本人有秘密勾当。

因为下午五点要与刘文斌高地虎等人在直沽酒家碰头,在"三不管"一带打探消息的华人龙,中午一点多才随意吃了点东西垫垫肚子。正要回大直沽,看见一辆胶皮车在离他不远处的"欲仙"烟馆门前停了下来。

胶皮车上坐着一男一女,男的西服革履,女的身着和服,这穿戴在"三不管"一带有些扎眼。更扎眼的是,女人的左腿压着男人右腿,几乎坐在男人怀里。伤风败俗招摇过市,路人无不为之侧目。

车夫停车后,一手扶车把,一手擦汗水。就在此时,胶皮车上的男人拍一下女人大腿,二人同时起身,脚下用力,"咣"的一声,车夫手中的车把落地,女人一个趔趄,险些跌倒地上。

车夫惊叫一声:"哎哟,对不起。"低头猫腰去扶女人,却见那男人站在胶皮车上,居高临下飞起一脚,直奔车夫太阳穴……

眼看男人的皮鞋踢上车夫脑袋,就见车夫甩头扬臂,回手反勾,攥住男人脚腕，一拧一拽，顺手一撩，要把男人掀个跟头。

男人借车夫上撩之力，顺势"过腿"，跟跄一下，跳到地上，没倒。

事情发生在一瞬间，路人还没闹明白怎么回事，华人龙已然看清：踢人者，马宝。车夫，正是好朋友林再忍。

原来，林再忍拉着空车路过登瀛楼时，被站在门口等车的马宝叫住，马宝和日本女人一上胶皮车，林再忍就认出了他，这小子在高地虎婚宴上露过面。马宝也认出了林再忍。在直沽酒家，林再忍的身手给他留下了深刻印象。

坐在胶皮车上，马宝想好了阴招，到了他的地盘，下车时出其不意一招制胜：踢躺林再忍，再恩威兼施，将其收服，当作保镖。

林再忍没让马宝得手，但也没想伤害他。在直沽酒家高地虎的婚宴上，马宝既没动嘴也没动手，林再忍以为他就是个跟班的小混混，今天坐他的胶皮车，只是想在女人面前摆摆阔气讨女人喜欢而已。所以他手下留情，只用了三分力道，欲把马宝撩个跟头，稍加惩戒也就算了。

拉胶皮的经历让林再忍看清了天津卫有些地痞流氓小混混，专门欺负拉胶皮的苦力。他们坐胶皮车，下了车就走，你找他要钱，他张口就骂，抬手就打，张牙舞爪，穷凶极恶。一般车夫只能自认倒霉，白拉一趟活，白出一身汗，白弄一肚子窝囊气，忍了。

林再忍曾经碰上一个狗烂儿，坐在他的胶皮车上，没话搭呱话，吹嘘自己能摔跤，会武术，黑白两道通吃，跟名噪一时的刘广海、袁文会都是过命的朋友，好一通白话。到了目的地，狗烂儿下了胶皮车，说声"回见"，扬长而去。林再忍能让他走吗？"哥们儿，给了车钱再走。"

狗烂儿愣了一下，突然暴跳如雷，指着林再忍破口大骂："一看你就是乡下老赶，有眼不识金镶玉，你也不买二两棉花纺纺，二爷我在'三不管'一带下馆子、逛窑子，谁敢找我要钱？你是不是活腻了？"说着，一个"通天炮"直奔林再忍的面门。林再忍躲也不躲，举手托住狗烂儿手腕："俺没活腻，俺得挣钱养家，你手眼通天，还能坐车不给钱吗？"

说着话，用了三分力道将狗烂儿的手腕往下一撅，狗烂儿"哎哟"一声，身不由己单腿跪地："爷，我给钱，我给钱还不行吗？"

赌跤

天津卫有些"老假"，穿戴得人模狗样，唬人。不小心掉臭沟里，绝对没有衣服换——老母猪去赶集，家里外头这身皮。有的人迎风尜毛，总是杀七个宰八个，真打起来，他扭头就跑，还得撂下几句狠话，有种的你别跑，在这儿等着，我叫人去！说完，他先跑了。

树林子大了嘛鸟都有。九河下梢天津卫，五行八作一应俱全，三教九流一样不缺。鱼龙混杂，啥人都有，啥缺德事都干，但他们一点儿真能耐没有，假横！只要给他点厉害尝尝，立马蔫了，不是求饶就是逃之夭夭。

今天的林再忍，错看了马宝，他哪知道，马宝是梅铁心的徒弟，腿脚被林再忍抓住，却借劲使劲，"过腿"脱逃，随即大声喊叫："你小子敢跟马爷动手，我看你是活腻了！"

马宝的声音，惊动了"欲仙"烟馆里的人，就听一阵乱叫，三个壮汉从烟馆里冲出来，直奔林再忍。

林再忍根本没想到突然出现的三个人不问青红皂白上来就打，而且还是往他要命处下手，逼得他赶紧接架相还。

开始，林再忍还躲躲闪闪，质问他们为啥打人，听他们呜里哇啦说的都是日本话，不由得怒从心头起，恶向胆边生，立刻施展真功绝技，以牙还牙。

三个日本壮汉身手不凡，训练有素，而且配合默契，分别占住东北西北东南三个方位，手脚并用，招招狠辣，"撩阴腿""窝心脚""抹眉子"，不约而同攻向林再忍，以为三招两式就会将这个拉胶皮的车夫打倒在地。

他们想错了。林再忍是身怀绝技的武林高手！面对强敌，林再忍丝毫不乱：曲臂胸前，护头护心，迈开"塌膝步"，身旋如飞，转动躯体，穿插在三人之间，对方的拳脚要想挨上林再忍，没门！而林再忍旋身转躯之间，施展铁砂掌、鹰爪力，随着几声喝喊，三个日本壮汉不是腿折就是胳膊耷拉，鬼哭狼嚎、东倒西歪，片刻间倒在地上，起不来了。

好一个林再忍，须臾间打倒三个日本壮汉，随即驾起胶皮车欲走，却听马宝用日本话叫嚷了几句，立刻从"欲仙"烟馆蹿出二人，挡住林再忍的去路。其中一人左眉上方有个蚕豆大小的瘊子，瘊子上一撮黄毛，特别显眼。

"大瘊子"掏出手枪，指着林再忍，张口骂道："八格牙鲁！"

林再忍走不了啦！

得意扬扬的马宝，又呼又叫："想走？嘿嘿，今天……"

话没说完，突然有人用左臂拢住他的脖子，右拳顶住他的软肋，低声却严厉地说："快，喊他们，把枪收起来，快！"

马宝傲慢地说了一句："你谁呀你？"扭头一看，华人龙！

没等马宝说出第二句话，华人龙左臂一紧，马宝立刻喘不上气来，赶紧解释："我，我，不认识他们！"

就在此时，枪声响了，林再忍倒在了血泊之中！

华人龙再也顾不上其他，左臂一较劲，勒得马宝一阵窒息，右拳狠狠一击，打在马宝软肋上，将其打出三步开外。然后跑到林再忍身边："林兄，林兄，挺住，挺住，我送你去医院！"

再看枪杀了林再忍的"大瘊子"，得意地将手枪扔到半空，待其旋转着落下来，伸手抓住枪柄，对另一个日本特务说了句什么，两个畜生说笑着离开了现场——在中国的闹市区，日本人杀害一个拉胶皮的中国人，当玩儿。

刚才，林再忍与马宝交手，华人龙看了个满眼，从感情上讲，他要上前援手，又觉得俩打一个，胜之不武。再说，他知道马宝不是林再忍的对手，就没上前。

突然间出来三个日本壮汉，华人龙已然看出，他们是给马宝助阵的，他怕林再忍吃亏，从后面悄悄靠近马宝，二人距离三步之远，只要林再忍落在下风，他会出其不意地制住马宝，围魏救赵。

没想到林再忍转眼间就把三个日本壮汉打倒在地，华人龙一阵轻松，暗赞林再忍功夫超群的同时，希望他快快离开这个是非之地。他自己也急着赶回直沽酒家。哪想到，一念之差，酿成了悲剧！

林再忍睁开眼，见是华人龙，微微摇头："不行了……华爷，大妮、二妮，拜托你……"话没说完，瞪着双眼，脑袋一歪，咽了气。

华人龙不顾一切地将林再忍抱到胶皮车上，拉起胶皮车，飞一般向最近的医院跑去。

到了医院，大夫说："这个人，已经死了……"

跤坛大侠华人龙抱着林再忍的尸体，泪流满面，默默无语。但是他心里使劲记住了那个"大瘊子"！

赌
跤

第二十三回

失良友义士说本末
抱不平书生露侠风

武脉与国脉相牵，跤运与国运相连。

华人龙含着泪向在座的弟兄们诉说了林再忍惨遭杀害的经过，最后恨恨地说："这是什么世道啊，就在咱们天津卫，小日本竟然当众开枪，杀了咱们的弟兄，这口恶气我出不来呀！"

沉了沉，他又万分懊悔地说："怨我呀，怨我。如果林兄跟马宝一交手，我就上前，哪会出这事？我太讲究江湖道义了，我怕俩打一个，胜之不武，叫人笑话！那三个汉子围攻林兄，我要上去助阵，林兄就不会用铁砂掌打伤他们，那个'大瘩子'也许就不会开枪……"

一向稳重的张友年，也激动起来："人龙，怎么能怨你呢？别说是在'三不管'，就是在英租界、法租界，日本人杀个中国人还不像踩死个蚂蚁？怨谁？怨咱中国当官的太尿，他们吃咱国家俸禄，却看外国人的脸色行事，老百姓有了冤屈，根本没地方去说理！"

高地虎与林再忍交往最多，感情最深。听说林再忍惨遭枪杀，早已义愤填膺。他不管在哪儿，不管冲着谁，急了就骂大街："他姥姥的小日本，拿咱中国人不当人，这酒我不喝了，我去找他们算账，找不着'大瘩子'，就找马宝兑命！"

高地虎把酒杯一推，站起来就走，被华人龙拦住了。

华人龙终究是成名人物,他知道,他要不理智,高地虎就会不管不顾、横冲直撞,张友年等人虽与林再忍交往不多,交情不深,但他们都是侠肝义胆的汉子,讲究"朋友的朋友也是朋友,弟兄的弟兄也是弟兄",为朋友报仇,给弟兄雪恨,他们都敢两肋插刀勇往直前。他怕哥几个意气用事,莽撞行事,不但于事无补,说不定还要再搭上几条性命。

为嘛华人龙一开始不想把林再忍遇难的事告诉大家?这就是行侠仗义之人的交友之道——他不想把危险带给朋友。

华人龙拉着高地虎说:"兄弟,你先坐下。找日本人算账?我不行,你也不行。中国几百万军队都打不过小日本,咱们摔跤人手无寸铁,根本无法跟他们抗衡。你找马宝兑命,有嘛理由?当场他就说,不知道开枪杀人的凶手何许人也,也不知道围攻林兄的那三个壮汉是谁——一问三不知,神鬼怪不得。这小子太狡诈了,可林再忍不是他杀的,怎么找他兑命?"

刘文斌也劝高地虎:"兄弟,我刘文斌可不是怕事的人。我觉得人龙说得对。现在是日本人天下,咱不能拿鸡蛋往石头上碰。要是手无寸铁赤手空拳能让持枪杀人者偿命,华人龙的功夫比在座的哪个不强?当时他一个人就办了,还用等咱们吗?为嘛他不想让咱们知道林再忍惨遭横祸这件事?他怕咱们报仇心切跑到日本人枪口下白白送死!要不是今天这个约会,要不是咱们挤对他把心事说出来,他不可能将这件事告诉咱们。现在,咱们应当静下心来,想想对策,逆事顺办,根据事情的轻重缓急,一件一件地去办。还是听听人龙有嘛打算吧。"

华人龙叹了口气:"现在咱们只能把寻找储友良和樊晓惠的事往后放一放了。林兄的尸首还在医院的停尸房里,他闺女大妮、二妮还不知道,我想,先料理林兄的后事,把大妮、二妮安顿好,然后再接着查找储友良他们的下落……"

高地虎抢话说:"他姥姥的,人死王八活的年头,倒霉的总是好人。像董江湖、马宝那样的,靠上日本人就人五人六的,什么东西!我看马宝比董江湖还坏,还阴,梅家门怎么教出这么个王八蛋?我现在嘛也不想,就想替林兄报仇!"

刘文斌说:"兄弟,君子报仇,十年不晚。还是听人龙把话说完吧。"

华人龙看着高地虎说："琢磨琢磨怎么跟大妮、二妮说吧，得让她们接受这个现实。至于那个马宝，翻译官匡正民早就提醒过我，要留意他，提防他。咱们要让更多的人知道马宝阴险毒辣，警示朋友道上的人，对他避而远之，免遭其害。马宝是梅铁心的徒弟，咱挑刺儿不能剜着好肉，不能因为马宝就对梅家门产生怨恨。放心，早晚会有人出来收拾马宝——陈默龙是梅家门的掌门弟子，特别看重梅家门在江湖上的声誉。一旦知道马宝成了汉奸走狗，他一定会依照梅家门的师训和门规清理门户，绝不会放过这个败类。咱们当前急着要办的，是发丧林兄……"

半天没言声的周智墨说话了："我抢句话说，人要成了畜生，比畜生还畜生，哪还有半点人性？那个'大瘊子'根本就没人性！既然今天我坐在'惠友'这个屋，跟你们哥几个就不系外，遇上这种事，我就不能袖手旁观，江湖上不是常说，朋友有难，有力出力，有钱出钱吗？发丧林再忍的开销，我包了。"

华人龙说："周先生，发丧林兄的钱，已经有了着落，您的心意，我们领了。"

周智墨说："人龙，你要把我当朋友看，发丧林再忍的钱就这么定了——我比在座的诸位都富裕些，省得再让大家凑份子。"

刘文斌说："人龙，就听周先生的吧，周先生确实比咱们趁钱。要不，你还得东借西凑，到末了自个嗗瘪子。"

华人龙说："其实，我就是盼着周先生给咱们出出主意，怎样揭露日本人枪杀中国人，让更多的人知道马宝是个坏种，怎样才能尽快地查找到储友良、樊晓惠的下落，让他们平平安安回家。这年头，为嘛总是好人倒霉！"

周智墨看了看华人龙，说道："让林再忍惨遭杀害的事实真相公布于众，让更多的人知道马宝的丑恶嘴脸，以及寻找失踪的储友良、樊晓惠，要借助舆论宣传，给日伪当局造成舆论压力，这对于解决问题大有益处。"

刘文斌插言："舆论宣传得靠报纸，这事不好办呀。"

周智墨郑重地说："这个我能办。我有朋友在报社，他们都是有正义感的爱国人士，请他们写文章登报，一定会全力帮忙。"

周智墨虽然是文人墨客，却颇有侠义之风，不仅主动出钱发丧林再忍，还自告奋勇,去请报社的朋友仗义执言,为受冤屈的百姓打抱不平——这个人说话做事,令在座的跤坛好汉刮目相看。

华人龙不想把周智墨牵连进来:"周先生,一般报纸谁敢得罪日本人?舞文弄墨的人,有几个像您这么仗义。因为我们的事惹怒了日本人,轻则把报社查封,报社朋友的饭碗子就砸了,重则还会有性命之忧。登报的事,我看算了吧。"

周智墨曲解了华人龙的善意,误以为摔跤汉子小瞧了文人的骨气:"人龙,你以为手无缚鸡之力的文人胆小怕事?害怕丢了饭碗子?害怕丢了性命?你多虑了。古往今来文人墨客中见义勇为、铁骨铮铮的大有人在!南宋时期的文天祥,是文人,他视死如归,'人生自古谁无死,留取丹心照汗青'就是他人格的生动写照。戊戌变法六君子中的谭嗣同,他在能够出走的情况下不走,选择了舍生取义:'我自横刀向天笑,去留肝胆两昆仑!'这就是文人大义凛然的心声!咱撂下远的说近的,离大直沽不远的意租界,有一份报纸叫《新天津报》,刊发了大量反日文章,报社社长刘髯公,宁可坐牢也不向日本人屈服,他在狱中对难友说,我们必须把国家的凌辱、人民的涂炭,原原本本写成信史,留给后人。这就是文人的气节,他们要用自己的鲜血唤醒沉睡的国人!当然,我和报社的朋友,不敢与先贤相比,但我们都是中国人呀!"

周智墨引经据典说了一大套,觉得自己太激昂了,有些失态,就缓和了口气:"人龙,还有在座各位,不瞒你们说,我和报社的朋友,都很敬佩你们这些有血性、有正义感的摔跤汉子,愿意为你们的事略尽绵薄之力!"

周智墨的一番话,在座的都暗暗赞叹:一介书生,还真有点脾气,脾气里透着骨气、侠气!

张友年虽然是练摔跤的,却出身于书香门第,他小时习文,后来练武,见多识广,文武兼备,既能与文人谈古论今,又能和摔跤汉子穿上褡裢比试高低。他怕周智墨产生误会,就微笑着圆场:"周先生,您别多想,人龙可没有半点小看文人的意思,他这人,与朋友交往肝胆相照,有了难处总想自己扛,不想连累朋友。刚才您也看见了,林再忍惨遭不幸,他连我们都不想告诉。"

华人龙接着张友年的话茬说:"周先生,说实话,我挺崇拜你们有学问的人,你们有见解,有胆识,也有义气和骨气。只是,我真怕因为我们弟兄的事,给您和您的朋友带来不必要的灾难。"

高地虎用不屑的口气说:"在报上登篇文章管嘛用?谁看呀,反正我不看。不解疼不解痒,还要招来好多麻烦,不如真杀实砍来劲!"

高地虎不识字,不读书不看报,但是摔跤之余常去听评书。他爱听《七侠五义》《小五义》《隋唐演义》《三侠剑》。他佩服《七侠五义》中南侠、北侠和号称"五鼠"的五位义士,尤其锦毛鼠白玉堂,对待恶人,该出手时就出手,绝不留情;他敬重《隋唐演义》里义薄云天的绿林好汉单雄信和敢为朋友两肋插刀的秦叔宝,为了朋友宁肯丢掉官职,甚至生命——他对登报的事不以为然。

华人龙怕高地虎再说出什么出格的话伤了周智墨的心,立马拦住了他:"兄弟,周先生和你我弟兄能够交心,是朋友。你先少说两句吧。"本来还要说一句:"现在还不够乱吗?你别再添乱啦!"却没说出口。

高地虎不说话了,周智墨却笑了:"人龙,为嘛我愿意和你们这些摔跤汉子接近?我不仅佩服你们侠肝义胆、敢作敢当,还特别喜欢你们直来直去的性格。我想做你们这样的人,可我不是习武练跤的料。我多少有点文化,就想在文墨上为哥几个出点力,说白了就是为正义呐喊。摔跤人不光讲究以力降十会,还讲究一巧破千斤,我借用报纸的威力,就是想用巧劲儿打击嚣张的敌人,为朋友们说些公道话。我有两个最好的文友,一个在《大公报》,一个在《益世报》,这两份报纸,关切国运民生,敢于伸张正义。在天津,乃至全国,甚至海外,都有很大影响,你们放心,谁都不敢轻易把这两张报纸查封了。"

周智墨把话说到这份儿上,华人龙不好再推辞:"好,那就拜托周先生,登报。如果需要我们哥几个跑腿,您尽管吩咐。"

对于周智墨所说的报纸,华人龙并不了解,在座的只有张友年略知一二。《大公报》的总编王芸生,以"不党、不卖、不私、不盲"为原则,为唤醒民众精神、反对日本侵略,敢于在《大公报》上仗义执言。《益世报》的立场也很鲜明,坚决反对侵略,捍卫国家主权。这两份报纸,都是国内影响深远的大报。

眼见登报的事众人都没有了异议，华人龙又说："另外，还有件事，我提前跟你们打个招呼，发丧林兄之后，我要去请竹内豪仁出头帮忙……"

话没说完，高地虎第一个反对："帮忙？找他帮忙？哥哥，他是日本人，别说他不可能给咱帮忙，就是帮，咱也不能用！"

华人龙看着高地虎，耐心地等他说完，然后再予以解释。

高地虎说："林再忍怎么死的？是日本人杀害的，林再忍最恨日本人！竹内再好也是日本人啊！华爷，我得跟你说一声，林兄在山东，好好的一个家，叫日本人的飞机炸飞了，一家人只剩他们爷仨——全是小日本造的孽呀！"

说到这里，高地虎更加激动："林再忍是冻死迎风站的汉子，他跟日本人有杀父杀母杀妻的大仇！为嘛他跟那三个日本壮汉，一照面就用绝技铁砂掌、鹰爪力？因为他和日本人有一天二地之仇，三江四海之恨。华爷，我的好哥哥，你去请竹内，林再忍的在天之灵会怎么想？"

华人龙苦笑一下，对高地虎说："我找竹内，是请他查找储友良、樊晓惠的下落。一则竹内在日本人那边极有威望，说句话管用。二则他是个好人，是个有侠气的真正武士。在地道外那场跤，他看见特务的枪口对准了我，竟然奋不顾身将我推开，他自己却中弹差点身亡。林再忍初来天津，大妮、二妮卖艺受欺，竹内先是路见不平打了胡大头，后又给染病在身的林再忍撂下十块钱，没有正义感的人做不出这样的事。再看看他在跤场上跟咱摔跤时的所作所为，不奸不邪，不拿"乏龙"，堂堂正正，凭艺赢人。这一点，有目共睹。翻译官匡正民说竹内崇拜中国跤，更崇拜摔跤人的人格，他和那些屠杀中国人的小鬼子不一样。"

"另外，"华人龙看了看众人，接着说，"樊晓惠是医院最好的手术大夫，是竹内的主治医师，没有樊晓惠，竹内也许早就没命了。请竹内帮忙查找他的主治医生，查找给樊大夫拉胶皮的储友良，他不会推辞。"

"兄弟，"华人龙对着高地虎说，"好人堆里有坏人，梅铁心梅大侠一世英名，可他的门下就出了个马宝。坏人堆里也有好人，小日本里面就有个竹内豪仁。如果储友良、樊晓惠已经落到日本人手里了，只有竹内出头他们才有救。这件事我考虑了好长时间，这是没办法的办法。还有，查找杀害林大哥的凶手，弄清马宝在日本人那里的底细，只有竹内能办。"

"华爷，我的好哥哥，你说的这些事，都是事实，我都清楚。"高地虎说话的语气软了下来，"不过，你去请竹内，不怕丢面子？和日本人套近乎，不怕别人骂你汉奸？"

华人龙无奈地笑了："兄弟，面子重要救人重要？脚正不怕鞋歪，身正不怕影子斜。咱们摔跤人，为了朋友连死都不怕，还怕受点委屈让别人骂两句吗？"

刘文斌说："人龙为了朋友，真是能伸能屈的大丈夫。不过，竹内周围都是日本人，那可是狼窝呀，人龙，你可要慎重啊。"

周智墨对华人龙要请竹内豪仁出头帮忙，表示赞成，他说："我认为，人龙去找竹内，可行。按说，中日两国本是近邻，本该友善相处，但是日本军国主义发动了侵华战争，不仅使中国人民，也使日本人民陷入了灾难的深渊。日本人民也是反对这场战争的。这个竹内就有反战情绪，找他，他会援手。不过文斌说得对，要考虑仔细，慎重行事。文龙，你不能再出差错，必须首先注意自身安全。"

最后，大家统一了思想：先操办林再忍的丧事，之后，人龙去找竹内，周智墨去报社，把林再忍的惨死，储友良、樊晓惠的失踪，写成文章，见诸报端。

听说父亲惨遭不幸，大妮、二妮哭得死去活来，幸亏华人龙、高地虎事先有所铺垫，避免她们听到突如其来的噩耗承受不住而被击倒。再经过反复劝解，说明让死者入土为安是儿女应尽的孝心，大妮、二妮才勉强止住了哭声。

翌日午饭后，华人龙和高地虎带着大妮、二妮，来到焦志友的棺材铺，把林家的不幸讲给焦志友听，随后挑了一口中等棺材，问大妮："你们姐俩看看，这口材行吗？"

大妮说："全凭华爷做主。只是，只是我这里就有十多块钱……"

高地虎说："闺女，花钱的事不用你操心，华爷自有安排。"

华人龙对大妮说："你的钱你留着，整个丧事的开销，都由周智墨周先生出资。不过,闺女啊,人死不能复生,你不能老哭,你是大姐,还得照顾二妮呢。"

二妮很有男孩性格,她说:"俺不用姐姐照顾,也不像她光知道哭,哭有啥用?等俺爹入土为安了,俺就去找该死的小日本拼命!"

高地虎说:"二妮,你爹的仇,我们报,你老老实实待着别让我们分心就行了。"二妮还要说什么,被大妮拦住了。

这时,华人龙把买棺材的钱交给焦志友:"这钱是咱大直沽周先生资助的,你收下吧。"

焦志友推开华人龙的手,说道:"兄弟,你太瞧不起哥哥了,这钱我能要吗?这不是寒碜我吗?先不说咱俩这种关系,单说林再忍惨遭日本特务枪杀这一条,我就应该在道义上尽点力。如果我要了这口棺材钱,朋友们还不把我骂化了?行了,你快把钱收起来,还给周先生吧。"

高地虎说:"华爷,焦老板不要就不要吧,又不是外人。这钱留着给大妮吧。"

看华人龙还在犹豫,焦志友苦笑一下:"人龙,你还不如这位兄弟实在了。周先生能出钱办丧事,我开棺材铺的就不能出口棺材?"

焦志友这样说,华人龙只好将钱收回。

焦志友对着华人龙叹了口气:"人龙啊,我总是盼你来,盼你来了咱俩喝杯酒聊聊天。可又怕你来——不是怕你来赊账买棺材,是怕你一来,不是失去了一位好朋友就是走了一位好弟兄。这年头,好人不长寿,祸害活千年。这日子,什么时候熬到头啊!"

华人龙说:"熬着吧,中国好几万万人,早晚有能人出来,把小鬼子赶出去。你说老百姓盼嘛?不就是盼着过个安稳日子吗?老哥哥,过几天我一定来陪你喝杯酒。这几天,太忙,回见吧。"

在华人龙的安排下,刘文斌雇了两辆马车,一辆车拉着棺材,一辆车拉着人,去医院给林再忍收尸、入殓。

拉人的车上坐的主要是女眷,有华人龙的妻子和高地虎的媳妇冯素琴。华人龙安排她们陪着大妮、二妮,怕入殓时这两闺女发生意外。

一路上，二妮一个劲地大骂小日本，大妮却一句话不说，只是默默地流泪。

到了医院，一进停尸房，大妮、二妮看见父亲的尸体，立刻扑了上去，就见二妮摇晃着父亲的躯体痛哭起来："爹呀，你咋说走就走了呢？俺娘、俺爷爷、奶奶，都被日本飞机炸死了，你又被小日本杀害了……这仇，俺一定要报……"

再看大妮，趴在父亲身上，叫了一声爹，就没了声息。

华人龙经的事多，一看不好，赶紧让自己的妻子和冯素琴把大妮架起来。众人这才发现，大妮已经昏厥过去。

华人龙的妻子懂医，立刻用拇指按揉大妮的人中穴，并让冯素琴拍打大妮的前心后背，折腾了好一会儿才听见大妮哭出声来："爹呀……你不管你的妮子了？你咋忍心把俺们扔下……自从逃难来到天津，俺知道你心里最苦，想俺爷爷、奶奶，想俺娘……你拼死拼活拉胶皮，说存点钱，给他们修个坟茔……爹呀……俺和二姐长大了，还没得及孝敬你……你咋就扔下俺们自己走了呢……"

大妮、二妮撕肝裂肺的泣诉，催人泪下。华人龙的妻子早已泪流满面，高地虎的媳妇冯素琴联想到自己死去的父母，更是热泪横流，泣不成声。

此时此地，此情此景，在场的摔跤硬汉，无不黯然神伤。

众人好不容易劝住了大妮、二妮，这才把林再忍的尸体装入棺材，然后将棺材拉到东郊乱葬岗子，埋在了储富贵母子坟茔的旁边。

重情义少年求援助
闯跤馆大侠亮身手

　　料理完林再忍的丧事,按风俗,华人龙把忙活人请到直沽酒家,吃顿便饭。

　　林再忍惨遭不幸,到场之人心里都不是滋味,再看到华人龙把大妮、二妮领到众人面前,挨个引见,一一道谢,谁还有吃喝的心情?

　　华人龙的妻子按照华人龙的意思,劝慰大妮、二妮,让她们姐俩搬到大直沽后台华家来住,免得回到南市,触景伤情,思念亡父,孤苦伶仃,没人照顾。

　　大妮说:"婶子,俺重孝在身,不能去您家……"

　　二妮说:"俺得回南市,查找枪杀俺爹的凶手,俺要报仇,此仇不报,对不起俺爹!"

　　冯素琴劝导二妮:"闺女呀,咱们女人家,就是看见仇人,也打不过人家,弄不好还得搭上自己的命……"

　　二妮很固执:"俺不怕死,凭俺姐俩的功夫,就是死也得找个垫背的!宰俩,够本,宰仨,赚一个,俺跟小日本,不共戴天!"

　　高地虎有点急了:"二妮,你也十六七了,该懂事了。你口口声声要替你爹报仇,你的功夫比你爹强?你爹那么棒都不行,小日本不是面汤,他们手里有枪!多好的功夫、多快的身法也不如枪子儿快呀!再说,这报仇的事,有我们哥几个了,轮不到着你们!你们姐俩,都要听华爷安排。"

高地虎直言直语起了作用,二妮不言声了。

华人龙说话了:"闺女,留得青山在,不愁没柴烧,咱们都得好好活着。你们要有个好歹的,我对不起你爹呀!你们恨小日本,谁不恨?日本鬼子不光杀害了你爹,他们杀害了多少中国人?小日本在中国,罪恶滔天,天怒人怨,他们早晚得滚出中国。闺女,你爹不在了,我们有责任照顾好你们。报仇的事,不能操之过急,得找机会,咱不能白白去送死呀。"

高地虎接茬说:"听华爷的话,好好活着,你们要是有个三长两短的,别说对不起你爹,你们连华爷也对不起呀!"

二妮点点头,却暗暗咬牙,小日本,我跟你们没完!

大妮擦擦眼泪,对华人龙说:"叔,俺跟二妮回家之后,过了'五七',就在'三不管'那儿找块空地,打把式卖艺,我拢着二妮,让她好好练功,让叔叔大爷们放心。"

华人龙说:"也好,不过,'三不管'那儿嘛人都有,你们不要逞强,要处处小心。我会托付那里的朋友,关照你们。"

高地虎说:"大妮,你们在'三不管'摆地练武,先去拜访跤场的老古,他知道你们是华爷的侄女,就会对你们格外关照——华爷对他有恩,给他说过手教过绊,在他吃不上饭的时候帮过他。"

正说着,一个浑身是伤走路一瘸一拐的人进了直沽酒家。这人进屋,用眼一扫,直接来到华人龙面前,"咕咚"跪倒,带着哭腔说:"华爷,师父,求您,求您救救樊姨吧……"

眼见比乞丐还狼狈的人跪在华人龙面前,众人皆吃一惊,华人龙也是一愣:"啊,你是……"没等说出名字,二妮已然认出来人:"这不是小良子吗?"

那年,小良子拉着樊晓惠,在大王庄与华人龙不期而遇,因为樊大夫要给华人龙疗伤,二妮与小良子差点动手打起来,故而印象深刻。

华人龙也认出了面前这个蓬头垢面,浑身带伤,脸色蜡黄的人,正是他费尽心血寻找的储友良!

华人龙赶紧把储友良搀扶起来,让他坐在椅子上,迫不及待地问他:

"良子,你这是从哪儿来呀?!"

储友良抽噎着说:"师父,我,从宪兵队刚出来……"

二妮惊呼道:"你被特务逮进去了?可恶的小日本!"

华人龙不由得暗自叹息,果然不出所料,是小日本把他逮走了。忙问:"还没吃饭吧?"

储友良点了点头:"没顾上吃。从宪兵队出来,我没回家,到处找您。我先去了大直沽后台,听说您在这里,就奔这儿来了。"

高地虎说:"正好,饭菜现成的,你多吃点吧……"

"不行,"华人龙打断了高地虎的话,"你让跑堂的告诉厨房,给小良子做碗面汤。现在不能让良子吃饱了。"

周智墨说:"对,人龙说得对,在宪兵队,不知饿了几天了,猛然间吃得太饱,容易把人撑坏了。"

看着储友良吃完面汤,华人龙才问他:"你是怎么出来的?"

储友良说:"是我舅舅求的马宝,马宝找了日本大官才放我出来的。"

其实,储友良能出来,关键是华人龙给杨二愣出的主意起了作用:二愣到处寻找马宝,闹得满城风雨,逼得马宝不露面不行了,马宝这才去求三本四郎,将储友良放了出来。

当然,还有一个重要原因,在被逮进宪兵队的路上,樊晓惠悄悄嘱咐储友良:你就咬定你是个拉胶皮的苦力,主家干嘛事你都不知道,也不敢问。你是个孩子,你舅舅又在日本跤馆混事,他们会很快放你出去的。

马宝早就知道储友良是二愣的外甥,但他对储友良在宪兵队遭受酷刑却视而不见,无动于衷。储友良被放出来了,马宝就在二愣面前装好人:"二愣,要不是咱俩这种关系,我是不会冒着天大的危险去求情的——你外甥有通共嫌疑呀!"

杨二愣知道,日本宪兵队就是人间阎罗殿,只要被逮进去,不管你是孩子还是老人,也不管你是男人还是女人,灌辣椒水坐老虎凳,扎竹签子坐电椅,十有八九得死在里面。二愣见外甥不缺胳膊不少腿,活着出来了,感到万幸。为此,他把马宝看成恩人,对马宝说了好多感恩的话——杨二愣就是个大傻蛋,被人卖了还替人家数钱。

马宝为自己的一箭双雕很得意:设套逮了储友良和樊晓惠,日本人夸奖他奖励他,他得到了实惠。动动嘴皮子储友良被放出来了,杨二愣对他感激涕零,往后更得依附于他。

华人龙又问储友良:"樊大夫跟你一块逮进去的,她怎么没出来?"

储友良答:"我问我舅舅了,他说樊姨是共产党,我怎么求他,他都说管不了,我这才来找您……"

华人龙暗想,小良子是个有心人,刚离虎口,就饿着肚子拖着遍体鳞伤为搭救樊晓惠而奔波。别说樊大夫给我华人龙治过腿,就冲着小良子这份感恩之心,我也得想尽一切办法把樊大夫救出来。

储友良见华人龙半天没说话,又哀求道:"师父,我被逮进去那天,樊姨跟我说,只有华爷出面,去请竹内豪仁援手,才能救得了她。师父,樊姨可是好人啊,她对我们娘俩有恩……"说着,又哭了。

旁边的二妮不无蔑视地说:"就会哭,哪像男子汉呀!"

华人龙说:"良子,你放心,我一定想法把樊大夫救出来。"

为什么樊晓惠让储友良去找华人龙?因为华人龙是一位有民族气节的摔跤好汉。为什么希望华人龙去请竹内?因为竹内是日本柔道界的泰斗,日本天皇将他引为骄傲,日本军政界的权贵都以与竹内交往为荣。而竹内豪仁最敬重华人龙,由华人龙请其援手,竹内一定会全力以赴。

樊晓惠了解竹内豪仁。她从"地下渠道"知道竹内有反战情绪。而且竹内的表弟坂谷良知是敌后抗日根据地赫赫有名的"日本八路"。坂谷在"反战同盟"出版的《反战旗》报纸上,经常发表文章,他写的《同文同种,中日亲善》,引起很大反响。该文大意是:中日两国一衣带水,战火使两国人民都陷入了灾难深渊。日本只有改弦更张,停止战争,才能真正做到"中日亲善"。这篇文章,加深了在华日军的厌战情绪,导致许多下级军人公开咒骂天皇和日本政府。

坂谷能够成为"日本八路",是面对残酷现实反复思考的结果。

坂谷是在日本上大学期间被征兵入伍来到中国的。有一天,他所在的小队开进一个山村,两名军士闯进农舍轮奸了一名怀抱婴儿的妇女,之后还在这名妇女赤裸的下身连刺了几刀，婴儿也被刺刀戳穿。这个妇女的丈夫愤怒至极，用猎枪打死了这两个毫无人性的日本兵。第三天拂晓，日军大队突然包围了整个村子，坂谷目睹了日军把一百多户人家全部赶到空场上，用机枪疯狂扫射，几百名无辜的村民顿时倒在血泊中。这还不算完，日军接着放火烧房子，把这个山村所有的房子烧成了一片废墟。

坂谷被他同胞的兽行惊呆了，他的心灵在震颤，难道这种灭绝人性的暴行是为了"日中亲善"？难道这就是效忠天皇的圣战？他对侵华战争厌烦透顶，当他所在的小队离开这个山村时，他和最好的朋友、同样有厌战情绪的三井找了个机会，开小差了。

日本侵略者不仅对中国人民惨无人道，对日军的下级士兵也很残暴，三井就深有体会。三井曾对他上司的暴行表示过不满，他的上司为了报复他，在一次紧急集合点名时，三井因拉肚子迟到了，上司当着全体士兵对他破口大骂还拳打脚踢，三井不服，说上司公报私仇。上司抄起木棒将他打昏在地，命令勤务兵将三井绑在大树上，用凉水将其浇醒，继续毒打，打昏后再用凉水浇醒，反反复复，打得三井死去活来，直到发泄够了，在其他士兵的一再求情下，上司这才罢手。

所以坂谷约他逃走，三井毫不犹豫地跟他走了。

偷跑回国的路上，他们被八路军俘虏了。当时他们很恐惧，料定自己有死无活。没想到，八路军不但没杀他们，还对他们格外优待——不打不骂，还把连队最好的饭食让给他们吃。

开始，坂谷对八路军优待俘虏的政策半信半疑，当他目睹了八路军和老百姓的鱼水之情，看到八路军不拿群众一针一线的严明军纪，认识到八路军是一支仁义之师。最让他料想不到的是，三井提出回国要求，八路军的高级领导竟然同意了，而且开路条，送路费，给了三井诸多方便，使其回到了日本。

在八路军部队里的所见所闻，感动了坂谷，最后，他毅然参加了八路军，利用手中的笔，揭露日本军国主义罪行，唤起日兵觉醒，反对侵略战争。

在日本国内时，竹内和坂谷这对表兄弟很亲，走得很近。来到中国后也有联系。后来，坂谷投了八路军，二人就联系不上了。为此，竹内的厌战情绪更加强烈。

共荣跤馆的训练厅里，董江湖正在连说带比画指导日本跤手进行实战练习，忽然看门人来报："总教官，外面来了个人，要拜见竹内先生，看样子像摔跤的。"

董江湖一愣，竹内先生头一天来这儿练功，怎么就有人来访？来的肯定是中国人，若是日本人，不用通报就会直接进来。他对看门人说："竹内先生公务在身，不能见客。"

看门人前脚走，好事的胡大头跟着就对董江湖说："师父，我出去看看。"不等董江湖答应，他扭头又喊了一声："老八，走，跟我出去。这是大日本帝国的跤馆，不是撂地敛钱的跤场，谁想来就来？"

老八是谁？是高地虎的徒弟。他怎么也进了共荣跤馆？

前文书交代过，早在高地虎结婚之前，老八和董江湖暗中就有了来往，只是鲜为人知。在高地虎的婚宴上，老八连推带搡要将讨杯酒喝的老叫花推出门外，老叫花略微了晃身子就让老八趴在了地上。随后，当着华人龙的面，老叫花唱道：那晚上，喝清酒，正座坐着柔道手。势利眼，江湖走，千万别当癞皮狗……这是暗示华人龙，老八和董江湖、日本人混在一起了，并警告老八，千万别当日本人的走狗，要好自为之，吓得老八再不敢念声。

老八进共荣跤馆，是董江湖早就看中了他。在高地虎的跤场，董江湖赢过老八。但他觉得老八的绊子动作还算干净利索，是可造之才。另外，董江湖看中了老八弯弯绕，心眼多，办事蔫有准，而且嘴严。

董江湖一直想成为天津跤坛霸主，但缺少帮手。一个篱笆三个桩，一个好汉三个帮，孤家寡人难成气候。胡大头跟着他，顶多算个打手，不是帮手，而且还是祸头，惹了祸，还得他去擦屁股。他想把老八收归门下，再将其埋伏在华人龙、高地虎身边，窥测他们的动静，好给他通风报信——知己知彼才能胜券在握。

老八家里穷，却从小酷爱摔跤。穷文富武，吃不好吃不饱，怎能苦练二五更功夫？不下苦功又怎能成为出类拔萃的跤手？高地虎教他摔跤，即便撂地卖艺也挣几个钱，分到他手里，寥寥无几，解不了穷。就在老八为了挣钱而纠结的时候，董江湖乘虚而入，对他伸出拉拢之手，接连请老八澡堂子泡澡，下馆子吃香的喝辣的。当上总教官之后，董江湖给老八谋了一个"肥差"——共荣跤馆陪练。陪日本人摔跤，给日本人翻跤，成了日本跤手的活靶子，让人家摔过来摔过去，却挣钱不少，比撂地卖艺强多了。

老八人穷志短，却不忘师恩。他进共荣跤馆之前，跟董江湖有言在先："我当陪练，就是为了挣钱养家，但我不能背叛我师父，请董爷给我保密。"

董江湖心中好笑：既然进了共荣跤馆，你师父高地虎就会认为你叛师倒戈；即便高地虎饶过你，可他怎么向华人龙交代？小子，用不了多长时间，你会自动跟他们疏远，谁跟钱有仇？

老八成了共荣跤馆陪练时，胡大头还在外面闲逛。羡慕加嫉妒，他就成天磨着董江湖，要去共荣跤馆当教官。他说："师父，我对您，比老八可靠。他成了跤馆的人，我要不是，别人笑话您。这年头，话是拦路虎，衣是瘆人毛，我穿上共荣跤馆的号坎儿到各个跤场一遍，谁敢不远接高迎？这是给您脸上贴金啊！"

号坎儿原指搬运工、车夫、轿夫等苦力所穿有号码的坎肩，后来老百姓把军队穿的衣服也叫号坎儿。胡大头见共荣跤馆的服装印有号码，就把这种运动服叫成号坎儿了。

董江湖说："想穿号坎儿，得有点真能耐。可惜你跟了我好几年，光知道吃喝玩乐瞎惹惹，我还每天练功呢，你呢？爷们儿，要想人前显贵，必须人后受罪。你赢得了老八吗？陪练也得有两下子——日本人不要跤篓子。"

胡大头嘿嘿一乐："师父，共荣跤馆还不是您说了算，您是总教官，日本人不懂中国跤，好糊弄。"

"好糊弄？日本人不傻，他们讲究实战过招，你行吗？为嘛我师父你师爷竹内先生那么看重华人龙，人家华人龙有真本事……得了，既然你三番五次求我，我就为你舍脸去求日本人吧，为多大难我也得让我徒弟到跤馆'拿一份'呀。"

董江湖心里有数。胡飞胡大头摔跤不行，"跟包"有一套，到哪儿摆摆架子显显威风，不用自己说话，胡大头全办了。尤其干些损人利己遭人恨的事，胡大头一看他的眼色就心领神会往前冲。为嘛他先不让胡大头进共荣跤馆?那是成心憋他,如果轻而易举让他进了共荣跤馆,他会觉得师父离不开他,就会得意忘形。更重要的,就是要胡飞对他感恩戴德,忠心耿耿、服服帖帖为他效劳。

胡大头见师父答应了他的请求,别提多高兴了,恨不得趴下磕头,当场叫爹。

就这样,老八前脚当了陪练,胡大头随后也进了共荣跤馆。

看门人从训练厅回到门口,对等着回话的人说:"总教官说竹内先生正忙着,没空,你请回吧。"

那人对看门人拱了拱手:"没空?那就对不起了,我自己进去吧。"

看门人伸手相拦:"你别进去呀,你进去了,我饭碗子就砸啦!"

来人微微一笑,轻轻抬手,将其拨到一边,径直向里面走去。

就在此时,胡大头和老八出来了,看门人老远就喊:"胡爷,这人非要进去,我拦不住。"

胡大头还没看清来人是谁,就听老八惊愕地小声说:"华爷,华爷来了!"他怕被华人龙看见,转身疾走,回了训练厅。

听说是华人龙,胡大头的脑袋"嗡"的一下,不由得心慌腿软,但转念一想,这是嘛地界儿?共荣跤馆!你华人龙能耐再大,敢把胡爷我怎样?随即壮着胆子双臂横展,狐假虎威挡住了华人龙的去路:"内部训练,闲人免进。"

华人龙冷笑一声:"我不是闲人,把道让开。"

"不……""行"字还没出口,华人龙伸手抓住胡大头的手腕,往下一撇,再看胡大头,"哎哟"一声,单腿跪在地上——手腕要折,不跪不行。

训练厅里的董江湖见老八刚出去就回来了,问他:"谁?谁来了?"

老八慌慌张张地说:"华爷来了。别让他看见我。"说完,躲了起来。

听说来找竹内的是华人龙,董江湖的心咯噔一下。略一沉思,心生一计,派出两名日本跤手出去相拦——在共荣跤馆,你华人龙敢惹日本人吗?惹了,日本人不能饶你。不惹,就是尿了,你华人龙还能在江湖道上耀武扬威说说道道吗?

225

两名日本跤手走出训练厅，首先看到大门口跪着一人，正是狼狈不堪的胡大头。还有一个气宇轩昂的汉子，正朝里面走来。

胡大头见日本人出来了，立刻喊道："拦住他，别让他进去，他是华人龙！"

两个跤手立刻站到路中，挡住去路："你的，什么的干活？"

华人龙乜斜其一眼，并不答话，侧身跨步从旁而过。

日本跤手遭到蔑视，勃然大怒，靠近华人龙的那人突然发招，抬腿侧端，直奔华人龙的腰胯。华人龙不躲不闪，待其腿脚来到近前，伸手抓住对方脚腕，随即抬脚，轻踢对方站桩，这小子双脚悬空，坐在了地上。

另一跤手晃身形展右臂直奔华人龙的前胸抓来。华人龙看得真切，不慌不忙，借劲使劲，左手将其腕，右手搂其肩，脚背外拨，一招"弹拧子"将对方弹得转了半圈，顺势一推，这名跤手也坐在了地上。

再看华人龙，如同闲庭信步，继续向里走去。

原来，华人龙今天一早去了竹内养伤的医院，到医院各处走了一圈，没见到竹内。询问工作人员，一个护士说，共荣跤馆来人把竹内接走了。

华人龙必须找到竹内，明知共荣跤馆就是狼窝，也要闯上一闯。

华人龙不是莽撞之人，独闯日本人跤馆，为的是找人，既不能大打出手，也不能被人小看。故而，日本跤手堵路相拦，率先发招，华人龙已然早有准备，一亮身手，就让对方坐在了地上。

与人过招，华人龙总是拿猫当虎待，不敢大意。在共荣跤馆与日本人交手，更不敢掉以轻心。别人看他，气定神闲，随心所欲。其实，他举手投足都内含绝顶功力，每招每式拿捏得恰到好处，不给对方还手的机会。

日本跤手十分纳闷，本以为先下手为强，给对方来个难看，却没能制住人家，反而稀里糊涂坐在了地上。这人，功力深不可测。

二人站起身来，嘀咕两句，蹿到华人龙身后，这个展臂圈脖，那个侧面抱腿，上下两路同时进击，要将华人龙当场放倒。

说时迟那时快，华人龙就势拢臂，猫腰翻臀，一个"揣花"将圈脖者从身后摔到身前，仰面朝天躺在地上。随即转身，一下"抹脖脚"将抱腿者摁在地上，手腕翻转，使其身躯转了半圈，眼珠子朝上，紧挨他的同伴，仰面而躺。

华人龙哼了一声："坐着不行，那就躺着吧。"

胡大头目睹了华人龙举手投足间就让两个日本跤手先坐下后躺下，惊得目瞪口呆，心中暗叫，华人龙，华大侠，果真厉害！

突然，有人喝喊："好，好的，华人龙，好快的身手！"

赌跤

第二十五回　说恩德有意似无意
论亲善无情亦有情

喝彩之人是谁？竹内豪仁。

华人龙闻声观看，只见训练厅门口出现了一堆人，最前面的三人一字排开，中间那人正是他要找的竹内豪仁。竹内的左边是伊藤苟二，右边是董江湖。三人身后是三野村夫等几个日本跤手和几个华人龙不认识的中国跤手。

看面相，竹内的脸色滋润，双眼有神。只是身材比在跤场和华人龙赌跤时显得胖些——也许是治疗枪伤住院期间吃得太好，也许是养伤期间缺乏锻炼身上有了水臕，华人龙差点认不出喊好之人就是竹内。

华人龙冲着竹内一抱拳，欲擒故纵不无讥讽地说："竹内先生，咱俩也算不摔不相识的道义朋友。跤场上，赌的是跤，却有恶人开枪，这种宵小行径使你我双双受伤，现在我的腿伤好了，今天一早去到医院探望你的伤势，得知你来共荣跤馆了，故而冒昧，前来拜访。没想到你竟然拒而不见，告辞了。"说完，转身就走，差点跟挨摔刚站起来的日本跤手撞在一起。这俩手下败将，没想到华人龙突然转身，吓了一跳，赶紧猫腰撅腚拉架子，那丑态，让华人龙忍俊不禁。

华人龙轻蔑地看他们一眼，从二人中间擦肩而过。

"你的，站住！"华人龙如入无人之境的姿态，惹怒了伊藤苟二，"摔了我共荣跤馆的人,想走,不行的!"

华人龙停步转身,不卑不亢地说:"共荣跤馆是跤馆吗? 是跤馆为嘛不让摔跤人进来? 你们日本跤手不是很讲礼仪吗? 与人过招,先'哈伊'再鞠躬,为嘛我来找竹内,你们一不让进门,二不让见人,还派人相拦,他们伸手就抓,抬腿就踢,别说礼仪,连江湖道上的规矩都不懂,岂不可笑?"

出人意料,竹内冲着华人龙鞠了一躬:"华人龙,对不起,我的,不知道你来找我,只听他们说有人私闯跤馆,我才出来看看,没想到是你大驾光临。"然后做个请进的手势,"老朋友,别走,我请你喝茶。"

华人龙很有分寸,称呼竹内是道义朋友,而竹内叫华人龙为老朋友,透着热情和尊敬,颇有好汉爱好汉,惺惺惜惺惺的亲近感。

听到竹内请华人龙喝茶,伊藤不再说话,董江湖赶紧拱手相让:"华爷,里面请吧。"

华人龙两眼看着竹内,原地没动。

竹内豪仁赶忙走下台阶,来到华人龙跟前:"华人龙,老朋友,我的,不到之处,请你多多原谅。"上前拉着华人龙的手,向训练厅走去。站在门口的人,眼见竹内对华人龙毕恭毕敬、亲切有加,赶紧闪开道路,没人再敢节外生枝。

华人龙是有心之人。他从训练厅里一走,似无意实有意四面看了看,把厅内练功器械基本上记在了心里——用什么器械练什么功夫,练什么功夫用什么绊子,一旦与共荣跤馆的跤手相遇,知己知彼就能立于不败之地。

会客室里,竹内与华人龙喝茶,伊藤和董江湖在下首陪着,其他人都没有资格进入会客厅。

竹内问:"华人龙,你的,找我何事?"

华人龙答:"道义朋友,特来探望,不知贵体是否痊愈?"

竹内说:"谢谢。我身体恢复得很好,今天开始正式训练,擂台赛我能上场。"

华人龙高兴地点点头:"好,好。擂台赛上没有你,还叫中日擂台赛吗? 有人认为,摔跤,无论是在擂台上还是在跤场里,穿上褡裢就一个目的——赢!赢就是光荣,就是荣誉,为此就不择手段,甚至搞歪门邪道,这种人即便赢了，也胜之不武，遭人唾骂。中国跤几千年的历史，其内涵博大精深，不知你竹内先生这段时间研究中国跤，又有哪些感悟？"

没等竹内回答，伊藤不爱听了："什么博大精深，中国跤，比不上大日本帝国的柔道！"

华人龙也斜一眼伊藤，讥讽道："那你们请董江湖来共荣跤馆干嘛？难道他这个总教官不是来教中国跤的，是来学日本柔道的？"

伊藤说："拜在竹内门下，就是要学柔道的。"扭脸看看董江湖，"是不是？"

董江湖厚着脸皮回答："是，是，也学柔道，也教中国跤，两来着，两来着。"

华人龙心中暗骂，董江湖真给摔跤人丢脸！随即哈哈一笑："董江湖，天津卫摔跤人都知道你是共荣跤馆的总教官，原来你是在这儿学日本跤啊？你这个总教官，名不副实呀！"

伊藤突然站了起来："狂妄！华人龙，你，我，二人，现在过招，分个上下，赌个输赢，敢吗？"

华人龙坐着没动，冷笑一声："我是摔跤人，还怕摔跤吗？要怕，敢来共荣跤馆吗？想跟我分上下赌输赢，九月九重阳节擂台上见，让天下人有目共睹，也好做个见证。今天，我是来探望竹内先生的。竹内在我眼中，懂礼貌，讲道义，是个跤手，算个武士。不像你们，不懂江湖规矩。你们对我无礼，是打竹内先生的脸！"随后冲着竹内一抱拳，"竹内先生，既然共荣跤馆没你一席之地，怨我来错了地方。这样吧，咱俩去登瀛楼，我做东，小酌几杯，说说江湖，论论摔跤，岂不快哉？何必在这儿生气。"说完，静等竹内回话。

伊藤已被华人龙的话撩拨得火烧火燎："华人龙，你，八格牙鲁……"

"混蛋！"竹内一拍桌子站了起来，"伊藤，在我面前，你太放肆啦，华人龙是我朋友！"随即对华人龙说："走！我做东，谁也不带，就我们二人，登瀛楼，好好谈谈。"

华人龙立马站起身来，扫了众人一眼，对竹内说了个"请"字，二人并肩走出会客室，弄得伊藤等人十分尴尬。

走进登瀛楼一个雅致单间，华人龙与竹内豪仁不分宾主，相对而坐。伙计沏了一壶上等龙井，让他们先喝着，工夫不大，就把他们点的直沽高粱酒和四个荤素搭配的酒菜上齐了。

伙计给二人的酒杯斟上酒，礼貌地问道："二位先生，还有什么吩咐？"

华人龙说："你去忙吧，有事招呼你。"

竹内率先端起酒杯："华人龙，谢谢你，心里有我，探望我，敬你一杯。"

二人碰杯，一饮而尽。

华人龙先给竹内倒了半杯酒，再给自己倒满了，他说："你的枪伤刚好，不宜多喝。"

竹内看出华人龙对他十分真诚，高兴地说："在中国，有讲究，朋友相聚，酒要满，茶要半。我也要把酒斟满了。"他自己拿过酒瓶，将酒杯倒满，也不吃菜，"我要和你连干三杯，表示敬意。"

二人碰杯，又是一饮而尽，干了第二杯。

吃了几口菜，说了几句无关紧要的话，竹内又端起酒杯，要干第三杯。

华人龙说："你的心意我领了，第三杯不干，咱慢慢喝吧。"然后故意问道："竹内先生，如今你的中国话说得不错了，比咱俩刚见面时大有进步，是翻译官匡先生教你的吗？"华人龙将谈话一点一点引入正题。

竹内说："上大学时我就偏爱中文，喜欢研究中国摔跤和武术。来到天津，匡正民帮助我很多，我学了不少中国文化，还学会了一些天津话。"

华人龙明知故问："最近，你和翻译官匡先生经常见面吗？"

竹内实话实说："我们多日没见，打电话也找不到他，奇怪。"

华人龙随口又问："翻译官的太太不是你的主治医生吗？问问樊医生不就知道匡先生忙嘛了吗？"

竹内说："好几天了，樊医生我也没见到。奇怪。"

竹内说了两个奇怪，华人龙觉得是时候了，还像闲聊似的切入了正题："我听人说，樊医生医道高明，是她把你从阎王殿里拉了回来。按中国人的习俗，救命之恩，永世不忘。你们日本人也这样吗？"

"日本和中国，一衣带水，同文同种，感恩之心是同样的。樊晓惠是个好医生，我很感激她。"

231

"不过……"华人龙欲言又止。

"不过什么？"竹内反问，"你是豪爽人，今天怎么吞吞吐吐的？"

"我听说，樊医生被你们宪兵队逮进去了。"

"什么？不可能。"竹内不信，连连摇头，"宪兵队怎能逮捕一个女医生？"

华人龙说："我的邻居小良子，是给樊医生拉包月车的，那天晚上，他拉着樊医生去乡下，二人一齐被宪兵队逮走了。小良子的舅舅杨二愣在共荣跤馆混事，找人说情，他就被放出来了。小良子对我说，樊医生至今还被押在宪兵队里。樊医生的父母是农村人，前不久，她母亲得了一场大病，差点死了。为了治病，借了好多债，樊医生把自己所有积蓄都给了老人，还不够，实在没辙，就想倒卖一点药品。可是……"

"可是什么？"竹内着急地问。

华人龙沉了沉才说："可是，她买了药品，准备到乡下去卖，还没出手就被汉奸告密，被宪兵队抓了起来。一个女人想赚钱给母亲治病，这是当女儿的一片孝心，有错吗？哪想到，头一次做买卖，钱没赚到手却倒了大霉，你说冤不冤？"

华人龙故意说樊晓惠是第一次倒卖药品，既无"前科"，也没成事实，这样让竹内去救人，容易些。

竹内认真听着，还没表态，华人龙又补充道："我还听人说，这个告密的汉奸是练摔跤的，为人奸险，在日本人那里很吃香。"

"谁？是董江湖吗？董江湖也算汉奸吗？"

"不，"华人龙摇摇头，"不是他。董江湖跟樊医生没有接触。有人说陷害樊医生的是大汉奸马宝，马宝与山本四郎关系很密切。可我不明白，樊医生只知道治病救人，没得罪过人呀，不知道马宝为嘛陷害她，这是不是山本的指令？"

华人龙的话，竹内听了很是吃惊，好几天没见到樊医生，原来跟宪兵队有关——山本这是冲我来的，我顶撞过他，他记仇。他知道我和樊医生以及她丈夫匡先生关系友好，他就让宪兵队抓了樊医生，这是向我示威，杀鸡给猴看！随即问道："马宝与山本关系密切？马宝是大汉奸？为什么中国这么多汉奸？"

竹内听人说,中国人在日本人那里混事的,老百姓都叫他们汉奸,跟日本头子来往频繁的就是大汉奸。但他觉得,习武练跤之人,应该都是有骨气的汉子,为什么也出汉奸? 竹内不了解中国国情,但他记住了马宝这个名字。

没来中国之前,竹内就知道中国地大物博、人口众多,有着几千年的文明史,是他向往的国家。到了中国之后才发现,被"圣战"拖入灾难深渊的中国人,顺民太多,敢于反抗的人太少。伪军皇协军比在华日军多好几倍,他们不去保卫自己国家,却甘当皇协军,协助日本军队祸害自己同胞,岂不是咄咄怪事?

华人龙也闹不明白为嘛中国出这么多汉奸。但他不想和竹内探讨汉奸问题,搭救樊医生才最为要紧:"竹内先生,小良子的舅舅在共荣跤馆打杂都能把小良子救出来,你能不能把樊医生救出来? 樊医生母亲要知道女儿在宪兵队受罪,岂不是雪上加霜? 一个治病救人的女医生,不就是想赚点钱以解燃眉之急吗?"

"樊医生被抓了,是真的吗?"竹内希望这不是事实。

"绝对真的。"华人龙一语双关,"小良子跟我学过摔跤,他亲口跟我说的。真正摔跤人讲究诚信,讲究受人滴水之恩,必当涌泉相报。我和小良子这种关系,他不可能骗我。再者,涉及宪兵队,谁敢瞎说?"

竹内豪仁郑重地说:"樊医生对我有救命之恩,我得把她救出来。"

华人龙再添一把火:"小良子还说,樊医生经常说你是有正义感的武士,是讲道义的朋友。樊医生一直惦记你的枪伤,怕你急于摔跤而进行大运动量训练,她说你枪伤初愈,必须按时复查。我想,你到宪兵队去要你的主治医生,天经地义,他们不会不答应——凭你的威望,只要你努力,救出樊医生不会有问题。"

为人正派的华人龙,今天说的话,不无激将之意,不乏溢美之词,目的就是要竹内尽快把樊晓惠救出来。如果不是救人心切,堂堂的跤坛大侠说这样的话,岂不有失身份?

竹内豪仁坐不住了。他说:"华人龙,你找我的真正目的就是让我搭救樊医生,谢谢你对我的信任。今天的酒,到此为止,改日再和你喝个痛快。"

赌跤

竹内豪仁说不喝了，抬屁股就走人，然后到柜台付了账，对华人龙拱拱手，走了。

会议室里，山本四郎正在召开为前线筹备军需物资的联席会议。与会人员有特务机关的头头脑脑，有伪政府官员，还有日本驻津部队的军官。

七七事变以来，日本帝国主义即以天津作为筹集物资的基地。他们不择手段横征暴敛，把大米、面粉、食糖、煤炭、木料、钢铁，还有西药、卫生器材以及火柴，等等，都严格控制起来，作为他们的军用物资，不断运往前线，用于侵华战争。

这期间，全中国物资奇缺，天津也不例外。天津的日伪政权，组织大批人力，在市内各主要地段增设物资检查站、卡，层层把关，禁止物资外流——樊晓惠在这种时候下乡送药，正好撞在敌人的枪口上。

会议刚刚结束，竹内已然出现在会议室门口。

与会的日本军官，几乎都练过柔道，大都崇拜威望极高的柔道泰斗竹内豪仁。其中有位大佐曾和竹内豪仁同时被天皇接见，二人很熟。异国他乡故友相见，欣喜异常，他主动走到门口，亲热地问："竹内君，好久不见，一向可好？"

竹内带着气说："不好。我在跤场与中国高手过招，险些被宪兵队特务开枪打死，幸亏翻译官及时把我送到医院，主治医生樊晓惠尽心尽力，凭着高超医术，挽救了我的生命。可现在我的主治医生樊晓惠，被宪兵队抓起来了。我的枪伤还没痊愈，胸部时不时地疼痛难忍，别的医生又不了解我的病情，我来找山本要人，要我的主治医生。"

竹内带刺儿的话，表面是说给大佐，其实是说给山本四郎听的，也故意让会议室里的人都知道，我来要人，看你山本怎么答复我！

大佐说："小事一段。竹内君是大和民族的骄傲，山本君不会不给你面子。"

二人的谈话，会议室的人都听见了，有人议论，这个竹内何许人也？有个军官回答，竹内是个了不起的人物，在日本国柔道界所向披靡，而且摔败了来日本国挑战的俄国大力士，为我们大和民族争了光。天皇陛下很欣赏他,发给他一枚大大的勋章,说他是大日本帝国的英雄。

山本四郎假惺惺地走到门口,热情地拉着竹内的手,一边向会客室走去,一边很客气地说:"竹内君,你的身体欠佳,有什么事情来个电话不就行了吗,何必亲自跑一趟呀。"

竹内随山本走进会客室,刚刚落座,那位大佐也不请自到。山本不悦,但碍于大佐在军队中的实权,只好客气地问道:"大佐还有事情?"

大佐说:"当年我和竹内君一同觐见天皇陛下,如今一别三年,异国他乡故友相见,我要等竹内君办完事情,与他畅饮几杯,请山本君作陪。"

山本说:"好好好,那就由我做东,我叫他们去登瀛楼订桌。"

竹内不像刚进门时那么冲动了,冷静地说:"酒是要喝的,但要先办事。山本君,我的主治医生樊晓惠被宪兵队抓起来了,请你放人,我的枪伤需要她。"

竹内把"枪伤"二字说得很重,暗含指责,并直接要人,不给山本留有推脱的余地。

山本情不自禁地啊了一声,随口说道:"樊晓惠?"

这两天,山本看到《大公报》和《新天津报》刊发的有关林再忍惨死和留学日本的著名医生樊晓惠突然失踪的消息,正在恼火——报上的文章言辞犀利,给日本当局造成很大舆论压力。没想到,竹内却为樊晓惠而来。

山本装傻:"你的主治医生,被宪兵队抓了? 我不知道这件事呀,好,我马上派人查问。"

竹内紧逼一步:"不用查问了,请大佐相陪,我和你现在就去宪兵队。"

大佐插言:"竹内君的主治医生,有什么过错也得看在竹内君的面子上,放她一马。竹内君可是'柔道之神',国宝级人物,他要有个好歹,天皇陛下怪罪下来,谁也吃罪不起。山本君,走吧,我们一同去宪兵队。"

山本四郎很不情愿地和竹内还有这位不识趣的大佐来到宪兵队办公室,宪兵队长高桥见是山本驾到,立刻站起来行礼:"山本君,有何吩咐?"

高桥绝对是小日本形象:个头不高,腰板挺直,脸上的胡子刮得干干净净,泛着青光。眼睛不大,炯炯有神,透着凶残和贪婪。

山本装模作样:"竹内君说你们把他的主治医生樊晓惠抓啦? 有这事吗?"

高桥一愣，这事你知道呀。随即答道："樊晓惠，通共，她借职务之便，把紧缺药品送往游击队，被我们抓了。这个女人，什么刑罚都用了，就是不招……"

宪兵队长高桥要在山本面前邀功，仔细讲了他们对樊晓惠所用的酷刑，没等说完，竹内急了，一把抓住高桥衣领："你怎么对我的主治医生滥用酷刑？她一个女医生，你怎么知道她通共？你有什么证据?！"

山本狠狠瞪了高桥一眼，心里大骂高桥是个看不出眉眼高低的笨蛋加混蛋。随即上前给了高桥一个耳光："你怎么对女医生用刑?"然后把竹内拉开，很无奈地说："既然有通共嫌疑，属于极端分子，竹内君，这事要请示上级呀。"

竹内愤愤地说："她，在我们日本国留学，是一位高级医生，你们既无真凭，又无实据，为何说她通共?为何对她用刑?她是我的主治医生，如果她通共，还会为抢救我这个日本人，做了十二个小时的手术吗？她三天三夜不回家，守护手术后的我，怕我的病情恶化，她不仅是我的救命恩人，更是日中亲善的典范！就是因为家里老人有病急需用钱，要倒卖一点药品，还没卖成，就被你们抓了，凭什么说她通共？我敢担保，她只是个医生，不可多得的好医生！"

竹内把他对樊晓惠的了解，对主治医生的感恩，加上华人龙说的樊晓惠的家庭情况，糅合在一起，倾泻出来，像出膛的机关枪子弹，射得山本抬不起头来。

竹内越说越气，目光如电瞪着山本四郎，继续斥责："天皇陛下要的是日中亲善，你们宪兵队的所作所为，违背了天皇陛下的意愿，你们的做法，只能破坏日中亲善！"

大佐见状，出来圆场："山本君，你瞧，竹内君是个身怀绝技的武士，他忠于天皇陛下，深得天皇陛下赏识，他的健康很重要啊。说樊晓惠通共，又没有证据，别犹豫了，赶紧放人吧。"

山本四郎无奈地点点头："看在你们二位的面子上，那就……"刚要说放人，突然闯进来一个人："不能放人，樊晓惠通共，我有证据！"

赌跤

第二十六回

作伪证马宝害同门
讲道义竹内救良医

来者何人？原来是马宝！

自从投靠了日本人，马宝就在天津福岛街购置了一所房子，把家从杨村搬到距离日租界很近的闹市区。他有事没事常来宪兵队坐坐。宪兵队长高桥与马宝臭味相投，绝对是一丘之貉，他知道马宝是山本的红人，故对马宝高看一眼。

因为和梅洁吵架，马宝心烦，就来找高桥喝酒散心。刚到高桥办公室门口，听到屋里有人指责山本。他站在门外听了一会儿，觉得山本被人挤对得进退维谷，认为这是讨好山本的好机会，立刻推门而入，为山本解围："樊晓惠不能放，她不仅通共，她本身就是共产党！"

眼看山本四郎就要放人，突然闯进来一个人搅局，还是个中国人，没等竹内说话，却见大佐气冲牛斗，骂声："八格牙鲁！"抬手一个"通天炮"直奔马宝的面门打来。一则，大佐在中国殴打中国人习以为常，少有人反抗，所以他这个"通天炮"出手随意，力道不足。二则，马宝认为山本是驻津日军中最大的官，他想讨好山本，表示忠心，因此就无所顾忌，看准大佐的拳头来到眼前，扬手捋臂，抬腿就踢，"架梁脚"把大佐踢出三步开外，撞在墙壁上，差点躺下。

马宝摔了大佐，洋洋得意地看着山本，那眼神露出阿谀的光——谁对你山本先生不恭,我就替你玩命!

竹内豪仁是摔跤大行家,已然看出来人有点功夫,身手不错。本来竹内对摔跤人有一种"人不亲艺亲"的情结,但这小子诬陷樊晓惠是共产党,还敢对自己朋友大佐下手,对这种狂妄恶徒心存半分亲近都是罪过,不狠狠地教训教训他,我竹内还是大日本帝国的武士吗?

竹内喊了一声:"八格!"走上前来,举手投足和大佐的动作如出一辙,也是一个"通天炮"奔向马宝面门。

马宝按方抓药,侧首转体,抬胳膊就踢。说时迟那时快,马宝刚一抬腿,竹内已将击出的拳头拐弯插到马宝腋下,上步弓腿,一招"揽管"将马宝摔出老远,"咕咚"撞在墙上。马宝也算利索,靠在墙上,调整重心,刚要还招,竹内接着一招"耙踢子",左脚勾住马宝底桩,用力兜抄,将其兜起半人多高,仰面朝天,重重地摔在地上。

马宝的身法不算不快,但与竹内相比,相形见绌。只是竹内的功力还没复原,否则,"揽管"就会把马宝摔躺,用不着再使"耙踢子"。

马宝纳闷,日本人里怎么还有如陈默龙一样的摔跤高手?他一个鲤鱼打挺就要起身,站在墙边的大佐不容分说抬腿就是两脚,踢在马宝脑袋上。还要踢,被山本四郎拉住了:"自己人,大佐,不要误会,不要误会,这个马宝是我的人。"

一听这小子叫马宝,竹内上前就要补上两脚,却见山本挡住了竹内,将马宝拉起来,责怪道:"这是你动粗的地方吗?"

再看马宝,鼻口蹿血,挺俊的脸面须臾间成了花脸狗熊。他指着竹内问山本:"他,他是何人?"

没等山本回答,大佐说话了:"八格,小子,他就是大日本帝国的柔道之神,竹内豪仁!"

马宝听说过竹内豪仁这个名字,但没想到他的功夫如此了得,不由得连声赞叹:"难怪,难怪这么好的身手,柔道之神,名不虚传。"

山本对竹内和大佐说:"自家人,马宝是自家人,不要误会。二位少安毋躁,听完马宝君的汇报,我会给你们一个满意的答复。"在场之人都已看出,山本和马宝的关系非同一般。

赌跤

高桥给在座诸位献上香茶，然后打来一盆温水，让马宝洗脸："马宝君，洗把脸，清醒清醒头脑再说樊晓惠是共产党的证据，也好让董事长做出决断。"

马宝看了一眼高桥，心里说，要不因为你，我也不会心烦，今天也不会六个手指挠痒痒，多这一道子，自找寒碜。

怎么回事？只因昨天有人给马宝送来两瓶直沽高粱酒、两只德州扒鸡，他就把高桥请到家中喝酒，喝得这个小日本直叫好酒，好酒！马宝让梅洁与高桥见个礼，敬杯酒，以示欢迎。醉眼蒙眬的高桥见梅洁恹恹欲睡的病态别有风韵，借着酒劲儿，当着马宝的面对梅洁进行调戏，马宝竟然装醉，对高桥的下流举动充耳不闻，视而不见。若不是梅洁有些武功极力反抗，差点被高桥奸污。

马宝知道高桥有两大爱好，第一好酒，第二好色。他最爱喝直沽高粱酒，觉得直沽酒醇香浓郁、甘纯爽口，比日本清酒好得不是一星半点儿。高桥好色，尤其喝了酒，不管老的少的，六亲不认，有谁是谁。

马宝为了与高桥拉近关系，投其所好，常常叫人弄来大直沽烧锅的原浆酒，再找两个陪酒女郎，请高桥连喝带玩，一醉方休。

哪想到，马宝请他来家喝酒，竟然连梅洁也不放过。高桥喝足了吃美了，他走了，梅洁哭了一宿，她说马宝违背师命，投靠日本人，引狼入室。马宝胡搅蛮缠，反唇相讥："是你违背父命在先，你爹将你嫁给陈默龙，你看不上他，非要跟着我，咱俩谁也别说谁。"梅洁又气又悔，没完没了地数落马宝，一直到天亮。

马宝心烦，就来宪兵队找高桥。他一宿没睡觉，脑袋昏昏沉沉，竟然跑到宪兵队楞充大尾巴鹰，叫竹内和大佐整治了一顿，真是活该！

山本见马宝洗了脸，就对马宝点点头："说吧，樊晓惠是共产党，你的证据何在？"很显然，山本认定樊晓惠就是共产党，希望马宝进一步证实。

马宝的脑袋被大佐踢得嗡嗡作痛，他见竹内和大佐都对他怒目而视，本来能说会道的他，回答山本的问话却语无伦次了："老家山西，樊晓惠，有钱，不是一次两次，倒腾药品，她，不为了钱，为了游击队、共产党……给她拉包月车的储友良，他舅舅杨二愣，认我为师兄，跟我学摔跤，杨二愣找我办通行证……"

竹内打断了马宝的话："胡说,有认师父的,哪有认师兄学摔跤的? 你给杨二愣,私办通行证,是你通共,为什么嫁祸樊晓惠? 你说我的主治医生是共产党,难道你是从共产党那边来的,了解她的底细? 我告诉你,她母亲病啦,母女连心,她想赚钱,这是孝心,你为什么诬陷她? 你想达到什么目的?"

竹内,好一张利嘴,为救樊晓惠,连连发问,反诬马宝就是共产党,弄得马宝直咽唾沫,无言以对。

山本有一套,他知道马宝对他忠心,立即给马宝解围："竹内君,让他说完。马宝君,喝口水,静静心,慢慢说,不要紧张。"

马宝整理一下思绪,把本该单独向山本汇报的话,当众说了出来："杨二愣求我给他外甥办通行证,我怀疑他们不是做买卖,给他通行证之后,我就派人接替跟踪,接替就跟田径赛的接力赛一样,多人分段,盯住目标,一跟到底。我的眼线看见杨二愣把通行证交给他姐姐储杨氏,储杨氏再交给樊晓惠,樊晓惠坐储友良的胶皮车下乡下,把药品交给游击队……"

竹内心想,这个马宝阴险大大的。设套让朋友钻,太缺德了,哪还有半点人性! 这种人跟华人龙相比,真是一个天上一个地下,天壤之别。

大佐是站在竹内一边的,抓住马宝说话的漏洞,质问道："游击队,你们看见了? 看见了为什么不抓?"

马宝说："樊晓惠又喊又叫,游击队跑了……"

"胡说!"竹内豪仁怒道,"喊叫,这是人受到惊吓时本能的反应。她一个弱女子,碰上强盗,能不害怕吗? 能不喊叫吗? 你们抓不到游击队,就抓她交差? 伤及无辜,残害善良,有悖于日中亲善! 宪兵队,要改弦更张,真正地去创造大东亚共荣!"

竹内的话,起到了以子之矛攻子之盾的效果,日本当局成天喊"日中亲善""大东亚共荣圈",践行的却是任意屠杀中国人民,掠夺中国财富,所作所为都是强盗行径!

竹内直戳山本软肋,让山本恼火。山本的声音提高了八度:"竹内君,她又喊又叫不是被吓得,是给游击队通风报信,这是共产党惯用的伎俩——

宪兵队的各种刑罚,男人都吃不消,她却无所畏惧,只有共产党才有这种坚强意志!"

山本的话露出了破绽,竹内立即质问山本:"你早就知道我的主治医生在受酷刑?你认定我的主治医生是共产党?请问,证据呢?主观臆断凭空捏造不行,你们要拿出真凭实据来!"

高桥和山本不经意间透露出有关樊晓惠的信息,让竹内更加认定樊晓惠受到了残酷折磨,更加坚定了营救樊晓惠的决心。

大佐不愿意看到竹内和山本剑拔弩张,认为这场纠纷都因马宝而起,就把矛头指向马宝,"山本君,"大佐指着马宝说,"他,无中生有、造谣生事,挑拨我们之间的关系,他才是共产党!把他逮起来,把竹内君的主治医生樊晓惠放出来,咱们就皆大欢喜了。山本君,中国有句老话,来说是非者便是是非人,鹬蚌相争,渔翁得利,这个混蛋没安好心,你不要上当!"

山本语塞,目光转向高桥。高桥无奈,低头无语。

自从宪兵队抓来樊晓惠,高桥用尽酷刑,逼迫樊晓惠招供。哪知道,文文弱弱的樊晓惠,不仅是个好医生,还是个女汉子!受尽折磨,仍然一口咬定,倒腾药品就是为了赚钱给母亲治病,其他的,除了治病救人,一概不知。

樊晓惠是好样的!中华民族不仅是勤劳聪慧的民族,还是无所畏惧的民族,在侵略者面前,铁血男儿比比皆是,钢铁女汉子也层出不穷。为了抗击侵略者,樊晓惠表现出了崇高的民族气节。

在竹内和大佐面前,山本四郎失去了往日的威严。怨谁?怨马宝,狐假虎威强出头,被竹内和大佐摔打一顿,还把他置于尴尬境地。于是,语气生硬地问马宝:"你还有什么要说的?"

"有!"马宝回答得很干脆。他扫一眼竹内,看着山本说:"樊晓惠的事,我所知道的都说了,放不放人,请董事长做主。另外,我还要说一个人。"

山本四郎本要转移话题,借机而问:"什么人?"

因为昨夜梅洁又哭又闹说他引狼入室,暗含着怀念陈默龙,马宝就把盘算已久的害人阴谋和盘托出:"我的同门陈默龙,能文能武,本来是块好料。我多次劝他,要他认清局势,出来效忠大日本帝国,为董事长效劳,但他

赌跤

241

受共产党影响太深，很有反日情绪，冲着我大骂皇军杀人放火，对皇军大不敬——他爹就因为反日被政府处决了。不过，我和陈默龙终究是一师之徒，我无法说服他，特来请高桥队长，把陈默龙'请'来，看在我的面子上，教训他，感化他，让他和我一道为董事长做事。"

好一个阴险的马宝！既要断了梅洁的念想害死陈默龙，又误导在场者，把他看成重情重义的人，他马宝是在努力挽救他的同门——马宝了解山本的性格，只要是中国人，不管是谁，只要与共产党沾边，他就格杀勿论。

马宝又玩一箭双雕，借刀杀人，还想落个好名声。

近日，马宝的眼线向他禀报，说江湖传言，梅家门掌门大弟子陈默龙，知道马宝投靠了日本人，助纣为虐，作恶多端，要清理门户，除掉马宝这个汉奸！

听到陈默龙的名字，马宝心里就犯嘀咕。他把陈默龙的媳妇梅洁弄到手，知道陈默龙怀恨在心，一定会找机会找借口报复他。

在马宝眼里，陈默龙是一根筋的傻巴儿，而越是一根筋的人，越认死扣儿。为了师嘱，为了让梅洁快乐，陈默龙竟能泪洒休书让梅洁遂愿而去，要是让他知道梅洁受到侮辱有了委屈，他也会不顾一切地践行承诺保护梅洁。这人，可怕！所以马宝决定先下手为强，不等你清理门户，我先借日本人的手把你除掉！

如今的马宝，在天津卫黑白两道"通吃"。看谁不顺眼，编个词告诉高桥一声，那人就倒了霉，抓到宪兵队，不死也得脱层皮。

当山本听马宝说陈默龙有反日情绪，立马来了精神："他有反日举动吗？你有证据吗？"

马宝早有准备："有，他每天都写一首古词，挂在墙上自我欣赏，表明心志。"

"什么古词？"山本再问。

马宝答："叫什么'遮住天'，意思是说，日本人遮住了天，百姓哭哭啼啼泪不干，今古恨，几千般，人间行路难。暗含着说日本人给中国人带来了灾难。"

马宝不学无术,既不理解又故意歪曲古人辛弃疾《鹧鸪天·送人》这首词的含义,达到置陈默龙于死地而后快的目的。

陈默龙抄录这首词的真实用意只是因为梅洁离他而去,心情十分惆怅。要不是遇到高人点化,说不定他就废了。为了振作起来,他除了练功就是看书练字,当他从唐诗宋词中看到辛弃疾的《鹧鸪天·送人》这首词时,产生了共鸣,就天天抄录这首词,既是练字,又是抒怀。词的全文如下:

唱彻《阳关》泪未干,功名余事且加餐。浮天水送无穷树,带雨云埋一半山。

今古恨,几千般,只应离合是悲欢?江头未是风波恶,别有人间行路难。

这首词为"送人"而作。送人、离别居然说并不是唯一可悲之事,词人还有多少伤心经历隐忍在不言中?陈默龙不也这样吗?师父将师妹许配给他,他却为了践行承诺,"送"走了梅洁。联想现实和自己的处境,山河破碎,父母双亡,国不是国,家不是家,这首词不正是陈默龙心情的写照吗?

山本问马宝:"他写的这首词你带来了吗?"

马宝赶紧说:"带来了。"随即从怀里掏出写在宣纸上的这首词,递给山本。

谁也不知道,马宝采用什么手段将陈默龙的墨迹弄来了。

山本是个中国通,对中国书法也有研究。他展开宣纸,对陈默龙的书法点头称赞:"这个陈默龙,果然是人才,书法不错。"

这时的竹内,再也忍耐不住:"请问山本君,陈默龙跟樊晓惠的事有关系吗?现在我要你放人!"说完,感到憋气,捂着胸口,张着大嘴,脸色发白。

大佐看到竹内痛苦的样子,态度不满地说:"山本君,你瞧,竹内君有病在身,他的身体出现问题,谁也承担不起责任。你不是喜爱书法吗?过后我给你一幅好字,华世奎的。走吧,我们跟你去牢房,把竹内君的主治医生放了,请她解决竹内君的病痛。"

"那好吧。"山本想到舆论压力,再加上眼前这二位难惹难缠的"客人",

赌跤

只好下达命令，"高桥，把樊晓惠放了吧，这是特例，请竹内君和大佐二位签字领人。"扭头又对大佐说："你要说话算话，给我一幅华世奎的字。"然后又对马宝说："过两天你把陈默龙请来，我要见见他。我还有事，先走了。"

竹内和大佐把樊晓惠接了出来。看到樊晓惠遍体鳞伤脱了相的模样，竹内赶紧走向前去，猫腰躬身一个劲地说："对不起，樊医生，让你受苦了。"

樊晓惠看看竹内身边穿着军装的大佐，不无讽刺地说："当今社会，哪座庙里没有冤死鬼？"声音不高，却谴责了日本鬼子伤害无辜的残暴和无道。

竹内扶着樊晓惠，大佐跟在后面，三人从宪兵队走了出来。来到大门口，看见不远处驾着胶皮车的储友良已然等在那里——这是华人龙安排的。华人龙料定，竹内一定会把樊晓惠营救出来。

正在此时，一辆小轿车疾驰而来，一个急刹车，停在了储友良的胶皮车跟前。车上下来一个人，正是匡正民。

刚才，山本通知被软禁的匡正民，让他到宪兵队来接樊晓惠——释放了樊晓惠，再软禁匡正民还有什么意义？为了安抚翻译官，山本说了一堆道歉的话，还把洋行最好的小轿车派给匡正民，去接樊晓惠。

储友良看见匡正民，惊喜地说："啊，是您，"马上又问："这些日子，您去哪儿了？"言语中不无埋怨。

匡正民苦笑一下："出了一趟远门，刚回来。"他不想把被软禁的事说给储友良。他被软禁期间，已然估计到樊晓惠出事了。山本让他来接樊晓惠，证实了他的猜测。随即问道："良子，你怎么在这儿？"

储友良把送药出事的经过，以及自己出狱后去找华人龙，华人龙又找竹内营救樊姨的事简略地说了一遍。匡正民没动声色，只是在心里感激华人龙和竹内。

储友良眼尖，跟匡正民说着话，发现樊晓惠他们出来了，赶紧拉着胶皮车迎了上去。匡正民也紧走两步，来到樊晓惠眼前，握着樊晓惠的手，就这么握着，夫妻二人老半天都说不出话来。

储友良说："樊姨，您上车吧。"

匡正民赶紧将樊晓惠小心翼翼地扶到胶皮车上，刚要向竹内道谢，却见竹内问道："这些日子，你去哪儿了？我怎么找不到你？"

匡正民把跟小良子说的话说了一遍，又对竹内说了好多感激的话。随后问道："营救樊医生，费了不少周折吧？"

竹内把营救樊晓惠所发生的事情说了个大概，用手指了指大佐："多亏大佐帮忙。"匡正民急忙用日语对大佐表示感谢。

大佐说："竹内君跟我是朋友，帮朋友做点事，高兴。"

竹内也对大佐说："老朋友，谢谢你，改天我一定好好请你喝酒，今天，我要陪樊医生去医院。"

大佐走了，匡正民看了看妻子和小良子，转身走回小轿车跟前，对司机说："你请回吧，代我谢谢山本董事长。"

小轿车开走了。匡正民和竹内一左一右推着胶皮车，储友良拉着樊晓惠，慢慢地向医院走去。刚一拐弯，一个人匆匆走来。谁？华人龙。

储友良看见华人龙，马上回头对樊晓惠说："樊姨，华爷来了。"待华人龙来到近前，储友良抢着说："师父，樊姨出来了。"说完，眼圈红了。

华人龙拍拍储友良的肩膀："良子，你樊姨出来了，应当高兴才是。"转身对竹内拱手而言："竹内先生，谢谢你。"樊晓惠被救了出来，华人龙如释重负，心里装满了对竹内的感激，认定竹内豪仁是个道义朋友。

竹内拱手回礼："感谢你对我的信任。营救樊医生，是我应该做的。"

华人龙刚要和匡正民打个招呼，匡正民已然来到华人龙面前，抓住华人龙的手说："华爷，大恩不言谢……"面对跤坛真义士，说什么感激的话都显得苍白。

华人龙微微一笑："要谢，应该谢谢竹内先生。"然后又对竹内说："今天这事，多亏你援手，改日我请你，补上那天没能喝完的酒。樊医生需要去医院检查检查，你们陪着去吧，我还有点事，改日见。"

华人龙前来就是要看看樊晓惠出来没出来，既然得救，他放心了，转身要走，却被竹内拦住了："华人龙，你，不能走。"

华人龙一愣："竹内先生，还有事？"

竹内脸上现出凝重："我要跟你说两个人，两个摔跤人！"

赌跤

第二十七回

人有缘邂逅三不管
心相通演义"双龙会"

竹内拦住华人龙有话要说,匡正民不知就里,却见华人龙笑着说:"匡先生,竹内要跟我说摔跤的事,你们先走吧,别耽误樊医生去医院。"

竹内见状,脸上的表情松弛下来,也对匡正民说:"找个好医生给樊医生检查检查,我向华人龙通报个情况,随后我也回医院。"

匡正民说:"那好。良子,咱们走吧。"

看着储友良拉着樊晓惠走了,华人龙说:"竹内先生,咱找个饭店或是酒馆,坐下来说,如何?"

竹内说:"就在这儿说,说完了我要抓紧时间回医院,让院方给樊医生安排个好病房。"

华人龙往路边挪了几步,竹内跟过去迫不及待地开了腔:"我要跟你说的第一个人,就是你跟我说过的,陷害樊医生的人,果然是那个马宝。我在宪兵队看到他了……这个人与宪兵队长高桥关系密切,在山本面前,确实很吃香。"

竹内把马宝在宪兵队陷害樊晓惠的所作所为,向华人龙说了一遍。看得出来,竹内想到马宝就是一肚子气,难怪刚才他的脸色难看,让匡正民有些吃惊。

听了竹内的话,华人龙心里骂了一句粗话:马宝,你姥姥的,王八蛋!

246

竹内又说："第二人，就是马宝的师兄弟，陈默龙。"说到这里，突然问道："华人龙，你认识陈默龙吗？和他交过手吗？"

华人龙摇摇头："没见过面，却听说过他，这人跤技高超，重情重义，一诺千金，人品极好。他和马宝都是梅铁心的徒弟。"

关于陈默龙的情况，华人龙是在直沽酒家听彭友彭无奈介绍的。

竹内微微点头，说了一句："你是好人，好人眼里都是好人。"随后又微微摇头，发出疑问："你说陈默龙人品极好，为什么马宝告诉山本，说他受共产党影响有反日情绪？这可是要脑袋的罪名呀！马宝、陈默龙乃一师之徒，为何同门相残？梅铁心门下有这样的弟子，岂不可悲？"

华人龙知道，竹内是拿他自己和陈默龙相比。这种比较，不无炫耀日本武士尊师敬长的门派之风——竹内的师弟伊藤，始终对竹内很尊重，甚至逆来顺受敢怒不敢言。难道这就是日本人的武士道精神？

对梅家门师兄弟之间的恩怨，华人龙只是听说，不是亲见，尤其这里面牵涉梅老前辈的女儿梅洁，他不好妄加评论。但是华人龙对梅铁心还是十分仰慕的，他对竹内说："梅铁心，跤坛前辈，一代宗师，武功跤技出类拔萃，武德跤风闻名遐迩，武林跤坛提起他老人家，无不交口称赞。"

听了华人龙推崇梅铁心的话，竹内连连摇头，心里说，这么有名有德的跤坛前辈，教出马宝这样的徒弟，怎么解释？

华人龙看出竹内的怀疑，只好从另一角度进行说明："中国跤坛有句老话，师父领进门，修行在个人。马宝心术不正，自甘堕落，是梅家门的败类！就像你们日本武士，有的光明磊落，一身正气；有的阴险狡诈，为虎作伥。人跟人不一样。马宝自己不学好，怨不得师父。哪棵树上没有干枝儿？马宝不过是大树上的枯枝烂叶而已。"

接着，华人龙反问竹内："马宝要害陈默龙，怎么见得？"

竹内说："在宪兵队，我亲耳所听，亲眼所见，马宝要借刀杀人，把陈默龙的一幅书法作品献给山本，说这幅字就是陈默龙反对大日本帝国的罪证。最卑鄙的是马宝假装好人，要宪兵队将陈默龙'请'来，挽救他，教育他，为山本做事……"最后又说了一句关切华人龙的话："华人龙，马宝这个人，笑里藏刀，很会伪装。今天我要跟你说的，最重要的，就是要你小心马宝这个人。"

华人龙点点头,表示感谢,但他没为自己着想,开始为陈默龙担心——马宝这小子,心狠手辣,想借日本人的手除掉陈默龙,此事非同小可,必须立马给陈默龙送信儿,让他早做防备。

竹内把要说的话说完了,向华人龙告辞,匆匆赶往医院。华人龙没有挽留,也没再说客气话,现在他把竹内豪仁看成了道义朋友。

华人龙看人,不只看对方对我如何,仅对我好,也许是利益驱动或是有求于我。看对方对他人如何,才能洞察这个人的品性和德行。

华人龙对竹内暗暗点赞:竹内豪仁,够朋友! 小日本里,也有好人!

华人龙匆匆奔向桃花堤,去找陈默龙。

来到桃花堤,尽管南运河两岸的风景诱人,华人龙却无心欣赏,只是急切地向路人和附近居民打听陈默龙的住处,问了许多人,却都不知道附近有个陈默龙。

华人龙纳闷,陈默龙摔跤这么有名,当地人却不知道他,是他为人低调还是另有隐情?

成长环境决定人的性格,人的性格与命运相关。

陈默龙十三岁丧父,十六岁丧母,少年孤身,沦为家奴。幸亏梅铁心收他为徒,在他步入跤坛崭露头角之际,师父撒手人寰,妻子离他而去,他自然而然形成了少言寡语的孤僻性格。要不是高人点化拯救,说不定他这个跤坛奇才就会销声匿迹,湮没在庸庸碌碌的俗世之中。他这样的人,能与谁交往? 谁能与他交往? 当地人知道陈默龙的少之又少,乃情理之中。

华人龙茫然四顾,发现桃花堤南面民房里走出一位花甲老人,身板挺直,步履矫健,精气神十足,一看就是练武之人。他赶紧走上前去,客气地问:"老人家,有位会摔跤的陈默龙,您老知道他在哪儿住吗?"

老人看了看华人龙,想了想说:"你是不是说,从北京迁居来此,做药材生意的梅铁心梅爷的那个不爱说话的徒弟?"

华人龙连声答道:"对对对,就是梅铁心梅老前辈的弟子陈默龙。"

老人说:"梅爷在世时,我听他说过,他有个徒弟叫陈默龙。这个徒弟身世挺苦,功夫挺好。梅爷去世后,这个徒弟很少出头露面,一直守着梅家的大院子。桃花堤一带的人很少看见他。"然后指了指不远处的一所院落,"看了吗? 就是那个青砖瓦房的四合院,他就在那儿住。"

华人龙谢过老人,向四合院走去。到近前一看,铁将军把门,陈默龙不在家。站在门口好一会儿,华人龙突然想起彭友彭无奈曾经说过,陈默龙是在"三不管"一摔成名,跤场的老古诚邀陈默龙多到他们的跤场捧场,说不定陈默龙去了那里。

时间已过中午,华人龙还没吃饭,有点饿,暗自思忖,到附近买点吃的,垫垫肚子,然后就去南市"三不管"跤场遛遛,碰上陈默龙更好,碰不上就问问老古,也许他知道陈默龙的行踪。另外,了解了解大妮、二妮摆地卖艺的情况,有什么难处帮她们解决解决。

下午三点多钟,华人龙来到了南市"三不管",老远就看见跤场周围的观众里三层外三层,听见人群里不时地发出哄笑声。

华人龙本想分开人群直接进到里面和正在说买卖的老古打个招呼,但看见场上摔跤的两条汉子正在你来我往蹚手拌绊,观众都聚精会神观看摔跤,他就悄悄站在人堆里,和一般观众一样,站着看跤。

场上二人,一高一矮,高的,姓牛,名叫有草,人称外号牛八碗。矮的,姓廖,名宏,跤坛人称廖不累。

这两个人的绰号,都有来历。牛有草饭量大得出奇,有一天廖宏请他和另外两个朋友去跤场附近的小饭馆吃饭,饭馆老板知道摔跤人饭量大,就把仅有的五斤干面做成饸饹,煮熟了盛到八个大海碗里,端到桌上,让他们每人两碗,足够吃的。牛有草看了看廖宏,哼了一声,说管斋不饱,不如活埋。廖宏说,先给你吃,你要都吃了,我们仨人宁可饿着。而且明天我再请你一顿,南市的饭馆,任你点。牛有草说,真的?说话算话?那我就不客气啦。踢里秃噜,工夫不大,八大碗饸饹,五斤干面呀,都进了他的肚子。从此,牛有草落了个牛八碗的外号。

廖宏摔跤,以"气儿长"著称,穿上褡裢他就不想脱。尽管玩真的他老是眼珠子朝上腔眼子朝下,是个屁大力,可他就是不服输,谁想替换他,他总说,我还不累了,再摔三跤。三跤完事,他还是那句话,我还不累了……为此，人们都叫他廖不累。

牛八碗和廖不累在场上连摔带叫，一会儿这个躺下，一会儿那个趴下，摔得热热闹闹，挺哏。内行人一看就知道这是熟手跤套子活，故弄玄虚，吸引观众。

华人龙刚在人堆里站稳脚步，就见牛八碗上手裹住对方脑袋，突然一个“别子”，将廖不累“别”到半空，底手往怀里一紧，变脸观天，喊了一声：“你给我躺下吧你！”却见廖不累半空中身子一拧，藏头缩腹，两脚落地，站在了牛八碗的对面，回了一声：“没这么容易！”顺势进腰，伸腿回勾，一个“叉打得赫勒”施展开来，眼见牛八碗仰面朝天就要倒下，没想到牛八碗那偌大身躯来个鹞子翻身，顺势“盘腿”，将廖不累的身子在空中摆平。再看廖不累，从空而落，四仰八叉横躺尘埃。

“好，好跤！”看热闹的外行对这二人的绊中有绊、绊套连环纷纷鼓掌叫好。站在场子里说买卖的老古也连声叫好：“好，真是一对好跤！二位遛遛……”赢了跤的牛八碗洋洋得意，晃着身子绕圈走了不到三步，廖不累站起身来，悄悄走到牛八碗身后，趁其不备，拦腰而抱，将牛八碗抱离地面，摔在地上。

观众哄然大笑，牛八碗假装急了：“呸！你小子，嘛玩意儿？赖！”说着，连滚带爬站起身来，伸手就抓，恨不得将廖不累抓起来扔到圈外。

廖不累一边躲闪一边大声笑着说：“嘛玩意儿？肉玩意儿，兵法上说，能力敌的力敌，不能力敌的智取！”

老古装模作样赶紧上前把他们分开，连声说：“别急别急，哥俩遛遛，你们歇歇，我好敛钱。”

华人龙知道，撂地卖艺熟手跤，怎么哄着观众高兴就怎么来，为的是敛钱。

老古绕圈敛钱，来到东面，一抬头，看见华人龙正在掏钱，惊叫一声：“哎哟，华爷，好呀，来了不进场，不给面子？”说着，伸手将华人龙拉进圈里，来到跤场西面长桌长凳跟前，“华爷，您就和这位兄弟坐一起吧。”然后喊了一声：“胖子，给华爷倒水。”

坐在长凳上的那位文绉绉一脸书生气的人，见了华人龙，立刻站了起来，有些腼腆地问老古："这位华爷是大直沽的华人龙吗？"

老古说："正是，正是独步跤坛美英雄华人龙华爷。"

华人龙刚坐下又赶紧站了起来："老古，过誉了，华某不敢当。"随后看了看旁边那人，问老古："这位兄弟怎么称呼？"

跤场有个不成文的规定，坐在桌旁凳子上的人，不是前辈名流就是当红跤手，华人龙见其文质彬彬，不像摔跤人，故而发问。

老古说："他呀，不是外人，梅铁心梅老前辈的掌门大弟子陈默龙。"

华人龙大喜过望："哎呀，是默龙兄弟，久仰久仰啊，今天，我就是找你来的！"因为去桃花堤找了半天没找到陈默龙，却在这儿不期而遇，华人龙心里一高兴，脱口而出，找你来的！

陈默龙很是吃惊："华爷，您是前辈、大侠，是默龙心仪已久的恩人，我焉能跟您称兄道弟？更不敢跟您交手过招，但不知晚辈何处得罪了华爷？"

华人龙知道陈默龙领会错了，马上解释道："兄弟，你别多想，我不是来找你摔跤的，是找你有事。"

老古有些不解："你们二位到底认识不认识呀？看意思你们没见过面，听说话又像老相识……"

从不多话的陈默龙，竟然打断了老古的话："古人云，人之相敬，贵在敬德，人之相尊，贵在尊义。我与华爷未曾见面，华爷的武德和义气，早已如雷贯耳，并且于我有恩……"

陈默龙沉了沉，对着华人龙说："师兄彭无奈对我说，华爷跤技超凡，人品脱俗，乃摔跤人之典范。今日与华爷在此邂逅，实乃幸事。华爷找我，定有见教，是否屈尊大驾，到寒舍一叙？"

陈默龙说话满嘴文词儿，如此文雅之士，哪像摔大跤的？偏偏又是跤坛奇才！

华人龙说："默龙兄弟，咱俩虽是初次见面，却神交已久，我从彭友彭无奈那里了解了你的人品，请你不要客气。我找你确实有事，这里人多，在此说事不大方便……"

老古听出华人龙和陈默龙就要离开跤场，赶紧插言道："华爷，还有默龙，你二位碰在一块不容易，不管你们多急的事，怎么也得穿褡裢亮亮相

赌跤

呀,不光让观众,也让我老古和跤场的爷几个开开眼,见识见识天津卫顶尖高手的真功夫。之后你们二位再走,也不至于耽误你们的大事。如果时间允许,跤场收摊儿后,我做东,咱到永元德涮羊肉,小酌两杯,以叙友情。二位赏脸,捧捧老哥哥。"

说到这里,老古给华人龙鞠了一躬,然后鼓动观众:"众位爷们,你们想不想看看跤坛大侠华人龙华爷的绝技?想不想看看跤坛奇才陈默龙的身手?"

"想!我们都想看看二位高人真刀真枪真玩命地摔一场!"观众欢呼雀跃,鼓掌叫号,"大侠、奇才,摔一场!大侠、奇才,摔一场!"

老古不愧是拢黏儿高手。凭华人龙、陈默龙的声望和功夫,上场亮亮相,观众就会哗哗地往外掏银子。他俩要穿上褡裢过过招,在这个跤场上演一场"双龙会",一定会成为跤坛佳话,不仅能给跤场增加收入,还能让"三不管"跤场更加有名,往后来这儿看跤的人就会更多,人气更旺。这二位是财神爷呀,他能轻易放他们走吗?

老古的意思,是想给跤场来个名利双收。这一点,华人龙懂。他得给老古这个面子。然而,陈默龙就是不穿褡裢,不跟华人龙交手。

华人龙对老古说:"默龙不摔,您给我配个别人吧,怎么我也得摔两跤呀。"

华人龙的话刚落地,廖不累就搭茬儿了:"我还不累了,我跟华爷学两招。"廖不累就是这样的人,不管你多大名头,他都敢摔。

华人龙换上跤场里的跤靴,穿上褡裢,对廖不累客气地拱手而言:"请。"

廖不累不管三七二十一,刚一照面,上前就抓,抬腿就踢。可惜,来得急躺得快,没见华人龙用绊,只是往旁边一闪,廖不累自己就趴在了地上。

廖不累站起身来,重演"智取"牛八碗的伎俩,看着华人龙按规矩遛圈,悄悄来到华人龙身后,猛然抱腰,哪想到,没等用力,就见华人龙身缩小,软绵巧,猫腰下蹲,就势一下"揣花",再看廖不累,已从华人龙的头顶飞了出去,不等落地,华人龙跟过去一拽他胳膊,廖不累坐在了地上,摔得不重。

在观众哄笑声中,廖不累站起来摇了摇头:"比牛八碗厉害多了。"

赌跤

二人再一照面，廖不累没了冲劲儿，想抢手，不敢，想抬腿，怕输，正在犹豫，华人龙抓住他的小袖，低头细语："兄弟，用绊。"廖不累看看周围，没人听见华人龙的话，意识到华人龙要给他翻跤，马上拧腰上步，抬腿冲踢，再看华人龙，被他"踢"起半人多高，漂漂亮亮躺倒尘埃，比廖不累倒地的姿态潇洒多了。

"好，好！漂亮！"虽然众人齐声叫好，但都知道这是华人龙成心翻跤。因为这跤翻得太漂亮了，好多人把手伸进口袋往外掏钱。

老古让两个徒弟一个逆时针一个顺时针绕圈敛钱，自己来到廖不累跟前，拍拍他的肩头："这一跤是你赢的吗？"

没等廖不累回答，华人龙抢先说："这位兄弟手法不错，这一跤是我真输的。"

廖不累好不得意，遛圈时两膀直摇晃。当他走到牛八碗跟前，就见牛八碗对他说："你快歇会儿吧你，我跟华爷撂两下，也算我跟高人交过手了。"

廖不累说："不行，我还不累啦！"

老古说："廖不累，你撂跤累过吗？行了，过过瘾就完了，见好就收吧，让牛八碗来两下。"

没办法，出头露脸的好事不能全让自己占了，廖不累很不情愿地脱了褡裢。

牛八碗上场对华人龙说："华爷，我这两下子，跟您对不上牙岔子，我只是落个跟华大侠摔过跤——往后，这就是我跟别人吹牛的本钱。"

陈默龙不言不语地走上场来："华爷，您歇会儿，我来吧。"

陈默龙的言谈话语透着对华人龙的敬仰——华人龙是天下闻名的跤坛大侠，这等人物，这么高的身份，还给廖不累翻跤，这人性，了不起呀！

老古知道陈默龙的心思，他想替华人龙干点活，受点累，颇有"杀鸡焉用宰牛刀，弟子愿意服其劳"的用意。

牛八碗有点不乐意："默龙，我知道你也够棒，只是我想跟华爷撂两下。"

老古拍拍牛八碗的肩头，笑着说："爷们儿，默龙和华爷都是天津卫的

253

顶尖高手,他主动跟你过招,是给你面子。得了,开摔吧。"

陈默龙的摔法,跟华人龙如出一辙,站在那儿,不拉架子,不立门户,等着对方抢手进招。

牛八碗对陈默龙代替华人龙心怀不满,本来他就身大力不亏,现在更是气劲儿加牛劲儿,跟陈默龙一照面就把全身的劲儿都搁上了——你不是站那儿不动嘛,我不管那套,先下手为强!冲上去就是狠狠一招"脑切子"。

陈默龙身子晃了晃,却见牛八碗直接从陈默龙的身上翻滚到地上。

第二跤,牛八碗抓住陈默龙的两把小袖,要把陈默龙抢起来,刚要发力,底桩被对方撞了一下,站立不稳,坐在了地上。

观众都笑了:嘿,牛八碗跟廖不累一样,头一跤躺着,第二跤坐着。

第三跤,牛八碗心急火燎,抓上陈默龙的小袖,抬腿就踢,再看陈默龙,被踢起人头来高,两手抱头,卧鱼似的落在地上。漂亮!观众纷纷掏钱。

老古过来对牛八碗说:"知道默龙的厉害了吗?你看人家这跤翻的,够不够意思?打住吧,他们还有事。"转过身对陈默龙说:"默龙,脱了吧……"

观众们不干了:"让华人龙跟陈默龙来一场,来个双龙会,我们看看,这两位顶尖高手,哪个更好,哪个更强。"

观众的喊声,正中老古下怀。

陈默龙赶紧向观众作揖:"跟华爷比,我甘拜下风。"说着,就要脱褡裢。

老古早就知道陈默龙乃知恩图报的耿介之士,从他对华人龙的言谈话语中已然看出,陈默龙对华人龙十分敬仰,如果华人龙说句话,他肯定不会拒绝。想到此,就对华人龙说:"华爷,您看,大伙的意思,您跟默龙是不是比画两下?"

老古这么一说,观众更加起哄:"来一场,'双龙会',来一场,'双龙会'!"

这时的陈默龙,已将褡裢脱了。他来到老古面前说:"华爷是我心仪已久的恩人,我焉能与恩人过招?"

华人龙稍加思忖,对陈默龙说:"兄弟,咱俩来一场,点到为止。不能不给老古面子,他们这是买卖。"言外之意,咱得帮助老古他们多挣点钱。

陈默龙盯着华人龙的眼,好一会儿,点了点头,重新穿上了褡裢。

第二十八回　崇武德神交相见迟
尚人道武士归天早

当年，陈默龙一出道就在"三不管"跤场大败快跤董江湖，之后又连摔几场，把几位高手统统拿下，声名鹊起，在天津跤坛引起震动。

那时就有位经常行走在各个跤场的江湖人说，大直沽有个华人龙，遐迩闻名，如今梅铁心门下又出了个陈默龙，出类拔萃。哪天这两条龙碰上，必有一场可遇而不可求的激烈搏杀——文无第一，武无第二，一山不容二虎，两位高手遇到一起，用不着别人拢对撮合，他们自己就得比个输赢，论个高下。

今天，这两条龙在"三不管"跤场碰上了，谁不想看看这场旷世之争？

观众里三教九流嘛人都有。往常，跤手穿上褡裢往跤场两边一站，人们就会议论纷纷：瞧，东边这个，虎背熊腰，车轴汉子，有劲儿，能赢。看，西边那个，膀夼腰细，必定有力、利索，输不了。

然而，当华人龙和陈默龙一东一西站在场子两边时，还没过招，整个跤场已然安静下来。观众自己跟自己较劲，凝神屏气，盯着二位高手的一举一动，唯恐因为自己的疏忽遗漏细节，留下遗憾——这可是一场可遇而不可求的赌跤啊！

老古精神抖擞来到二人中间，对观众作了个罗圈儿揖，高声喝喊："众位爷们，今天，你们可是船上的烟囱——杆（赶）上了。站在场子里的这二位，非同小可，你们买二两棉花纺纺（访访），扫听扫听他们是何等人物？现在，我来给你们简单介绍介绍。"他用手一指站在东面的华人龙："这位，就是跤坛大侠、仗义疏财真义士，大直沽的美英雄华人龙。"用手往西面一指："这位，就是跤坛奇才、武林俊彦、桃花堤的文武全才陈默龙。论功夫，这二位爷，一个登峰造极，一个炉火纯青，都到了罡风。讲摔跤，他们在江湖上还没碰见过敌手。这场跤啊，别开生面，与众不同，这是跤坛大侠对阵武林俊彦！不管是看热闹的外行还是懂门道的内行，都能学点玩意儿。我老古今年五十多岁了，还没看过这么高身份的大侠对奇才过招，难得呀难得……"

华人龙和陈默龙同时站在这个跤场上，老古显得格外兴奋，说起话来高声亮嗓，啰啰唆唆，没完没了，嘴角直冒白沫。

老古还想往下说，观众中有人打断了他的话："你就别白话啦，看人家的吧。"

"对对对，听你的。"老古抹了抹嘴角冒出的唾沫，左边看看，右边看看，平展双臂，说声"诸位上眼"，躬身猫腰，两手往腹部一合，"开始！"说完，撤步退到场边。

华人龙和陈默龙，拱手施礼，同时说了一个字："请。"

二人不立门户，不走跤架，往前一凑，距离五尺左右，各自站定，调丹田之气，睁双眼相视，忽现寒光，交织闪烁，瞬间又变得平和。

就在这一瞬间，华人龙发现陈默龙的目光，干净明亮，清爽纯正，既无杂质，又无杂念，十足一个正派人物。

华人龙向前移动一步，以兄长自居："兄弟，进招吧。"

陈默龙也向前移动一步，以小卖小："华爷，得罪了。"双肩微晃，脚步未动，左膝似抬非抬，却见对面的华人龙举右手往前似推未推，跟着点了点头。就听陈默龙说："华爷，我输了。"

华人龙说："兄弟，不是我真赢的，你是成心让我头一跤。再来。"说完，腰胯扭了扭，微微下蹲，却见陈默龙撤步挥手，脚尖转了转拧了拧，就听华人龙说："好，好绊子，兄弟，这下你赢了。"

陈默龙说："华爷，您成心翻跤，让我。"

二人说得热闹，却都身不动膀不摇，该迈步的没迈步，该出手的没出手，谁也没抓谁的褡裢，既无肢体接触，也无插招换式，更没有换腰换腿的激烈搏杀，连高起高摽的套子活都没有。

观众纳闷，跤坛大侠与跤坛奇才对阵，只是手脚身躯晃了晃，原地没动，都没出招——这叫摔跤吗？噢，也许高人过招，先动嘴再动手，那就接着往下看吧。

嘿，场上二人一拱手，脱了褡裢，完事了！

老古说话了："众位爷们，一般跤手过招，都是劲儿大的以力降十会，劲儿小的一巧破千斤。如果势均力敌，那就看谁快了，快打慢，慢打迟，先发先至，谁快谁占先。成名跤手过招，先是闪展腾挪，再亮软硬功夫，那是棋逢对手。高手过招，眼似闪电手似箭，腰如龙蛇脚似钻，要快有快，要劲儿有劲儿。快的打闪纫针，慢的借劲使劲，这叫将遇良才。登峰造极的跤手过招，身不动脚不移，意念相交，就见输赢——这就是摽跤的最高境界。"

观众都被老古白话蒙了，有的似懂非懂，有的不住点头，等着老古接着白话，老古见状，更来劲了："摔跤人的功夫一旦进入化境，你瞧那眼，放光！为嘛有人会'听'绊？其实不是听，而是用眼一扫，就知道对方要用嘛绊，刚才廖不累和华爷摔跤，刚一用绊自个就躺下了。牛八碗与默龙过招，来得急躺得快，递不上手，为嘛？华爷和默龙用眼一扫，知道你要用嘛绊。你走弓背，人家走弓弦，你绕弯走远道，人家抄近道前面等着你了，所以后发先至，哪跑？躺下吧。"

说到这里，老古故意停顿了一下，看了看华人龙，又看看陈默龙，然后又冲着观众说："刚才他二人过招，我瞪大眼睛盯着，也只是看了个大概，迷迷瞪瞪，根本没看出胜负。现在，冲着大伙儿，我向二位讨教，你们只是意念过招，怎么就说见了输赢？默龙，我的水平有限，你来解释解释，说给大伙儿听听？"

观众又随声附和："对，给我们讲讲，要不，我们白看'双龙会'了。"

陈默龙对观众作揖推辞："我跟华爷相比，无论神思意念还是功力跤力，相差甚远。华爷在此，焉有我陈默龙说话的份儿？默龙不敢僭越。"

老古问："摽地摔跤不就是让大伙儿看的吗？还怕人检阅？"

陈默龙解释说："此僭越非彼检阅，默龙不敢超越本分。"

老古哈哈一笑："默龙学问好，功夫好，人品更好。他对华爷真心实意地敬重。既然他这么谦虚，那就有劳华爷吧。"随即冲华人龙拱了拱手："华爷，默龙不说，你说说吧，要不，跟众位爷们不好交代呀。"

华人龙点点头："老古，默龙是在捧我。默龙文武兼备，悟性极高，果真是跤坛奇才。其实，我们俩刚才是'神交'，虽未真杀实砍，也没像下盲棋那样用嘴说招，我这微微一动，他就知道要用嘛绊，相互之间还用摔吗？何况我们事先约定，点到为止。"

华人龙向场中走了两步，对着观众抱拳施礼，谦虚地说，"诸位，天津卫这地方，藏龙卧虎。人群当中，比我和默龙高的，大有人在。既然老古让我说，这是抬举我，我要不说，对不起老古，也对不起诸位。我说的不到之处，还请大家原谅，也请行家里手给以指正。"

华人龙与陈默龙虽是初次见面，却已将其当成自家人，代他向观众说跤，理所当然。

观众中有人说："华爷太客气啦！"

"华大侠为人，我们佩服。"

"华爷说说怎么练才能摔人吧。"

华人龙冲着说话的方向拱了拱手，说道："练摔跤必须循序渐进，不能急于求成，首要的是把基本功练得扎扎实实。基本功过硬，实战中多见生手，积累经验，增加阅历，勤于思考，再加上天赋和悟性，便能达到以无形对有形的境界。无形，对方看不出你的师承门派，看不出你的手眼身法步，不知你要用嘛绊，当然就看不出你的破绽。无破绽可破，怎么赢？有形，就有破绽，知其破绽而攻之，可胜。当然，摔跤还得有情，情在其中，自己就知道该怎么摔了——摔跤能出友，也能出仇，多一个朋友多条道，多一个仇家多一堵墙，个中道理不言自明。"

听了华人龙的讲解，有人懂点，有人似懂非懂，但都点头，还有人叫好："好！华爷讲得真好，不光讲了摔跤，还讲了做人，不愧是跤坛大侠。"

老古也赞不绝口："华爷，说摔跤，头头是道，讲做人，人人敬佩。华爷本身就是义侠，最讲做人。这年头，多交好朋友，少得罪小人，要与人为善，不能伤天害理。在场的诸位可要听明白了,摔跤再棒,无德,谁愿意搭理你?就像有的人,练跤练到一定程度,叛师倒戈,忘了祖宗,谁不恨你?摔上跤谁不跟你玩命?哎,坏了坏了,跑题了。华爷,你再说说和默龙是怎么过招的,让我们大家明白明白。"

华人龙知道,老古虽没点名,但他骂的就是董江湖——摔跤人最恨叛师倒戈的势利小人。观众这么多,又怕招来是非,这才把话拉回来,让他接茬往下说。

华人龙答应一声:"好,我要说得不对,默龙你来教正。"

华人龙说:"我比默龙年长几岁,有些托大,就要默龙先进招。我看得出来,默龙摔跤,从不抢先,今天例外,以小自居,他双肩一晃,抬腿就踢。踢怕欹,我跟着晃腰抬手,把他欹住,但他没换招——天津卫摔跤,讲究不输头一跤,他捧我,成心让我赢了头一跤。"

老古说:"对,踢怕欹,别子怕吸,勾子怕骑。对方一动,你就知道他用嘛绊,前面等着他了。"

"第二跤,"华人龙接着说,"我拧腰上步,给他来下'趴拿',虽是微微一动,他也一目了然。默龙撤步'盘腿',破了我的招数,他赢了。这场跤,虽没实战,但已神交,握手言和,皆大欢喜。"

"好,好!说得好!"老古带头叫好,观众也哗哗地鼓起掌来。

华人龙再次向观众拱了拱手,回身对老古说:"老古,对不起,我找默龙有急事,告辞了。"不等老古回答,拉着陈默龙走出了跤场。

二人走到僻静之处,华人龙站住了:"默龙,咱俩虽是初次见面,却如故交。近人不说远话,我就直言相告,马宝要害你……"

华人龙把受储杨氏之托寻找储友良,又受储友良之托搭救樊晓惠,以及请竹内援手、竹内亲赴宪兵队见到马宝的所作所为,原原本本讲给陈默龙听。最后嘱咐道:"默龙,马宝心狠手辣,你要格外小心,免遭毒手。"

陈默龙点点头:"马宝害我之心,由来已久。华爷,您放心,我有防备。是我放出风去,要清理门户,目的是要马宝悬崖勒马。"

华人龙不以为然:"此人不可教化,听见风声,更加疯狂。"然后又直言不讳地说:"你真该清理门户了。"

259

陈默龙心有苦衷,说了四个字:"投鼠忌器。"

竹内豪仁与华人龙在路边告别之后,匆匆向医院赶去。到了医院,让护士将他领到樊晓惠所在的病房。

匡正民坐在樊晓惠的病床上,正和妻子说话。储友良站在病房门口守候,看见竹内来了,回身进屋,对匡正民说:"竹内先生来了。"

匡正民立刻起身,来到门口相迎:"竹内先生,你为晓惠的事太操心了。"转脸对储友良说,"良子,给竹内先生找个凳子坐。"

竹内向匡正民摆摆手:"不要客气。"随即问道:"樊医生,哪位医生给你检查的?问题大吗?"

樊晓惠说:"王医生给我检查的,拍了几张片子,结果还没出来。估计只是皮肉伤,无大碍。竹内先生,谢谢你了,你的身体还没痊愈,你要按时吃药,注意休息。"

竹内点点头:"我的身体已经复原。"说着,开始打量整个房间。病房有四张病床,床上都躺着女病人,每个病人都有家属陪伴。房间不大,人多,显得窄憋。

竹内没再说什么,走出了房间。工夫不大,他把院长领来了。

院长进门就说:"樊医生,让你住在这个房间,对不起了。医院没有单人间了,这不,竹内先生对我说,他住的单间腾出来,让给你,收拾一下,去单间吧。"

樊晓惠是本院医术高超的大夫,院方已经对她有所照顾,住进四人间已属不易,要不,就得住进八人间或是十人间。

匡正民看着竹内,连声说:"不行不行,她去了,你往哪儿住?"

竹内说:"我住共荣跤馆,一边休养,一边进行身体训练,我还要参加重阳节的擂台赛呢。"

樊晓惠说:"不行,竹内先生,我不能去你的单间。你是内伤,需要静养。我是你的主治医生,你要听我的,不能为了擂台赛进行大运动量训练。"关切之情溢于言表。

这时,一位护士小姐推来一辆医用平板车,要匡正民帮忙把樊晓惠扶到车上。

樊晓惠却拒绝上车。

竹内说："樊医生,你看,我现在已经全好了,还住在医院干什么? 你搬过去,我们来看你时,方便。"

"方便"二字触动了匡正民,他对樊晓惠说："晓惠,不要拂了竹内先生的好意。去单间病房,方便,也不会影响别的病人。"

樊晓惠理解匡正民所说"方便"的内涵,就默许了。只是觉得,住单间病房是日本当局对竹内的特别照顾。而竹内的枪伤还要继续观察和治疗,他竟把他住的单间病房让给她住,令人感动。想想在日本宪兵队遭受的酷刑,看看眼前这个重情重义的竹内,都是日本人,却有天壤之别。樊晓惠感慨万千,眼泪情不自禁地流了下来。

樊晓惠在宪兵队受尽酷刑都不流一滴眼泪,而竹内把单间病房让给她住,竟然潸然泪下,竹内越发觉得樊晓惠是个心地善良的好医生——自己中弹危在旦夕的时候,若非樊晓惠,他竹内也许早就驾鹤西游了。恨谁? 怨谁? 感谢谁? 此时的竹内豪仁,也是百感交集,眼睛发热。

为了让樊医生好好休息,竹内把自己的东西收拾收拾,装到一个提包里,说了声："三天后我来看望樊医生。"刚要走,却见匡正民伸手将提包抢到手里："竹内先生,我和小良子送你去。"

竹内稍微用力,就从匡正民手里将提包拿了过来："不用,我不用你送。现在,樊医生最需要你的照顾。樊医生,我走了,你好好养伤。"

"竹内先生,我不放心你……"匡正民情真意切地说。

竹内一愣："有什么不放心的?"随即"哦"了一声,"大白天能有劫道的? 他们不敢。"言外之意,我一身的功夫,对付几个毛贼不在话下。

匡正民说："我不放心你们日本人,尤其那个山本四郎。为了樊医生,你得罪了山本,他不会轻易放过你。我了解这个人。"

竹内却十分自信："量他还不敢对我下手。"

匡正民知道竹内自尊心很强,不好再说什么,只是再三嘱咐他,小心,小心,处处都要小心。

走出医院,竹内在医院门口叫了一辆胶皮车,坐车奔共荣跤馆而去。

坐在车上，竹内还在想着樊晓惠的事，为什么这么好的人却被诬蔑为共产党？如果她是共产党，看来，共产党不是坏人。表弟坂谷良知说得没错，是"圣战"给中日两国人民带来了灾难。可恨的战争！

竹内琢磨着，住到跤馆之后，他要竭尽全力，让日本跤手逐步树立与中国人为善的信念，还要把擂台赛变成中日跤手交流技艺的平台。

回到共荣跤馆，竹内直接进了训练馆，看见董江湖正在给几个日本武士讲解中国跤的"叉踢"。"叉踢"是董江湖的绝活，令人防不胜防。他所以敢称"快跤手"，就是因为天津卫许多高手都被他的"叉踢"踢翻过。

竹内站在董江湖的身后，看他的示范动作颇有功底，不由得暗自叹息，姓董的比我差不了多少，却拜我为师，多好的功夫也被他的人品埋没了。

董江湖发现了竹内，立刻停下来，向竹内打招呼："师父，您来了。"

在一旁全神贯注观看董江湖动作的伊藤，也走了过来："竹内君，怎么还拿着提包？"

竹内说："从今天开始，我就住在跤馆，一边训练一边养伤。你不欢迎？"

伊藤说："欢迎，当然欢迎了。"

董江湖讨好地说："师父，您住这儿，我讨教起来可就方便多了。"

竹内没理董江湖，扭脸对伊藤说："你是馆长，先给我安排个住处吧。"

伊藤马上行动，把他自己住的最好房间腾出来，让竹内居住。

马宝得知竹内住在跤馆，也提着好多营养品前来看望。董江湖更是一天三问安，围着竹内转。

竹内在跤馆受到了最高待遇。尤其伊藤，对竹内照顾得无微不至。

按约定，竹内今天该去医院探望樊晓惠了。

午休后，竹内在南市买了些营养品，雇了一辆胶皮车，坐车去看樊晓惠。路过一个胡同口，发现两个人影一闪，不见了。但他并没在意，只顾向医院赶去。

到了医院，看到樊晓惠康复得挺快，竹内放心了。樊晓惠听竹内说了在跤馆情况，也很高兴，但嘱咐他，按时吃药，定期体检，运动量一定要循序渐进。

双方互相说了些保重身体的客气话之后,竹内又坐胶皮车返回跤馆。

竹内今天上午的身体训练,运动量大了些,坐在胶皮车上觉得有点乏,就闭目养神,却浮想联翩,静不下来。

自从来到中国,首先在洋行结识了匡正民,这个翻译官为他研究中国跤帮了不少忙。与匡正民的交往中,这位匡先生总是希望中日跤手以交流技艺为目的,平等相处,增进友谊——他很欣赏匡正民,特别赞成他的观点。

匡正民领他到跤场考察中国跤,认识了华人龙、高地虎等一些摔跤人。华人龙他们起初对他这个日本武士抵触、排斥,经过匡正民的沟通,中国跤手对他渐渐地改变了看法。再经过不断接触和过招,尤其在跤场和华人龙赌跤时,为救华人龙,自己反倒中弹,从此他和华人龙成了生死朋友——最起码他自己这样认为。为了营救樊晓惠,华人龙来找他帮忙——说明华人龙也把他当成了最可信任的朋友。被人信任,是一种荣耀。

他很敬重华人龙。华人龙的功夫登峰造极,为人也光明磊落,而且侠肝义胆,恩怨分明,比董江湖强多了……

想到董江湖,自然而然又想到了马宝。这个马宝。为了讨好山本,竟然陷害好人。你马宝也是摔跤人啊,摔跤人应该凭技艺摔跤,凭诚信立身,凭友善待人。而这个马宝竟然作伪证陷害樊医生,用谎言栽赃同门师兄弟,有名的梅铁心门下怎么出了马宝这样的人渣? 自从我住进跤馆,马宝却时不时地来献殷勤,是何目的? 还得说我的同门伊藤苟二,什么时候都对我竹内尊敬有加……

正想着,胶皮车停了。竹内睁眼一看,两个人拦住了去路。

谁? 伊藤苟二和马宝。这可真是想到谁谁就出现在面前。

竹内一愣,刚才去医院的路上,有两个人一闪没了影儿,看身段就像这两人。他坐在车上没动,问道:"伊藤君,你怎么在这里?"

伊藤眼中忽闪凶光,瞬间即逝,神态很不自然,不知如何回答竹内的问话。

马宝凑到跟前,皮笑肉不笑地拱手而言:"竹内先生,你的大限到了。我陪着你师弟伊藤先生,特来取你性命。"

竹内暗吃一惊，却依然坐在胶皮车上，冷冷一笑："取我性命，谁敢？伊藤，把这个混蛋拿下！"

平日对竹内豪仁唯唯诺诺恭敬有加的伊藤苟二，看看马宝，又看看竹内，站在原地，没有动手，连句话也没说。

马宝嘿嘿一笑："竹内豪仁，你在日本是了不起的武士，来到天津，屁泥一个。常言道，打人一拳，防人一脚。我马宝一向记仇，在宪兵队你打了我，我能饶了你吗？人家是君子报仇，十年不晚。我不是君子，讲究有仇就报，绝不拖延。自从你住进跤馆，我天天看见你，看见你，我心里就别扭。你以为我跟你点头哈腰是巴结你？那是靠近你跟踪你掌握你的行踪，以便神不知鬼不觉地送你回姥姥家！今天，你的同门就要送你上西天，从今往后，'柔道之神'的名头就是伊藤君了。伊藤君，动手吧。"

竹内见事不好，手扶车帮，纵身跳下胶皮车，上边一拳，下面一脚，向马宝攻去。马宝早有防备，并不接招，闪身撒步，躲到伊藤身后，喊道："伊藤，开枪！"

伊藤双眼再露凶光，掏出枪来，连开三枪，打在竹内的前胸上。

竹内应声而倒，躺在血泊中，用手指了指伊藤，话没说出，气绝身亡……

第二十九回

大魔头害人呈狼性
小跤手卖艺露峥嵘

枪杀了竹内豪仁的伊藤苟二,面对师兄的尸体,竟然鞠了一躬,而且还挤出了几滴眼泪,喃喃地说:"竹内君,实在对不起,你一而再再而三诋毁山本董事长,山本君忍无可忍,说你和'反战同盟'勾结在一起,破坏大东亚共荣,损害了大日本帝国的利益,不,是背叛了大日本帝国,背叛了天皇陛下,是大和民族的罪人。我奉山本董事长的秘杀令,将你处决。否则,军部就要将咱们这一门的武士全部灭掉,连同家人。竹内君,请你放心,我会把你的骨灰送回家乡……"

马宝拍拍伊藤的肩膀,不无讽刺地说:"伊藤君,你这是哭给谁看呀?你不应该哭,应该笑,大声地笑,你为大日本帝国处决了叛徒,为你们门派清理了门户,现在,你成了你们那一派的掌门人,董事长还要为你向军部请功,这是双喜临门的好事,你应该高兴才对——我知道,你现在心里正偷着乐呢。别假惺惺地哭了,走吧,董事长还等着咱回话啦!"

"叛徒"二字从马宝嘴里说出,他自己都觉得滑稽。不过,马宝目睹伊藤杀了竹内,等于为他报了仇雪了恨,马宝心里痛快极了。

马宝这小子,从小受父母溺爱,养成为我独尊的乖张性情。别人对他好,他认为应该。别人对他坏,他记仇。别人比他棒,他不服,别人比他强,他嫉妒。由嫉生恨,即便明着治不了你,也要用歪门邪道下黑手,将其置于

赌跤

死地而后快!

单说摔跤,陈默龙比他强得不是一星半点儿,深得师父梅铁心青睐和器重,被立为掌门大弟子,并把独生女儿梅洁许配给他。马宝没有羡慕,只有嫉妒只有恨,于是师父归天之后,他就施诡计下毒手,虽没害死陈默龙,却将陈默龙的媳妇梅洁弄到了手,满足了他的占有欲。这还不算完,他怕留有后患,采取更加阴毒手段,欲借日本人的手把陈默龙灭掉,只是最近没见到陈默龙的影子。

还有,董江湖在"三不管"摔过马宝,马宝怀恨在心,就在董江湖走马上任共荣跤馆总教官的时候,给董江湖来个下马威,将他制得服服帖帖。

董江湖也不是好鸟,但他能忍,马宝说一他不说二,逢年过节还去孝敬马宝,成了马宝贴心人——起码表面如此。

马宝认为,日本人之所以能在中国横行霸道,一个字,狠! 一个村庄有一个人得罪了日本人,日本人就把这个村庄抢光、杀光、烧光!

为嘛山本的属下都怕山本,还是那个字,狠! 谁要对山本稍有违抗,不是当场处死就是暗地诛杀。大名鼎鼎的竹内,也没逃出山本的黑手!

当然,诛杀竹内也有马宝一份"功劳",他经常在山本面前搬弄是非,连编带造,挑拨离间,加深山本与竹内之间的矛盾,促使山本下决心除掉竹内。

马宝听人说过,狼咬住猎物的咽喉就不松口,直至猎物死亡,再吃肉喝血啃骨头。他要像狼一样,谁挡我的道,我就喝血吃肉叫他死!

人要成了狼,比狼狠,比狼坏。但是马宝比狼多一招,有思维。

当马宝看出山本对竹内大为不满的时候,认为报复竹内的机会来了。他向山本汇报暗探工作时,除了献媚取宠,就是对竹内说三道四,说竹内不听董事长指挥,有损董事长威信;说竹内顺从华人龙将擂台赛延期到九月九重阳节,使天津跤手有了充足准备时间,给共荣跤馆带来威胁;还说竹内同情共产党,经常散布"反战言论"……

对山本来说,竹内像个大刺猬,本来就捧着扎手,扔了可惜。这时被马宝说得火烧火燎,杀心陡起。为了大日本帝国的利益,为了效忠天皇陛下,更为了他自己的权威,他决定假借华北日军总部的命令,给竹内安上了"反战同盟分子"罪名,然后许给伊藤好多好处,让他密裁竹内。

伊藤仇视中国人,他对竹内同情中国人十分不满,认为竹内宽容中国人就是对天皇陛下不忠。但是把"反战同盟分子"强加在竹内头上,伊藤心知肚明,这是"莫须有"的罪名。

就在伊藤举棋不定之际,马宝趁机而入,他对伊藤说:"竹内不死,你就被他踩在脚下,永世不得翻身。他死了,你就成了你们门派的掌门人!"

最终,竹内死在他同门师弟的枪口之下……

那个车夫目睹了伊藤杀了竹内,吓得哆嗦成一团。他想拉着胶皮车逃走,却被马宝盯死了:"别走啊,人还没拉到地界儿了。"马宝说得轻巧,车夫听了却如晴天霹雳:"爷,都是血,弄脏了车,车行老板让我赔我可赔不起呀!求求你,让我走吧……"马宝冷冷一笑:"少废话,拉到地界儿,有赏。否则,伊藤君,你就看着办吧。"伊藤掂掂手里的枪,眼一瞪,说了三个字:"快快地!"

车夫瞄了一眼伊藤手中的盒子枪,害怕这个日本人手指一勾要了自己的小命,不敢再说什么,只好将竹内的尸体弄到胶皮车上,乖乖地跟着伊藤和马宝去了宪兵队。

一进宪兵队大门,马宝叫过来两个日本宪兵,扭脸对车夫说:"去吧,跟他们去领赏吧。"

没等车夫反应过来,就被宪兵押走了——是死是活,没人知道。

马宝见到宪兵队长高桥,说山本董事长的密令,将竹内的尸体火化后,交给伊藤处理。然后,陪着伊藤回洋行,向山本四郎报功领赏去了。

华人龙是一诺千金的汉子,哪怕随口一说的小事,也要兑现承诺。

为了营救樊晓惠,华人龙和竹内在登瀛楼喝酒没喝完,竹内就走了。救出樊晓惠之后,华人龙与竹内再次见面,却因二人都有急事,匆匆而别。分手时,华人龙对竹内说了一句:改日我请你,补上那天没能喝完的酒。

许了愿就得还愿。

好不容易今天有点闲工夫,又赶上是个星期日,华人龙决定去找竹内,请他好好喝顿酒,表示对这个日本武士的谢意。能在今天最好,如果他今天没空,就让竹内定日子,反正不能再拖了。

想到喝酒,自然而然想到嗜酒的高地虎。叫着他,顺便问问他为擂台赛码人的情况。

华人龙走进地道外郭庄子大街高地虎的家,高地虎的媳妇冯素琴和她侄女娟子,正在院子里,刷洗泡在木盆里的摔跤褡裢。

坎肩似的褡裢很硬,是十层十斤白布像纳鞋底那样做成的,戳在地上能立着,刷起来很费劲。以往,任凭褡裢被多人汗水沤得发出难闻的臭味,高地虎也就是把褡裢晾一晾晒一晒,一年顶多刷一回。自从娶了冯素琴,只要褡裢有了汗味儿,冯素琴就将褡裢刷洗干净。她说,干净褡裢穿身上,摔起跤来,有劲儿。

娟子看见华人龙来了,就对冯素琴说:"姑姑,大爷来了。"

冯素琴抬头一看,是华人龙,赶紧把手里的刷子放在木盆里,站起来抖抖手上的水,打个招呼:"大哥,您来了,屋里坐吧。"自从婚后,冯素琴就不叫华爷了,改口叫大哥了——华人龙就是高地虎的亲大哥。

"那爷俩呢?"华人龙问的是高地虎和韩祥子。

冯素琴说:"吃完早饭就去海河边了。当家的说,今天礼拜天,去劝业场买东西的,在火车站等火车的,来来往往人多。他们爷俩还有老三、老八几个徒弟去那儿摅地摔跤了——就是我们原先住的窝棚那儿,紧挨着法国桥。"

华人龙说:"那好,我去海河边找他。弟妹,你忙吧。"

从高地虎家出来,华人龙感到欣慰。他最关心的弟兄高地虎总算有了着落,有了家,还是个美满的家。

高地虎娶了冯素琴之后,不再过一天算一天,而是想方设法在外打拼挣钱,养活四口之家。冯素琴勤劳能干,勤俭持家,她对高地虎知冷着热,就连那么难刷的褡裢她都要弄得干干净净,体现了她的勤俭和贤惠。华人龙放心了。

华人龙过地道来到海河边上,老远看到法国桥东边围着一圈人,知道那就是高地虎的跤场。他走过去站在人群里,不动声色,看跤。

这个跤场，是华人龙帮助高地虎选定的，靠近火车站，离劝业场不远，四通八达，人来人往，买卖挺好。

场上摔跤的是老三和老八。二人摔了三跤，高地虎开始敛钱。有位外地看客，一看敛钱，扭头要走，被高地虎一把拽住了："朋友，你也太不够意思了，我一敛钱你就走，一开摔你就又回来，三回了，对不对？瞧你穿得干干净净，不像没钱的主，看了半天摔跤，你过瘾了，我们也得吃饭呀！"

这位看客没辙了，从怀里掏出一点零钱，交到高地虎手里："行了吧。"

高地虎说声"谢谢。"又去敛别人钱了。

华人龙知道，撂地摔跤的人，高地虎算比较厚道的，有的跤场，说买卖的看你老不给钱，就敢直接掏你口袋。

高地虎敛了一圈钱，刚要让老三、老八接着比画，就见老八说："师父，我家里有点事，早走会儿。"

高地虎一愣："你看，今天看跤的人多，摔跤的人少，唉，家里有事不能耽误，你走吧。"说着，抓了一把零钱，递给老八。

老八说："钱，留着您花吧，我就不要了。"换好衣服，走了。

看着老八匆匆而走的背影，躲在人堆里的华人龙的心咯噔一下，那天去共荣跤馆找竹内时，和胡大头一块出来又扭头回去的那人的背影，与老八一样，老八是不是跟共荣跤馆有了什么瓜葛？

华人龙还在想着老八的事，就听一个还显稚嫩的声音说："师父，八哥走了，我跟三哥摔一场。"

老三说："兄弟，你嫩胳膊嫩腿的，我摔趴下你可别哭呀！"

"你别凭劲儿赢人，讲绊子，还不知谁输谁赢啦！"

华人龙定睛一看，要上场的是韩祥子。原来瘦小枯干的韩祥子，现在长高了，长壮了，还不到十五岁的他，说他十六七岁也有人信。

越是在困境中成长起来的孩子，越珍惜来之不易的机遇。祥子拜高地虎为师之后，练功夫的艮劲儿，连高地虎看了都心疼：让他"捣花砖"一百下，他非得超过一百二十下；教他练习"大棒四步踢"，练到拿不住大棒了他才肯歇会儿。有好几次都是高地虎怕他过力，把他手中的器械夺下来才算完事。然而，这个小祥子，等师父睡觉了他又起来接着练——他牢记师父的话:要想人前显贵,必须人后受罪。

高地虎拍拍祥子的小肩膀:"好小子,有斗性。"然后冲着观众说:"众位爷们,你们别看这孩子小,他可是我闭门弟子,我全身的功夫都传给他了。这孩子撂上跤,要快有快,要绊儿有绊儿,皇上二大爷他也敢摔,就是力气还不足。但是他能听绊儿,你刚要发招,他就知道你要用嘛绊,前面等着你了……"

"撂地卖艺都会耍嘴皮子,"观众中有人说,"我在'三不管'看了一场'双龙会',说得悬而又悬,也没看出好在哪儿,只会糊弄钱。"

旁边人问他:"什么'双龙会'?"

那人说:"就是什么跤坛大侠华人龙,还有一个叫什么龙的,两人晃晃身子没动手,谁都没挨上谁,谁也没倒下,然后白话一顿,那也叫摔跤?看眼的都有毛病,被那个老古白话得五迷三道,一个劲往外掏钱,我也没少掏。"

高地虎听他们议论华人龙,凑到那人跟前:"朋友,华人龙可是跤坛高人,他是仗义疏财的大侠,绝不可能骗人钱财。凭他那身份,一亮相就值个百八十的大洋,别看晃晃身子不动手,那里边含着多少绊子?不是大行家谁能看出来?诸位,在我这个跤场,谁也不许说华人龙一个'不'字。谁要再说,我跟他急!"

那二位看客不再言语,高地虎又说了一句:"我这两下子,在摔跤行道里也算一流,可跟华爷比,屁泥一个……"

刚才那位被高地虎拽住要钱的外地看客说话了:"开摔吧,我的火车票快到点了。"

高地虎又找补一句:"诸位,我让我小徒弟穿褡裢,可不是骗钱,他要摔得不是那意思,我就不敛钱啦,让各位白看。要是众位爷们看着好,那就凭你们赏了,我们是凭本事挣钱!来吧,你们哥俩高起高撂,开摔!"

韩祥子比老三矮半头瘦一圈,可谁都没想到,与老三一照面,他就抢手备步,卧腰卧腿,一下"揣花"把老三揣过头顶,干净利索地把老三摔在地上。

老三鲤鱼打挺站了起来,手指祥子,半真半假怒道:"你这孩子,跟我玩真的?我还没站好了你就用绊儿?好好好,你玩真的我也就不客气了。你要再敢'揣花',看我怎么治你。"

小祥子并不答言,抢上底手备步拧腰,照方吃药,又是一下"揣花"把老三揣过头顶。老三已有准备,空中拧身,双脚落地,抬腿插进祥子裆内,一下"回马勺"将祥子勾得身躯后仰,眼看要倒,却见祥子旋身"飘腿",化险为夷,所"飘"之腿落地为桩,另一腿借势后甩,一招"撩勾"将老三勾起半人多高。再看老三,四爪朝天,脊背着地,又躺下了。

"好,好功夫!"有人大声叫好,谁? 华人龙。

小祥子的绊子干净利索,绊套连环,刚劲干脆,老三化绊、翻跤行云流水,惟妙惟肖。这二人你来我往闪展腾挪,输跤赢跤配合得天衣无缝,煞是好看。

跤是假的,功夫是真的,华人龙从中看到他们的功力大有长进,不由得带头喊好,情不自禁地把一块钱扔进场子里。

一听声音,高地虎就知道谁来了,他瞟了一眼场中的一块钱,又跟华人龙对了一下眼神,刚要说话,却见华爷摆摆手,叫他不要声张。

高地虎明白,这是华人龙让他们趁热打铁,继续比画,多敛点钱。

有人叫好,众人跟着;有人给钱,众人随着。小祥子的技艺折服了观众,刚摔了两跤,观众就纷纷将钱扔进场子里。

高地虎高兴,冲着观众一抱拳:"怎么样?我这小徒弟怎么样?牛皮不是吹的,火车不是推的,泰山不是坏垒的,我徒弟的功夫是一天一天二五更练出来的。"

高地虎连说带比画,指挥韩祥子和老三又连续摔了三场,除了老三凭力气把祥子抢起来赢了两跤,其余几跤都是祥子绊中套绊以巧取胜。

看看到了午饭时间,高地虎怕祥子过力,就冲观众喊道:"谢谢众位爷们,该吃饭啦,上午到此为止,下午三点,还在这儿,接着!"

观众散了,不等高地虎说话,华人龙走进了场子,拍拍祥子:"不错,祥子,进步挺大。你三哥死乞白赖地给你翻跤,你们哥俩表演的还真好,不像假跤。"

老三说:"师大爷,小祥子的绊子严丝合缝,好翻。要是再长点力气,我

271

还真摔不过他。"

祥子笑着说："我三哥疼我，让着我。大爷，您来了怎么还给钱呢？"

华人龙揶揄道："我怕你师父掏我口袋。"

高地虎这时候才插上嘴："华爷这一块钱，是药引子，值钱。要没这一块钱，能敛这么多钱吗？祥子，给你，"说着，把那一块钱递给祥子，"你把这钱给你大爷吧，我给他，他准不要。"

祥子接过钱来递给华人龙，华人龙笑了："祥子，你师父这套，假门假事，我懂。他根本就不想还给我。得了，这一块钱就算大爷奖励你的，买牛肉吃。"

高地虎嘿嘿一笑："华爷最知道我了。我也知道华爷，华爷拿出来的钱还能要回去？华爷，我这个徒弟不错吧？你那个徒弟，比祥子还棒！"

"我徒弟？"华人龙愣了一下，"哦，你说小良子啊？他常来你这儿？"

高地虎答："常来。开头他跟他二舅去谦德庄摔跤，那个跤场的人不待见他们，说杨二愣是共荣跤馆的人。后来小良子就奔这个跤场来了。"

原来，杨二愣听姐姐说小良子练跤入迷，就想看看外甥的功夫，他让小良子跟他去共荣跤馆亮亮身手，却被小良子一口回绝。任凭二愣怎么说，储友良就是不去。二愣问他为嘛？他说，练不成摔死日本人的绝活，不跟他们过招。

二愣知道小良子跟日本人有杀父之仇，他练跤就是为了报仇。故而，二愣就更想看看外甥的身手。他退了一步：要不，咱爷俩去谦德庄跤场？

小良子想，江湖有言，好把式打不过赖江湖。功夫再好，不到江湖上闯荡闯荡，很难成为高手。只有多见生手才能长见识，增阅历，好功夫加上见多识广，穿上褡裢才能立于不败之地。再者，接送樊医生上下班路过谦德庄，去跤场顺道，小良子就答应杨二愣，去那里见见世面，考量一下自己的跤力。

然而，到了谦德庄跤场，那里的人们都用白眼珠子看他们爷俩。跤场掌穴的不是不给他们配跤，淡着他们，就是配个顶尖高手，把杨二愣狠摔一顿，不让二愣开张。然后就有人咸的淡的指桑骂槐。有的话二愣听不出来，有的话二愣假装听不出来，但是储友良有气性，听不得那些闲话，就绕道来

赌跤

高地虎的跤场了。

华人龙又问："最近,你去南市了吗? 大妮、二妮的把式场子行吗? "

高地虎说："开头我老去,怕有人欺负她们。到那儿一看,挺好,我就去得少了。听大妮说,有两拨地痞流氓来捣乱,二妮要跟他们动手,碰巧小良子路过那里,就跟那几个地痞打了起来。跤场的老古受你华爷之托,立刻出来吓唬那几个流氓:告诉你们,这两闺女是华人龙华大侠的侄女,识趣的,赶紧滚! 人的名树的影,那几个小子一听华人龙的名头,又见小良子身手不凡,乖乖地溜了。后来就没人去那儿乂翅儿了。哥哥,你就放心吧,妮子她们的事有我了,你就筹备擂台赛的事吧。"

说到这里,高地虎乐了:"哥哥,告诉你个秘密,原来二妮和小良子不是有点犯相吗? 可现在两人挺投脾气。有一回,小良子拉着胶皮车来这儿摔跤,车上还坐着一个人,你猜是谁? "说完,他自问自答:"是二妮。二妮说来这儿看看我,我看这两孩子,有点意思。"

华人龙听了很高兴:"好哇,二妮人品不错,小良子更是重情重义,这两孩子要能到一起,咱也对得起林大哥了。大妮呢?她可到了出阁的岁数了。"

高地虎说："听小良子透露,有人给大妮提媒,说大直沽棉纺厂有个工人叫王强的,是武术大家郭燕子的徒弟,小伙子挺不错的,不知大妮同意没同意。"

华人龙说："郭燕子这个人我知道,功夫好,人品正,估计他的徒弟也错不了。我回去打听打听。要行,咱就操持着把他们的婚事办了,让林再忍的在天之灵得到安慰。再有,你让小良子转告他舅舅,来这个跤场转转,都是老朋友了,应该多亲多近。"

高地虎说："哥哥,我听你的。干脆,哪天我去趟谦德庄,碰上杨二愣,我请他喝顿酒,保证不再数落他。"

老三说："师父,饭口都要过了,请师大爷吃饭去吧。我跟祥子都饿了。"

华人龙笑了:"你师父光等着我请他了。走吧,就近,吃完饭你们不是还要摔跤吗?本来我想请你师父一块去找竹内好好喝一顿的,待会儿你们还得摔跤,那就随便吃点吧。"转脸对高地虎说:"兄弟,中午别喝酒呀,下午你还得摔跤了,好容易在这儿站住了脚,喝得迷迷糊糊,别叫人家把你场子踢了。"

高地虎说:"我的好哥哥,这还用您老人家嘱咐?你问祥子,我连晚上都很少喝了,我得好好练功,不能在擂台赛上给哥哥你丢人现眼呀。"

爷几个就近去了一家卖饸饹的小饭馆,只吃饸饹没喝酒。

吃饭时,华人龙问高地虎:"擂台赛,你码人的事怎么样了?"

高地虎说:"已经找了四五个了,过两天我去北平,通过彭无奈,再联络几位高手。交给我的事,哥哥你就放心,保证不误事。"

饭后,华人龙悄悄告诉高地虎,让他注意老八:"在你婚礼上,老叫花数落的那些话,话里有话,暗指老八。老八心眼多,有关擂台赛咱们码人的事,背着他点,免得他说漏了嘴,让董江湖他们知道。"

华人龙又把在共荣跤馆看到老八的事说给高地虎,嘱咐他,让小哥几个处处留神,害人之心不可有,防人之心不可无。这年头,小日本专会利用中国人琢磨中国人,小心无大错。

华人龙嘱咐完高地虎,直接去了医院。高地虎送走华人龙,开始准备下午摔跤的事,哪想到,竟然有人来到跤场,要踢场子……

赌跤

第三十回

行侠义翻跤受凌辱
正尊严顺势用杀招

高地虎带着徒弟们回到河边跤场，他让徒弟们歇着，自己拿起钉耙把场地拾掇平整，然后对老三说："上午，你师大爷一露面，咱敛的钱就比往常多了两三倍，华爷是我的贵人，咱们大家的福星。不过，他临走时告诉我，让你们注意点老八。要说，今天摞跤的人少，他不该走。不过我没拦他，拦得住人，拦不住心。他可能去别的跤场摔跤了，他家太穷了，为的是多挣点钱。"

对自己人，高地虎从来不往坏处想，他想不到老八会与董江湖有来往，更想不到老八为了多挣钱，会给日本跤手当陪练。

老三说："师父，我发现老八比以前阔了。有一回在大直沽，他拉着我单独去了直沽酒家，花钱挺冲。我问他，哪来的钱？他说，去谦德庄跤场帮了两天场子，掌穴的给的。"

其实，老八没说实话，他的钱，是共荣跤馆发给他的陪练费。

高地虎说："海河边这个跤场虽说比'打游击'强多了，可还是比不上地道外的跤场，那里帮场子的人多，看跤的人也多，可惜叫日本人给搅了。要是还在地道外，老八就不会去别处摔跤了。算了，不提他了。"

高地虎抬头看了看天，从怀里掏出竹内豪仁给他的那块怀表，打开盖一看，说道："怪，快三点了，还不见上人。往常两点一过，跤场就围满了人。"然后对老三说："待会儿摔跤，咱俩上，祥子上午太累了。老三，咱爷俩主要是套子活，要是来了帮场子的，熟识的，你上，只管翻跤。来了生人，交给我。"

三点多了，跤场周围终于站了一圈人，高地虎抖擞精神，照例冲着观众白话一通，然后就亲自披挂上阵，和老三连说带比画摔了三场。但是小祥子围着场子敛了三回钱，却没敛下多少钱来。

有位身穿长袍，外罩黑缎子马褂，身后背着一个包袱的商人，睁大眼睛盯着高地虎和老三摔跤，不时地咂咂嘴摇摇头，现出一副不屑的神态。

韩祥子敛钱，来到商人面前，商人微微冷笑，将手伸进口袋，祥子赶紧把敛钱的破草帽往商人跟前凑了凑，等着对方给钱。商人的手在口袋里摸索了好一会儿，掏出来的却是包香烟，抽出一支，叼在嘴上点着了，鼻孔朝天喷云吐雾，对毕恭毕敬站在面前的祥子视而不见，弄得小祥子十分尴尬。

高地虎看在眼里，气在心头：好小子，众目睽睽之下，你不给钱也就罢了，连续三次戏弄祥子，这是拿撂跤爷们涮着玩啊，也不撩开眼皮看看这是嘛地界儿！

高地虎脱下褡裢，让祥子上场摔跤，自己拿过祥子手中的破草帽，带着气说："敛钱的差事还得我来！"

祥子上场，与老三摔到第三跤，一下"跪腿得赫勒"将老三摔了个趔趄，没倒，高地虎立刻喊停，让他们绕圈遛遛，自己冲着观众拱了拱手："三跤一敛钱，这是规矩。刚才这跤，虽没见输赢，但是见了两个'开'，也该算一跤。"他作了个罗圈儿揖，接着说："有钱帮钱场，没钱帮人场，各位往这儿一站，咱就有缘，就是朋友……"他嘴里说着，脚步不停，径直走到商人跟前，掂掂手里敛钱的破草帽，瞪着商人，声音沙哑带着三分怒气，"我们拿各位当朋友，你可别拿我们当下三烂，我们凭本事在这儿卖艺，可不是在这儿要饭！诸位，你们去戏园子看戏，到'三不管'看拉洋片，没有不花钱的，在这儿看摔跤，也不能白看——我们这也是买卖，这叫有钱时拿钱学艺，没钱时凭艺换钱！"

高地虎的唾沫星子，喷到了商人脸上，商人用手抹一把脸，又将手伸进马褂口袋，摸索一阵，拿出一包哈德门牌香烟，抽出一支，刚要放到嘴上，就见高地虎右手一晃，从商人口袋里掏出来一个钱包。

商人没想到高地虎会来这一手，还没反应过来，高地虎已将钱包打开，从一沓钱里抽出四块钱，抖了抖说："穿好衣裳抽好烟，一看就是有钱主。你在这儿看跤，看一场一块钱，对你来说，也就是一包哈德门。你要接着往下看，三跤一场一块钱，多一分不要，少一分不行！要不，你就大腿贴邮票——走人，给好人腾地界儿！"然后手腕一抖，将钱包掭回商人口袋，转身走开，接着敛钱。

事情发生得很突然，高地虎转身走了商人才醒过盹来，他看着高地虎的背影，说了三个字："明——抢——啊！"关东口音里充满了气恼和鄙夷。

观众的眼睛全都投向了商人，却见商人把身后的包袱撂在地上，随即打开，露出一件褡裢、一条蓝缎子灯笼裤和一双高勒跤靴。他当众脱掉马褂长袍，露出上身的腱子肉，脱掉长裤，换上灯笼裤，把礼服呢皮底布鞋反扣在包袱上，就地穿上跤靴，然后将褡裢一抡，穿在身上，扎束停当，冲着高地虎拱了拱手："我，领教，你的高招。"

摔跤堆里以眼毒著称的高地虎，今天走了眼，没想到商人是位跤手。听口音他是关东人，出门在外带着褡裢，必定是个练家子。再看他穿的那双高勒跤靴，乃是清宫相扑营吃皇粮的扑户（跤手）才有资格穿的抓地虎快靴，民间跤手只能穿矮腰跤靴。看来这个商人有点来历。

高地虎有点后悔，都是练跤的，人不亲艺亲，哪能掏人家口袋呀。嗨，自己光看钱了，忘了江湖道义，不应该。

眼见商人要与自己过招，高地虎就让老三他们下场，自己接过老三的褡裢，两手提着褡裢领口，里子冲外，对着商人拱了拱手，表示歉意地说："对不起，没想到朋友也是练跤的。你要领教我的高招，撂地的哪有高招啊，只是卖艺糊口。"

虽说商人戏耍祥子在先，高地虎还是对自己生拿硬要、强敛同道看跤的钱觉得过意不去，所以说话客气了许多，谦虚了不少，还有几分赔礼的诚恳。

看看商人晃身躯走跤步来到近前，高地虎也就插招换式与其战在一处。

商人抢先抓上底手，上手盖住高地虎的大领，侧跨一步，横腿就是一下

"别子"。高地虎看得真切，抬脚屈腿化解了商人的进攻——"别子"不能翻（让），对手要是"合"下去，有被砸伤的危险。

商人发出的"别子"没能见效，立刻上步转身，双手一较劲，抬腿横踢，就见高地虎脚尖点地，身子冒高，在商人腿上打了个滚儿，双手抱头，身似卧鱼，潇洒地躺在了地上。

与生人对阵，天津跤手讲究不输头一跤。但是今天不同，高地虎为了弥补"敛钱"的过失，为了还给同道一个面子，成心输了头一跤。

赢了跤的商人看着躺在地上的高地虎，一阵冷笑："支那人，花拳绣腿，统统的，八格牙鲁！"

啊，日本人，是日本人！跤场内外一阵惊讶，一片哗然。

人有失手，马有失蹄。

高地虎今天大大地走了眼。先是没看出商人是跤手，后是躺在地上听说话才发现对手是个日本人。他好后悔，我堂堂中国摔跤汉子，怎能给日本人翻跤！随即一拍大腿，"嘿"了一声，鲤鱼打挺站了起来，手指商人："你，你是日本人？"

商人一阵冷笑："我的，河里八郎，大日本帝国柔道七段，在'满洲国'没有对手，赢了一双大清国扑户跤靴。来到天津，更无对手。中国人，东亚病夫。"

整个跤场静了下来。须臾，有些观众发出了议论：

"这个王八蛋，说我们是东亚病夫！"

"他的跤靴是赢的？别是抢的吧！"

人们用喷火的眼睛瞪着河里八郎，恨不得你一个"别子"他一个"揣花"，将其摔进海河里，呛死他淹死他，喂鱼喂虾喂王八！

突然，人群里传出一个杂音："还是日本跤厉害。天津卫摔大跤的，看着挺横，一见日本人就蔫了，中国跤根本就摔不过日本跤！"

高地虎循声望去，只见说话人左眼皮往上翻，阳光下有点反光。不是别人，正是共荣饺子馆的那个疤癞眼儿。

原来，河里八郎从东北来津，下了火车进了共荣饺子馆，边吃饺子边向跑堂的疤癞眼儿打听天津哪儿有摔跤的。疤癞眼儿一看日本人扫听摔跤

赌跤

的，立马想起了打过他的高地虎。高地虎从地道外挪到海河边撂地摔跤，他还站在圈外偷看过两回。今天正好，就让这个日本人会会你，你高地虎不是横吗，敢摔日本人吗？不敢摔你就栽了。要真摔了日本人，你小子也就活到头了！于是，他把河里八郎领到了高地虎的跤场，自己站得高高的，看乐。

天津沦陷，天津卫成了日本人的天下，老百姓明着不敢对抗日本人，心里却恨之入骨。在百姓眼里，侵略者可恨，而卖国贼更可恨！为嘛泱泱大国被弹丸小国的倭寇占领？就是因为那些汉奸二鬼子让我们这个国家倒了大霉！

现在疤瘌眼儿当众吹捧日本跤手，观众能不恨他吗？我们惹不起日本人，难道还怕你不成！有人大声吐唾沫，有人使劲擤鼻涕吐痰，有人瞪着他骂大街，还有人跃跃欲试要揍他！

高地虎乜斜一眼疤瘌眼儿，冷笑道："爷们儿，你来啦？好好在那儿卧着，等着我，摔完跤，咱爷俩还得亲热亲热。"

疤瘌眼儿早被高地虎"亲热"怕了，眼见犯了众怒，他冲河里八郎竖起大拇指："你的，大大的，棒！"说完，赶紧开溜，跑了。

也许河里八郎觉得对手太好摔了，也许因为高地虎从他口袋里掏钱不是好汉行径，他刚赢了一跤就趾高气扬地走到场边，从他的马褂里掏出钱包，冲着高地虎抖了抖，盛气凌人地说："你的，爱钱，再赌两跤，赢了我，有赏。输给我，磕头，给我磕头，拜我为师，我的，教你大日本帝国柔道。"

他娘的！高地虎暗骂，你这个河里八郎，纯粹是河里王八，任嘛不懂，刚才是高爷我让了你一跤！还想教我柔道？柔道跟中国跤相比，是徒子徒孙，还不是正宗的。你们从中国跤里偷艺捋叶子，瞎编一套歪门邪道，还跑这儿来显能耐，要玩真的，你白给！

转念一想，穷不跟富斗，富不跟势斗。我要用绝活把这个日本人摔伤摔残摔个一命呜呼，这个跤场又开不下去了，饭碗子说砸又砸了，还得到处"打游击"。

实话实说，高地虎不想招惹日本人，只想弄好这个跤场，多挣点钱，让摔跤的哥几个爷几个有碗饭吃。

河里八郎见高地虎沉思不语，又是一阵冷笑："怕啦？服啦？磕头，求饶！"

观众又纷纷议论："这个小日本，真横，高爷尿了。"

"高爷是趴锅台上挨打，看饭。和日本人玩真的，不想活啦！"

"还得说华人龙，明明知道日本特务拿枪对着他，照样赢了日本跤手，那才是英雄所为！"

"放心，高爷也不含糊，嘛时候也不会给摔跤祖师爷丢人现眼呀！"

听到观众的议论，面对河里八郎的狂妄和侮辱，高地虎铁了心：华爷是英雄，我高地虎也是汉子呀，为了摔跤人的脸面，今天就今天吧，豁出去啦！

河里八郎又说话了："你的，东亚病夫，服啦就磕头认师吧，跪下！"

对方两次提到"东亚病夫"，高地虎虽不理解这个词，但知道不是好话，冷笑着回敬道："我是你东亚祖宗！服？我倒背手尿尿，不扶（服）你！"

高地虎的荤话，让河里八郎一脸茫然。高地虎见状，嘻嘻一笑，又骂声"傻货"，随后说道："赌跤，要按着摔跤祖师爷传下来的规矩来赌。交上手，倒地为输，站着为赢；同时倒地，先着地为输，后着地为赢；摞在一起，下面的为输，上面的为赢。然后站起来再摔，这叫好汉不打倒汉，河里王八，明白吗？"

高地虎见河里八郎点了点头，立刻转身走到场边，对老三耳语一阵，这才回到场中，冲着河里八郎抱了抱拳，扭脸朝外说了两字："来吧！"

跤场上以跤会友，抱拳拱手，面对面客客气气先说个"请"字；仇人对阵，分外眼红，虽也抱拳，却挺腰回首，不用正眼相瞧，一副势不两立的气派，赌个你死我活！

河里八郎叫了一声，猫腰晃肩向高地虎攻来。

这次交手，不像刚才。几个回合下来，河里八郎觉得高地虎变了个人似的，一身功夫刚柔相济，要软有软，要硬有硬，再想把高地虎摔躺，难！

以"手别"著称的高地虎，与其一照面就主动攻了三招，"拿腕手别""锁肘手别""圈胳膊手别"，逼得河里八郎只有招架之功，难有还手之力，却没将其摔倒。

看过高地虎摔跤的人纳闷，以往，高爷的"手别"一下就让对方翻白，今天怎么不灵啦？

就在此时，高地虎又一招"盖步手别"，将河里八郎置身空中。

七段柔道手也非等闲之辈,河里八郎身悬半空,绞腿翻身,竟然稳稳地落在地上,随即伸腿回勾,一招"回马勺",倏然攻向高地虎。

好,正好！高地虎等的就是这一招！

好一个高地虎,他一连串"手别"都是虚招,诳其使用"回马勺",然后借势发绊用"躺刀",杀招！

这次,高地虎再也不敢掉以轻心——吃一堑长一智,当年他与竹内豪仁在地道外跤场赌跤,所用"躺刀"已然赢跤在望,却反胜为败锁骨受伤。今天,他的手法更严,腿法更快,后脑枕住对方咽喉,不给对方留下半点翻盘机会。

众目睽睽之下,高地虎的"索命躺刀"裹挟着河里八郎向后飞去,"砰"的一声,砸夯般砸在地上。

好！好绊子！整个跤场欢声雷动。

高地虎看一眼脚下的河里八郎,鼻子擤气,哼了一声:"爷的'手别'不想赢你,就想一'刀'下去让你躺在地上睡会儿觉！"

随后,高地虎挥了挥手,老三会意,按照师父刚才耳语的吩咐,叫着祥子,悄悄离开了跤场。

再看高地虎,抱起自己的衣服,扬长而去。

观众见高地虎走了,也一哄而散。

天已擦黑,跤场里孤零零躺着一人,口吐白沫,不知死活……

第二天一早,高地虎刚吃过早饭,老三来了。

老三没进屋,在门外说:"师父,跟您说个事。"

正在收拾桌子的冯素琴见是老三,就说:"进来吧老三。"

老三说:"屋子太窄憋,外面豁亮。"

高地虎出屋,到了没人地儿,就听老三说:"放心吧师父,河里八郎已被送医院了。"

高地虎点点头,老三接着说:"我按您的吩咐,昨晚一直躲在跤场附近,观看动静。正好看见车站巡警队巡夜。我有个拜把子兄弟大老黑,就在这个巡警队混事。我抽冷子把老黑叫到一边,叫他关照咱这个跤场。我问他几点下班,他说半夜十二点。我说,为了擂台赛,这些日子我练功都练到十二点,正好,今天咱俩吃顿夜宵。他说,你小子准有事,行,你在车站候车室等我,回头我去找你。"

大老黑他们巡夜时,发现河里八郎躺在跤场里,有个巡警在他身上搜出一个证件,一看是日本人,吓了一跳,大老黑赶紧把证件要了过来,悄悄跟巡长说,必须把这个证件销毁了,免得留下后患。咱把他送医院,死活就没咱的责任了。

大老黑知道巡长跟日本人有仇。巡长的家在静海县,鬼子去年在静海县扫荡时,他媳妇和没结婚的小姨子都被小鬼子强奸了。他媳妇恋着孩子,没死。小姨子刚烈,一口咬住强奸她的鬼子下身,将其咬成了太监,被小鬼子用刺刀挑死了。

巡长见大老黑这样说,就上前踢了踢河里八郎,装模作样用手摸了摸河里八郎的鼻子,连声说,还有口气,赶紧送医院吧。大老黑,这事就交给你啦! 然后对其他巡警说,弟兄们,他身上有嘛没嘛咱都没看见,别自找不素静呀! 说完他走了。大老黑把证件撕了,扔进了海河,然后把河里八郎送进了医院,是死是活,他就不管了。

老三说完事情经过,喘了口气,又对师父说:"大老黑跟我说,这个跤场先停了吧,让你师父离开天津,到外面躲些日子,避避风头。"

说到这里,老三从口袋里掏出了一张火车票:"这不,我给您买了今天上午十一点十分去北平的火车票。您去那儿待些日子,等这边一点事没有了,我给您去信儿您再回来。"说完,又从口袋里掏出两块钱,交给高地虎。

高地虎接过火车票,没接那两块钱:"你家吃上顿没下顿的,这钱我不要。"

老三说:"师父,我知道您手里没钱。穷家富路,您就拿着吧。我们守家在地,怎么都好拆兑。"

爷俩推让了半天,高地虎留下了一块钱,他说:"我口袋里还有几毛了,到了北平,我去找彭友彭无奈,吃饭不成问题。"然后看一眼自家院子,又说:"别让你师娘知道这件事,女人家心眼小,知道了会担心。待会儿我跟你师娘说,为擂台赛我去北平码人,顺便去天桥跤场帮场子挣点钱,多待几天再回来。老三,你跟华爷也这样说。等我走了,你要带着祥子铆劲儿练功,让他嘴严点,跟谁也别提这事。"

老三走了,高地虎回家,把思量好的话对冯素琴说了,冯素琴没往别处想,给他拾掇好行装,送他出了家门。

高地虎大步流星走进老龙头火车站,坐上火车,当天下午就到了北平。

第三十一回

两行泪怀念真武士
一席话规劝傻弟兄

　　吃完饸饹与高地虎分手后，华人龙就奔医院而去。

　　想到医院，华人龙哑然一笑，世间的事，无巧不成书：樊晓惠凭着高超医术，救了竹内一命。而竹内凭着极高声望，又把樊晓惠从日本宪兵队的牢狱中营救出来，救了她一命。二人互为救命恩人，现在又同住一家医院，巧不巧？

　　华人龙还不知道竹内豪仁已经离开医院，更不知道这位有正义感的日本武士，被他的同门师弟枪杀，永远离开了人间。

　　华人龙买了两份营养品，一份给竹内，一份给樊医生，这二人对他都有恩，他嘴上不说什么，心里却着实感激他们，买些营养品慰问一下，理所当然。而且顺便请竹内喝酒，兑现承诺。

　　走进医院，华人龙先问樊晓惠的病房，一个穿白大褂的护士指给他，就在二楼的单间病房。华人龙下意识地看了看二楼，却见匡正民一手提着网兜，网兜里有个脸盆，脸盆里放着洗漱用具和一些药品，另一手搀扶着樊晓惠，正从二楼走下来。

　　华人龙感到疑惑，迎上去说："哎，匡先生，你们这是去哪儿？"

　　匡正民吃了一惊，这个时候，华爷怎么来啦?!他环顾四周，佯装很随意的样子答道："医院病房紧张，晓惠的伤势恢复得差不多了，回家养着就行了。华爷,来医院怎么还买东西呀,走吧,咱一起走吧。"

华人龙说:"我还想看看……"

匡正民用肩膀撞了华人龙一下,拦住他的话头,小声说:"华爷,快跟我走!"

樊晓惠冲着华人龙点点头,也说:"华爷,跟我们走吧。"

华人龙知道有事,还绝不是小事。刚一愣神,却见匡正民扶着樊晓惠,说话没停步,照直往前走,华人龙只好把带来的营养品用一只手提着,另一只手将匡正民手中的网兜拿过来,跟着他们向楼外走去。

出了楼道,匡正民扭头小声说:"华爷,咱走医院后门。"

华人龙暗想,不是说回家吗,怎么不走正门?想归想,但没出声,只是有些纳闷,我要去看看竹内,他们却变相阻拦,一向彬彬有礼的翻译官,还有这位女医生,不给我说话机会,却要我跟他们走,为什么? 其中必有缘故。

来到医院后面,大门锁着,小门关着。匡正民拔开小门插销,头也不回,扶着樊晓惠直接走了出去。

华人龙紧随其后,出了小门,只见储友良坐在胶皮车上,已在外面等着了。

看见他们出来,储友良迎过来,一边将樊晓惠扶上胶皮车,一边惊问华人龙:"师父,您怎么知道樊姨今天出院? "

没等华人龙回答,却见匡正民低声说:"良子,拉你樊姨快走,去我刚才跟你说的那个地方。我跟华爷说两句话,随后追你们。"

储友良随手把华人龙手中的东西接过去,放在胶皮车上,又跟华人龙打个招呼,拉着樊晓惠连跑带颠走了。

匡正民这才对华人龙小声说:"华爷,紧走两步,离医院远点,隔墙有耳。"

华人龙猜测,准有大事发生了,要不,翻译官不会这么神秘。现在看来,他们不是回家,而是紧急撤离。

看看周围没人,匡正民这才对华人龙说:"华爷,告诉你个坏消息,竹内豪仁被暗杀了。"

"嘛? 你说嘛? "华人龙十分震惊,"竹内被暗杀了,怎么可能?! "

匡正民说："我得到的消息千真万确。就在今天上午，竹内被他师弟伊藤，还有马宝，杀了。是山本四郎下的秘杀令。"

匡正民没说消息从哪儿来的，却简单扼要地说了当前形势："今年以来，日本军国主义在太平洋及中国战场，节节失利，他们穷凶极恶，不仅屠杀抗日人士，连日本人中对这场战争不满的人，也不放过。我也没想到，他们会对享有盛誉的竹内豪仁下手。为了安全，我让晓惠到别处躲避几天……"

华人龙还在惊愕之中，又听匡正民说："华爷，竹内的事，别跟别人提，你就装着什么都不知道，免得招来不必要的麻烦。你们备战擂台赛，也要暗中铆劲，联络跤手也要秘密进行。这个擂台赛，已经不是跤手们你输我赢这么简单的赛事了。本来我想劝你们放弃擂台赛，但我知道以你华爷为首的摔跤汉子们，言而有信，一诺千金，就是龙潭虎穴，你们也无所畏惧，绝不爽约。"

匡正民警觉地看了看周围，没发现异常，接着说："华爷，你们千万小心，擂台赛上，日本人什么阴招损招毒招都会用上。你们要是输了，也许会平安无事，但日本人就会借此大肆宣扬，说他们大和民族是世界上不可战胜的民族。你们要是赢了他们，日本人绝不会放过你们，就会动用军警特务对你们采取行动。你们必须预先考虑好赢跤之后的退路，避免无谓牺牲。另外，对马宝要格外小心，竹内被杀，马宝起了很坏的作用——他是一心一意跟随日本人了。华爷，千万不要因为他是梅铁心梅老前辈的徒弟就放松对他的警惕……"

匡正民还要说，马宝已经成为锄奸团锄奸的目标，但他忍住没说。

二人握别，匡正民匆匆走了。

华人龙愣在那里，满脑子都是竹内的身影：小事不提，单说跤场赌跤，"铁板桥"赢了竹内，他不但没有怀恨，还心服口服表示敬佩。当他看见日本特务的枪口对着赢跤的华人龙时，就不顾一切将华人龙推开，自己中弹差点身亡。那时，华人龙欠了他一条命。华人龙请竹内援手营救樊晓惠，他全力以赴，将樊医生救了出来，华人龙又欠了他一份情。竹内豪仁的死，与这两件事大有关系。

赌跤

华人龙暗叹一声，欠命欠情还没回报，竹内却撒手人寰，我华人龙连请他喝顿酒的承诺也没兑现，岂不内疚！

想到这些，侠肝义胆的华人龙，不知不觉流下两行热泪：竹内仗义，是好人，日本人中少有的好人。一群畜生中有这样一个好人，太难得啦！

华人龙越想越觉得竹内死得冤枉——伊藤苟二是竹内引为骄傲的同门师弟，竟然下手杀死师兄，是羡慕嫉妒恨还是利益驱动？不管是中国还是日本，为嘛好人总是被坏人陷害？

杀害竹内，又有马宝，这个可恨的恶魔！

"双龙会"那天，从"三不管"跤场出来，华人龙把马宝的卑鄙行径对陈默龙说了。陈默龙理解华大侠的意思，一是要他防备马宝暗害，二是要他清理门户为民除害，除掉马宝。

当时，陈默龙却只说了四个字：投鼠忌器。忌什么器？同门情义？这小子还有同门情义吗？不对其进行惩戒，就是姑息养奸——林再忍惨死，竹内被杀，都跟马宝有关系。这之前，马宝陷害了多少好人？往后，这个恶魔还要害死多少好人？天作孽犹可违，人作孽不可活！

想到可恶可恨的马宝，华人龙自然而然想到了杨二愣。二愣与马宝走得太近了，必须拉他一把，让他赶快离开这个不仁不义的恶魔。二愣这种憨直汉子，被马宝卖了还帮人家数钱，被马宝玩死还跟他称兄道弟。一旦二愣被马宝利用，做出亲者痛仇者快的事，我华人龙也有责任啊。

听小良子说过，杨二愣自从进了共荣跤馆，就常去谦德庄跤场一试身手。叫人说两句，他憨脸皮厚，让人摔一顿，他皮糙肉厚。虽不受待见，还是照去不误，主要就是陪着马宝玩儿。为嘛？就是为了一个字，钱！

华人龙决定去谦德庄跤场找找杨二愣。顺便与那里的跤手谈谈擂台赛的事。说走就走，华人龙径直向谦德庄走去。

谦德庄在民国之初还是一片大开洼，沟渠纵横，芦苇丛生，臭坑相间，墓地片片，稀稀落落有几户窝棚人家。

因为列强入侵，军阀混战，致使民不聊生，百姓苦不堪言。再加上旱涝连年，人祸天灾，逼得农民流离失所。河北、山东的大批难民逃来天津，在荒郊野外搭窝棚栖身,到城里打小工,去水陆码头扛大个谋生。

斗转星移,时光荏苒,到了二十世纪三四十年代,谦德庄一带竟然畸形发展起来。你看,各类商店鳞次栉比,饭庄酒肆顾客盈门,道路两旁摆摊儿设点的小商小贩,叫卖声此起彼伏。瞧那开阔地上,举砘子练把式卖大力丸的,撂地摔跤凭艺换钱的,看客众多,人流不断。还有妓院、烟馆,买卖兴隆,害人不浅。更有混迹江湖的地痞流氓杂八地,强取豪夺,弱肉强食,拉帮结伙,欺压良善。

一时间,谦德庄成了穷苦人的求生之地,有钱人的乐园。

华人龙心里有事,走在谦德庄街道上,顾不得流连两旁景象,直奔李家小房子北面的跤场而去。

突然,前面不远处传来一个女人的叫骂声:"白吃老娘的大仁果(花生),还占老娘便宜,我骂你八辈祖宗的,你以为老娘好欺负,你来错了地界儿看错了人!你个臭不要脸的,你不是吃你娘的奶水长大的……"山东口音夹杂着天津韵味儿,一听就不是善茬。

华人龙不愿意看女人吵架撒泼坐地炮,但前面是去跤场的必经之路,绕不过去,只能接着向前走。到了近处,看见一个地摊儿上有两个簸箩,一个簸箩盛着炒瓜子,还有一个簸箩歪斜在一旁,里面的熟花生撒了一地。一个四十来岁的妇女,衣衫不整敞胸露怀,指着一个车轴汉子连卷带骂。

围观的人群中有人议论:"这家伙,吃了人家的大仁果,还动手动脚找便宜,太欺负人了。"

"这女的,针尖对麦芒,也不含糊。"

"这年头,妇道人家摆摊儿做买卖,没有撒大泼滚刀肉的能耐,想在谦德庄混饭吃,没门儿!规矩女人来这儿摆摊,还不叫人欺负死!"

一个穿着共荣跤馆号坎的大汉挤进人群,看见那妇女敞胸露怀、跳脚骂街,就凑到近前,仔细一看,大吃一惊:"哎哟,你不是大王庄的赵四娘吗?来这儿做买卖啦?这是跟谁呀?"

骂得正带劲儿的妇女,就是前文所说的那个先后嫁了四个丈夫,四个丈夫都半道夭亡的赵四娘。

赵四娘听见有人问她,看也不看对方是谁,就没好气地回答:"你谁呀你，我不认识你。"然后冲着车轴汉子接着骂，骂得嘴角直冒白沫。

大汉说："赵四娘，我姐姐就在大王庄东头住，我认得你。我外甥小良子还帮你挑过水呢……"

"噢，"赵四娘撩开眼皮看看大汉，面熟，问道，"你是说，从大直沽后台搬过来的那娘俩？你是小良子的舅舅杨二愣？"

赵四娘见是熟人，好歹把怀拢了拢，说道："这不，我从大王庄搬到谦德庄快半年了，做点小买卖凑合着活着。你瞧那个王八蛋，"赵四娘指了指车轴汉子，"来到我这儿，不问价，抓起大仁果就吃，我可没说话，先尝后买这是规矩。可这王八蛋吃起来没完，临走还往口袋里装。你看看他那口袋，鼓鼓囊囊，足有一斤多，一分钱不给，扭头就走。我这小买卖，每天碰上个这样的混账王八蛋，还不赔掉腔啊！我找他要钱，他呜里哇啦不说人话，还踢翻了我的簸箩，抓我胸，把我裍子都撕破了……"

这个穿着共荣跤馆号坎的大汉正是杨二愣。马宝跟他定好了来谦德庄跤场摔跤，他提前出来了，碰上了这档子事。

车轴汉子是日本人，吃饱了撑的难受，就到谦德庄小商小贩密集的地方瞎遛。在中国，这小子吃拿卡要惯了，今天独自出来看见卖花生的赵四娘前胸丰满，有几分姿色，就没事找事找便宜，又吃又拿，趁着赵四娘不让走找他要钱时，不但不给钱，还摸人家胸部。他认为，一般女人不敢声张，吃个哑巴亏也就算了，没想到赵四娘不是好惹的，尝几个大仁果，没事。往口袋里装，你得给钱，不给钱想走，门都没有！衣服被你扯破了，赔！上这儿来拿老娘开心，瞎了你的狗眼！

骂大街是赵四娘的强项，祖宗八辈骂起来，不把你骂得匍匐在地绝不罢休！

赵四娘的强悍让这个日本人始料不及。他没想到眼前这个做小买卖的女人如此凶蛮，骂街骂得如此花哨如此流畅，直骂得他七窍生烟！

这小子缺理在先，虽被赵四娘骂得火烧火燎，但看到这么多的中国人对他怒目而视，没敢动手打人，就把赵四娘的簸箩踢翻了。

坊间有种说法，拉出一个日本人来跟中国人单挑，日本人白给。二人对二人，能打成平手。三人对三人，或者多人对多人，日本人常常能胜——

他们有团队精神,心齐。

今天这个日本人,走单了,心虚,突然看见穿着共荣跤馆号坎的杨二愣,以为是自己人,胆气陡增,骂声:"八格!"一把揪住跳着脚骂大街的赵四娘头发,摁在地上,踹了两脚,然后对杨二愣挥挥手,"你的,告诉她,辱骂我,是对大日本帝国的大不敬,你来,惩罚她……"小日本使唤汉奸二狗子,惯了。

人群里有人嘀咕:"原来是个小日本,要不这么横呢。光天化日之下,地痞流氓都不打女人。欺负女人,不是汉子不是耍儿,是畜生!"

也有人小声说:"在共荣跤馆混事的中国人,没好人,都他妈汉奸。汉奸二狗子对待中国人,有时候比小日本还狠。离远点吧,别溅咱一身血。"

杨二愣听见了小日本的话,也听见了路人的议论,他的脸有些发烧。他假装什么都没听见,上前扶起赵四娘,突然转身,一个通天炮,打在日本人的脸上,跟着又是一脚,将其踹出五步开外,仰面倒在地上。就听二愣骂道:"去你姥姥的,欺负女人算嘛能耐,起来,咱俩单挑,当众练练!"

华人龙已然明白了事发原因,看清了杨二愣的见义勇为,再看那车轴汉子日本人,左眉上方有个显眼的"大瘊子"。

啊!华人龙情不自禁地叫了一声,这个"大瘊子"就是枪杀林再忍的那个畜生!

"大瘊子"还算利索,被二愣踹倒在地,就地一滚,站了起来,骂声:"八格!"从怀里掏出了手枪……

不能让林再忍的悲剧在杨二愣身上重演!

说时迟那时快,华人龙蹿上前去,飞起一脚,踢在"大瘊子"手腕上,手枪脱手,"大瘊子"抖落着手腕,嗷嗷怪叫着去抢手枪。再看华人龙,又是一脚,踹在小日本猫腰撅腚的屁股上,踹得这小子一个大趴虎,在地上滑出去老远,再也顾不上他的手枪,连滚带爬逃之夭夭。

围观的人群有人喝彩有人叫好:"嘿,好!好快的身手,真棒!"

"多亏这位爷手疾眼快,踢飞了手枪,要不,共荣跤馆的这条汉子,说不定就让那小日本开枪杀了。日本特务杀个人,当玩儿。"

"没想到,共荣跤馆里,也有汉子。"

二愣的举动，获得了在场人们的好评，不再骂他汉奸，改叫汉子了。

再看杨二愣，把地上的手枪捡起来，揣在怀里，转身要走，被华人龙拦住了："二愣，你把枪拿哪去？"

杨二愣一愣，好像刚看清是谁救了他的命，支支吾吾地说："哎呀，是华爷呀，谢谢您帮忙，这枪，我，我，交给马宝。华爷，今天我有个约会，不能晚了，我得赶紧走，改日我再感谢您……"

华人龙说："兄弟，我不用你感谢。哥哥劝你一句：必须离开马宝。你能为那个妇女打抱不平，说明你天性善良，心眼不坏。可你在共荣跤馆，别人都把你看成汉奸。咱老百姓哪个不恨日本人，哪个不恨汉奸二狗子？今天你亲眼得见，小日本连做小买卖的妇女都欺负，还算人吗？"

杨二愣说："华爷，您说的我都懂，我在共荣跤馆，就是为了混碗饭吃，您放心，我杨二愣绝不做伤天害理的事。"

"二愣啊，佛争一炉香，人争一口气，你看你姐姐，多有骨气，宁可卖房子卖地也不走下道。兄弟，练摔跤的，得像个摔跤人的样子啊！你想想，你跟了马宝，除了赚钱多点，还有嘛好处？你外甥小良子，是怎么被逮进宪兵队的？为嘛那时候你找马宝帮忙捞人，却不见他的人影？你仔细想想小良子被逮进去的前前后后、来龙去脉吧——马宝是在利用你呀，他把你卖了你还蒙在鼓里……"

华人龙推心置腹真情实意的一席话，让二愣感到惭愧。在他心里，始终敬仰华大侠，多少年来，华爷处处为他好。从人格上讲，马宝跟华爷没法比。但是想到共荣跤馆的优惠待遇，他觉得还不能离开马宝，最起码现在不能离开他。虽然他也觉出马宝是在利用他，那就相互利用吧。

二愣也知道，他在共荣跤馆混事，摔跤人都瞧不起他。他去谦德庄跤场，人们指桑骂槐数落他，他去"三不管"跤场摔跤，跤场里的人差点动手把他轰出去！当时他认为，这些人混不上好差事，眼热，羡慕嫉妒恨！

然而，真心疼他的姐姐也曾多次劝他离开共荣跤馆，说汉奸人人骂，走狗万人恨！人们骂二愣，姐姐心里难受啊——其实，二愣早就对马宝有了看法。他请马宝教他绊子教他练功，马宝总是以忙为由敷衍他，好歹给他比画两下就完了。当初你马宝跟我说好的代师训徒，可你教我嘛啦？我也算梅铁心的徒弟了，可穿上褡裢哪不是哪，丢人。但是一想到饭碗子，他对马宝的不满就云消雾散全没了。

面对华人龙的真情，二愣无言以对。最后，他对华人龙说："华爷，您对我的好，我都记在心里了……"然后给华人龙鞠了一躬，还是转身走了。

围观的人又开始愤愤不平："救你一命，却说成给你帮忙，这是帮忙吗？混蛋！在日本人那里，没学会别的，嘿，学会了鞠躬，什么玩意儿！"

"汉奸就是汉奸，分不清好坏人！"

华人龙并不生气，他知道杨二愣一定有难言之隐，再说，二愣不会说什么客气话，走就走了吧。

看着杨二愣高大的背影，华人龙暗自叹息一声，回头对那个妇女说："大嫂，赶紧收拾摊子，早点回家吧。说不定那个日本人会来报复你。往后，换个地方摆摊儿吧，这里不安生。"

赵四娘看出华人龙是好人，一改刚才的凶蛮，连声道谢："谢谢您老，谢谢您老！"她把地上的大仁果捧到簸箩里，收拾收拾摊子，走了。

华人龙暗自思忖，二愣有什么约会？既然到了谦德庄，干脆就去跤场遛一趟吧，顺便见见孙大卫。

卫嘴子凛然摔狂徒
陈掌门悄声清门户

谦德庄跤场的瓢把子，就是江湖人称卫嘴子的孙大卫。"卫嘴子"这绰号是这两年才叫响的。以前，人们叫他"孙大圣"，也有叫他"胶皮糖"的。

叫他孙大圣，一是他长得猴相，二是摔上跤他的招数神鬼莫测，像齐天大圣有七十二般变化。别说"当事者迷"的对手，就是"旁观者清"的观众，也看不出他要用嘛绊赢人。明明看他用的是"别子"，眨眼间却变成了"叉踢"；明明看他用的是"卧勾"，你一犟劲儿他就改用"缠腿翻"将你摔个翻白。

叫他"胶皮糖"，是因为碰上身材高大的对手，他像胶皮糖一样黏你身上，任凭你力大无穷浑身是劲儿，就是摔不倒他。就在对手生气着急无计可施之时，他突然发招，出其不意将对手摔倒。

前些年，孙大卫在天津摔跤界也是响当当的人物。他中等个头，身材偏瘦，走起路来稳稳当当、不紧不慢。但穿上褡裢，他立马精神抖擞：吸、搂、挂、盘、拌、揾、捯、闪、拧、揣，身手展开，神出鬼没，让人眼花缭乱，难以应对。

他长相像猴，穿上褡裢像虎，摔上跤是出了名的狠角色。多好的朋友，要不咱俩不穿褡裢不过跤，要穿上褡裢，那就是赌跤，既然赌跤，那就举手不留情，抬腿不认友，亲爹他也不让过——输赢地上见，被他摔伤砸晕的跤手不计其数。他说，善不赢人——跟我撂跤，一回管够，让你见了我发怵，跤胆没了，你还赢个屁。反正赢跤的说说道道，输跤的，一边待着去。摔跤，就这行道！

当年的孙大圣、胶皮糖，如今的卫嘴子，年近半百，气血渐衰，人老不以筋骨为能，他轻易不再上场赌跤，而以拢黏儿说买卖为主。他说买卖，与他赌跤截然不同，啰里啰唆，口才不佳。但他有人缘，有人缘就有饭缘。他在场上一白话，既能拢住人黏住人不让观众走掉，还总比别人敛的钱多。一场跤，别人能敛一块钱，换了他，场上还是那对跤手，观众还是那些观众，他能敛下三块钱——他说买卖绝不骂骂咧咧带脏字，嘻嘻哈哈说说笑笑哄观众高兴，观众觉得哏，愿意往外掏钱。故而，人们都叫他卫嘴子了。

华人龙来到谦德庄跤场，不想让孙大卫等跤场里的人看见，怕见面寒暄会影响跤场的正常买卖，就找个不显眼的角落站定，静观跤场里的摔跤。

华人龙到来之前，跤场刚要开摔，马宝带着横路玲子来了。

多少年来，女人从不到跤场观看男人撕皮拧肉。今天，马宝却带着一个女人，还是一个摩登女人走进了跤场，跤场里的人无不暗暗吃惊。有的观众，眼球发凝打量玲子，从上看到下，再从脚看到脸，哪凸哪凹看个遍，然后眯着眼，发呆。

横路玲子不露声色，任凭人们观看。她什么场合没见过？光着身子都不怕看，穿着衣服还怕你们看吗？整个跤场的目光都投向她，她很得意，被人注意被人欣赏，她觉得，美！

卫嘴子不愿意搭理共荣跤馆的人，但也不敢得罪他们——光棍不跟势力斗。跤场的人都知道，马宝很有势力，连日本宪兵队长高桥也让他三分。知道归知道，马宝来了，却没人跟他主动打招呼，更没人给他沏茶倒水让个座。

以往，马宝都是和杨二愣一同来一同走。二愣不管别人用白眼还是斜眼看他，他憨脸皮厚装洋傻，拿自己不当外人，给马宝张罗座位，陪马宝撂活跤，只要让马宝高兴而来满意而走就行。

今天，马宝到了，杨二愣还没来，马宝就对卫嘴子说："给我配对跤，找个棒练儿，让我过过跤瘾。"好像他多大能耐，一般跤手跟他对不上牙岔子。然后指指身旁的女人，"看了吗，这是横路玲子，日本人，要欣赏欣赏我的功夫。"那意思,那眼神,警告卫嘴子,别让我难堪,要不,我就把你这个跤场灭了。

马宝换上自带的跤靴,从跤场边上找了件褡裢,穿上之后,往场边一站,伸胳膊伸腿活动几下筋骨,一副天下无敌的架势。

卫嘴子用不屑的眼光看了看马宝,撇了撇嘴,转身对准备上场的二位跤手说:"你们俩,谁陪马爷摔两跤?"

二人异口同声:"我腿疼,今天摔不了。"说完,躲到一边喝水去了。

卫嘴子请其他跤手和帮场子的朋友与马宝对阵,这个说腰疼那个说腔疼,都说些不是理由的理由,反正没人上场。

卫嘴子暗叹一声:这年头,都想挣点钱养家糊口,谁没病找病呀!

不知什么原因,华人龙来了好一会儿,才见杨二愣匆匆来到跤场。

杨二愣走到马宝跟前,刚要说话,就听马宝"呸"了一声,一口唾沫啐在二愣脸上,把刚刚受到冷遇的火气撒在二愣身上:"你不知道玲子小姐来这儿看我摔跤?定好的时间,你干嘛去啦"

杨二愣,五大三粗的汉子,脸上一红一白,愣没敢出声,赶紧找个凳子请横路玲子坐下,再斟杯茶水递给她,然后才向马宝解释了一句:"遇上点事,回头向你禀报。"看了看场上没人与马宝摔跤,又说一句:"要不,我陪你玩两跤?"

马宝扫一眼跤场里的人,傲慢地说:"本想过过跤瘾,没人敢摔,你上吧。"

二愣转身对卫嘴子说:"孙爷,我先给马爷垫垫场子,一会儿你给马爷配对跤,马爷出来一趟不容易,玲子小姐更是难得有空,怎么也得让马爷过足了跤瘾,让玲子小姐一饱眼福啊。"

卫嘴子呵呵一笑:"你看你看,我说二愣呀,你越来越像个摔跤人啦。"

这种地方这种场合,卫嘴子说这种话,谁都听得出来,这是诋毁挖苦杨二愣,溜须拍马凫上水,哪还像个摔跤汉子!

杨二愣假装听不出卫嘴子损他,憨憨一笑,脱衣换装,冲着四周抱拳施礼,然后与马宝插招换式战在一处。

偌大身躯的杨二愣,真摔,他有劲儿,虽然摔不过马宝,但也能跟马宝挣崴一气。当然，为了饭碗子，冲着人二愣从不敢跟马宝玩真的，今天有日本女人在场，就更不敢用真劲与马宝相搏，只要马宝发招，他就连滚带爬倒在地上。

在跤场摔跤，观众越多越讲究高起高摔，不罗不砸。尤其关系不错的熟手跤，绊子施展开来，一个人站着一个人躺着，方显摔跤汉子的本色。

杨二愣不会玩票翻跤，今天更显得笨拙呆板。

马宝知道二愣不敢跟他较劲，就放心大胆可劲招呼，嘛绊子好看用嘛绊。二人走了两个回合，马宝眼见场外的横路玲子正盯着他，立刻晃膀子扭腰来个"盖步揣花"，本欲将二愣"揣"到空中，然后用手一拧，让二愣躺在地上转两圈，显显自己的能耐。哪承想，马宝成天跟横路玲子泡在一起掏空了身子，底桩无力两腿发软，再加上二愣身高体重不会翻跤，趴在他身上，差点把马宝压个趴虎。

马宝也算有两下子，就势闪身将二愣推到地上，再看二愣，窝窝囊囊滚落在马宝脚下，然后来个四仰八叉亮相，想捧马宝，却引得观众一阵哄笑：这二位，一对棒槌，都是二把刀。

马宝见状，气得直骂街："二愣，你小子在跤场混了这么多年，练的嘛？都说身大力不亏，你呢？一堆烂泥，扶不上墙。"

马宝绕着场子走了一圈，又对二愣说："看着，这回我给你来下'别子'，盯着点！"话到绊到，一招"别子"下去，把二愣砸在身下。好在杨二愣皮糙肉厚，禁得住摔也经得住砸，马宝站起来，他也站起来了。

二人又遛了一圈，就听马宝说："二愣，我给你来下'插打'！"又把二愣摔个仰面朝天。

马宝连摔带说，随心所欲，目中无人！

马宝没把杨二愣看在眼里，也没把谦德庄跤场的摔跤人放在心上，好像这个跤场就是他家的，随便。

跤场里的人都在运气，马宝这小子，狂妄至极！

站在暗处的华人龙，犹豫了再三，真想上场教训一顿马宝，但他还是忍住了，他要看看孙大卫怎样打发马宝这个恶徒。

来此帮场子的玩票的以及明眼观众都在想，卫嘴子今天栽了，马宝这一折腾，比踢场子、砸摊子还难看！

卫嘴子脸上挂不住了，就凭马宝一个二流跤手，依仗日本人势力，往这儿一站，没一个敢穿褡裢，全镇？他连数落带摔，弄得二愣五迷三道，这是瞧不起在场的所有跤手，蔑视谦德庄跤场，替共荣跤馆在这儿卖狂，寒碜我孙大卫！不，不是寒碜，是欺负，是凌辱！这要传扬出去，江湖朋友戳我脊梁骨不说，师父师祖的在天之灵也不会饶我，肯定骂我，骂我给他们丢人现眼，辱没了摔跤人的脸面！我孙大卫堂堂大清国扑户的弟子，就这样让一个势利小人骑我脖子上拉屎？真是笑话！

是可忍孰不可忍！

本来三跤一敛钱，可马宝和二愣在场上摔了十几跤，卫嘴子竟然不去敛钱。趁着马宝二愣遛圈之际，卫嘴子冲着观众作个罗圈揖，拱手而言："众位爷们，想当年我孙大卫在天津卫也算小有名气，那年，日本人请我去给他们当教官，我说我老娘有病在身，离不开人，没去！今天，共荣跤馆的马爷和二愣在我这个跤场撂跤，他们的气势和撂法，大家可都看见了，我孙大卫可是半截入土的人了，虽说人老不以筋骨为能，可马爷这么大的人物来这儿撂跤，要是撂不过瘾，岂不是白来一趟？何况还有位日本大摩登站脚助威、观看摔跤，我要再不上场，就是不识抬举了。二愣，你下去，我向马爷讨教几招。"

卫嘴子脱衣换靴穿褡裢，往场子里一站，对马宝说了一个字："请。"

马宝看了看卫嘴子，心想，当年你姓孙的名头不小，可你现在终究五十岁的人了，和我过招，你能赢吗？你敢赢吗？只要赢了我，我就灭了你！

马宝迈花步走跤架，来到卫嘴子近前，扬臂晃腰抢上底手抬腿就是一下"冲踢"，卫嘴子屈腿滑胯，化解了对方进攻。马宝跟着又是一招"支别子"，卫嘴子情不自禁喊了个"好"字，脚尖点地，纵身横跳，双手抱头，躺倒尘埃。

这二年，卫嘴子很少上场正式摔跤，只有好朋友来了他才穿褡裢陪他们玩玩。偶尔给他们翻几跤，那是为了跤场的买卖。有时为了培养晚辈，也穿褡裢和他们过招，只要对方绊子到位，他也翻跤。

今天不然，他不想翻跤，更不想给这个马宝翻跤。哪想到，他心中有气，

赌跤

走思分神,插招换式之后,已然沉浸在摔跤的气场里,忘了对方是谁,鬼使神差,他躺下了。

"嘿,好,姜还是老的辣!"观众的叫好声,与以往不同,让人听着刺耳,比戏园子里喊的倒好还刺耳!

卫嘴子抬不起头来,恨不得把脑袋扎进裤裆里。他骂自己不是东西,丢尽了摔跤人的脸,真想扇自己两个耳光解气——我怎么能给这个败类翻跤!

赢了跤的马宝,满脸得意,觉得卫嘴子不愧是老江湖,话说的大义凛然,冠冕堂皇,该翻跤还得翻跤,识相。

马宝看一眼横路玲子,她正神采飞扬地给他拍巴掌。嘿,美——

二次交手,马宝照方抓药,先"冲踢"后"支别",卫嘴子依然是飘腿转身,但没躺下,不但没躺下,还猛然而上,借力发招,蜷左臂圈住马宝脖颈,转胯横腿,变脸观天,一招"追命切别",连摔带砸"合"了下去。

卫嘴子站起来了,他身下的马宝也站起来了,却站不稳了,他被砸了个脑震荡,头重脚轻像醉汉,晃晃悠悠,朝卫嘴子扑去。

就听卫嘴子说:"这招是'抹脖脚',趴下吧你。"他以其人之道还治其人之身,你刚才是怎么戏弄二愣的,我就怎么戏弄你。

马宝真听话,立刻来个狗吃屎,满嘴沙土,站起来噗噗吐了两口。再一亮架,还没进招,就听卫嘴子又嚷道:"这招是'得赫勒',后边去吧你。"马宝后仰,四脚朝天,脊背朝下,又躺在地上。

观众们高兴,鼓掌,纷纷把身上的零钱扔进跤场。

跤场的人,谁都顾不上捡钱,个个全神贯注,盯着卫嘴子狠摔马宝,解气!

晕头转向已无招架之力的马宝,任凭卫嘴子摆布,叫他躺西边,他不躺东边,叫他趴下,他不仰着。左"踢"右"耙",前"别"后"勾",卫嘴子一鼓作气一顿好摔,嘿嘿,刚才还不可一世的马宝,这回可过足了跤瘾,直到躺在地上爬不起来了,卫嘴子这才打住。

杨二愣赶紧上前搀扶马宝,就听马宝迷迷糊糊问道:"玲子呢?"

杨二愣撒摸撒摸四周,横路玲子早没影了。

却见卫嘴子走到马宝跟前,拍拍马宝肩头,冷笑道:"爷们儿,你从'洗三'练到'道山',想赢我,来世见!"

卫嘴子脱下褡裢换好衣服,冲观众作个罗圈揖,一句话不说,走出跤场,扬长而去……

站在人堆里的华人龙跟了出去,喊了两声"孙老师",却见卫嘴子一拐弯就没了人影,不由得暗暗赞叹:好样的,这才是真正的摔跤汉子!

此后,卫嘴子匿影藏形,没人知道他的行踪。

桃林的桃又到了成熟季节。

梅洁突然想吃桃,想吃梅家院后桃林的桃。她想起大师兄陈默龙从桃林摘来鲜桃,洗净去皮送到她的嘴边,想起大师兄对自己的百般顺从,想起大师兄在桃林练功的憨态和执着,进而想到大师兄练功是不是忘了吃饭,他的衣被脏了破了谁给拆洗缝补……她和陈默龙没有爱情,却有亲情。

神医刘子安说最多能活三个月的梅洁,和马宝同居之后,竟然活到了今天!

一则梅洁与马宝青梅竹马,离开陈默龙跟着马宝是她的渴望,精神作用让她的生命得以延续。二则马宝请日本名医给梅洁诊病,服用了大量日本名药,使梅洁的肉体存活下来。

然而,由杨村搬家来到福岛街之后,梅洁旧病复发了,吃啥吐啥,骨瘦如柴,朝不保夕。

原因何在?马宝已经成为汉奸,而且经常将日本女人横路玲子带来家中饮酒作乐,同吃同睡。别说梅洁是练武之人,就是一般妇女哪个允许自己的男人与其他女人同床共枕?而且明目张胆,就在自己眼皮底下!

梅洁暗自叹息,怨谁?怨自己!怨自己违背父命抛弃陈默龙与马宝走到一起。陈默龙虽然不解风花雪月,但他是一诺千金的正人君子。马宝呢?他长得不丑,有一副好皮囊,而且有讨女人喜欢的独到之处,但他刚愎自用、一意孤行,父母的话他都不听,梅洁劝他走正道的话更是屁泥。

旧病复发的梅洁,想得很多。想师兄陈默龙,更想一世英名的父亲。父亲最恨侵我中华杀我同胞的日本狗强盗,而她所爱的马宝,却给日本人当狗,成了千人啐万人骂的狗汉奸!

马宝听下人马小二说梅洁突然想吃她家桃林的桃,有气,她哪是想吃梅家的桃啊,她是想那个傻巴儿陈默龙!

马宝来到梅洁的屋,对梅洁说:"你家桃林的桃有嘛好吃的?想吃桃,我打发马小二去买大蜜桃!"

梅洁有气无力地说:"表哥,父亲的遗嘱,咱俩都没践行,我离开了大师兄,违背了父命。你成了日本人的红人,违背了师命,而且成了汉奸,坏了梅家门的门规。只有大师兄洁身自好,履行承诺。"

马宝嘿嘿一笑:"汉奸? 我不当汉奸,哪来那么多的好药保住你的小命? 哪来这么好的锦衣玉食供你穿供你吃? 什么汉奸不汉奸的,识时务者为俊杰!"

梅洁哭了,哭得很伤心。

马宝的母亲知道梅洁将不久人世,就对下人马小二说,你去告诉陈默龙,让他来和梅洁见个活面儿吧。

马小二去了桃花堤,陈默龙很客气地接待了他。

马小二觉得这位梅家门的掌门大弟子、享誉跤坛的陈默龙,待人真诚,为人厚道,只是炯炯放光的两眼,有几丝惆怅。马小二想,这么好的人,梅洁为啥弃他而去?

马小二说:"陈爷,你师妹我们少夫人命在旦夕,她想念大师兄,希望你去看看她。"

陈默龙眼圈红了,但没说话,拿出一篮子又大又鲜色泽很艳的桃,递给马小二,随即摆了摆手。马小二知趣地告退。

马小二回府复命,把一篮鲜桃放在梅洁面前。

梅洁问他:"见到我大师兄了吗? "马小二点点头。

梅洁问:"他还好吧? "马小二又点点头。

梅洁问:"他能来看看我吗? "马小二摇摇头,不知道。

梅洁又问:"他和你说嘛了? "马小二又摇摇头,无言可答。

梅洁流泪了,摆了摆手。马小二知趣地告退。

夜已经深了,梅洁还在端详那篮子桃。一看便知,桃是自家院后桃林的桃。而且自上而下，一个比一个鲜。她知道，陈默龙心里一直挂念着她，桃林的桃刚有熟的，他就摘下来给她留着，一直存了一篮子。再看，篮子底下有一层桃花。她知道陈默龙仔细，怕篮底硌伤鲜桃，捡来桃花垫上——可惜，桃花都枯萎了。

梅洁暗自伤心，却见马宝和横路玲子走了进来。

玲子手提一小篮樱桃走到梅洁面前，用汉语说："梅小姐，听说您想吃桃，我特意给您送来了樱桃——虽然我们大日本帝国的樱花闻名世界，但结的樱桃不如欧洲的好吃，朋友从德国给我捎来二斤樱桃和两瓶樱桃白兰地，这樱桃比郴州蜜桃好吃，特请梅小姐品尝。您吃樱桃，我和马宝君喝樱桃白兰地，咱们各取所需，各得其乐，皆大欢喜。"

梅洁瞟了玲子一眼，一口唾沫使劲啐在地上。

马宝说："梅洁，人家来看你，怎么一点儿礼貌都不懂？"斜眼一扫，发现了那篮子桃，不由得勃然大怒，抓起篮子，狠狠地摔在地上，鲜桃滚了一地。

马宝咆哮道："你哪是想桃啊，你是想人！想那个傻巴儿，用不了几天，我就叫陈默龙在这个世界上消失！"说完，还不解恨，照篮子踹了两脚，好好一个竹篮，踹扁了。竹篮里还有几个桃，也被踹烂了。

玲子摆摆手："马宝君，请不要生气，她有病。"然后笑嘻嘻地对梅洁说："梅小姐，请您不要恨我，我是在帮您。您的身体已经不能给您所爱的人带来快乐，但是我能。我的身体细腻白嫩富有弹性，马宝君对我爱不释手。梅小姐，凡事都要看开些，有病的人生气，容易猝死……"

梅洁尽量把声音提高："鸠占鹊巢，毁我家园，呸，不要脸！"

横路玲子还不生气，依然微笑着说："梅小姐，咱俩，彼此彼此。您为了您自己的快乐，把您夫君陈默龙抛弃了，你们中国不是讲究轮回报应吗？你也会遭到抛弃。而我，不像你只顾自己这么自私，我把我美丽的、圣洁的身体献给马宝君，是为了大日本帝国，为了大东亚共荣……"

"无耻！"随着一声怒喝，有个人走了进来。

"啊，你，什么人？"玲子惊呼，怒目而视。

"啊，陈默龙！"马宝惊呼，变颜变色。

"啊，大师兄！"梅洁惊呼，喜极而泣。

陈默龙送走马小二之后，越想越觉得应该去看看梅洁。终究夫妻一场，何况她是师父的独生女，自己的小师妹。于是，趁夜色潜进马家，找到梅洁住房，隔窗而望，欲见梅洁最后一面。

没想到，马宝和横路玲子都在屋里。

马宝将那篮子鲜桃摔在地上，表明他彻底背弃师门，抛弃梅洁，悖逆天道，甘当汉奸！

横路玲子，一个女人，竟然说出那么肉麻那么腥龊的话，其用意显而易见，她要用无形利刃，逼迫梅洁尽快撒手人寰，其心何其毒也！

让梅洁终生快乐是陈默龙的承诺，眼下有人谋害梅洁，陈默龙焉能袖手旁观。

高级特工出身的横路玲子，反应灵敏，抓起已被踹扁的竹篮，连同篮子里的烂桃，向陈默龙的脸上掷去，跟着箭步飞身，抬腿踢裆，直取陈默龙的下身。

横路玲子身法虽快，但与陈默龙相比，相差甚远。

陈默龙略显身手，闪过玲子掷来的竹篮，抓住玲子踢来的右脚，轻轻抖手，将玲子拧个翻白。这玲子也非等闲之辈，身悬半空，飞起左脚，踢向默龙太阳穴。

日本人就是日本人，美貌女子也如此狠辣。

默龙本不想与女人动手——好男不与女斗。哪想到此女率先出手，招招致命，狠辣如狼。再不还以颜色，岂不成了东郭先生？

眼看玲子的左脚踢来，陈默龙不再迟疑，不再留情，将手中玲子的右脚猛然抖动，"渔夫撒网"将玲子甩了出去，她脑袋撞墙，身躯落地。

面对淫荡无耻狠辣阴毒的日本女人，默龙再不能容她起身，跟步上前，抬腿横脚踩住玲子胸腹，脚掌揉搓，玲子"哇"一声吐出一口鲜血，动弹不得——默龙还是心善，再加一分力道，横路玲子的肠子、肚子、心、肝、肺就会喷涌而出。

梅洁突然大声吼叫："大师兄，枪！"说着，她身上的潜能突然迸发，从床上一跃而起，扑向陈默龙……

枪声响了,是马宝开的枪!

子弹打中了梅洁后心,她那柔弱的身躯跌落在陈默龙脚下,惨声叫道:"大……师兄,报仇……"

陈默龙暗叫一声:师妹,你这是何苦呀!

陈默龙将横路玲子踩在脚下,知道马宝必定上手,余光一瞥,已然看见马宝举枪,他迅疾闪身,偏离了枪口,无情的子弹却使梅洁躺在了血泊之中。

陈默龙再不给马宝二次开枪的机会,纵身上前,左手夺枪,右手掐脖,再看马宝,手枪落地,咽喉被默龙的大手掐得喘不上气来,连声求饶:"师兄……饶……命……"

陈默龙冷冷地说:"马宝,你多次害我,我多次饶你,现在又开枪欲置我于死地,没能得逞却又向我求饶,你太无耻了!如果只是你我个人恩怨,我还可以饶你,而你违背师命,投靠了日本人,你这个汉奸害了多少好人性命?如今,师妹又倒在你的枪口下,我还能饶你吗?再饶你,我就成了梅家门的罪人。我要按师父遗嘱和江湖道义,清理门户,为被你所害的人讨个公道!"说至此,掐住马宝脖颈的大手,猛然用力,就听马宝"噢"了一声,颈骨折断,倒地身亡。

再看横路玲子,目露凶光,垂死挣扎,匍匐而行,伸手去拿地上的手枪。

梅洁拼尽余力,喊出的声音却极其微弱:"师兄,枪……"

陈默龙已然看见玲子的举动,也听到了梅洁的声音,把心一横,飞起一脚,踢在横路玲子太阳穴上,这个貌美心毒的蛇蝎女特务身子抽搐了几下,死了。

陈默龙将梅洁抱到床上,梅洁断断续续地说:"大……师兄,我……错了……请你……原谅……"憋在梅洁心里好久的话,在即将告别人世的时刻,终于说了出来。

陈默龙点点头:"师妹,我,不怪你……"

梅洁的眼泪淌了下来,随之闭上了眼睛。

陈默龙用被单将梅洁盖好,又将马宝和横路玲子的尸体稍加处理,长叹一声,越墙而去。

赌跤

第三十三回

探擂台双龙定对策
设迷局群雄玩假跤

赌跤

马府一夜亡三命的奇闻，闹得津城沸沸扬扬。街上传言，马宝和日本女特务害死了梅洁，锄奸队把汉奸马宝和女特务一起处决……

日本特务头子山本四郎为此十分震惊，汉奸走狗也万分恐慌，吓得他们为非作歹、祸害百姓的气焰大有收敛。

共荣跤馆总教官董江湖听到传言，喜忧参半，喜的是骑他脖子上拉屎的恶魔马宝死了，活该！忧的是自己教日本人摔跤，锄奸队要把他当成汉奸那可惨了。他紧张了好多日子，除了去共荣跤馆，极少到公众场合露面。

"马宝事件"还没从人们饭后谈资中淡出，又一件新闻轰动了天津卫——临近重阳节，南市"三不管"东南角上，突然间立起了一座擂台。

擂台周围贴着告示，大意是：大日本帝国共荣跤馆，举办重阳节日中摔跤擂台赛。不分老少，不分级别，均可上台打擂，胜者有奖，死伤自负。擂台赛采取三跤两胜制，被摔下擂台者，即为完败。九月八日为预赛，连胜三场者获得正赛资格，九月九日与共荣跤馆跤手对阵，胜一场奖励大洋五块，连胜三场者奖励大洋五十块。最后站在擂台上的胜者，奖大洋二百块，并授"天下第一跤"金牌。

一石激起千层浪。

觉得有两下子的跤手都跃跃欲试。有人想借机会扬名立万儿，有人想赢点儿钱添补家用，别说二百块，就是五十块大洋也不是小数。当然，能赢五块也是好事。

小商小贩也蠢蠢欲动，觉得商机来了——原本重阳节这天各处都有庙会，闹日本闹的，庙会没了，如今来个擂台赛，估计看摔跤凑热闹的人不比赶庙会的人少，赶紧筹备商品，准备在擂台赛期间发个小财。

擂台赛本是华人龙和竹内豪仁敲定的。竹内死了之后，擂台赛的事再无消息。现在突然立起了擂台，让人始料不及。好在华人龙对擂台赛的备战始终没有放松，即便没有擂台赛，摔跤人也应当苦练二五更功夫。

擂台立起来的当天晚上，华人龙就去"三不管"周边转了一圈，想仔细观察观察擂台及其周边环境。没想到，白天还允许人们到跟前观看"告示"，到了晚上，擂台四周突然添了日本兵站岗，不让人靠近了。

华人龙眼力极好，隔老远发现擂台下面有人在悄悄鼓捣着什么，他意识到，这个擂台暗藏杀机！别看日本人见面又鞠躬又行礼满脸春风满面带笑，那笑，是笑里藏刀，刀上还喂着毒！

一股酒味儿传来，一个年迈的醉汉向华人龙这边走来。醉汉手捧酒葫芦，摇摇晃晃边走边喝，边喝边说："诸葛用兵思前后，神机妙算无纰漏……吾拼老命破阴招，尔展雄风战群枭，得胜之际走为上，莫中敌酋招中招……"

华人龙朦朦胧胧觉得，醉汉所说与匡正民提醒的"考虑赢跤之后的退路"意思相近。再仔细一看，好像就是高地虎结婚那天，在直沽酒家见到的那位老叫花。随即恭恭敬敬抱拳而言："老人家，在下愚钝，可否明示？"

醉汉并不答言，与华人龙擦肩而过，径自走了。

醉汉刚走，又一个人朝华人龙走来，那人看见了华人龙，轻咳一声，绕开日本岗哨，不急不缓如同闲庭信步。

谁？陈默龙！华人龙暗喜，想必他也是前来窥探擂台的——大战之前做到心中有数，擂台赛上才不至于失手。随即也轻咳一声，转身向东走去。走出老远才听陈默龙轻声喊道："华爷，留步。"

华人龙停住脚步，欣喜地说："我是想谁谁来呀。默龙兄弟，你悄无声息清理门户，好，哥哥佩服你。"

陈默龙说："心到神知。"二人心照不宣，一笑而过。然后谈起打擂之事，

305

华人龙向陈默龙交底："这个擂台赛,日本人在耍阴谋。预赛,那是让咱们的人自相拼杀,他们坐收渔利,咱不能上当。要向各门各派的弟兄解释清楚,好钢用在刀刃儿上,把精力搁在正赛上,目的就是摔败日本跤手。"

陈默龙点点头说:"能跟日本跤手拼到底的高手,只有华爷您。华爷要最后上擂,夺下'天下第一跤'的金牌。"

华人龙摇摇头:"论功力,咱哥儿俩伯仲之间。但是你比我更年富力强,而且遇上劲敌不急不躁,让人放心。咱俩得分头行事,一个上台打擂,一个台下压阵,兄弟,咱不是为了出风头夺第一扬名立万儿,咱得为摔跤人争口气。为了摔跤师祖的荣誉,拼尽全力,狠摔日本人!"

二人又议了议擂台赛可能出现的情况及对策,这才分手,各自回家。

华人龙一进家门,没想到高地虎和彭友彭无奈正在家里等他。一见面,高地虎就向华人龙禀报,他从北平请来四位高手帮忙打擂,四人都是彭友的好弟兄。最后又说:"哥哥你放心,我把他们都安排好了,住在玉清池澡堂子,吃喝洗澡都方便,离擂台也近,跟你打完招呼,我们俩也回澡堂子。"

华人龙问:"哎,你们吃饭了吗?我叫你嫂子做饭去……"

"哥哥,"高地虎抢话说,"我能漏这个空吗?我们都在南市吃完了,那哥几个泡澡,我们俩就上你这儿来了。"

华人龙又问:"当初你去北平,怎么不跟我说一声?"

"没来得及,嘿嘿,我不是着急码人吗。"高地虎不想把摔河里八郎的事告诉华人龙,临近擂台赛了,怕他分心。

华人龙不再多问,嘱咐道:"擂台赛那天,咱们早点去,在擂台东面会合,跟各门各派的弟兄研究好对策再上台打擂。"

九月八号一早,华人龙就到了擂台跟前,趁着天早人稀,独自一人围着擂台来回遛了两圈,想近距离地发现擂台的蹊跷之处,但看了又看,却看不出毛病,最起码外表看不出破绽——反正他的心里就是不踏实。他不怕和共荣跤馆日本跤手面对面的真杀实砍,但他就是觉得这个擂台暗藏机关,叫人防不胜防。

预赛九点钟开始。八点一过,天津摔跤界各门各派的摔跤人就陆陆续续来了。来了就聚在台口东侧空地上,有的摩拳擦掌准备登台打擂,有的自知功力不行,甘当打擂弟兄的跟包,也有的来当高级观众,给自家人站脚助威。

小商小贩们在擂台附近摆摊设点,给擂台赛增添了几分喧嚣和热闹。

有个卖重阳糕的,虽然没有真材实料,做出来的"糕"味儿与以前的重阳糕相差甚远,但也引来不少市民购买,图个步步登高,日子好过。

华人龙来到台口东侧,隔着老远就听见有个声音说:"我告诉你们,反正咱们自己人不能跟自己人玩命!"

华人龙举目一看,是"三不管"跤场的老古,站在几个人中间,劝劝这个,说说那个,看见华人龙过来了,两手一摊,如释重负:"行了,华爷过来了,谁想上台打擂,跟华爷说吧。"

刚才还争执不休的几个汉子,看见华人龙,都不言声了。

华人龙说:"老古,嘛事让你这么着急?"然后看看众人,说道:"哥几个爷几个,登台打擂,咱们的对手是共荣跤馆,是日本人呀,咱们得共同对外呀!"

老古说:"听了吗?华爷怎么说?还没到哪了,就要老鼠扛枪——窝里反!哼。"

一位身材不高很轴实的汉子站到了华人龙面前,"华爷,别看我没跟您交过手,但我佩服您的为人,您说说,这个不知天高地厚的小子,"他一指身旁的年轻人,"非要上台打擂,我跟他说,没有十年八年的摔跤功夫,别说跟日本人过招,就是咱天津卫的跤手,你能连赢仨人吗?被人摔下擂台,不死也得带伤。再说,谁不想上台亮亮相?谁不想为本门本派争光扬名?华爷,我孟金刚,除了服您,谁也不服。实在不行,一会儿开擂,我就跟这位朋友先比画比画。"

孟金刚本名孟大智,是谦德庄跤场的人。别看他身材偏矮,可力气大得出奇,他的"手别""把腰"赢过不少能征惯战的跤手。尤其他的"翻天印",抓住对方"后脐",单臂一较劲,能将对方掀个翻白。为此,江湖上称他赛元霸,更多的人叫他孟金刚,本名孟大智却没人叫了,连他自己也不叫了。

孟金刚的话刚一落地,那个年轻人就来到了华人龙的面前:"师父,说嘛您也得让我上台打擂,我爸爸叫日本鬼子打死了,我要报仇……"

华人龙一看是储友良,拍拍他的肩头,刚要说话,却见储友良旁边一个少年抢话说:"师大爷,我和良子哥一样,也要跟日本人玩命,我爹我娘我们全家都让日本人给炸死了,就剩我一个,我也要报仇!"

孟金刚嘿嘿冷笑:"华爷,你看看,奶毛还没退净,就想登台打擂,这是谁的徒弟呀?人不大跤胆不小。你以为打擂是闹着玩呀?弄不好得把小命搭上!去,去叫你师父来,我看看你师父是哪位高人!"

一直在旁边跟彭无奈及几个北平朋友说话的高地虎,听到孟金刚叫号,凑了过来:"孟金刚,除了你,这里哪有高人?"他指指那个少年,"这小孩是我徒弟,叫韩祥子。我徒弟跟日本人有死仇,他要上台打擂,说明有骨气,有跤胆。当然,祥子还小,十七十八力不全,他才十五岁。我说孟金刚,你没跟他交过手,不了解他。可咱俩摔过不是一回两回了,说实话,你比我差点,你那破'手别'能跟我的'手别'比吗?我的'手别'专治你的'翻天印'。你摔不过我,也赢不了我徒弟,信不信?等擂台赛完事,你们爷俩过过手,你要能赢他,我请你登瀛楼!再说,师徒如父子,我徒弟要没本事,我能叫他登台打擂上去送死吗?孟爷,你就别拦他了。"

高地虎的话,连挖苦带损,孟金刚能爱听吗?可他真赢不了高地虎,这是众所周知的,只能暗气暗憋,喘横气咽唾沫。

孟金刚吃了窝脖,憋得脸通红。和孟金刚同在谦德庄跤场混饭吃的花胳膊李四出头了:"孟爷,你是仨鼻眼多喘一口气呀,哪那么多废话?一会儿开擂,咱就按规矩来,谁能赢三场谁就明天接着摔,赢了拿钱,死伤认命。"

亲戚有远近,朋友分厚薄,摔跤这行当,是灰比土热。

李四的话,谁都听得出来,是替孟金刚拔闯。彭友彭无奈当然也要替高地虎说话,面对李四,笑道:"咱来打擂,可不是为钱,要为钱,就想别道发财吧。"

孟金刚不认识彭无奈,马上接话说:"朋友,我是穷摔跤的,别的道我发不了财,就想在擂台上拿一份。一会儿,头一对跤就咱俩……"

高地虎嘿嘿一笑:"孟金刚,你是腰里揣着一副牌,逮着谁跟谁来呀,刚才要跟我徒弟,现在又要跟我兄弟,我看,还是咱俩吧!"

老古着急地说:"前几天华爷还嘱咐我,跟哥几个好好说说,共同对付

308

共荣跤馆,这可好,还没到哪儿了,先他妈窝里斗,你们不是跟我说憋着劲儿跟共荣跤馆的人玩命吗? 怎么自个人较上劲了?"

谦德庄跤场的巧嘴娄贵清不服老古:"嘛叫窝里斗? 老古,你不就是'三不管'一个票友吗? 是刘一腿高看你一眼,让你管点事,你就觉得了不起啦? 你无门无派的,不懂这里面的事,摔跤的就讲究个面子,谁能在擂台上站着谁就有了面子,他们那一门那一派就都有了面子。摔跤人哪个不要面子……"

自从卫嘴子摔了马宝淡出江湖之后,这个娄贵清就成了谦德庄跤场说说道道的人物,他跤力一般,嘴皮子超凡,当然他要护着他们这一门派的跤手。

一个文质彬彬的人打断了娄贵清的话:"这位好汉,这年头,我们国家都没了面子,这个国家的人谁还有面子? 咱们大家谁还有面子?"

华人龙一看,说话人竟是匡正民。刚要打招呼,匡正民已然走到他跟前,把他拉到一边,小声说:"华爷,从日本国来了个小山一郎,据说,他现在的实力胜过当年的竹内豪仁。山本安排他最后登擂,势在必得'天下第一跤',以此证明他们大和民族天下无敌,这涉及我们国家的荣誉,摔跤人的尊严,这是反侵略与侵略者的斗争,你们一定要摔败小山,为我们民族争光。不过,赢了他之后,你们立刻撤走——我看日本人另有阴谋,千万别恋战!"说完,扭头走了。

临赛前匡正民在日本人眼皮底下冒险送信儿,华人龙甚为感动。见其匆匆走了,立即回到人堆里,对众人抱拳而言:"各位弟兄,咱们不要再为本门本派争面子了,咱们不能窝里斗,日本人的预选赛,是成心挑起各门各派的纷争,咱们弟兄之间成了冤家,他们就可以各个击破,咱们不能上当呀!"

一则华人龙的威望在那儿,二则多数人都觉得华人龙说得有理,就是怀有野心的个别人也不敢站出来反对。

老古问:"华爷,你说今天咱们怎么摔吧?"

其他人随声附和:"对,华爷你说吧,怎么摔? 我们都听你的。"

华人龙谦虚地说:"咱们大家商量着办。我先说说我的想法:不是规定连胜三场的进入明天正赛吗? 咱们就自由结合,四人一组,根据平日的了

赌跤

解,推举一位进入明天的正赛。其余三人,轮番上擂与他过招,给他翻跤,让他留着劲儿明天用——日本人想消耗咱们的体力,窥探咱们的实力,他们要一箭双雕,咱就将计就计设迷局,玩假跤,让他们摸不清咱的底细。你们看这样行吗?"

老古首先叫好:"好,这法子好。想打擂的都到擂台上亮亮相,过过瘾,玩玩套子活,把日本人玩得迷迷糊糊,让他们明天盯着挨摔吧。"

大家纷纷赞同华人龙的主意,随之又议论一番今天上擂的次序和"表演",众人越说越兴奋,刚才的剑拔弩张须臾间成了同仇敌忾,共同对外!

人群突然静了下来,有个人晃晃悠悠上了擂台。

这人走到台口,背着手仰着头,咳嗽一声,清清嗓子,冲着台下喊道:"擂台赛的预选赛马上就要开始,凡是觉着有两下子的,都可上来比试比试,谁英雄谁狗熊,一比就看出来了,不怕不识货,就怕货比货……"

谁在擂台上胡呲? 胡大头! 高地虎冲着擂台喊道:"武大郎玩夜猫子,什么人玩什么鸟——共荣跤馆怎么派来这么个鸟瞎叫唤?"

胡飞刚要骂街,一瞧是高地虎,没敢搭茬儿,扭脸冲着别处,又嚷道:"想露脸的,想赢钱的,尽管上来!"他用手往台下一指,"你,你上来!"

被指的人是个胖子,脖子一缩,连连摆手:"不不不,我是看热闹的。"

胡大头惹不起高地虎,就拿胖子出气:"不敢上擂靠这么近干嘛? 玩去玩去,擦擦鼻涕后面玩去!"

胖子赶紧往后边靠了靠。

这时,董江湖陪着伊藤苟二,还有一群共荣跤馆的跤手来到台口下面,坐在事先预备好的凳子上,观看预选赛。

胡飞见状,立刻煞有介事地说:"登台打擂的,穿好褡裢,从台口东面上台,从台口西面下擂。连胜三场的,去那边登记。"他指了指台口西南面的登记处,"登记之后,发给你一个铜牌,明天凭牌上擂,参加正赛。"

胡大头看了一眼伊藤,又说:"擂台赛的规矩说完了,现在就把共荣跤馆总教官董——董——董大侠,请来的裁判,请上台来……"

这小子想抬高他师父董江湖,一看伊藤直瞪他,一害怕,说话磕巴了，高地虎却接上了茬儿："咚——咚——咚，跳河了是掉井啦？咚咚你个头啊！"

胡飞挠挠后脑勺，接着说："请天津卫摔跤名角，谦德庄跤场的娄贵清、'三不管'的古常理，二位轮流坐庄当裁判，三场一换。老古，你先上来吧。"

听到招呼，老古走上了擂台。

胡飞又说："来打擂的好汉，谁头一个上来？"

胡飞的话音刚落地，储友良从台口东面拾级而上，走到台口中间，对着台下观众抱拳而言："我，储友良，愿意向名家高手讨教……"

话没说完，一个少年应声答道："来了！"谁？韩祥子。

胡飞一看是个孩子，问道："你来打擂？"

祥子反问："要下饭馆还上这儿来吗？"不愧是高地虎的徒弟，根本不把胡大头放在眼里。

古常理对胡飞说："告示上写着了，打擂不分岁数。你一边靠靠，现在开摔！"

胡飞还想赖在台上显摆显摆，就听台下的董江湖喊："胡飞，没你事了，下来吧，去登记处盯着发牌。"

裁判古常理往擂台当中一站，对储友良和韩祥子招招手，小声说："小哥俩，玩花哨点，高起高撂，别磕着碰着。"然后大声喊道："众位上眼，打擂开始！"

储友良对韩祥子抱拳而言："兄弟，进招吧。"

祥子答应一声，右手在储友良面前一晃，左手直推其肩，储友良侧身撤步，底桩露出破绽，祥子飞起一腿，踢在储友良的底桩上，将人兜起三尺多高，落在台上，手脚拍地，震得擂台"咚咚"直响。

"嘿，好！"看热闹的观众大声叫好！

"好，好一个'飞嘚子'！"台下的内行也由衷地喝彩。

高地虎得意地说："怎么样？这小孩，是我徒弟。"

擂台上二人再一照面，韩祥子按方抓药，推肩踢桩，再次施展"飞嘚子"，却见储友良不等祥子踢上底桩，双脚移动，底桩已然高高飘起，祥子踢空，用力过猛，腿脚牵动腰胯，身子悬到半空，落地姿势与刚才储友良一模一样,手脚将台板拍得又脆又响,十分滑稽,引得台下观众哄然大笑。

第三跤,储友良率先抢上底手,拉着祥子就走,接近台口,一下"揣花"将祥子揣过头顶,眼看落地,手腕上提,祥子顺势"鹞子翻身",跳下了擂台。

台下的观众,无不叫好,坐在凳子上的日本跤手也感到刺激,好看。

华人龙暗暗点赞:不错,这俩孩子演练的套路,下过功夫。

祥子下去了,曾在大直沽撂地卖艺的王武、马遛陆续登台,他们都是来捧储友良的,均已一比二败北。他们第三跤输的都是"揣花",看着惊险,却有惊无险,极为安全,

储友良连胜三场,到登记处领了铜牌,进入转天的正赛。

接着,娄贵清上台裁判,孟金刚先和他徒弟小七对阵,再把他两个师兄弟摔下擂台,表演的虽然不如储友良和韩祥子那么花哨,那么精彩,却也让孟金刚大大露了一把脸。他走下擂台,气宇轩昂地领了一个铜牌。

华人龙、陈默龙、高地虎等人也都按事先的安排取得铜牌,进入转天的正赛。

因为都是假跤,没有蹬手拌绊换腰换腿真玩命的场面,更无赌奸赌赖剜着心眼赢跤的拼杀,还没到中午十二点,已然有八位跤手领到了正赛铜牌,之后,再没人登台摔跤,第一天的擂台赛宣告结束。

擂台下日本跤手看完中国跤手的"较量",有个人哼了一声,说了八个字:"花拳绣腿,不堪一击。"

董江湖心里明白,这是华人龙摆的迷魂阵,天津跤手的实力一点儿都没显露。

第三十四回 小良子打擂报父仇
老叫花现身破毒计

天公不作美。夜间还满天星斗，清晨却阴沉起来，小东风夹带着雨星子，打在人脸上，冷飕飕的——前些年的重阳节，都是秋高气爽的晴天，今年，怪！

天气虽然不好，观众仍然不少，有的戴顶破草帽，有的披个麻袋片，也有的顶块油布，聚集在擂台前，等待着观看今天擂台赛上的中日跤手大比拼。

擂台台口东面，今天多了两条长板凳，是古常理从"三不管"跤场搬来给登台打擂的跤手坐的——跤手在擂台下面把腿戳直了，怎么和日本跤手一决高下？

接近开擂时间，从擂台后面走上四个人来，前面二人是山本四郎和翻译官匡正民，后面二人是山本的副手高桥无水和今天正赛的裁判渡边一夫。他们在擂台后面特设的座位就座。

九点整，高桥无水从后面走到台口，叽里咕噜说了一阵外国话，匡正民给他翻译成汉语，无非就是"日中亲善、大东亚共荣"一类的套话。最后说了一句，擂台赛正赛开始，然后转身陪着山本四郎喝茶去了。

共荣跤馆派出的第一个跤手，出人意料，竟然是人高马大的杨二愣。

二愣往擂台上一站，首先看到了台下的华人龙、高地虎等人，身不由己

313

地弯下腰,给他们鞠了一躬。

高地虎不无轻蔑地说:"瞧瞧,瞧瞧,杨二愣在共荣跤馆,没学会别的,学会了鞠躬,一会儿还得说,哈伊,哈伊……"

台下的人,除了华人龙,都发出了嗤嗤的笑声。

二愣站直了身子。抱拳而言:"兄弟杨二愣,为了饭碗子,迫不得已……哪位上来指教一二?"

话音落地,一个年轻汉子健步来到了杨二愣面前。

二愣定睛一看,储友良。心想,外甥,你上来干嘛?这是擂台呀!我不想给共荣跤馆长脸,更不想跟华爷作对,可是你舅舅也不能逮谁输给谁呀。我输给有名有号的,情有可原,输给你个毛孩子,共荣跤馆我还能待吗?

储友良看了看杨二愣,心想,我父亲怎么死的,舅舅你不是不知道啊,日本人害得我们家破人亡,你还第一个上来替他们卖命,对不起,我要以小犯上了。

二人面对面站着,各想心思,就听裁判渡边两手摆了摆,喊道:"开始!"

二愣抢先抓上底手,抖三抖摇三摇,抬腿就踢。虽然只用了五分劲,已把小良子提溜起来,撂倒台上。

第一跤,二愣赢了,却不是储友良真输的——你是我舅舅,我让你头一跤。

再一照面,二愣还是手脚并用,想把外甥踢翻,却见良子屈腿滑胯,没倒。不但没倒,还欹身而进,说声:"得罪了!"双手推胸,把二愣推出三步开外——踢怕欹,要是储友良搁上十个劲儿,二愣定会仰倒台上。

二愣暗暗吃惊,小子,你要跟舅舅玩真的?抢上底手拉着外甥就往里走,眼见储友良跟在身后,立刻横腿,一下"别子",想把外甥"别"倒台上。但他害怕砸伤外甥,没敢往下"合"。真要伤着外甥,别说跟姐姐没法交代,跟华人龙也没法交代呀。

二愣小看了储友良。他以为自己身高体重力气大,稍微用点劲就能把良子摔败。他想错了,储友良乃后起之秀,面对二愣手不严腿不快的破"别子",猛然而上,顺势"把腰"——"长怕把腰短怕颤,大肚子就怕围腰转"。良子往外一"轰",再看二愣,被"轰"出老远,噔噔噔跑到台口,收不住脚,跳下了擂台。

规则规定,掉下擂台即为完败。渡边犹豫了一下,还是做个手势,储友良胜!

赢跤的储友良不去领那五块钱,站在擂台上,等着下一个对手上来。

共荣跤馆的三野村夫三蹿两跳登上了擂台!

三野一直仇视中国跤手。他认为,师父竹内豪仁的死,以及目前他在共荣跤馆遭到的冷落,都是华人龙他们造成的。今天,他要在擂台赛上跟中国跤手以死相拼,表现他的武士道精神,表明他对大日本帝国的忠诚。

目睹储友良赢了杨二愣,三野村夫的气不打一处来——竹内那么信任中国人,中国人有几个真跟日本人友好?更别说卖命!储友良能把人高马大的杨二愣摔下擂台,这是里勾外连、瞒天过海!我三野不把这个储友良摔下擂台,就不是真正的日本武士!

三野来到储友良面前,没等裁判发号施令,张牙舞爪伸手就抓,储友良不等他抓牢褡裢,顺势扣住三野手腕,借其前扑之力,侧身转体,手脚并用,一招"锁腕迎头踢"将其踢翻,旗开得胜。

躺在台上的三野村夫,不等渡边判定谁输谁赢,倏然起身,从背后将储友良拦腰抱住,施展他惯用的"过顶摔",将储友良狠狠地摔在擂台上。

倒在台上的储友良,左腿膝关节针扎般疼痛,知道受伤不轻,但他不露声色,忍住剧痛,站了起来。

裁判渡边对三野的违规视而不见,当即裁定,三野得分。场上比分一比一,平。跟着做个手势:第三跤开始! 不给储友良喘息的机会。

擂台上下,跤手和观众都看出来了,裁判是黑哨!

面对犯规偷袭的三野,储友良冷眼而视,一不急躁,二不胆怯,伤腿脚尖虚点,矮身形右脚用力,封闭门户,且战且退,引诱三野,来到了台口。

三野暗喜,我一脚就能把你踢下擂台!

三野想得好,刚要发招,却见储友良左手在三野眼前一晃,随即下沉,抓住三野中心带,与此同时,右手神速抓住三野"偏门",胳膊蜷曲,小臂逼住三野的咽喉。

三野急忙扭身撤步,正好,储友良就是逼你转身,让你的后背冲着

315

台下！

说时迟那时快，储友良晃晃身躯，抬右腿入裆回勾，同时右臂外推，左手回拉，上中下三力合一，大叫一声，嗨！"三道勒大得赫勒"施展开来，储友良在上，三野在下，二人摞在一起，从台口向台下飞去，"砰"的一声摔在地上！

足有三十秒钟，储友良才站了起来，没等站稳，又坐在了地上。

再看储友良身下的三野，两手撑地，欲要起身，"咕咚"一声，又躺下了。

这个储友良，先把二愣"轰"下擂台，又把三野摔得不知死活，须臾间摔败共荣跤馆两名跤手，擂台下叫好声响成一片，擂台上的日本人无不愕然。

突然，一个庄稼老汉来到储友良身旁，猫腰伸手，夹起储友良就走，在人群中三拐两转，来到拐弯处一辆毛驴车跟前，把车上还没卖完的西瓜扒拉到一边，腾出车厢一块地方，让储友良靠着车帮半躺半坐，回手一托用活扣系在树干上的毛驴缰绳，喊声："驾，驾！"赶车欲走，一个年轻小伙挡住去路抓住缰绳："你要把人拉哪去?！"

老汉来不及答话，手腕一抖，小伙抓住的缰绳脱手而出。小伙反手再抓，老汉手腕再抖，眨眼间二人拆了三招，缰绳始终攥在老汉手里。

就在此时，有人悄无声息地站在了毛驴车跟前。老汉和小伙稍微一愣，异口同声："华爷！"

庄稼老汉瞬间救走储友良，别人还没反应过来，华人龙已然认出老汉正是当年给储家送信儿的老霍。他没声张，紧随其后，没想到有人拦住了老霍的去路。

老霍十分机警，看看华人龙，一边把缰绳拴在车辕子上，一边环顾四周，不容置疑地说："华爷，还有这位姑娘，这里不是说话之地，快跟我走。"

小伙惊诧："你咋知道俺是女的？"

老汉回答："你的长相、身手和声音，女扮男装，定而无疑。"

华人龙认出"小伙"就是二妮，遂说道："闺女，这位霍爷是小南河的武林高手，他是储家的恩人，来救良子的。"

听了华爷的话，二妮知道自己错怪了老汉，说声对不起，手撑车辕子，纵身上车坐到储友良跟前，急急渴渴地问："良子哥，你的腿，伤得重不？"关切之情溢于言表。

清醒过来的储友良，发现二妮坐在眼前扶着他，很不好意思。二妮问他话，他却所答非所问："三野村夫呢？"

刚才，他施展"大得赫勒"将三野摔下擂台，成心"合"了下去，目的就是替父报仇，不惜与其同归于尽。虽然他的身下有三野垫着，但是从擂台上落到台下，伤腿又震了一下，剧痛使他晕了过去，迷迷糊糊被人弄到了毛驴车上。

毛驴车飞速向南，华人龙随着毛驴车一边跑一边替二妮回答储友良的问话："这下绊子，平地摔人都得让人睡会儿觉，何况从那么高的擂台上摞在一起摔下去呢？三天之内醒过来，算他三野命大。"

这下"三道勒大得赫勒"是清宫大内高手崔文福的绝活，他这下绊子在大清朝相扑营里摔一片，"死"在崔文福脚下的高手不计其数。故而人送绰号"小鬼崔"——不管是谁，只要跟崔文福玩真的，那是叫鬼催的去送"死"。

俄国大力士来中国挑战，"小鬼崔"就是用这下绊子在金銮殿将其制服的。若不是抢救及时，这位大力士就去阎王爷那儿报到了。

"小鬼崔"与华人龙的师爷很有交情，就把"三道勒大得赫勒"传给了好友的得意门生孟瑞亭。孟瑞亭传给了华人龙，华人龙传给了储友良——储友良不仅悟性高且人性好，但他嘱咐储友良，只有遇到万恶不赦的强敌才能使用，对自己人，宁可输跤也不准用此绊伤人。

今天，小良子把练就的"追命"绝活，用在了三野身上。

毛驴车疾奔了好一会儿，到了无人处，老霍"吁"了一声，驴车慢了下来。他对华人龙说："华爷，你请回吧，擂台那儿离不开你。"

华人龙"嗯"了一声，问道："霍爷，这么巧，您怎么来了？"

老霍答："这场擂台赛，天津卫的人谁不知道？我来，就是想为跤坛好汉们出把力。我卖西瓜是幌子，实际上，我带来了我们霍家自己配制的止疼散和接骨膏药，给咱们的人预备个方便。"说到这儿，老霍把车停下了，"来吧，小良子，我车上有水，你先把止疼散服下，再把接骨膏药贴上。"

二妮赶紧帮忙，给储友良把药吃了把膏药贴好，储友良刚才还火辣辣疼痛的左腿,现在觉得凉丝丝的,剧痛骤减。

储友良感激地说:"不认不识,救人赠药,老爷子,谢谢您……"

"不认不识?"老霍笑了,"那年,我去大直沽后台给你家送信儿,见过你,后来在'三不管'看过你摔跤,还看过你在这位姑娘的把式场子打过地痞。不过,我得说你两句。良子,你还是年轻啊。你是储家的根,你要有个三长两短的,断了储家的香火搁一边,你娘怎么办?"

华人龙说:"良子,霍爷说得对,你和三野赌命,不值。"扭头又对老霍说:"霍爷,我替良子,替储家,还有我们这些摔跤人,谢谢您仗义援手。小南河霍家,武功盖世,义胆侠肝,天下练武之人,谁不敬仰?让我没想到的是,您记性这么好,至今还能记得储家的一个孩子,实在难得。"

本应该和老霍多说几句,但华人龙惦记擂台赛的事,就长话短说:"霍爷,改日我一定登门拜访。这样吧,我雇辆胶皮,把良子送回家……"

老霍打断了华人龙的话:"华爷,还有这位姑娘,你们都回吧,回去告诉良子他娘一声,良子交给我,尽管放心。我估计日本人不会放过小良子。我家背静,安全。再说,治疗跌打损伤,我略懂一二,让良子在我家养些日子,等他能下地走道了,我再把他送回来。"

"华爷,"二妮说,"我跟着去吧,良子哥得用人服侍。"二妮从小就是男儿性格,心里怎么想就怎么说,有时比男子汉还直爽。

老霍疑惑地看了看二妮,又问华人龙:"华爷,你看,合适吗?"显然,老霍不想让一个女孩住到他家。

华人龙见老霍相问,就向老霍简单介绍了二妮的情况,把她父亲惨死在日本人枪下的经过略说一遍,最后还是把二妮拦下了:"闺女,良子遇上霍爷,是他的造化,咱们回吧。"

二妮对华爷敬重有加,只能唯命是从,恋恋不舍地看看储友良,不再说话。

分手之际,老霍把车上带的止疼散和接骨膏药,大部分给了华人龙,让他留着备用。然后又说:"华爷,你们摔跤汉子,真敢跟日本人一较高下,令人敬佩。不过,要防备日本人的阴招——多坏的事他们都能做得出来。"

华人龙谢过老霍,又嘱咐储友良好好养伤,目送毛驴车走远了,才感叹地说了一声："小良子太幸运了。"

这话的意思：一是遇上了老霍，幸运。二是得到二妮心仪，幸运。三是擂台下脱身，幸运。台上台下都有日本人，把三野摔得不知死活，日本人能让你跑了？老霍的身法再快也不如枪子儿快呀，只是日本人当时还没醒过盹儿来。

这要感谢擂台上的一个人——翻译官匡正民暗中助了一臂之力。

眼见三野被摔下擂台，储友良被人救走，匡正民故意跟山本四郎说这说那，成心耽误时间。最后，还另有用意地说："山本君，擂台赛不能中断，否则，人们以为大日本帝国的跤手认输了。"这话，无疑给山本心窝上捅了一刀。就在山本揣摩翻译官是否别有用心的时候，老霍和小良子早就没影儿了。

山本四郎瞪了匡正民一眼，气哼哼走到台口，叽里咕噜一顿叫嚷，有几个日本人把三野弄去医院抢救，还有几个日本便衣特务，去追庄稼汉和储友良。

好在老霍轻车熟路，来得急走得快，一点儿时间没耽搁，等山本四郎下令追人时，老霍赶着毛驴车早没影了。

华人龙和二妮回到了擂台现场，二妮仍然站在人群里观战，华人龙回到跤手之间，往擂台上一看，只见高地虎正与伊藤苟二交手拼杀。

见华人龙回来了，老古情不自禁地问："良子没事吧？救他那人是谁？"

华人龙不便泄露储友良的去向，说了句救人的可能是良子亲戚，紧跟着反问了一句："怎么高地虎上去了？"

老古就把储友良被救走之后所发生的事情告诉了华人龙——

按规定，擂台上不管哪方跤手败下阵去，败方就会立刻补上一人，继续较量。然而，储友良和三野村夫同时落到台下，储友良被救走，三野被送医院，这一耽误，工夫不小，董江湖为了讨好日本人，更想在山本四郎面前显显能耐，就走上擂台，冲着台下人群说道："在下董江湖，人称快跤手，现为共荣跤馆总教官，台下各门各派拿到正赛铜牌的好汉，哪位上来，跟我见个高下！"

董江湖大言不惭以总教官自居，别人还没发火，共荣跤馆馆长伊藤苟二急了，你董江湖算什么东西？竹内活着时我让你三分，你师父死了，你该有点自知之明，还敢在此喧宾夺主，眼里还有我这个馆长吗？共荣跤馆一败一伤，你这个总教官还有脸站在这儿瞎叫唤？

伊藤和三野一样，认为中国人不可靠，关键时刻掉链子。他走到董江湖后边，一拍他肩头，让他下去。没想到，董江湖扬臂回手抬腿就是一下"钻胳膊踢"，再看伊藤苟二，乐大了，被董江湖踢翻了，滚到了台口，要不是双手抓着台口边沿，差点滚下了擂台。

自从竹内豪仁遇害，董江湖常常被伊藤苟二无端辱骂——靠山倒了，他这个总教官成了屁泥。

董江湖对伊藤心怀不满，平时只能忍气吞声。今天，眼睛余光看见伊藤从背后走来，脑子一热，借题发挥，让伊藤当众出丑，自己出了一口闷气。

日本跤手铃木健雄走上了擂台，刚到台上就看见董江湖踢翻了伊藤苟二，他一个箭步冲到台口把伊藤拽了起来，冲着董江湖骂了一句日街，董江湖佯装吃惊，假惺惺地说："哎哟，我以为是对方来人偷袭呢，哪想到是伊藤君呀！对不起对不起，摔错了人。"赶紧退到了一边。

铃木健雄站在擂台上，冲着台下一边招手一边满嘴鸟语，那意思，上来，上来呀，谁敢跟我赌个输赢！

孟金刚说声："你看我的！"三步并作两步走，登上擂台。二人一交手，孟金刚就是一招"翻天印"，将铃木掀翻。第二跤再用"翻天印"，不灵了，反被铃木的"穿裆靠"给"靠"倒了。第三跤，孟金刚凭力气，左抢右抢费了老大劲，终将铃木抢倒了。

按规定，正赛赢一场，可得五块钱。孟金刚想见好就收，去领那五块钱，日本跤手斋藤敬三看出了孟金刚的破绽，除了力大，跤技不精，赢了跤想走，不行！他挡住孟金刚去路："你的，我的，见个胜负。"

孟金刚有点累，但累了也得摔，人家堵着不让走。

斋藤敬三身手不错，一下"手切子"一下"捆腿"，赢了孟金刚。败下阵来的孟金刚再去领那五块钱，管钱的日本人说，输了还来领钱？滚！日本人根本没想给钱。

赌跤

孟金刚垂头丧气骂骂咧咧："王八蛋，说话不算话。"

孟金刚败阵，彭无奈上台，他与斋藤棋逢对手，战了几个回合，各胜一跤。第三跤在换腰换腿的搏杀中，裁判渡边说彭友膝盖着地，判斋藤赢了第三跤，彭无奈虽然不服，也无奈地下了擂台。

几番拼杀，双方互有胜负。中方八名参加正赛的跤手还剩三人，高地虎、陈默龙、华人龙。日方还有多少跤手，不清楚。

对于日本裁判的不公，高地虎气不忿，但他头脑清楚，只要有能耐把对方踢下擂台，黑哨再黑也无济于事。

高地虎走上擂台，施展浑身解数，一招"叉踢"又一下"手别"，连续将两名日本跤手摔下擂台——他不到台口不用绊，只要用绊，就让对方滚下擂台。

高地虎毫无争议地连赢两场，伊藤苟二气不忿，登上擂台与其对阵——华人龙送走老霍，回来看到的，正是高地虎与伊藤苟二杀得难解难分。

这时的高地虎早已浑身是汗，再想把伊藤摔下擂台，难！

高地虎脑子灵坏招多，在擂台上跟日本人过招，他早就想好了，能力擒的力擒，不能力擒的就智取，力擒智取都不行，那就三十六计走为上，绝不能败在日本人的脚下，更不能因体力不支输给日本跤手。再说，后面还有陈默龙、华人龙了，日本跤手谁能赢他俩？得了，我高地虎落个圆脸就行了，过后说起擂台赛，反正我高地虎没输过。打住，该撤了。

想到撤，高地虎的坏招又来了，他一边"杵"着伊藤，一边喊叫："我累坏了，捯不上气来啦，谁来替我呀？华爷，亲哥哥，你上来吧，我该下台了！"说着，蜷缩双臂，猛然伸展，将伊藤身躯推斜，自己倏然转身，跳下了擂台——不是你赢的，是爷爷累了，不想摔了。

其实，高地虎本想让陈默龙替他，让华人龙最后登擂拿下"天下第一跤"。可每遇难事，他首先想到能给他分忧解难的就是华人龙，这时，一不留神，在擂台上叫出了华人龙的名字。

高地虎冷不防下了擂台，气得伊藤直骂大街，骂高地虎不是汉子。

台下观众见伊藤气得变颜变色像个"狗二"，拍掌跺脚哈哈笑，有的说高地虎是"油勺"，是泥鳅，滑不呲溜，逮不着。也有喜欢看高地虎摔跤的人戏谑道，这个三寸丁榖树皮，比武大郎灵多了！他是"小铺的闺女"——不吃亏！

华人龙听见高地虎喊他登擂，立马扎束停当，刚往擂台上走，陈默龙拉住了他："华爷，我上，您最后上。"

"兄弟，"华人龙说，"有些事可以让，但这个时候，我当仁不让。"

一个蓬头垢面满嘴酒气的老叫花从擂台底下钻了出来，踉踉跄跄抢到华人龙前面直奔擂台。他背着一个大葫芦，胸前挂着一个中葫芦，左手拿着一个酒葫芦，右手捏着一块铜牌，一边走一边念念有词："蹊跷蹊跷真蹊跷，擂台下面埋炸药，两葫芦水，一泡尿，浇透炸药成泥包。敌酋毒，我有招，炸药捻子系裤腰。酒喝足了想摔跤，擂台上面走一遭……"

老叫花醉醺醺自言自语，抢在华人龙前面上了擂台。维持秩序的日本人刚要拦他，老叫花扬手把铜牌扔给他，有铜牌就能登擂摔跤。

老叫花晃晃悠悠来到伊藤面前，一手叉腰，一手把酒葫芦里的酒往嘴里倒。

伊藤眼见一个醉鬼站在面前，不由得怒火中烧，二话不说，伸手就抓，抬腿就踢，却见老叫花运气在身，一揉肚子，大嘴一张，"啊"了一声，将腹中的酒液和食物倾泻出来，稀的、糯的一点儿没糟践，都喷在了伊藤脸上。

伊藤眼睛被酒精烧得火辣辣的疼，尖叫一声，蹲在了台上。

老叫花呵呵一笑，把身后的大葫芦胸前的中葫芦解下来，随手高扔，掷到台下，顺着台阶走下擂台，钻进了人群……

第三十五回

雪国耻人龙抖神威
除恶魔跤侠开杀戒

老叫花的现身，华人龙为之一振：这不就是夜探擂台时遇到的那位"吾拼一死破阴招，尔展雄风战群枭"的世外高人吗？真不知道老人家是什么时候钻到了擂台底下，用葫芦里的水把炸药浇湿了，水不够，又加了一泡尿。难为老人家想得周到，还把炸药引线抽下来当了裤腰带，即便还有不湿的炸药，没了导火线，也就成了一堆废土烂泥——华人龙一直觉得擂台藏着阴谋，但他往最坏处想也想不到日本人竟然要把中国跤手连同擂台一块炸掉，其心何其毒也！

陈默龙断定，这位老人就是他的恩人——当年为情所扰不能自拔几乎成了废人的他，若无老人点化与救助，他陈默龙今天能站在这里吗？老人为了保护跤坛精英，维护摔跤人的尊严，不惜牺牲自己的生命将炸药毁掉，这是何种情怀？

老叫花走上擂台，引起两个人的注意：一个是匡正民，另一个是山本四郎。

匡正民暗自赞叹，坊间真有高人，将自己的生死置之度外，毁掉炸药，揭露阴谋，将小日本的畜生行径公之于众，并且顺便戏要了共荣跤馆馆长伊藤，这种大无畏精神，就是摔跤人的魂啊！

老叫花的举止让山本四郎又惊又怕！惊，老叫花怎么会有登台打擂的铜牌？怕，擂台下面埋炸药连翻译官匡正民都摸不着影子，老叫花怎么知道的？绝密成了公开的秘密，太可怕了！

山本四郎早有预谋，只要中国跤手最后站在擂台上成为"天下第一跤"，他就把八名参加正赛的中国跤手"请"到擂台上，在"颁奖"时实施"炸擂"计划——让中国人去天堂领奖吧！

然而，"炸擂"计划完蛋，山本四郎越想越急，越想越怕。刚要让人将老叫花拿下，嘿，老叫花趁着人群争抢他扔的大葫芦，眨眼间没影儿了。

山本四郎气急败坏，找谁撒气？他看见了狼狈不堪的伊藤苟二。这个狗烂儿先被董江湖踢了个跟头，又被老叫花捉弄一番：老叫花喷出的东西，不光是烈酒，他在擂台底下潜伏了一天一夜，还吃了二斤熟狗肉，狗肉伴烈酒到胃里遛了一圈，再出来可就变了味，喷到伊藤脸上，恶臭恶臭的。他蹲在台上好一会儿，刚站起来，还没站稳，山本来到跟前对他左脸就是一个耳光，打得他转了半圈，又"哈伊哈伊"地站直，等着山本再打他右脸——也许这就是日本人的武士道精神。

打了伊藤的山本四郎觉得手上黏黏糊糊，臭味熏人，骂声："八格！"赶紧找水洗手，并悄悄布置特务，一是围住擂台四周，别叫老叫花跑了。二是实施暗杀中国跤手的方案……

老叫花不见了，华人龙登上了擂台。

谁都知道华人龙为人谦恭，谈吐高雅，最讲礼仪。今天，他往擂台上一站，竟然一反常态，飞扬、狂傲，两眼透着蔑视的光。他看着伊藤苟二狼狈不堪地站在台上，哈哈一笑："堂堂共荣跤馆的馆长，这副德行，也敢在天津卫立擂？你们还有人吗？谁来跟我对阵？谁来和我华人龙赌个输赢，见个真章儿！"说完，从台口东面遛到西面，再从西面遛到东面，根本没把日本人放在眼里。

山本四郎看见华人龙的气派，肺要气炸了，他又踹了伊藤一脚，冲着台下吼了一声，一个彪形大汉闻声而动，走上擂台。

彪形大汉上了擂台直奔华人龙。刚一照面，飞起右脚恶狠狠踢向华人龙，恨不得一脚把华人龙踢下擂台。

华人龙撤步闪身，使其腿脚踢空，跟着抬腿"补"上一脚，踢在对方底桩

赌
跤

上,将其兜了个四爪朝天,落在台上,砸得台面嗡嗡直响。

台下的高地虎佯装纳闷:"哎,这小子不通名不报姓,跑到华爷跟前,一亮相先砸夯,这是唱的哪一出? 裁判呢? "

裁判渡边哪去了? 他被伊藤苟二身上的恶臭熏着了,躲到一边,要吐。

彪形大汉鲤鱼打挺,站起身来,张开双臂,照着华人龙的双腿抱去——他要以力降十会,将华人龙抱起来,扔到台下。

华人龙见其低头猫腰来到跟前,伸手摁脖,往回一带,再看这大汉,双臂伸展,蛤蟆一般,趴在了华人龙的脚下。

渡边还没裁判,双方胜负已成定局。渡边一看,干脆,我这个裁判不管了,你们自己玩吧。

好一个没皮没脸的彪形大汉,连输两跤本该败下阵去,可这小子连滚带爬站起来又冲向华人龙,一副玩命的架势。华人龙微微冷笑,"闭门推月"将大汉推出三步开外,断喝一声:"通名报姓,然后再摔! "

对方一愣,用半生不熟的中国话说:"我的,是,大日本帝国,一等武士,小山,嗯,小山一郎。"说完,又要扑向华人龙。

台下的观众不干了:"三跤两胜你输了,下去吧,赶紧换人!"

华人龙转身向观众拱手而言:"诸位,我听说,小山一郎是当今日本国第一跤手,这位是冒充的……"话没说完,彪形大汉从背后扑了上来,伸臂过肩圈住脖子,要给华人龙来个"黄鼬拉鸡"。

华人龙故露破绽,是给对方一个偷袭的机会。待其手臂来到肩上,被华人龙抓住往下一拉,猫腰翻臀,"借手揣花"将彪形大汉揣到半空,落在台口,上身在台上,两腿悬在空,华人龙只要松手,对方就会掉下擂台。

谁都没想到,华人龙单臂一较劲,竟把彪形大汉提溜起来,让他躺在台上。

高地虎在台下嚷:"把他踹台下去不就完了吗?! "

丑态百出的彪形大汉,又一个鲤鱼打挺,站起来又奔华人龙,华人龙双手一晃,借势抬腿,说声:"趴下! "这小子听话,真趴下了。

彪形大汉连连输跤却瞎驴撞槽猛冲猛摔,好像早就知道不是华人龙对手,就是不能认输,拼尽全力消耗对方体能。

华人龙已然识破对方意图，一不和他蹚手拌绊，二不和他换腰换腿，只要肢体相触，华人龙就让他躺下，直到这小子躺在台上起不来了才算完事。

在观众哄闹声中，一个和彪形大汉长相差不多的汉子上了擂台，冲着华人龙鞠了一躬：“我的，小山一郎，愿意和你公平竞争，赌个三跤两胜。”

华人龙镇定自若，气宇轩昂：“你是第二个小山一郎，后面还有几个？”

小山一郎不再答话，来到华人龙面前，手足似动不动，等待对手发招。

华人龙依然身不动膀不摇，不立门户不进招，心平气和看着对方眼睛。

小山与人龙相距三尺，面对面站着，你看我，我看你，足足对视半分钟。

小山沉不住气了，突然扬臂抬腿，一下“脑切子”攻向华人龙。小山手臂已经裹住人龙脑袋，腿脚已然“别”住人龙左腿，再看华人龙，好似雄狮伸腰，抖抖身子，手臂一挥，“倒背华山”，将其重重摔在台上。

这个小山的功夫比彪形大汉强了许多，只是与华人龙相互对视比拼内力时落在了下风。他的眼光一走神，要用“脑切子”，怎能逃过华人龙的眼睛，立即“倒背”，将其摔倒。

小山慢慢起身，起到一半，半蹲半站突然偷袭华人龙下盘。

艺高人胆大。华人龙伸出一腿故意让对方抱住，借他猫腰前冲之势，一手摁他脖颈，一手掀他小腿，旋身一转，将其掀了个翻白。这小子“寝计”功夫不错，就势翻身趴在台上，屁股拱了三拱要起来，但他脖颈被华人龙摁着了，想起身，没门儿，只能趴着。

台下的高地虎乐了，没想到武德跤风俱佳的华人龙还会用这样的“损招”。他佯装纳闷，又发议论：“怪事，刚才那个小山，一亮相就砸夯，现在这个小山，多了一招，不光砸夯，还会鲇鱼翻身，真哏！”

足有半分钟，华人龙抬起手，看着对方爬起来，依然一手叉腰，一手勾勾手指，轻蔑地说：“你不是要和我公平竞争赌个三跤两胜吗？你已经输了两跤，你说话算不算？我知道你们从来不讲信义，只要你还想摔，我就陪你玩到底！”

看过华人龙摔跤的人，不管是练跤的行家还是瞧热闹的观众，都没见过他对跤手如此傲慢——众人明白，今天的对手是日本人！

这个小山和刚才那个彪形大汉如出一辙，不再说话，而是抢手拌绊，连踢带摔一阵猛冲。好一个华人龙,展开身手,一招就见输赢。对方来得快就倒得快,来得慢就倒得慢。这小子也很听话,叫他躺下就躺下,让他打滚儿就打滚儿,须臾之间,小山一郎被摔了十几个跟头,摔得他龇牙咧嘴,晕头转向,要跳下擂台自己认栽。

嘿嘿,想溜,不行!他刚靠近台口,华人龙就把他拉回来,立腿的"勾子"横腿的"别子",总让小山躺在擂台当中——只要你还能站起来,我就叫你倒下去,寒碜你!

最后,这小子跟彪形大汉一样,躺在台上起不来了。

共荣跤馆以及日本跤手在华人龙面前,威风扫地,颜面丢尽。

华人龙解开褡裢,凉快凉快,重新系好,等待下一个日本跤手上台。

台下的陈默龙咳嗽了一声,用眼神和华爷对话,体力如何? 用不用我来换你? 心有灵犀一点通,华人龙微微摇头,不用。又点点头,我没问题。

又一个日本跤手登上了擂台。

这人来到华人龙对面,也是深深一躬,用不大娴熟的汉语说:"本人也叫小山一郎,我们大日本帝国,同名同姓的人多,不要见怪。"

华人龙微微一笑:"闲白儿甭提,你就进招吧。"

这第三个小山一郎,长相和前两人略有相似,但比他们清秀,两眼贼亮,熠熠闪光,显示了内外兼修的深厚功底。

华人龙暗暗点头,真正的对手来了。

二人交上手,三个回合下来,华人龙觉出对方进退有序,刚柔相济,是一等一的高手。难怪匡正民说小山一郎的功夫比竹内豪仁有过之而无不及,果然如此。

华人龙的身手也让小山一郎大大吃惊,本以为对方已摔两场,他上来就能拿"乏龙",可人家毫无倦态,发招快似闪电,撤招虚无缥缈,最让他吃惊的是,自己举手投足发绊施招全在人家掌控之中。有人说中国高手会"听"绊儿,面前这人就是"听"绊儿高手。想赢人家,难!

小山一郎暗自思忖,我不好赢你,可你想赢我,也非易事。想到这里,他把自己的看家绝技施展开来,以迅雷不及掩耳之势,一招"叉打得赫勒"恶狠狠攻向华人龙,手法严谨,腿脚灵便,先声夺人,势在必得。

赌跤

说时迟那时快，华人龙旋身后仰，手脚并用，"仙人盘腿"把小山盘到半空，横着身子摔出去五步开外。

台下众人纷纷叫好："好，好俊的身手。"

高地虎可着嗓门喊："打闪纫针，严丝合缝。不愧是跤坛大侠，太棒啦！"

倒地的小山暗自思忖，势在必得的绊子没赢，还让对手反败为胜，怪哉！

小山把自己估计高了，他认为华人龙是"反败为胜"，其实人家根本没有半点败迹。小山的这下绊子在日本国能赢一片，却赢不了华人龙，他觉得很怪，是少见多怪——他哪知道，"盘腿"专破"叉打"！

小山一郎输了第一跤，虽感意外，却不急不躁不气馁，站起身形，调整气息，冷静沉着又向华人龙攻去。

华人龙觉得对方功夫老到，技艺上乘，不能与他"黏战"，必须快刀斩乱麻，一招定乾坤。眼看小山一郎来到近前，华人龙突然疾出双手，左手抓住偏门，小臂上拱逼其咽喉，右手抓其中心带，左腿入裆回勾，"三道勒大得赫勒"施展开来，连摔带砸将小山摁在台上。再看小山，"哏喽"一声，脑袋一歪，死过去了。

华人龙不紧不慢站起身来，往旁边一站，日方跤手以为华人龙在等小山一郎起身再战，但华人龙知道，小山一郎一时半会儿起不来了，起码他得睡会儿觉。

陈默龙暗暗赞叹：储友良的"三道勒大得赫勒"虽得华爷真传，功力与华爷相比，却稍逊风骚。华人龙，真棒！

高地虎更是佩服得五体投地，华爷这绊太厉害了，一招下去真"死"人啊！

山本四郎和所有的日本跤手都没想到，第三个小山，也就是真正的小山一郎，他们的镇擂王牌，竟然败在了已成"乏龙"之势的华人龙脚下！

小山不仅败了，还躺在台上起不来了！

山本震怒了！他脸色铁青，把副手高桥叫到旁边，吩咐一番，高桥连连"哈伊"，然后朝裁判渡边招招手，二人匆匆走下了擂台。

山本换一副嘴脸，皮笑肉不笑地对翻译官匡正民说了一番话，让匡正

赌跤

民去宣布他的决定。

匡正民按山本指令走到台口，面对人山人海的观众高声说道："山本董事长让我宣布，由共荣跤馆举办的日中擂台赛，到此结束！"

观众立刻欢呼起来："我们赢了，共荣跤馆输了，日本跤手完了，完蛋的完！"

匡正民双手往下压了压，接着说："山本董事长让我告诉大家，为了繁荣大东亚共荣圈，为了日中亲善，他要给获得正赛的八名中国跤手，发放奖金，给华人龙佩戴'天下第一跤'的金牌。"

山本四郎也来到台口，冲着擂台下面晃了晃手，满脸堆笑用汉语说："请跤坛豪杰上台来，准备领奖。"

嘿，孟金刚几个人真要往台上走，被陈默龙拦住了："不能上去！"扭头对擂台上的华人龙说："华爷，您下来，我有话说。"

匡正民瞥一眼身旁的山本四郎，转身冲着华人龙说："山本董事长很忙，请你们抓紧时间……"说到这里，眼一瞪，嘴一张，伸出手来，放到胸前，弹弹手指，只动口形不出声：走，快走！

华人龙明白匡正民的用意，要他下去指挥中国跤手赶紧撤退。

华人龙刚要走下擂台，突然有人喊道："开枪了，杀人啦！"随即听到"叭勾"一声枪响，子弹从华人龙头顶呼啸而过。

华人龙循声望去，看见有人托住了开枪者的手腕。谁开的枪？日本特务！谁救了华人龙？老叫花。

阴险毒辣的山本四郎知道擂台下的炸药被老叫花毁掉之后，就开始实行第二方案——先把进入正赛的中国跤手诓到台上，然后秘密逮捕，并让隐藏在观众中的便衣特务将最后胜利的中国跤手枪杀。

山本原想尽一切努力要在擂台上摔败中国跤手，尽管采取了冒名顶替的下三烂手段，还是一败涂地。华人龙太厉害了，不仅把日本跤手摔得惨败，还让他们丑态百出，大大丢了日本人的脸面。

于是，山本四郎发出暗号，诛杀华人龙！

当躲在人群中的特务举枪瞄准华人龙时，被观敌料阵的陈默龙和暗中的老叫花同时发现，老叫花就近出手，救了华人龙，暴露了他自己。四个便衣特务立刻围拢过来,用枪逼他束手就擒。面对乌黑的枪口,老叫花已将自己的生死置之度外。他一阵狂笑,指东打西,一招"黑虎掏心"打倒了一个,再使出"鸳鸯连环腿"踢翻了两人,刚要转身撤走,一个特务开枪打中了老叫花的大腿,走不了了。

陈默龙立即上前,展开身形,远打近摔,将老叫花身旁的特务全部打倒,背起老叫花顺着人流向西跑去。刚跑不远,一声枪响,老叫花的后心又中了一枪……

枪声,喊声,声声震天!人群炸了营,你拥我挤,相互碰撞,四散逃去!

督促跤手撤退的华人龙,看见开枪打中老叫花的不是别人,正是那个无恶不作、杀人不眨眼的日本特务"大痦子"。

又是这个畜生!今天再也不能放过你!想到林再忍被枪杀的惨状,华人龙怒从心头起,恶向胆边生,迅疾来到"大痦子"身侧,施展踢檀木桩的硬功,一脚踢在"大痦子"的迎面骨上,这小子怪叫一声,趴在了地上。华人龙两手抓住"大痦子"的头发,将其脑袋狠命地往地上撞,连续七八下,撞得"大痦子"七窍出血,气绝身亡。

看着沾满污血的手,华人龙长叹一声:我这练摔跤抓褡裢的手,今天,竟然开了杀戒……

陈默龙背着老叫花向西飞奔,跑出二里多地,步伐渐渐慢了下来。

虽说陈默龙的功夫绝伦,但他为救老叫花与四五个特务拼死而战,也是累得不轻,再背着老叫花一通奔跑,这时早已汗流浃背。

身受重伤的老叫花忍着剧痛说:"默龙,放下我……你快,走吧,华人龙将小日本摔成那样,我,真高兴……"说着,老叫花挣歪着身子要下来。

陈默龙紧紧托着老叫花的臀部,往上蹿了蹿:"老前辈,您是为了救我们这些后生晚辈,才身负重伤,而且,您还是我的恩人,我怎么能撇下您不管?要那样,我陈默龙还算人吗?"

远处传来几个便衣特务的叫喊:"别让他们跑了,捉活的,有重赏……"

危急关头,一辆胶皮车和一辆带篷子的三轮车同时来到了陈默龙跟前。拉胶皮的汉子说:"陈爷,你跟老爷子坐我哥的三轮,我拉胶皮在后面

赌跤

想法拖住追兵。"说完,把胶皮车往道上一横,将陈默龙背上的老叫花扶到三轮车上,又让陈默龙坐到车上扶着老叫花,然后放下遮阳帘子,转到三轮车后面,对蹬三轮车的喊了一声:"哥,快走!"随即使劲推车,三轮车就势飞驰而去。

坐在三轮车上的陈默龙,虽然看出拉胶皮的和蹬三轮的是诚心相救,但他还是问道:"你们是谁?为何冒死相救?"

三轮车夫一边欠起屁股铆劲儿蹬车,一边侧脸回答:"陈爷,说起来惭愧呀,那年,我们老娘得了重病,没钱治,半夜,我们哥俩去了梅家……是你给了我们一条生路,救了我们老娘……"

陈默龙隐约记得,那年深夜,两个汉子趁师父不在家,跑到师妹梅洁屋里偷钱盗物,是他闻声而至,帮助师妹将其擒获。知道盗贼是为老娘治病才铤而走险的,他说服师妹,赠钱赠物,放了他们一条生路。善有善报,今天,这二人竟然救他于危难之中。

三轮车夫对道路很熟,穿街走巷,半个钟头就到了陈默龙的家门口。他把老叫花扶到陈默龙的背上,出人意料地给陈默龙连鞠两躬:"头一个躬,谢谢陈爷当年的大恩大德。第二个躬,谢谢你们这些摔大跤的,把小日本摔成那副德行,给老百姓出了一口恶气!"说完,蹬起三轮车,走了。

陈默龙把老叫花背到自己屋里,扶他躺好,就见老叫花摆了摆手,有气无力地说:"默龙,不用费事了……我该走了……"

陈默龙安慰道:"老人家,我先给您敷上刀枪药,然后我去请名医刘子安来给您疗伤。您不能走,我还有好多事情向您请教呢。"

老叫花脸上露出一丝笑容,随之聚拢丹田真气,说了一番话:"我八十四了,阎王爷叫我了……默龙啊,其实,我是你师大爷……梅铁心是我师弟。他不光功夫超群,跤风武德更是人人称道……他慧眼识珠,收你为徒,立为掌门,你摔跤出类拔萃,又重情重义,敬守承诺……发扬光大咱这门技艺,有你,我放心了……"

老叫花拼尽全力把要说的话说完,流下两行辞世泪,撒手人寰。

陈默龙埋葬了老叫花之后,按事先约定,匆匆去了北平大栅栏的澡堂子,与华人龙、高地虎还有孟金刚等人会合——孟金刚是稀里糊涂跟着高地虎、彭无奈等人跑的,随着他们坐火车来到了北平。

擂台赛之前,华人龙就与众人商定,凡在擂台上摔败日本跤手的,都要到外地躲些日子,有亲的投亲,有友的投友,无亲无友的,都随彭无奈去北平躲避一些日子。走散的,去到大栅栏澡堂子相聚。

彭无奈绝对是个义气人。他本想让天津跤手住到他家,但被华人龙婉言谢绝:一则事先约好到北平避难的弟兄在大栅栏澡堂子会合,二则摔大跤的粗豪惯了,住家里不方便,住澡堂子,说嘛话也不犯忌。

物离乡贵,人离乡贱。出门在外没有钱,处处为难!

真是百密一疏,包括华人龙在内,来北平之前,这哥几个一门心思搁在打擂上,等到了北平才发现,谁都没带钱。只有后赶来的陈默龙口袋里有点钱,买了点零碎用品也就花光了。

接下来的一切花销,包括一日三餐外加晚上一顿小酒,都是彭无奈主动出钱。

高地虎暗地对华人龙说:"行,彭无奈够朋友。有点隋唐演义单雄信的做派。"

华人龙说:"单雄信是绿林道坐地分赃的总瓢把子,有的是钱。彭无奈一无产业二无买卖,不像单雄信坐在家里就日进斗金。彭无奈是指着身子挣饭吃——这年头,能让自己一家子混上饱饭吃就不容易了,骤然间来了好几位能吃能喝的摔跤汉子,够呛!"

彭无奈真的够呛。但他胳膊折折在袖里,好几条汉子连吃带住,三天之后他家就没钱了。没钱怎么办?他背着天津朋友去找北平的亲朋好友借,自己多为难也不带相,反正不能委屈了华人龙这些真朋友。

高地虎说:"华爷,当初彭无奈为陈默龙在大直沽卖艺敛钱,你救济了他,现在咱到了秦琼卖马的地步,他也不含糊——嘛事你就是比我们看得远。"

华人龙说:"咱们老吃彭无奈也不是法子,三天两天还凑合,长了,谁都受不了。我想了,明天你跟我去天桥看看,那儿有好几个跤场,咱跟他们搭咯搭咯(搭讪),想法给他们帮场子,咱不要钱,管吃管住就行——粗茶淡饭管饱,澡堂子里歇着睡觉。要是跤场招不得咱们,咱就自己找地界儿,撂地摔跤,挣钱糊口。虽说强龙不压地头蛇,但咱这是被逼无奈。"

"好,好!"高地虎连声说好,"咱在天津卫就是摔跤卖艺的,到这儿来撂地,怕谁? 有你华爷在,就是有踢场子的咱也不怕,可是……咱一件褡裢也没带呀,现买,没钱,还得找彭无奈想办法。"

华人龙说:"褡裢的事,过后再说。明天咱俩去趟天桥,蹚蹚路子,先不让那哥几个知道,免得彭无奈知道了为难。"

第二天,吃过早饭,回澡堂子的路上,高地虎突然说:"哥几个,你们先回澡堂子,我和华爷遛遛。"说完,拉着华人龙就走。

陈默龙不言不语全明白:"你们去吧,我们回澡堂子等着……"

赌跤

第三十六回

避灾祸天桥交挚友
庆胜利津门话团圆

赌跤

华人龙和高地虎都知道天桥的几个跤场就属神三跤场最火爆。这个跤场云集了北平众多摔跤高手，人气很旺。

高地虎说："华爷，你要进场子摔跤，千万别厚道，你越赢他们，他们越看得起咱。"

华人龙微微一笑："我自有分寸。"

今天是礼拜天，还不到上午十点，神三跤场就有了不少观众。

二人来到跤场，华人龙要在外面先看看，高地虎却说："咱得去里面最显眼的地方，让神三注意咱。"说完，拉着华人龙挤进人堆，站到人群里边。

神三的徒弟们正做上场的准备，等着神三下令就登场开摔。

神三不慌不忙，撒摸撒摸四周，看看来了多少观众，发现圈里站着二人，一高一矮，高的长相一表人才，矮的长相不敢恭维，有点滑稽，但都透着一股英气，就主动相问："二位，不是本地人吧？"

高地虎抢先回答："您真好眼力，我们是天津的。"高地虎是拢黏儿说买卖的高手，你神三不跟我们说话我还要想法跟你搭咯了，现在搭上话了，就得黏上你。

不等神三答话，高地虎又说："在天津我们就知道天桥有位叫神三的摔跤高手，名重天下，来这儿看跤，为的就是长点见识。"

神三一听，这是来摔跤的，立刻拱手相让："请里边坐。"

高地虎不客气，就要往里走，被华人龙给拦住了："兄弟，这是嘛地界儿，也不掂掂分量，能站这儿看就不错了，别不知道天高地厚。"

神三一看华人龙的气势，知道对方是跤坛中人，对华人龙再次抱拳："不知朋友怎么称呼？"

没等华人龙回答，高地虎抢着说："他是我哥哥。在天津卫，人称独步跤坛真义士华人龙，也有称他华大侠的。"

"哎哟，华大侠，久仰久仰。"神三的恭维有些夸张，但他确实听说过华人龙的名号。"欢迎二位大驾光临，说什么您二位也得坐到里面。"

华人龙瞪了高地虎一眼："怎么你到哪儿都吹大梨呢？独步跤坛真义士，我可不敢当。"转过脸来对神三无可奈何地笑了笑："我这个兄弟没正文儿，成天耍贫嘴，胡呲，您别见怪。"

神三笑了笑，未加可否："华爷，您就里面请吧。"

华人龙不再推辞，再推辞就显得假了。他随神三走到跤场北面，那里有两张桌子几条长凳，是给有威望的跤坛前辈预备的，神三让他们居中而坐，华人龙却靠边坐下，高地虎坐在华人龙下首。

神三马上叫人给二位端茶倒水，将华人龙奉若上宾。

神三是个非同凡响的人物，不仅深有阅历，堪称老江湖，更有武术加跤一身好功夫。他从小跟父亲习武练跤，后来拜大内高手相扑营一等扑户为师，得其真传，摔遍京城无敌手——为谋生计，在天桥开了这个跤场。

神三把华人龙、高地虎安排就座之后，来到跤场当中，朗声说道："众位爷们，你们算是来巧了，咱这个跤场，今天来了一位高人，"他指了指凳子上坐着的华人龙，"这位就是天津卫最有名的跤坛大侠华人龙华爷，一会儿咱请华大侠上场'过过汗'（北平摔跤行话，摆几跤），让各位开开眼……"

好厉害的神三，几句话拢住了观众，也将了华人龙一军——怎么也得亮两手，要不，就算栽了。

华人龙瞪一眼高地虎，责怪的眼神表示，你话说大了，人家不干了。然后小声说："一会儿他们请咱摔跤，你先上，要是能赢，就赢一跤翻一跤，力争不输头一跤。"

赌跤

神三打破惯例，仅仅说了几句话就把两个徒弟招呼到跟前，悄声交代了几句就让他们上场开摔。三跤一敛钱，敛了两回钱，但钱下得不多。

神三明白，观众都等着看天津来的高手进场子摔跤呢。他对华人龙拱手而言："华爷，您看了吗，观众都想看你们摆跤，给个面子，下来'过过汗'，哪位先来？"

高地虎站起身来："我先献丑，垫垫场子。"

神三点点头："好说，好说。"他让徒弟们给高地虎挑了一件褡裢、一双跤靴，待高地虎扎束停当，让一个和高地虎平级对份的徒弟进到场子，与其过招。

别看高地虎其貌不扬，摆上跤一般人还真不是他的对手。高地虎一照面就给对方一下"手别"，将其摔过头顶，从空中落到地上。

"嘿，好，真好！"不光是观众叫好，神三也情不自禁地叫好！

摔跤就这行当，越棒越有人捧，光挨摔的跤篓子，谁待见你？

第二跤，高地虎犹豫了一下，本想给对手翻跤，可对手已然抬腿挥臂猛扑过来。高地虎哦了一声，"手别"没吃够，那就再来一下吧。说时迟那时快，高地虎转腰变脸，又一下"手别"，将对手摔倒地上。

对方刚站起来，高地虎猛然抢手，故露破绽，借对方抬腿之势，抱头打滚儿，倒在场中——翻了一跤。

观众们兴高采烈，不等敛钱，纷纷主动把钱扔到场子里。

神三冲着观众们喊道："天津来的朋友，果然是高手，真棒！"

又一个跤手上场，冲高地虎一抱拳："我来讨教两招。"

高地虎也不客气，插招换式，与对方战在一处。照方抓药，高地虎又是赢了两下"手别"之后翻了一跤。

高地虎"照方吃药"的摔法，惹怒了一人，这人就是在神三跤场里拿一份钱的高手大狗子。大狗子觉得这个天津人狂，瞧不起神三跤场，怒冲冲走到高地虎对面，高声喝喊："我来领教领教这位高人的'手别'。"

观众都乐了：你这身量，能把人家装起来，还叫人家"高人"，真逗！

二人从跤场两边走到中间，没有废话，照面就伸手，抬腿就拌绊。

别说观众，就连神三都没想到，高地虎率先抢上底手，"盖步"进腰，变脸观天，抱住大狗子的胳膊就往地上打滚儿。大狗子一面墙似的轰然倒地，被高地虎压在身下。大狗子足有二百八十多斤，要不是身高体重，也得从高地虎身上飞过去。

高地虎的"盖步手别"如行云流水，动作连贯一气呵成，观众们大为惊讶：这个小个子，真有功夫，神了！

华人龙恐怕高地虎再来个赢两跤翻一跤，待高地虎遛到自己跟前，小声警告他："咱干嘛来的？赢一跤翻一跤！"言外之意，咱来找饭门，你想把门堵死呀？

面有得意之色的高地虎听了华人龙的话，微微点头，再和大狗子交手，没等出招，大狗子伸手抓住高地虎的后脐中心带，一叫丹田真气，把高地虎提溜起来，扔到了圈外人堆里。

这一跤把高地虎摔得不轻！一则能吃斗米斗面的大狗子实在力大，一百多斤的东西在他手里当玩儿；二则输了头一跤生气，所以他铆足了劲，用一招"翻天印"把高地虎扔出去老远。观众怕挨砸，都闪开了，高地虎摔在硬土地上，疼得他龇牙咧嘴直喊娘。

神三过去把高地虎扶起来，问道："兄弟，不要紧吗？"

高地虎说："我的天呀，这么大劲，想把我摔散了呀！"

观众这个乐呀，高地虎就坡下驴，不摔了——刚才赢了俩，现在跟你平，我露脸了。

华人龙对神三说："三爷，我替我兄弟撂两下吧。"

神三说："好，好，大家鼓掌！"神三已然看出，高地虎这么棒，这华大侠必定更棒！所以叫观众鼓掌。

大狗子见高地虎不敢摔了，就想拿华人龙出气。二人一照面，大狗子伸手就抓小袖，华人龙看得真切，将住他的胳膊就是一下"借手踢"，再看大狗子，来得急躺得快，偌大的身躯，被华人龙踢起一人多高，横躺在跤场当中。

神三暗暗叫好，这个华人龙，我也伺候不了。

第二跤，大狗子小心翼翼，见华人龙露出破绽，立马一下"冲踢"，也把华人龙踢起一人来高，华人龙双手抱头，身似卧鱼，躺在地上。

接下来，华人龙赢一跤翻一跤，观众见二人杀得难解难分，不断叫好，不断给钱，这二人在场上摔了二十多跤，让神三赚了个盆满钵满，十分高兴。

高兴之余，神三暗暗担心，大狗子的摔法，完全在华人龙的掌控之中，人家留着劲是要对付我神三。

该他上场会会这个华人龙了。

神三冲着观众点评华人龙，说他神三看见过摔跤棒的，没见过这么棒的，总而言之一句话，把华人龙捧得高高的，即便一会儿输给人家，也情有可原。

神三穿上褡裢拱手相问："华大侠，不知你累不累，我想跟你'过过汗'，只是我有拿'乏龙'之嫌。你要累，先歇会儿，我跟别人摔。"

华人龙说："累倒是不累，只是我这两下子与三爷您比，还有差距。"

二人互相客气一番，这才走跤步晃身形，插招换式战在一处。

两位跤坛顶尖高手，都是稳扎稳打，谁也不想贸然施绊。三个回合下来，神三瞅准机会来了一下"顿手弹拧子"，就见华人龙在空中划了半个圆，干净利索地躺倒在地。神三赢了头一跤，心中有了底气。

再一交手，换腰换腿三个回合之后，华人龙来了一下"备步弹拧子"，也将神三摔了个空中倒立，华人龙顺手往上一提，神三轻飘飘横落地上。

虽说华人龙赢的是第二跤，却也是"弹拧子"，内行看了，无不惊叹。

再战，神三的"虎跳八步支别子"将华人龙摔在地上，紧跟着没出三招，华人龙就还给他一下"龙行八步支别子"，让神三躺下。

两人摔了十几跤，敛了五六次钱，总是神三先赢头一跤，华人龙照葫芦画瓢，输什么绊子就用什么绊子找补回来。

神三暗暗点赞。表面看自己占着上风，可华人龙并不在下风。心想，华人龙，德艺双馨，是个朋友，好，那就见好就收！

趁着敛钱，神三对华人龙抱拳而言："打住，华大侠，心到神知，我神三领情了。"然后对观众说："众位，开眼了吧？天津卫的华大侠，了不起，我赢他什么绊，他还我什么绊，京城跤坛，谁行？今天，我要交华人龙这个朋友！帮钱场帮人场站脚助威的爷们，对不起，今天的跤，到此为止。想看，明天接

赌跤

338

着来！"

有的观众没看够，说道："十一点刚过就不摔了？"

神三作个罗圈揖，说道："我要去东来顺请客，宴请天津卫的摔跤高手，对不住各位了，明天找补。"

华人龙刚要推辞，却见彭无奈、陈默龙还有孟金刚来了，孟金刚见面就说："华爷，高爷说你们出来遛遛，怎么遛到跤场来了，成心不带我们玩？"

彭无奈跟神三挺熟，抢上一步，对神三说："三爷，一向可好？"然后指了指华人龙和高地虎："这二位是我过命弟兄……"

没等彭无奈说完，神三说了："兄弟，是你的朋友就是我的朋友，弟兄的弟兄都是弟兄，你们还有几位？跟我一块去东来顺，我做东。"

没用多说，华人龙等人就随神三他们去了东来顺。平津跤手聚在一起还没开喝，彭无奈先把天津跤手向神三及作陪的北平跤手挨个介绍，当介绍到陈默龙时，神三马上说："陈默龙，我听说过，你是梅铁心的弟子，跤坛奇才。"

陈默龙当年随师父来到北平，曾跟彭无奈两次过招，经彭无奈宣扬，好多人都知道陈默龙的名号。

陈默龙摆摆手："三爷，我比华爷差得远。"

接着，彭无奈把中日擂台赛的事向神三等人说了一遍，北平跤手对华人龙肃然起敬："相识恨晚，相识恨晚呀！"

神三说："华大侠，你们敢在擂台赛上将日本人摔得丢盔弃甲、一败涂地，真是好样的！认识你们，三生有幸。先干为敬，我敬你们一杯。"端起酒杯干了。然后接着说："从今往后，在座的，咱们就是'口盟'把兄弟。天津几位不是来避难的吗？正好，就在我这个跤场摔跤，有福同享，有难同当，我们每人每天分多少钱，你们每人就拿多少钱，行不行？"

心里存不住话的孟金刚一拍大腿站了起来："行！三爷，你真够朋友。"

华人龙马上把话揽过来："三爷，你够朋友，我们也不能掉在钱眼里。实话实说，我们是来避难的，穷途潦倒，能在跤场摔一天跤，你管吃管住就行了，绝不能再从跤场拿钱。就这样，我们也感谢不尽。"

还是华人龙有水平，来北平躲避灾祸，还想虎口夺食，人家怎么看你？

天津跤手的到来,给神三跤场增色不少,加上说买卖拢黏儿的渲染夸张,来天桥观看平津跤手大比拼的观众越来越多,敛的钱也随之剧增。

神三是讲礼讲面讲义气的人。但是初次见面在东来顺吃饭时所说的让天津哥几个在跤场拿一份钱,那是场面话,并非真心。通过几天的观察,他觉得华人龙不仅功夫超群,谦恭实诚,而且言谈话语、为人处世颇有大家风范。于是再次提出让天津跤手在跤场拿份钱,这次是诚心诚意,却再次遭到华人龙婉言谢绝。

这天晚上,神三带着跤场管钱的弟兄,来到华人龙等人的住处,一见面就急了:"哥几个,你们在我这个跤场撂跤,十天了,你们说我神三够不够朋友?"

华人龙、陈默龙一看神三带着管钱的来了,心里有几分明白,没言声。

高地虎和孟金刚纳闷:"怎么啦三爷,谁说你嘛啦?你绝对够朋友。"

神三扫了众位一眼,绷着脸说:"好,我够朋友,你们够朋友吗?咱们是'口盟'把兄弟,你们拿我当弟兄了吗?"

高地虎有些茫然:"三爷,请你直说,我们哪儿得罪你了?"

神三依然绷着脸说:"你们在我这个跤场摔跤,不缺你们吃不缺你们喝,可是你们家里的老婆孩子谁管?你们谁家有二股子买卖?华人龙,我看出来了,他们都听你的,今天就今天了,你们要是再不拿这份钱,咱们就割袍断义,不再是弟兄!"

彭无奈说话了:"华爷,三爷把话说到这份儿上了,我看,这钱就拿着吧。"

孟金刚随声附和:"华爷,要不,就拿着吧。"

其实,最想拿这份钱的是高地虎,他惦记着家里冯素琴那娘几个,他在家时还隔三岔五揭不开锅了,出来十多天了,他们吃嘛呀?

华人龙被神三的真情所感动,叹了口气:"好,哥几个,谢谢三爷吧。"

神三笑了:"这就对了。我有个文人朋友,他说,爱家人才能爱国家,你们在擂台上,灭了日本人的威风,那是对我们国家的爱。到头来你们在我这儿撂跤,挣钱都归我,逼得你们不能顾家,这不义的罪名我担不起呀!"

神三让管钱的弟兄把带来的钱分给了哥几个。从此,华人龙等人在神三跤场,十天分一次钱,皆大欢喜。平津跤手两好合一好,感情越来越好……

赌跤

喜讯传来,1945 年 8 月 15 日,日本裕仁天皇以广播《停战诏书》的形式,正式宣布日本无条件投降,老百姓奔走相告:日本鬼子投降啦! 东洋鬼子投降啦! 小日本完蛋啦!

华人龙等人也都热泪盈眶,欣喜若狂!

神三看出华人龙等人要回天津的急迫心情,就对华人龙说:"华大侠,你们在我这个跤场摔跤,一晃快一年了,不是我招不下你们,你们该回家了——明天我给你们饯行。"

"三爷,"华人龙说,"今天晚上咱们就聚一聚,明天一早我们就回天津。我让彭无奈都安排好了,该请的人,那哥几个都请到了,只有您,他们说非得要我亲自请才显得郑重。三爷,一年来,您对我们哥几个怎么样,我们心里有数——大恩不言谢。小日本完蛋了,我们的劫难过去了,该回家了。今儿晚上的酒,算是告别宴会,我做东,你别跟我争,再争,就拿我们当外人了。"

神三若有所悟:"我说彭无奈领着天津的哥几个找这个找那个,原来都是你的主意。好好好,今晚的酒,我不跟你争了。"

当晚,平津跤手十三人,走进了天桥饭庄。

菜上齐了,酒斟满了,众人的目光都投向华人龙,等他来个开场白。

华人龙客气地说:"还是请三爷说两句吧。"

神三摆摆手:"今天你是东道主,应该你先说。"

"好,我先说。"华人龙不再推辞,"今天,咱们平津弟兄十三人坐在一起,有两层意思,一是小日本投降了,全国都在庆祝抗战胜利,我们也要庆祝一下。二是我们天津来的哥几个,跑到北平来避难,却遇到了以神三爷为首的挚友,我不会说奉承话,但我华人龙认定你们是真朋友,我终生难忘的好弟兄。"华人龙端起酒杯:"三爷,北平哥几个,我嘛也不说了,全在酒里了。"说完,一饮而尽。

高地虎立马端着酒杯站起来说:"我这人,福大命大造化大,在天津,我的好哥哥华人龙华爷经常帮衬我。来到北平,又碰上好哥哥神三爷仗义疏财,还有大狗子几位弟兄,都对我不错。我干了这杯,表示感谢。"说完,也是酒杯见底。

高地虎敬了酒,孟金刚敬,孟金刚敬完,陈默龙敬,天津的哥几个都敬了酒,彭无奈站起来了,刚要敬酒,被神三拦住了:"兄弟,你是一手托两家,平津跤手走到一起你是桥梁,要是没你,我哪有机会结识天津卫这么好的弟兄? 得了,这么好的酒,别叫天津哥几个都敬了,该我们敬了。"

神三的话惹得众人笑了起来。笑过之后,神三接着说:"抗战胜利了,天津哥几个归心似箭,我理解。往后,咱们北平、天津的弟兄,还要常来常往,多亲多近。来,咱们喝个同心酒,共同干杯! "

众人齐声响应,然后又是这个坐下那个起来互相敬酒,直到半夜,酒席才散。

第二天一早,神三、大狗子、彭无奈等人将华人龙几个人送到火车站台,直到火车启动,才洒泪而别。

冷清了好长时间的直沽酒家,又热闹起来了——今天晚上,华人龙在此请客。

在回津的火车上,华人龙对高地虎他们说:"擂台赛完事,咱们一走了之,在家的弟兄们,不知受了多少罪。咱们回到天津,首先得请请他们。"

请客这天下午,华人龙提前来到直沽酒家,让老板王云才在厅堂里安排三桌。请的人多,单间招不开,都坐大厅,说话方便,显得亲热。

王云才答应一声,然后悄悄地说:"华爷,'惠友'那屋有人等您了。"

华人龙问道:"谁呀,来这么早? "

王云才答:"不是摔跤的。是周智墨周先生,还有二人,我不认识。"

华人龙赶紧走进"惠友",正在喝茶的三个人,看见华人龙进来,都站了起来,戴着金丝眼镜的那人说:"华爷,一向可好? "

华人龙一看,哎哟,匡正民! 赶紧上前抓住他的手:"你还好吗? 樊医生也挺好吧? "

匡正民说:"好,挺好,都挺好……"

周智墨打断了他们的话:"人龙,我先给你介绍介绍,"指了指那个生人:"这是我的朋友赵前程,在报社当编辑。当年登报为林再忍惨死鸣不平的,就是这位赵先生。"

342

那人立马跟华人龙握手："早就听说过华大侠的威名，今日得见，荣幸。"

华人龙刚要说几句感激赵先生的话，就被匡正民拉到身边坐下："我们这些文人，只会耍耍笔杆子，动动嘴皮子，不如你们真敢和日本人在擂台上比个高低，见个输赢。你们是跤坛好汉，我们民族的骄傲。"

华人龙说："匡先生过奖了。周先生曾给我们摔大跤的上过一课，文人里不乏有骨气的硬汉。听你们说话，我们长知识，明白好多道理。三位都别走，待会儿跟我们这些粗鲁人一块喝两杯。"

匡正民说："谢谢了，我们刚喝完——周先生做东，请我们来'惠友'，庆贺抗战胜利。听说你们在此相聚，我们没走，等着和你见个面，顺便跟你告个别。"

华人龙有些疑惑："告别？匡先生，你要去哪儿？是不是日本投降了，你这翻译官的日子不好过了？需要我帮忙吗？"

三个文人都乐了，周智墨看着匡正民说："怎么样，连华大侠都误解了你。"然后对华人龙说："人龙，跟你说实话，匡先生当翻译，是执行任务，他可不是汉奸。现在他有了新任务要离开天津，所以我们在'惠友'话别。"

华人龙恍然大悟："最早我对匡先生还真有些误会——给日本人干事的，有好人吗？后来我发现，匡先生很神秘，每当我们有难，他总会出来帮助我们。通过这些年经历的事，我认定匡先生是好人。我猜，匡先生是共产党。为感谢匡先生这些年对摔跤人的关照，我真心邀请三位和我们一起喝杯酒，也算摔跤人给匡先生饯行了。"

匡正民点点头说："华大侠的盛情我领了，不过这个场合，我不便露面。一会儿我就走了，临走前，我有一事相托。"

华人龙说："匡先生，有事你尽管吩咐。"

匡正民乐了："不是吩咐，是跟你商量。擂台赛之后，董江湖找过我，让我跟你说说，他拜竹内为师，到共荣跤馆当教官，都是为了饭碗子……他知道你跟我关系不错，让我说情，请你原谅他。只要你原谅他，别人就拿他当朋友看了……"

华人龙愣了一下："原谅他？叛师倒戈，投靠日本人，到共荣跤馆当总教官，跟天津的摔跤人作对，他汉奸呀，怎么原谅他？"

周智墨插了一句："他够不上汉奸，就是名利思想太重，总想在天津跤坛当老大。人龙，他是可以团结的对象。不是有这么一句话吗，度尽劫波兄弟在，相逢一笑泯恩仇。"

匡正民接茬儿说："华爷，你没见他在擂台上把伊藤踢了个跟头？他不像马宝那样死心塌地投靠日本人祸害中国人。华爷，为了中国跤，还是团结他吧。拉一拉，成了朋友，推一推，成了冤家。你不是常说，多一个冤家多一堵墙吗？我跟董江湖说了，只要你真心悔过，华大侠会原谅你的，跤坛朋友也会原谅你。"

华人龙被匡正民说通了："其实，我跟他没有个人恩怨。既然你们老几位都说他够不上汉奸，那我就跟哥几个好好说说，他确实不像马宝那么坏。不过，得让董江湖向大家认个错。"

匡正民他们走了，各门各派有头有脸的摔跤人陆陆续续地来了。

华人龙没想到陈默龙头一个进屋，这个少言寡语的汉子，今天精神焕发地对华人龙说："华爷，我干点嘛？请吩咐。"

华人龙笑了："都准备好了，你就盯着多喝两杯酒吧。"

正说着，刘文斌、张友年、翟国卿、何义礼都来了，接着是高地虎带着徒弟老三、老八来了。老八见了华人龙很不好意思："师大爷……"刚说一句话，眼圈红了。

高地虎说："行了，华爷不怪你，就是怕你跟董江湖他们混在一起走下道。华爷，我骂他一顿了，他为了多挣点钱养家，也没做嘛坏事，我就让他也来了。"

华人龙点点头："还是你师父疼你。老八，跟你三哥找地方坐吧。"

这时，"三不管"跤场的老古来了，紧跟着好久没露面的卫嘴子孙大卫也来了，是孟金刚费了老大劲才找到他——自从在谦德庄跤场将跤坛败类马宝整治一顿之后，他销声匿迹了。听说华人龙请他，这才跟着孟金刚前来聚会。

华人龙见了卫嘴子，格外亲热："孙老师，您不光摔跤棒，您的气节也是我们的榜样。"

卫嘴子摇摇头："跟你华大侠比，我相差甚远。你敢领着大伙面对面地跟日本人干，我自愧弗如呀。"

二人正说着，有个人来到了华人龙跟前："师父，我可见到您了……"

华人龙一看不是别人，是小良子。赶紧问道："你的伤全好了？霍师傅……"刚要问霍师傅来了没有，用眼一扫，老霍就在储友良的身后，华人龙抓住老霍的手，着实感激地说："霍爷，谢谢您给小良子治病疗伤，我真的感谢您呀！"

老霍笑着说："自家人，用不着谢。华爷，告诉你个喜讯，小良子要和二妮结婚了，就等着你给他们主持婚礼了。"

"是吗？良子？"华人龙喜形于色。

储友良有点不好意思："嗯，我娘说，我结婚，得请您当主婚人。"

华人龙又问："大妮好吗？"

储友良说："她也挺好的。半年前大妮姐和纺织厂的王强结婚了，就是郭燕子的徒弟。她让我向您问好，说过几天他们两口子去家里看您。"

"好好好，"华人龙很兴奋，"只要你们都好，我就放心了。"

"哎，良子，"华人龙没看见杨二愣，问道，"你舅舅来了吗？"

储友良答："他说来，反正有点不好意思。"

华人龙这边说得热热闹闹，其他多日不见的朋友在一起，也都说个没完没了。

突然，令人惊愕的一幕出现了。

两个人五花大绑，背着双手，身后背着擀面杖粗细的木棍，低头猫腰走进了直沽酒家，来到华人龙近前，咕咚跪下，两眼流泪，悔恨地说："华爷，华大侠，我们爷俩向您及各位朋友负荆请罪来了。"

众人皆惊，谁？董江湖和胡大头！

高地虎恨透了这两人："嚯，背着棍子来的，有枪吗？你们的日本主子都滚回东洋了，你们还敢多翅儿吗？"上去一脚，把跪在地上的胡大头踹趴下了，刚要抬脚再踹董江湖，被华人龙拦下了："高地虎，杀人不过头点地，得饶人处且饶人。他们已经知错了。"

345

高地虎还是气不消:"狗改不了吃屎!小日本完蛋了,要是找着新主子,他们还是照样儿!华爷,别上当,让他们滚蛋,谁知他们又要耍嘛花招?"

董江湖说:"高爷,我们知道错了,请你们原谅……"

"起来吧二位。"华人龙把跪地的二人拉起来,松开绑绳,拿下棍子,正色道:"董江湖,单讲摔跤,你是把好手。可惜你心眼用的不是地界儿。摔跤人最忌势利眼,冲着大伙,今天我就说你两句,人不可有傲气,但不可无傲骨,摔跤汉子要问心无愧地立于天地之间……"

"好,华爷说得好,"卫嘴子双手竖起大拇指,"人就得有身硬骨头,冻死迎风站,饿死不弯腰,那才是汉子。"然后转向董江湖:"知错能改,也算好样的。浪子回头金不换呀!"

正在这时,有人在酒家门口探头探脑。储友良眼尖,冲着华人龙说:"师父,我舅舅在门口了,不敢进来。"

"是吗?"华人龙赶紧走到门口,把杨二愣拉了进来:"傻兄弟,你怎么还不好意思,我让高地虎特意去请你,怎么才来?"

人高马大的汉子,低声下气地说:"华爷,我认马宝为师兄,就是想练好摔跤,凭绊子赢人……"

华人龙说:"没人怪你呀二愣,我跟默龙说好了,让他代师训徒,教你能耐。无论哪方面,陈默龙可比马宝强多啦!"

二愣说:"那,那你还把我当兄弟吗?"

华人龙笑了:"嘛时候拿你不当兄弟了?以前是,现在是,以后咱还是兄弟。"

陈默龙过来了:"二愣,华爷跟我说了,往后,咱就是亲师兄弟,我陪着你一块练跤,放心吧。"

高地虎不无诙谐地说:"杨二爷,这回行了,跟默龙练,你就真会摔跤了。"转脸又对华人龙说:"华爷,你看,该来的不该来的都来了,开桌吧!"

古常理接着高地虎的话茬儿说:"华爷,今天是咱天津卫各门各派摔跤人大聚会、大团圆,值得好好庆贺呀。"

华人龙点了点头:"好,好,大团圆,值得庆贺。告诉王二爷,上菜!"

菜上齐了,酒斟满了,高地虎又说话了:"先请华爷来个开场白吧。"

众人纷纷响应:"对,请华爷说两句!"

华人龙站起来，冲大家一抱拳："承蒙诸位看得起我，我就唠叨两句。今天来此聚会的，都是朋友。董江湖他们迷途知返，咱们既往不咎，往后跟咱们也是肩膀一般齐的弟兄。有句老话，叫文以评心，武以观德。评心、观德，就是不管习文的练武的，都要有中国人的良心，良心是摔跤人的魂！我提议，大家要连干三杯：第一杯，小日本投降了，喝个胜利酒；第二杯，摔跤汉子义字当先，喝个义气酒；第三杯，劫后重逢，摔跤人欢聚一堂，喝个团圆酒……"

"好，好，说得好！干杯，干杯，干杯！"

酒香菜香伴着欢声笑语，溢出直沽酒家，飘出老远老远……

赌跤

后记

我从小喜武好跤，至今虽年逾七旬，跤坛情结仍难割舍。

天津卫是摔跤的窝子，练跤的人多，人才辈出。爱看跤的人众，懂行。"文革"前，天津摔跤十分红火：市里有专业队，区里有集训队，工厂企业也有代表队。各种比赛接连不断，全民的、系统的、区级的、市级的、青少年的比赛比比皆是。民间有"三不管"、谦德庄那样凭艺换钱的跤场，街头巷尾也多有跤坛名宿传艺授徒的跤场，那真是跤场如织，观众如潮，盛况空前。

在第一届全运会中国式摔跤八个级别的比赛中，天津运动员获得四个冠军、两个亚军、一个第三名、一个第四名，成绩辉煌，为天津人津津乐道。

我三哥姚宗瑜曾获天津市中国式摔跤次轻量级冠军，受他影响，1962年我高中毕业后，在天津近郊增兴窑村插队务农期间，也在业余时间正式练上了摔跤。

增兴窑村菜粮兼作，一年四季都忙。冬闲也因为挑河打堤、挖沟积肥变为冬忙。但不管多忙多累，晚饭后我也要去中山门新村或第二工人文化宫、河东体育场摔跤，而且坚持冬练三九、夏练三伏的二五更功夫。

勤学苦练加名师指点，使我在天津跤坛小有名气。可惜，"文革"使我与专业运动员失之交臂。"浩劫"过后再想到跤场上真杀实砍，已是心有余而力不足了。

情结使然，不能摔跤了就纸上谈兵，写摔跤，传递正能量。

348

然而,中国式摔跤不是奥运项目,改革开放之后逐步淡出了全运会,这项人民群众喜闻乐见的体育运动跌入了低谷。而西方国家却兴起中国式摔跤热:法国每两年举办一次"巴黎市长杯"中国式摔跤比赛,欧美许多国家有了中国式摔跤组织,一些学校还开设了中国式摔跤课。

　　法国女运动员吉尔在第四届巴黎市长杯赛场上接受记者采访时说:"中国式摔跤是一项高雅的运动。"外国运动员赞美中国跤的同时,也发出了豪言壮语:"几年后一定要摔败中国人!"

　　此话绝非危言耸听,中国青少年包括儿童,热衷于散打、柔道、跆拳道,还有几人练习我们自己的摔跤?我和许多跤坛"老练儿"都怕老祖宗留下来的好玩意儿,传到我们这一代绝了根。于是,我写了表现摔跤人行侠仗义、敢于担当、敢于与黑恶势力抗争的长篇小说,还写了不少为振兴中国式摔跤鼓与呼的文章,尽力《为跤坛豪杰扬名》,述说《"巴黎市长杯"带来的伤感》,宣传《我爱中国跤》……

　　2003年我退休后,除完成了一部描写城乡接合部农民命运的长篇小说《天时》之外,还是放不下"跤坛",又用三年多的时间写了这部《赌跤》——中国式摔跤是中华民族的国粹之一,是文化长河中的一块瑰宝。我写摔跤,就是想为弘扬、传承中国式摔跤尽点绵薄之力。

　　有人说文学创作是纯个人劳动。我想,那是对天才和大作家说的,对我不大适用——高中毕业后我就插队务农,多年的业余爱好就是在跤场里摸爬滚打、拼搏厮杀,将近四十岁有了"铁饭碗"才开始练习写作——我的文学之路以及所写的任何一部小说,都倾注了师友、文学大家以及诲人不倦、成人之美的好编辑们的心血。试想,没有他们倾心相助,我这个摔跤汉子怎能步入高雅的文学殿堂?

　　时值《赌跤》出版之际,《天津日报》文化专副刊中心副主任、高级编辑宋曙光老师,应我诚请,百忙中利用国庆、中秋双节假期为我的《赌跤》写了这篇序言——《跤手写跤魂》,令我很是感动。

　　对于文学路上给过我帮助的师长、朋友和哥们弟兄,在此一并表示深深的谢意,谢谢你们啦!

2017 年 10 月 16 日